HET FANTOOMALBUM

Carolyn Parkhurst

Het fantoomalbum

ROMAN

Vertaald door Esther Ottens

Uitgeverij L.J. Veen
Amsterdam/Antwerpen

© 2010 Carolyn Parkhurst
© 2010 Nederlandse vertaling Esther Ottens en uitgeverij L.J. Veen
Oorspronkelijke titel *The Nobodies Album*
Oorspronkelijke uitgever Doubleday, New York

Omslagontwerp Esther van Gameren
Omslagbeeld Maria McGinley

ISBN 978 90 204 1227 7
D/2010/0108/727
NUR 302

ljveen.nl

Voor mijn vader,
die me leerde hoe je een verhaal vertelt

HOOFDSTUK EEN

Er zijn verhalen die niemand wil horen. Er zijn verhalen die je, als ze eenmaal verteld zijn, niet zo makkelijk loslaten. Ik heb het niet over het slaapverwekkende, het flauwe, het smerige: de torren in je zak bloem, je uur aan de telefoon met de verzekeringsmaatschappij, het raadselachtige bloed in je urine. Ik heb het over verhalen vol pathos en dramatiek, zo pijnlijk, zo dwingend dat ze in je binnenste blijven hangen aan een piepklein haakje, waarvan je het bestaan niet eens kende. Je zou willen dat je zo'n verhaal er weer uit kon trekken, je wordt boos op de adem die de woorden de lucht in geblazen heeft. Zulke verhalen zijn een specialiteit van me geworden.

Dat is niet altijd zo geweest. Vroeger dacht ik dat het mijn streven zou moeten zijn om verhalen te schrijven die iedereen horen wilde, maar ik kwam er al snel achter wat een onmogelijke opgave dat was. Ik merkte dat er betere manieren zijn om mensen te raken. 'Ik wou dat ik het nooit gelezen had,' schreef een vrouw me nadat ze mijn laatste roman gelezen had. Ze klonk verwilderd, en weemoedig naar de tijd vóórdat ze hoorde wat ik te zeggen had. Maar is dat niet waar het om gaat – iets schrijven wat beklijft nadat het boek op de plank is teruggezet? Zo heb ik het graag. Lees mijn verhaal, loop dwars door die wouden, en als je er aan de andere kant uit komt, besef je misschien niet eens dat je iets bij je draagt wat je nog niet had toen je aan je tocht begon. Een teek in de vorm van een gedachte die zich aan je schedel heeft vastgezet, of zich verbergt in een huidplooi. Ergens waar je hem niet kunt zien. Als je hem dan eindelijk ontdekt, is hij al bezig zich met jou te voeden;

misschien heeft hij alleen nog maar een putje in je huid gemaakt, misschien knabbelt hij al aan je centrale zenuwstelsel. Het is maar klein, en of je leven er beter of slechter van wordt, kan ik niet zeggen. Maar je bent niet meer dezelfde, er is iets veranderd.

En dat komt allemaal door mij.

Het vliegtuig stijgt op. We komen los van de grond, en op dat mysterieuze moment van zweven zeg ik zoals altijd een gebed op dat moet helpen om ons in de lucht te houden. In mijn meer idealistische dagen voegde ik er een zegenspreuk aan toe voor de andere mensen aan boord, die uiteindelijk uitgroeide tot een wens voor alle zielen die die dag van huis waren. Mijn goedheid kende geen grenzen, of misschien dacht ik dat mijn ruimhartige wens me extra punten zou opleveren en zodoende mijn eigen veiligheid garandeerde. Maar dat doe ik allang niet meer. Want zeg nu zelf, is er ooit een dag geweest waarop alle reizigers van de wereld veilig thuiskwamen en rustig in hun eigen bed konden gaan slapen? Zo werkt het niet. Je kunt je beter op jezelf concentreren en de anderen laten voor wat ze zijn. Je kunt beter bidden voor je eigen welzijn en hopen dat je, ten minste vandaag, een van de gelukkigen zult zijn.

Het is maar een korte vlucht van Boston naar New York, hij duurt nog geen uur. Zodra de stewardessen min of meer recht door de gangpaden kunnen lopen, beginnen ze broodjes naar ons hoofd te slingeren, in een wanhopige poging om alles uitgedeeld en afgeruimd te krijgen voor we op de grond staan, terug in de volwassen wereld, waar we zelf weer iets te eten mogen gaan kopen.

Op mijn uitklaptafeltje heb ik, gewichtig uitgestald, alsof het een rekwisiet is in een toneelstuk waarvan niemand weet dat het wordt opgevoerd, het manuscript van mijn nieuwe boek, *Het fantoomalbum*. Dit maakt deel uit van mijn ritueel: daar staat mijn naam, in grote letters op de eerste pagina, en als mijn buurman of een langslopende stewardess het toevallig ziet – en als mijn naam hun bovendien iets zegt – nou, dan staat het ze vrij om een gesprek met me te beginnen. Tot nu toe is het nog nooit gebeurd.

Het andere ritueel waar ik me vandaag aan zal houden, betreft wat ik met dit manuscript ga doen als ik eenmaal in New York ben. Deze keurige stapel wit en zwart, zo kreukloos en strak; je ziet er helemaal niet aan af dat het een levend ding is. Het voelt lekker zwaar aan – het gewicht van die stapel in mijn handen, moet ik bekennen, geeft mij een kinderlijk gevoel van *moet je zien wat ik gemaakt heb!* – maar het visuele aspect stelt teleur. Het enige dat je ziet is een stapel papier, zonder een spoor van het bloed dat door de tekst stroomt, het kraakbeen dat deze bladzijden bij elkaar houdt. Daarom is het mijn gewoonte om een nieuw boek persoonlijk aan mijn uitgever te overhandigen. Niemand mag de menselijkheid van deze uitwisseling uit het oog verliezen. Geen e-mail, geen post, geen koerier; ik loop met mijn boek dat kantoor in en ik geef het aan mijn redacteur, in eigen persoon, eigenhandig. Ik doe dit al sinds mijn tweede roman en ik ben niet van plan ermee op te houden. Het zorgt altijd voor een fijne dag. Ze maken werk van me, ze nemen me mee uit lunchen. En als ik weer vertrek, kijk ik recht vooruit, zodat ik de opgetrokken wenkbrauwen en de heen en weer schietende blikken niet hoef te zien, niet hoef te zien hoe mijn manuscript met een achteloos gebaar precies dáár wordt neergegooid waar de medewerker van de postkamer het ook had laten vallen als ik mezelf al die moeite bespaard had. Mijn eigenaardigheden zijn mijn goed recht, en zolang iedereen zo beleefd is me niet in mijn gezicht uit te lachen, komen we er met z'n allen wel uit.

Niet dat die mensen ooit in de verste verte onaardig tegen me geweest zijn. Ik denk dat ik vandaag wat meer naar dit soort gedachten neig omdat ik weet dat er... vragen zijn over het boek dat ik ga inleveren. Dit boek is anders dan wat ik in het verleden gedaan heb. Ik durf zelfs met enige hoogmoed te beweren dat het anders is dan wat wie dan ook in het verleden gedaan heeft, al is er geen schrijver ter wereld die het nooit heeft overwogen. *Het fantoomalbum* is geen roman, al is het woord voor woord verzonnen. Zie je hoe ik eromheen draai om de spanning op te voeren? Hoor je de opwinding in mijn stem? Wat ik gedaan heb is namelijk niets minder dan revolutionair, en ik wil het schokeffect zo groot mogelijk maken. In dit boek ben ik teruggegaan naar de zeven romans die er de afgelopen twintig jaar van mij verschenen zijn en heb ik het slot ervan herschreven. *Het fantoomalbum* is de verzameling van alle laatste hoofdstukken die ik geschreven heb – dat wil zeggen, alle laatste hoofdstukken die ooit in druk verschenen zijn; zelfs ik vond het te ver gaan om het slot te herschrijven van de nooit verschenen roman die sinds 1992 in een doos in mijn kelder ligt. Maar al die andere heb ik zorgvuldig omgevormd tot iets heel nieuws. Kun je je voorstellen wat er gebeurt als je het slot van een boek herschrijft? Dan verandert alles. Betekenissen verschuiven, zekerheden worden op losse schroeven gezet. Schrijf zeven nieuwe laatste hoofdstukken en je hebt op slag zeven andere boeken.

Het wordt geen dik boek, het telt net honderd pagina's. Het is meer een compendium dan iets anders, niet bedoeld om de oorspronkelijke laatste hoofdstukken te vervangen, maar om ernaast te zetten als een boekensteun. Voor mij is het een kans om langs oude plaatsen te reizen. Om te kijken hoe die eruitzien nu de wereld en ik op een ander punt beland zijn.

Het is mogelijk dat niet iedereen het mooie van dit idee zo duidelijk ziet als ik. Toen ik mijn plannen de eerste keer besprak met mijn agent en mijn redacteur, waren ze niet onverdeeld enthousiast. 'De mensen vinden je boeken prachtig zoals ze zijn,' slijmden ze ieder op hun eigen manier. 'Je lezers zouden wel eens boos op je kunnen worden als je gaat sleutelen aan boeken waar ze zo aan gehecht zijn.' O, wat waren ze bezorgd om mij en mijn fans... bijna had ik me bedacht.

Maar het is natuurlijk allemaal gelul. Het klopt dat mensen zich bepaalde boeken toe-eigenen. Als de schrijver zijn werk gedaan heeft, wordt hij geacht beleefd een stapje opzij te doen, anders herinnert hij maar op pijnlijke wijze aan het feit dat die verhalen niet kant en klaar uit de lucht zijn komen vallen. En zeker, als Shakespeare uit de dood zou opstaan en zeggen: 'Ik heb me vergist met Romeo en Julia, ze kwamen niet tragisch aan hun einde, ze bleven nog lang genoeg leven om te trouwen en hun gebit te zien uitvallen en elkaar het leven zuur te maken,' dan zouden de rapen gaar zijn. Maar ik ben Shakespeare niet, en niemand die bij de productie van dit boek betrokken is, is bang dat lezers zich er erg druk over zullen maken. Ze zijn bang dat ze zich er helemaal niet druk over zullen maken.

Ik heb mijn aankomst vroeg gepland. Ik ben niet dol op New York, maar ik heb wel respect voor de stad, dat rusteloze beest, en ik vind het lomp om mijn bezoek af te raffelen. Daarom neem ik van het vliegveld een taxi naar de bibliotheek in 42nd Street; ik vind het leuk om in hun collectie vroegtwintigste-eeuwse foto's en stereokaarten te neuzen. Een sleutelscène in mijn zevende roman is zelfs geïnspireerd op een ansichtkaart uit 1902 die ik hier een paar jaar geleden onder ogen kreeg, al mag ik daar niet al te nostalgisch over doen, want de nieuwe versie in *Het fantoomalbum* maakt korte metten met die scène.

Mijn lievelingsfoto van vandaag komt uit dezelfde tijd. Hij is getiteld 'Ochtendritje, Atlantic City, New Jersey' en er staan echtparen op (plus één onvermijdelijke poedel) die in een stoet van vreemde rieten koetsjes over de boulevard gereden worden. De vrouwen dragen opzichtige hoeden, de hond, met de wind in zijn vacht, lijkt het gelukkigst van het hele stel. Ik betwijfel of ik dit ooit zal gebruiken. Ik ben niet van plan om in de nabije toekomst een historische roman te schrijven, en ik word al moe bij de gedachte aan alle research die nodig zou zijn voor één enkele alinea over dit beeld – heten die dingen sjezen? Landauers? Riksja's? Maar toch zit ik een uur lang onsamenhangende aantekeningen te maken, want je weet nooit waar ideeën vandaan komen, en zoals mijn vroegere leraar Latijn altijd zei: 'Spieren trainen de geest.'

Eerlijk gezegd ben ik een beetje onzeker over de rol die

schrijven van nu af aan in mijn leven zal spelen. Het werk aan dit laatste boek heeft een paar ongemakkelijke waarheden over het hele proces aan het licht gebracht. Ik heb altijd geweten dat schrijven het mooiste is als je nog geen pen hebt aangeraakt. Zolang een verhaal alleen in je hoofd bestaat zijn de mogelijkheden eindeloos; zodra je woorden op het papier begint vast te pinnen wordt het schipperen. Je moet keuzes maken, grenzen trekken. Je begint aan de kosmos te schaven, en je houdt pas op als je alleen nog maar een klompje doodgewone aarde over hebt. En uiteindelijk is wat je gemaakt hebt niet half zo schitterend als wat je eruit hebt gegooid.

Ik blijf nooit lang blij met het eindresultaat. Binnen een jaar zie ik alweer de tekortkomingen, voel ik het verlies van al die afgekapte mogelijkheden. Maar ik heb altijd gevonden dat met het verschijnen van een boek mijn aandeel geleverd was. Klaar; tijd voor iets anders. *Het fantoomalbum* heeft een ander licht op de zaak geworpen. Het blijkt dat je altijd nog van gedachte kunt veranderen. Je hoeft nooit klaar te zijn. En als je nooit klaar bent, wat heeft het dan voor zin om te beginnen? Op weg naar buiten gooi ik mijn aantekeningen in de prullenbak.

Het fantoomalbum is een verzinsel van mijn zoon Milo. Hij was net vier geworden. Hij had sinds kort belangstelling voor muziek en bedacht een truc om onze uitgebreide maar eindige muziekverzameling net zo groot te maken als zijn eigen grenzeloze fantasie. Het fantoomalbum was, simpelweg, een album met nummers die niet bestonden. *Ken jij de 'Drunken Sailor' van de Beatles?* vroeg hij bijvoorbeeld, terwijl hij in een wijde boog door de woonkamer liep. Nee, zei ik dan, ik wist niet dat zij dat ook zongen. *Ja, dat zingen zij ook.* Hij keek er ernstig bij, maar in zijn stem hoorde je de opwinding van de verbeelding die iets heel nieuws voortbrengt. *Het staat op Het fantoomalbum.* O ja, zei ik, dat is een hele goeie plaat, en ik zag mijn woorden door hem heen stromen. Hij was zo blij dat ik het spelletje meespeelde dat hij ervan stond te trillen, tot hij bijna uit elkaar leek te barsten van vreugde.

Milo is nu zevenentwintig en zanger van een band met nummers die wel degelijk bestaan, al zijn ze niet altijd helemaal mijn smaak. We hebben elkaar bijna vier jaar niet gesproken. Mijn gebruik van het verzinsel uit zijn jeugd is gedeeltelijk toe-eigening – de narcistische schrijversopvatting dat alles wat ik tegenkom van mij, van mij, van mij is – en gedeeltelijk een doorzichtige verzoeningspoging. Als ik eerlijk was zou ik een ondertitel toevoegen: *Kijk eens, schat. Kijk eens wat mama zich allemaal herinnert.*

Ik loop de trap af, langs de leeuwen, naar Fifth Avenue. Het is een sombere dag, begin november, en de hemel is van alle kleur ontdaan. Er staat een koude, tintelende wind. Het is druk op straat, en ik voeg me bij de deinende stroom voetgangers.

Milo's band heet Pareidolia, en ze hebben vrij veel succes, maar of ze blijvertjes zijn of slechts een modeverschijnsel staat nog te bezien. Als ik een tijdschrift opensla weet ik nooit of ik zijn gezicht niet ergens zal tegenkomen. Niet dat ik het erg vind als dat gebeurt – het is uiteraard de belangrijkste reden dat ik tijdschriften koop –, maar het is toch altijd weer een schok die me voor de rest van de dag een leeg en wankel gevoel geeft. In elk geval blijf ik zo wel min of meer op de hoogte. Ik weet dat hij een huis gekocht heeft in San Francisco, en dat hij een relatie heeft met een muisje met een spits gezichtje, Bettina nog-iets. Ik heb hen zien dansen in een club die voor een deel zijn eigendom is en ik heb hen zien wandelen op het strand, waar ze stokken gooiden voor honden waarvan ik de namen misschien wel nooit zal kennen.

Bij 42nd Street ga ik links af. Het is bijna tijd voor mijn afspraak, en ik zou langzamerhand een taxi moeten nemen, maar opeens krijg ik een beetje de zenuwen, en ik wil graag nog een paar minuten voor mezelf voordat ik in mijn publieke rol stap. Een paar minuten in de visuele chaos van Times Square, waar ik voor niemand iemand ben en dit boek onder mijn arm niet meer betekenis heeft dan een stapel strooibiljetten. Minder misschien zelfs, want wie zal zeggen wat uiteindelijk meer waard is, een pak verhaalfragmenten of de belofte van gunstig geprijsde elektronica?

Het is verbijsterend, dit bombardement van kleur en licht, deze overvloed aan informatie, al lijken de mensen die zich erin bewegen het amper op te merken. Ik probeer het allemaal in me op te nemen – het neon, de kolossale billboards, het laatste nieuws dat langskomt op de zijgevel van een gebouw. Ik geef me over aan een klein tijdreisfantasietje: als ik een vrouw was uit de achttiende eeuw (of de zeventiende of de vijfde) en ik zou opeens midden in dit tumult terechtkomen, hoe zou ik dan reageren op zo'n landschap van licht en lawaai? Een paar tellen lang voel ik de verwondering en de angst in mijn binnenste, maar ik kan ze niet lang vasthouden. Mijn eenentwintigste-eeuwse blik is afgestompt, en ik heb het uiteindelijk allemaal al eerder gezien.

Veel van mijn boeken komen voort uit dit soort spelletjes. Mijn voorlaatste roman, een gigantische flop getiteld *Zonnetje van mij*, ontstond toen ik de pasgeboren baby van een nicht in mijn armen hield en me afvroeg wat er in zijn zachte, ietwat kegelvormige hoofdje omging. Een manier om afstand te scheppen misschien, als ik eerlijk ben, een manier om me los te maken van de onontkoombare echtheid van het kind in mijn armen, met dat hoofdje niet groter dan een grapefruit, het compacte lijfje stevig ingepakt.

Het blijft wel een interessante vraag. Het is het meest basale menselijke mysterie – hoe denken we als we geen taal hebben, als we alleen nog maar kunnen slikken en sabbelen? – en toch heeft ieder mens op aarde het antwoord ergens weggestopt in een plooi in zijn lillende grijze hersenmassa. Geen erg originele gedachte (een vrij banale zelfs), maar die dag had ik het gevoel dat ik iets nieuws ontdekt had. Stel nou, dacht ik – de manier waarop alle boeken geboren worden. Stel nou dat ik een roman zou schrijven vanuit het gezichtspunt van een pasgeboren baby? Beginnend in de baarmoeder en dan verder gedurende de eerste zes maanden of daaromtrent. Eindigend voor ze kan zitten zonder om te vallen, voor ze een beker kan vasthouden of kushandjes geven. Hoe komt het gezin waarin ze geboren is op haar over? Wat begrijpt de lezer dat de protagonist zelf niet begrijpt?

Niet veel, daar waren recensenten en lezers het wel over eens. Op één boekbespreker na, die iets aardigs zei over de manier waarop mijn boeken erin slagen 'de essentie van het leven' bloot te leggen, reageerde het publiek lauw. Ik weet nu al dat mensen een link zullen leggen tussen het floppen van dat boek en mijn beslissing om *Het fantoomalbum* te schrijven, en het is inderdaad waar dat *Zonnetje van mij* het eerste boek was dat ik na verschijnen graag had willen herschrijven. Maar ik ben niet zo makkelijk van mijn stuk te brengen. Als schrijvers na elke slechte recensie hun boeken zouden herschrijven, zou het in de bibliotheken een verwarrende bedoening worden.

Ik hou een taxi aan, popelend opeens om de zaak in gang te zetten, om dit manuscript uit handen te geven en los te laten in het wild. Ik open het portier en stap in, zeg tegen de chauffeur naar welke kruising ik wil. Terwijl hij optrekt kijk ik toevallig naar buiten, en mijn blik valt op de nieuwsreader. Het staartje van een headline trekt mijn aandacht, maar ik weet niet zeker of ik het wel goed gelezen heb, en even later verdwijnt het om de hoek van het gebouw.

'Wacht,' zeg ik. Mijn stem klinkt vreemd. 'Ik moet eruit.'

De chauffeur bromt iets afkeurends en zet de auto aan de kant. Hoewel hij maar tien meter gereden heeft, haal ik wat dollars uit mijn portemonnee en steek ze door de gleuf in de afscheiding van plexiglas. Een beetje verbaasd merk ik dat mijn handen trillen.

Ik stap uit en blijf op de stoep naar het langsglijdende nieuws staan kijken. Mensen drommen langs me, botsen aan alle kanten tegen me op. Er is een headline over het salaris van professionele basketballers en een over bosbranden in het noordwesten van het land. En daar komt die ene waar ik op sta te wachten, en een reeks vrolijke gele lichtjes zet de hele wereld op zijn kop: 'Pareidolia-zanger Milo Frost gearresteerd wegens moord op vriendin Bettina Moffett.'

In de minuten die volgen, terwijl ik sprakeloos te midden van de gonzende menigte sta, ben ik me vooral bewust van mijn eigen reactie op dit nieuws. Ik begin niet te gillen, val niet flauw en zak niet door mijn benen; ik barst niet in tranen uit, hoef geen steun te zoeken bij een muur en ben niet bang dat ik moet overgeven. Ik voel me volkomen, door en door leeg. Ik probeer uit alle macht te bedenken wat ik nu moet doen. Als ik dit verhaal zou schrijven, vraag ik me af, hoe zou mijn personage dan reageren? Maar dit is geen fictie; als ik mijn zintuigen mag geloven, is dit het echte leven.

In een flits overweeg ik om een volgende taxi te nemen en gewoon naar mijn afspraak te gaan. Maar dat doe ik natuurlijk niet. Ik haal mijn telefoon uit mijn tas en bel mijn redacteur. Ik zeg dat er iets tussengekomen is en dat ik niet met haar kan lunchen. Ik vertel niet wat er aan de hand is, en ik kan niet uitmaken of ze het misschien al weet. Het manuscript doe ik wel op de post, zeg ik.

En dan ben ik vrij, en verloren. Ik dwing mezelf om door te lopen, al heb ik geen idee waar ik heen moet. Maar straks komt de klap, en ik sta liever niet op deze kakelbonte straathoek als dat gebeurt. In gedachten noem ik op wat ik nodig heb: eenzaamheid, een nieuwszender, een computer voor de rest van het verhaal. Een zacht bed om op te liggen als de bui eindelijk losbarst.

Verderop zie ik een hotel, en dat geeft me een doel om naartoe te werken. Niet instorten in de onderbuik van de stad; het duurt nu niet lang meer. Blijf overeind voor zolang als het duurt om met een receptionist te praten, de lift te nemen, een anonieme gang door te lopen. Haal de kaart door de gleuf en hoor de deur openklikken. Meer hoef je niet te doen.

Dit gebeurt echt; dit is geen fictie. En weet je wat het is met het leven? Er is helemaal geen essentie. Toe maar, voel de ruimte om je heen. Doe maar even. Zie je? Het is alleen maar lucht.

Omslagtekst van
ZONNETJE VAN MIJ
door Octavia Frost
(Farraday Books, 2009)

Hoe ziet de wereld eruit in de ogen van zijn nieuwste bewoners? In deze opzienbarende en gedurfde roman neemt Octavia Frost ons mee naar een plek waar we allemaal geweest zijn, al kunnen we ons het landschap nauwelijks herinneren: onze vroege jeugd. Vanuit de ervaring die we allemaal delen – de geboorte zelf – en de tragische omstandigheden van één baby die ter wereld komt in één gezin, werpt Frost nieuw licht op de vraag hoe we worden wie we zijn.

In de nacht na de dag dat ze zich voor het eerst heeft omgedraaid, is ze klaarwakker voor haar voeding van twee uur. Ze ligt met haar ogen wijd open in het donker, en haar beentjes spannen en ontspannen zich alsof haar spieren hun geluk om deze nieuwe triomf niet op kunnen. Ze sabbelt zonder zich te concentreren, stopt telkens even om naar het gezicht van haar moeder te kijken, naar het spleetje licht dat tussen de gordijnen door valt, de langgerekte berg vader die naast hen in bed ligt. Dan wordt de tepel bedekt, en zij wordt teruggebracht naar haar wiegje. 'Slaapkopje', hoort ze, en 'bedtijd'. De klik van de deur, het zich terugtrekkende licht, en ze is alleen.

Maar de slaap komt niet. Ze kan zich met geen mogelijkheid stilhouden. Ze rolt op haar buik en merkt dat ze niet meer terug kan komen. Steunend op haar armpjes, met haar hoofd hoog in de lucht als een schildpad, gilt ze het uit tot haar moeder komt om haar op haar rug te leggen. Dit doen ze nog een keer en nog een keer.

Uiteindelijk is ze veel te moe, en het lukt haar niet om weg te zakken in het iets waar ze wil zijn. Ze trekt haar rug krom, schopt met haar beentjes, schommelt wild heen en weer, net zolang tot haar bewegingen afnemen en steeds slomer worden, alsof ze een vis is die buiten adem raakt op de pier. Haar bovenlichaam lijkt eerder aan rust toe dan haar onderlichaam. Ze laat zich voorover op het matras vallen, haar ogen zakken halfdicht, haar mond zuigt gretig op de speen, maar haar billen steken omhoog en ze wipt op en neer op haar knietjes. Ze kan niet stil blijven liggen en ze brult van woede. Alles is verkeerd, het komt nooit meer goed. Haar moeder tilt haar op en wiegt haar, maakt het sissende geluid dat ze soms hoort in haar dromen, maar deze keer helpt het niet, niets zal ooit nog helpen. Ze spant al haar spieren, verzet zich, gilt. En dan buigt haar moeder zich over haar heen, legt haar voorhoofd tegen het hare, en in de krappe ruimte tussen hun gezichten kan ze haar ogen dicht laten zakken. Nog even, en ze is weg.

Licht en geluid, de ochtendzon en de stemmen van haar ouders als donderslagen. De kikkers boven haar bed zijn er weer, terug uit het donker, geluid zwelt aan en ebt weg: zo weet ze dat de nacht voorbij is. Maar er klopt iets niet. Haar huid gloeit, haar kin is nat en glibberig. Haar mond doet pijn, haar tandvlees klopt als een hart. Er zit ergens iets nieuws, een hard uitstekend puntje dat op een vervelende manier langs haar tong schraapt. Een doffe dreun aan de andere kant van de muur, een schreeuw en een gil, dan het lawaai van iets wat op de grond klettert. Ze begint te huilen. Even later houden de geluiden op. Zo gaat het altijd. Ze weet niet wie er deze keer naar haar toe zal komen – melkgeur of prikgeur, zachte huid of ruwe – maar ze weet wel dat zolang er iemand bij haar is, haar optilt en tegen zich aandrukt, haar gehuil het enige geluid op de wereld zal zijn.

Ze is bloot op haar luier na en zit in een koude, lichte kamer bij haar moeder op schoot. Haar moeder praat met een vrouw in een witte jas. Voor de borst van de vrouw hangt een ketting van lange buisjes met een beertje eraan.

Zo te horen doorloopt ze netjes alle fasen. Hoe is uw thuissituatie? Gaat ze naar de crèche?

Haar ogen dwalen van het beertje naar de lampen aan het plafond. Haar wang rust tegen haar moeders borst, en ze voelt de stem van haar moeder voordat ze hem hoort. *Nee, ze is bij mij thuis.*

Hebt u huisdieren?

Nee.

Rookt u?

Nee.

Mooi. Hebt u wapens in huis?

Ze ligt stil naar de lampen te kijken, maar opeens wordt alles hard en snel: haar moeders armen om haar heen, het kloppen tegen haar wang, het ritme van het bonzen in haar oor. Ze begint te wriemelen en de greep wordt wat losser, maar haar moeders lichaam ontspant zich niet.

Nee, zegt haar moeder.

Gelach van de vrouw met het beertje: *Ik vind het altijd een vervelende vraag, maar je kunt nooit weten.*

Nee, zegt haar moeder. *Natuurlijk niet.*

Als ze eenmaal begint te kruipen moet u het huis kindvriendelijk maken. U krijgt zo een folder van de verpleegkundige. De vrouw komt dichterbij, zwaait naar haar met het beertje. *Eens even kijken.*

Nu gebeuren er akelige dingen: een koude druk op haar borst, haar buik, haar rug; licht in haar ogen, iets scherps in haar oor. Ze draait zich weg, maar haar moeder houdt haar stil.

Ziet er allemaal goed uit. Ze krijgt vandaag vier inentingen. Ik roep de verpleegkundige even.

De deur gaat open en dicht. Haar moeders handen trillen op haar buik. Een klop op de deur, en een nieuwe vrouw komt binnen met een glimmend blad in haar handen.

Hallo moppie, zegt de vrouw. Ze steekt een dikke vinger naar haar uit die ze met twee handjes vastpakt. *Tjonge, wat zul jij straks boos op me zijn.*

Stevig vastgegespt in haar autostoeltje wordt ze achterstevoren naar de supermarkt vervoerd. Haar moeder steekt haar beentjes door de openingen in het metalen karretje en zo rijdt ze hoog door de paden. Ze vindt het heerlijk hier: het felle licht, de drukte, de hoge, kleurige muren. Ze buigt naar voren, doet haar mond open en drukt de pijnlijke plek tegen de koude metalen stang. Haar moeder duwt haar terug. *Niet doen*, zegt ze. *Bah.* Maar nu ze deze koele troost eenmaal ontdekt heeft, kan ze er onmogelijk weerstand aan bieden. Ze moet haar mond gewoon op dit zalige nieuwe ding leggen, moet haar kloppende vlees tegen dat koude harde drukken en de warmte ervan voelen aan haar tong. Uiteindelijk geeft haar moeder haar pogingen om haar af te leiden op, en ze sabbelt en knaagt net zolang tot iets nieuws haar aandacht opeist. Als ze bij het pad met de ballonnen komen, gaat haar hoofd omhoog alsof het aan een touwtje vastzit.

Voor het avondeten wordt ze in een nieuwe stoel gezet, een die net zo hoog is als de tafel. Haar vader zit naast haar, en zo heeft ze hem nog nooit gezien, zo dichtbij en op ooghoogte. Hij eet iets met zijn handen, een driehoekig ding vol kleur; het ruikt zo lekker dat ze het in haar mond wil stoppen. Ze steekt haar hand uit, maar ze kan er niet bij.

Ze heeft een wit blad voor zich en ze slaat met haar vuistje op het plastic. Ze krijgt van achteren een lapje stijve stof omgebonden – ze trekt en sjort eraan maar krijgt het niet los – en haar moeder pakt een wit kommetje en een lepel met een zachte roze steel.

Pap, zegt ze, terwijl ze de lepel in het kommetje steekt en een bergje witte drab opschept.

De lepel komt op haar af, duwt haar lippen van elkaar, en haar mond zit vol met vieze klonten. Ze kokhalst en werkt het spul naar buiten met haar tong. Haar ouders lachen. *Pak het fototoestel*, zegt haar moeder.

Ik weet wel wat jij wilt, zegt haar vader. Hij houdt haar die heerlijke driehoek voor. Ze kan er bijna bij met haar handje.

Niet doen, Michael, zegt haar moeder, nog steeds lachend. Ze komt weer op haar af met een lepel wit spul. *Ze mag geen pizza. Daar gaat ze van overgeven.*

De driehoek komt dichterbij. Haar moeders lippen krullen nog steeds omhoog, haar ogen kijken naar de lepel. *Welnee, dat kan best*, zegt haar vader, en dan is het eten vlak bij haar mond. Ze spert hem wagenwijd open. Het puntje van de driehoek belandt op haar tong, maar ze proeft alleen maar hitte. Ze trekt haar hoofd terug en begint te gillen, razend en ontroostbaar.

Michael! schreeuwt haar moeder, en ze duwt haar vader weg. *Nu heeft ze zich gebrand. Ik zei toch dat ze dat niet mocht.* Haar moeder steekt haar vingers in een glas helder vocht, houdt een koud blokje tegen haar tong. Het is een fantastisch gevoel. *Ze is pas zes maanden.*

Als haar vader eindelijk iets zegt, klinkt zijn stem heel zacht. *Goh, fijn dat je het even zegt*, zegt hij. *Bedankt voor de informatie. Ik ben natuurlijk zo'n domme zak dat ik niet eens weet hoe oud mijn eigen kind is.*

Haar moeder blijft doodstil staan. *Zo bedoelde ik het niet. Ik bedoelde alleen maar... ze heeft haar tong gebrand.*

Haar vader smijt het eten dat er zo lekker uitziet zo hard op tafel dat het kletst. *Het ging per ongeluk. Maar dat zou jou natuurlijk nooit overkomen. Want jij bent verdomme de grote babyexpert.*

Helemaal niet, zegt haar moeder. *Michael.*

Opgepast, mensen. Daar heb je onze godvergeten babykampioen. Wat je ook doet, probeer vooral geen lol te maken. Wat je ook doet, probeer vooral geen vader te zijn.

Haar moeder maakt met onhandige gebaren de riempjes van de kinderstoel los. *Hier ga ik niet naar zitten luisteren.*

Beweging en lawaai, en alles ligt op de grond – de klonten en het kommetje, de kleurige driehoek en het roze lepeltje. Ze begint weer te huilen.

Stop haar in bed, zegt haar vader.

Het is nog geen tijd.

Stop. Haar. In bed.

En haar moeder rent met haar de kamers door en de trap op, terwijl het water uit haar mond loopt en de heerlijke geur steeds zwakker wordt.

Het is geen ochtend, maar haar moeder haalt haar uit haar wieg, wikkelt haar in een dekentje en legt een hand op haar mond als ze begint te piepen. Ze loopt vlug de trap af en naar buiten, de kou in. Als het autoportier opengaat ziet ze in het plotselinge licht dat het gezicht van haar moeder bultig en nat is, met donkere vlekken die er normaal nooit zijn.

Ze valt in slaap en wordt wakker, valt in slaap en wordt wakker. Als ze de auto weer uit getild wordt, heeft de hemel een nieuwe kleur. Haar moeder draagt haar naar de deur van een rood huisje, maar de deur gaat al open voor ze er zijn, en een vrouw met zwart en wit haar komt naar buiten.

Dat heb je snel gedaan, zegt ze. De nieuwe vrouw tilt haar zo uit haar moeders armen. *Ken je oma Kay nog?* vraagt ze met zangerige stem. Maar deze vrouw ruikt en voelt niet goed, en ze gilt net zolang tot haar moeder haar weer overneemt.

Ze is een beetje eenkennig de laatste tijd.

Nu al, op deze leeftijd? Ach ja, ze pikken veel op uit hun omgeving. Oma Kay steekt een vinger naar haar uit en draait er kleine rondjes mee tot zij de vinger vastpakt. *Het gaat nu niet meer alleen om jou.*

Ja, laat maar, mam. Ik ben er nu toch?

Binnen geeft een man met een grijs overhemd haar een kus, een warme kriebel boven op haar hoofd.

Is het nu menens? vraagt hij. *Je weet dat hij hierheen komt, hè?*

Dit huis is anders. Dit huis heeft bruine vleugels die ronddraaien aan het plafond en een zacht kleed dat de hele vloer bedekt. Als haar moeder haar neerzet, legt ze haar wang op het kleed en voelt met haar tong aan de harige plukjes. Ze kijkt naar de ronddraaiende vleugels en voelt de wind die ervan af komt. Ze rolt zich een keer om, en dan nog een keer. Ze rolt en rolt tot ze bij de muur is en niet verder kan.

In dit huis slaapt ze – niet in haar wieg, maar in een zachte doos met wanden van gaas –, twee keer 's middags en een keer 's nachts voor ze haar vader weer ziet. Als hij komt, hoort ze eerst zijn stem. Ze ligt op het zachte kleed op het oor van een giraffe te kauwen als de voordeur een zoemgeluid maakt. De grote mensen komen allemaal tegelijk in beweging.

Shit, zegt haar moeder.

Zal ik de politie bellen? vraagt oma Kay.

Haar moeder tilt haar op en rent met haar naar de andere kamer, legt haar in haar bedje en laat haar alleen. Ze zet het op een gillen, maar er komt niemand, en als ze even stopt om op adem te komen, hoort ze dat haar vaders stem een van de geluiden is die uit de woonkamer komen.

Ze huilt omdat ze naar hem toe wil. Een paar minuten later hoort ze voetstappen op de gang, en dan staat hij in de deuropening. Van heel hoog kijkt hij lachend op haar neer. Ze begint met haar beentjes te trappelen van blijdschap. *Hoi teddybeertje,* zegt hij, en zijn stem stroomt door haar heen als warme melk. *Kom eens bij papa.*

Ze steekt haar armpjes naar hem uit.

Thuis, in haar schommeltje, zwaait ze naar voren en naar achteren, soepel als een schaduw die over de muur glijdt. Het is de tijd van de dag dat de geur van eten uit de keuken komt en de bomen voor de ramen verdwijnen, een moment waarop ze vaak haar draai niet kan vinden, maar de beweging van de schommel en de troost van haar speentje maken haar rustig en een beetje suf.

Haar moeder komt de kamer in en knielt voor de schommel. Haar stem klinkt heser dan normaal – *het spijt me zo, schatje, ik hou zoveel van je* – en ze staart naar het gezicht van haar moeder, zo groot en zo geliefd. Terwijl haar ogen dicht beginnen te vallen, lacht ze achter haar speentje.

Over eenenzeventig jaar, op de laatste ochtend van haar leven, zal ze ontwaken uit een droom waarin ze op een schommelbank op de veranda zit en er een vrouw die ze niet herkent voor haar staat, dichterbij komt, dan weer verder weg raakt. Het is een jonge vrouw, maar op de een of andere manier weet ze dat de vrouw ook oud is, en ze praat tegen haar in een taal die ze niet verstaat. Ze zal wakker worden met een kalmte die ze in haar wakende leven zelden voelt. Het gevoel blijft terwijl ze opstaat en zich, om haar man niet wakker te maken, zachtjes aankleedt en met haar make-up zorgvuldig zowel de oude als de nieuwe blauwe plekken wegwerkt. Ondanks de gebruikelijke vage gedachten aan haar vader en haar kinderen (ze heeft twee zoons, maar het is lang geleden dat ze hen gesproken heeft) houdt het aan terwijl ze haar ochtendklusjes doet (ze moet goed oppassen dat ze geen strepen maakt als ze de glazen tafel schoonmaakt) en blijft het tot het moment dat haar man vertrekt voor zijn ommetje en zij gaat zitten om koffie te drinken, alsof het een dag is zoals alle andere.

Maar deze avond in haar schommeltje, die op een dag langer geleden zal zijn dan ze zich denkt te kunnen herinneren, weet ze nog niets van de dood, of van make-up, of zelfs van koffie. Ze soest en schommelt tot een nieuw geluid haar wekt. Het is kort en fel en hard – harder dan een stem die schreeuwt aan de andere kant van een muur, harder dan een toren van blokken die op de grond vallen. Er hangt opeens een geur in de kamer die prikt in haar neus. Geschrokken en boos begint ze te huilen, steeds harder en harder, tot haar vader de voordeur opendoet en haar ziet zitten.

Haar vader kijkt om zich heen en begint woordeloos te brullen, hard en woest. Zijn gezicht loopt rood aan en hij kijkt naar haar op een manier die haar bang maakt. Hij tilt haar ruw uit de schommel – *Hou op met huilen, verdomme* – en loopt naar het tafeltje met de telefoon.

Onderweg neemt ze in zich op wat ze ziet: speelgoed in een mand, een leeg glas naast de salontafel, haar moeder rustig slapend op de grond. Ze steekt haar armpjes naar haar uit. Ze wil haar vingers in die donkere poel om haar heen dopen.

Haar vaders onderarm zit te strak om haar borst. Ze begint te spartelen en hij laat haar los en ze valt op de grond. Door de schok komt er even geen geluid uit haar mond. Verstijfd kijkt ze toe terwijl hij de telefoon pakt. Dan zuigt ze haar longen vol lucht en begint te huilen, want als ze maar hard genoeg krijst komt haar moeder haar wel halen.

Thuis, in haar schommeltje, zwaait ze naar voren en naar achteren, soepel als een schaduw die over de muur glijdt. Het is de tijd van de dag dat de geur van eten uit de keuken komt en de bomen voor de ramen verdwijnen, een moment waarop ze vaak haar draai niet kan vinden, maar de beweging van de schommel en de troost van haar speentje maken haar rustig en een beetje suf. Ze hoort de voordeur opengaan, en even later komt haar vader de kamer in. Hij gaat voor haar staan en praat zachtjes tegen haar – *hallo, teddybeertje van me* – en ze staart naar zijn gezicht, zo groot en zo geliefd. Terwijl haar ogen dicht beginnen te vallen, lacht ze achter haar speentje.

Over eenenzeventig jaar, op de laatste ochtend van haar leven, zal ze ontwaken uit een droom waarin ze op een schommelbank op de veranda zit en er een man die ze niet herkent voor haar staat, dichterbij komt, dan weer verder weg raakt. Het is een jonge man, maar op de een of andere manier weet ze dat de man ook oud is, en hij praat tegen haar in een taal die ze niet verstaat. Ze zal wakker worden met een kalmte die ze in haar wakende leven zelden voelt. Het gevoel blijft terwijl ze opstaat en zich aankleedt, denkend aan de dag die voor haar ligt (ze heeft een baantje in een casino, waar ze achter smoezelig acrylglas geld wisselt), en blijft gedurende een telefoontje van een van haar kinderen (ze heeft twee zoons, allebei ouder dan ze ooit had gedacht zelf te zullen worden) tot aan haar pauze, wanneer ze gaat zitten om koffie te drinken, alsof het een dag is zoals alle andere.

Maar deze avond in haar schommeltje, die op een dag langer geleden zal zijn dan ze zich denkt te kunnen herinneren, weet ze nog niets van de dood, of casino's, of zelfs van koffie. Ze soest en schommelt tot een nieuw geluid haar wekt. Het is kort en fel en hard – harder dan een stem die schreeuwt aan de andere kant van een muur, harder dan een toren van blokken die op de grond vallen. Er hangt opeens een geur in de kamer die in haar neus prikt. Geschrokken en boos begint ze te huilen, steeds harder en harder, tot haar moeder eraan komt en haar uit de schommel tilt.

Terwijl ze door de kamer lopen neemt ze in zich op wat ze ziet: speelgoed in een mand, een leeg glas naast de salontafel, haar vader rustig slapend op de grond. Ze steekt haar armpjes naar hem uit. Ze wil haar vingers in die donkere poel om hem heen dopen.

Haar moeder brengt haar naar boven, legt haar op het aankleedkussen, verschoont haar luier en wurmt haar uit haar kleertjes. Ze trekt haar een zachte pyjama aan en legt haar in haar wieg. *Even wachten, meisje*, zegt ze. Haar stem klinkt heser dan normaal.

Haar moeder loopt weg en maakt een boel kabaal in de kamer naast de hare. Ze komt terug met een grote blauwe tas.

We gaan een eindje rijden, zegt ze. *Eerst jou even voeden, en dan gaan we een heel eind rijden.*

Haar moeder tilt haar uit de wieg, gaat met haar in de stoel zitten en hijst haar shirt op om haar te kunnen voeden. Haar gezichtje is al vlak bij de tepel, maar alles voelt onveilig en verkeerd. Haar moeders armen zitten te strak om haar heen. Ze ruikt zelfs anders. Angstig trekt ze haar hoofd terug. Haar moeder haalt diep adem, zegt *Stil maar, stil maar, stil maar*. Nattigheid op haar hoofdje. Samen schommelen ze tot haar moeders ledematen zich eindelijk ontspannen. *Stil maar*, fluistert ze, en het is net een slaapliedje. Ze begint te sabbelen, en dan wordt ook haar lichaam slap. Nog even en ze slaapt weer. Ze strekt haar beentjes, duwt met een voet tegen de spijlen van de schommelstoel. De bleke ronding van de borst is alles wat ze ziet, de melk is net zo warm als het lichaam van haar moeder.

Devastate me
Punch holes till the light shines through
Desecrate me
I'll lie under water for you

Uit 'Devastate Me' van Pareidolia
Tekst Milo Frost, muziek Joe Khan
Geciteerd in The New York Times,
woensdag 10 november

HOOFDSTUK TWEE

Als de dag eindelijk afgelopen is, na een verschrikkelijke middag in anonieme hotelchic en een vlucht waarop ik voor het eerst sinds mijn jeugd luchtziek werd, word ik door een taxi afgezet voor mijn huis in Newton en zie ik dat ze me gevonden hebben. Mijn voortuin baadt in kunstlicht, en vijftien of twintig mensen met camera's en microfoons en andere apparatuur staan in de motregen op me te wachten. Zodra ik het portier van de taxi opendoe komen ze als één man op me af.

Ik aarzel even, en voor ik het weet ben ik omsingeld, sta ik met mijn rug tegen het autoportier gedrukt. Meteen beginnen ze te schreeuwen: 'Mevrouw Frost!' 'Octavia!' 'Hebt u Milo gesproken?' 'Heeft hij het gedaan?' 'Was Milo als kind gewelddadig?' 'Heeft hij een drugsprobleem?' En andere vragen, die ik niet versta.

Ik kijk om naar de chauffeur, die nijdig zit te toeteren. Het liefst zou ik instappen en vluchten, maar dat is belachelijk. Ik recht mijn rug en haal diep adem. 'Geen commentaar,' zeg ik tegen het boeket microfoons voor me. Ik heb het gevoel dat ik mijn tekst oplees uit een filmscript, maar wat moet ik anders zeggen? Terwijl ik me een weg door de menigte baan en mijn sleutel in het slot pruts, blijf ik het herhalen. Ze schreeuwen nog wat als ik naar binnen glip, maar ze kunnen niet met me mee. Bij de drempel stopt het.

Ik doe de deur dicht en blijf even in de donkere hal staan. Ik ben met mijn man Mitch in dit huis komen wonen toen Milo drie was en Rosemary nog een baby. Het was toen net nieuw; wij zijn het enige gezin dat hier ooit gewoond heeft. Ik steek mijn hand uit naar het lichtknopje en besef dat ik verwacht dat het huis er nu anders uitziet dan toen ik vertrok. Ik verwacht iets dramatisch, een zichtbaar bewijs van desintegratie of verval. Ik stel me mijn meubels voor in een paar decimeter water, mijn muren bedekt met een agressieve schimmel. Maar alles is natuurlijk nog precies zoals toen ik dertien uur geleden de deur achter me dichttrok. Een stapel post op het tafeltje in de hal. Foto's aan de muren: wij met z'n vieren, en dan wij met z'n tweeën.

Ik trek mijn schoenen uit, ga naar de wc, haal een doos crackers uit de keuken. Zonder het licht aan te doen blijf ik een tijdje tegen het aanrecht geleund staan. Het is een grote keuken, warm als de zon er 's ochtends in schijnt, nu koud en leeg. Ingelijste vingerverfschilderijen boven de tafel, kunst gemaakt door kinderen die er niet meer zijn. Een vitrine met twee babymutsjes, het ene met een blauw lintje, het andere met een roze. Verschaft door het ziekenhuis en vlak na hun geboorte op hun hoofdjes gezet. Wat je ook over mij als moeder kunt zeggen, één ding is zeker: met tastbare herinneringen heb ik altijd iets gehad.

Ik loop door het huis, trek gordijnen en luxaflex dicht zonder voor de ramen te gaan staan, al ziet het ernaar uit dat de meeste verslaggevers aanstalten maken om te vertrekken. Eetkamer, werkkamer, woonkamer, gezellig en vertrouwd, rommeliger dan je zou verwachten, gezien het feit dat er maar één iemand woont. Ik weet niet of het nostalgie is of luiheid, maar ik heb nooit zelfs maar overwogen om te verhuizen. Nadat Milo was gaan studeren, heb ik er een tijdje op zitten wachten: het verlangen naar muren waar nooit op getekend was, naar vloeren die niet bekrast waren door stepjes die helemaal niet voor binnen bedoeld waren. De wens om potloodstreepjes op deurposten te verruilen voor een ruimte die ondubbelzinnig van mij was. Maar het kwam nooit, en nu ben ik daar blij om. Ik zou niet weten hoe ik dit nieuws moest verwerken in een huis waar mijn kinderen nooit gewoond hebben.

In de woonkamer ga ik op de bank zitten – een betrekkelijk

nieuwe bank, alleen voor mijn eigen plezier gekocht – en haal mijn laptop uit het koffertje. Ik ben niet van plan mijn e-mail te checken, maar ik hou het programma lang genoeg open om één bericht te versturen, één document bij te voegen. Typ de eerste letters van het adres van mijn redacteur, laat de computer de rest doen. *Beste Lisa, het spijt me dat ik onze lunch moest afzeggen, maar je zult inmiddels wel gehoord hebben wat er gebeurd is. Wil je dit alleen even bezorgen voor ik het weer vergeet. Ik ben benieuwd wat je ervan vindt. Groeten, O.* Druk op Versturen voor ik me kan afvragen of dit op deze specifieke avond wel zo'n nuttige tijdsbesteding is.

Volgens mijn voicemail heb ik drieëndertig nieuwe berichten. Wachtend op de enige stem die ik nu wil horen luister ik ze een voor een af. Veel journalisten, een paar grappenmakers, een rechercheur uit San Francisco die me op de hoogte stelt van de arrestatie. Er is ook een bericht van mijn moeder. Ze klinkt overstuur; ik zal haar morgen terug moeten bellen. Een heleboel berichten van vrienden en kennissen: sommige wensen me alle goeds, andere zijn duidelijk uit op de smeuïge details. Als ik me er eindelijk helemaal doorheen geworsteld heb, pak ik de afstandsbediening.

Het is mijn gewoonte om het nieuws op te nemen, zodat ik ernaar kan kijken wanneer het me uitkomt, en nooit eerder zijn techniek en persoonlijke behoefte zo perfect op elkaar afgestemd geweest als nu. Ik zet de tv aan, druk twee knopjes in, en daar loopt Milo tussen twee agenten in, met zijn handen geboeid op zijn rug. Dit filmpje heb ik al gezien, op mijn hotelkamer en in de vertrekhal op het vliegveld, maar nu neem ik de tijd om het eens goed te bekijken. Hij draagt een rood T-shirt en een zwarte spijkerbroek. Zijn gezicht kan ik niet goed zien, want hij houdt zijn hoofd gebogen, zoals arrestanten in deze situatie allemaal doen, tenzij ze zo gestoord zijn als Charles Manson. Hij lijkt magerder dan toen ik hem voor het laatst zag, en zijn haar – net zo donker als het mijne, al heb ik tegenwoordig hulpmiddelen nodig om het zo te houden – komt tot aan zijn kin. Een lok valt voor zijn gezicht terwijl hij weggevoerd wordt. Ergens, in een envelop, heb ik nog een paar plukjes van dat haar, bewaard nadat hij voor het eerst naar de kapper was geweest. Het was een stuk lichter toen, en fijner. Als ik zou willen, als ik bereid was om een tijdje tussen de dozen in de kelder te zitten, tussen mijn kartonnen archief, zou ik die envelop tevoorschijn kunnen halen en dat haar door mijn vingers laten gaan. Voelen hoe zacht het ooit was.

Nadat ik het nieuwsitem een paar keer helemaal uitgekeken heb, zet ik het beeld stil zodat Milo het hele scherm vult. Ik kijk naar hem, mijn geboeide zoon, en onderwerp mezelf aan een onderzoek. Wat voel ik als ik dit zo zie? Ik huil niet; dat heb ik in het hotel en in het vliegtuig al gedaan en voorlopig zijn mijn tranen op. Ik voel meer wat ik achttien jaar geleden ook een paar maanden voelde, toen Milo een jongetje van negen was met armen en benen die slungelig uit te klein geworden pyjama's staken en ik een weduwe van wie nog geen woord verschenen was. Een enorme angst, en iets wat je hopeloosheid zou kunnen noemen. Een niet te bevatten gemis, de zekerheid dat het nooit meer goed zal komen.

Toen Milo klein was, voor ik écht iets kwijtraakte, probeerde ik me wel eens voor te stellen dat ik net te horen had gekregen dat hij dood was. Ook dat was onderzoek. De afschuw die ik voelde, het weeë gevoel in mijn maag en het prikken achter mijn ogen, de behoefte om zijn stevige, gezonde lijf aan te raken stelden me gerust. Ja, dacht ik dan. Zo hoort een moeder zich te voelen. Voor Milo geboren werd dacht ik dat de liefde van een moeder voor haar kind iets onveranderlijks, iets onwrikbaars was. Ik dacht dat het zoiets was als een jas, een warme en behaaglijke jas die je kon aantrekken zonder dat er binnen in jou iets veranderde. Ik begreep nog niet dat liefde je ook kan uithollen; ik wist niet dat elke keer dat verantwoordelijkheid en gehechtheid een nieuw spoor trekken, er iets anders wordt uitgegutst.

Ik denk wel eens aan de etch-a-sketch die Milo als kind had. Toen hij negen of tien jaar was haalde hij het ding uit elkaar om te kijken hoe het werkte. Wat hij ontdekte verraste me; ik bleek het in mijn hoofd precies verkeerd om te hebben. Ik dacht altijd dat als je aan de knoppen draaide om de pen in beweging te zetten, je magnetisch poeder naar de onderkant van het glas trok. Ik dacht dat je met dit poeder je tekening maakte. In werkelijkheid is het precies andersom: als je ermee schudt, raakt het glas bedekt met aluminiumpoeder, en als je aan de knoppen draait haal je dat poeder weer weg. Je tekening is dus juist afwezigheid van poeder, geen aanwezigheid. Als je genoeg tijd en geduld hebt, is het mogelijk om zoveel lijntjes te trekken dat het glas helemaal schoon wordt. Kras een gedeelte van het glas helemaal vol en je ziet het binnenste van het apparaat er dwars doorheen.

Mijn liefde voor Milo – en om de een of andere reden was het met zijn zusje niet helemaal hetzelfde – is altijd hevig geweest, maar niet onveranderlijk. Soms tekenen de lijnen zich zo duidelijk af, zijn het er zoveel en overlappen ze elkaar zo dat ze elke centimeter van mij afdekken en alles onder de oppervlakte blootleggen. Maar als er iets gebeurt waardoor de grond onder onze voeten begint te schudden, verandert mijn gevoel, al is het maar heel even, in blanco en ondoorzichtig glas. Als je het zo ziet, zou je nooit zeggen dat er ooit een tekening is geweest.

Ochtend. De dag begint, net als gisteren, in een vliegtuig. Maar deze keer is het mijn diepste wens om níét herkend te worden. Ik ben op weg naar San Francisco. Uiteraard. Ik heb geen idee wat ik ga doen als ik er eenmaal ben, maar thuiszitten is geen optie.

Onderweg naar het vliegveld heb ik twee mensen gebeld: het hoofd van de Engelse faculteit, om mijn lessen voor de komende tijd af te zeggen, en mijn moeder in Fort Lauderdale, die gerustgesteld moest worden terwijl ik niets geruststellends te zeggen had. Ik heb nog geen poging gedaan om Milo te bereiken. Ik heb zijn telefoonnummer niet, en voor zover ik weet zit hij nog in voorarrest.

Op het tafeltje voor me liggen drie kranten, allemaal met

een verhaal over mijn zoon op de voorpagina. In dit vreemde tijdperk van technologie en informatie, waarin het nieuws zo ongeveer rechtstreeks in onze aderen gespoten wordt, met elk kwartier een nieuw infuus, is niets ooit definitief. Ik weet zeker dat het verhaal alweer helemaal veranderd zal zijn als ik van boord ga. Maar op dit moment weet de wereld dit: Bettina Moffett, zesentwintig jaar oud, is op de ochtend van 9 november gevonden in het huis dat zij met Milo deelde. Ze lag in bed, haar schedel was ingeslagen met een halterschijf van vijf kilo. Ze werd gevonden door de huishoudster, Joyce Tung. (Een gek idee dat mijn zoon een huishoudster in dienst heeft. Dat had ik nooit van hem verwacht.) Toen mevrouw Tung aankwam liet ze zichzelf met haar eigen sleutel binnen, wat ze altijd deed. De deur was zoals gewoonlijk vanbinnen op slot gedraaid. Wat niet gewoon was, was wat ze zag toen ze binnenkwam: Milo slapend op de bank, zijn gezicht en handen onder het opgedroogde bloed. Mevrouw Tung ging zachtjes, zonder hem wakker te maken de kamer uit en liep met een onbehaaglijk gevoel door naar boven. Even later vond ze het lichaam van Bettina en belde de politie. Toen Milo enige tijd daarna versuft en kennelijk met een kater wakker werd, zag hij zich omringd door een meute agenten die onbewogen op hem neerkeken. (Laat me opmerken dat de gezichtsuitdrukking van de agenten nergens expliciet vermeld wordt; dat detail is mijn bijdrage aan de Milo Frost-mythe in wording.)

De drie artikelen bevatten grotendeels dezelfde informatie. Alle drie noemen ze dezelfde hoofdpunten van Milo's achtergrond – *Hij is, naast gitarist Joe Khan, lid van de band Pareidolia, wier laatste album,* December Graffiti, *vier toptienhits heeft opgeleverd, waaronder* 'Devastate Me' *en* 'Your Brain on Drugs' – en ze hebben ook allemaal wel een oud-klasgenoot van Milo bereid gevonden om te zeggen dat hij als puber best zwaarmoedig was. De verhalen eindigen stuk voor stuk met een uitspraak van Bettina's moeder, Kathy Moffett, waarvan de lezers gegarandeerd de tranen in de ogen springen. De kranten konden kiezen; ze heeft het druk gehad de afgelopen vierentwintig uur. Het lijkt wel alsof ze voor dit moment geoefend heeft. *Bettina is op kerstavond geboren, en ik zei altijd dat ze mijn engel op aarde was,* schrijft de ene krant. En een andere: *Ik heb altijd geweten dat ze te goed was voor deze wereld.* En misschien wel mijn favoriet: *Het laatste wat ze tegen me zei was: 'Mam, ik hou van je.'*

Dit is niet de eerste keer dat Bettina's moeder zich aan mijn bewustzijn opdringt. Het is niet zo moeilijk om de draak te steken met haar hoogdravende uitspraken, maar ik geloof haar als ze zegt dat ze een intieme relatie had met haar dochter. Ik heb haar op ontelbare foto's gezien, naast en achter de hoofd-personen, altijd een beetje aan de rand; haar aanwezigheid in het leven van Milo en Bettina kon me onmogelijk ontgaan. Milo, Bettina en Kathy met een Starbucksbeker in hun hand. Milo, Bettina en Kathy op het vliegveld. Zij en ik lijken hele-maal niet op elkaar – zij is lang, blond, gespierd; ik ben kleiner, donkerder, ronder –, maar ze is een soort dubbelgangster van me geworden. Ze leeft een leven dat het mijne zou kunnen zijn, als ik er maar achter kon komen hoe ik met haar van plaats moet ruilen. Dit kan een moeder allemaal meemaken; in de voorstelling van vandaag wordt de rol gespeeld door Ka-thy Moffett.

Milo heeft (bij monde van zijn advocaat) verklaard dat hij onschuldig is. Hij zegt dat hij op de bank lag te slapen omdat Bettina en hij onder het eten ruzie hadden gekregen – getuigen hebben hen inderdaad rond halftien in een restaurant op ge-dempte maar heftige toon met elkaar zien praten. Daarna gin-gen ze allebei huns weegs, en hij was pas om twee uur 's nachts thuis, maar toen lag Bettina boven vredig te slapen (zegt hij). Hij viel in slaap op de bank en herinnert zich niets meer tot de politie kwam. Maar een man die rond elf uur 's avonds zijn hond uitliet zegt dat hij op de oprit een auto zag staan die op die van Milo leek, en twee andere buren verklaren dat ze min-der dan een halfuur later geschreeuw in het huis hoorden en daarna een dreun. De politie heeft sporen van haar bloed ge-vonden op zijn huid en op de bank. Ze hebben – en hier moet ik even diep ademhalen voor ik verder lees – ze hebben op de trap bloederige voetafdrukken gevonden die overeenkomen met zijn schoenzolen.

Ik kijk naar de foto die in alle kranten staat, een opname die een paar maanden geleden gemaakt is bij een prijsuitreiking. Hij draagt een bizarre fluwelen smoking, hardgroen; het kostuum ziet eruit alsof het uit een tweedehandswinkel komt, maar waarschijnlijk heeft hij er een of andere ontwerper een belachelijk bedrag voor betaald. Zijn haar ziet er onverzorgd en vies uit – ook daar heeft hij vast een heleboel moeite voor gedaan – en hij heeft een stoppelbaardje. Bettina draagt een kort jurkje bezet met kralen, dat de jaren twintig in herinnering roept, en een zwarte panty met gaten erin. Haar blonde krullen zijn met heel veel speldjes opgestoken en ze is zwaar opgemaakt. Ze staat met haar armen om Milo heen en haar hoofd tegen zijn schouder en heeft een uitbundige, blije lach op haar gezicht. Milo lacht niet. Hij kijkt naar Bettina met een concentratie die elke moeder van een dochter de stuipen op het lijf zou jagen. Misschien was het alleen maar ongelukkige timing en duurde die blik niet langer dan de fractie van een seconde die de fotograaf nodig had om af te drukken. Maar hij kijkt naar haar alsof hij er niet mee kan stoppen, al zou hij nog zo graag willen, alsof dat kijken naar haar het enige is wat hem op de been houdt. Alsof hij bang is dat een van hen zal ophouden te bestaan zodra hij zijn blik afwendt.

Dit verdiende Bettina niet. Nog zo'n uitspraak die haar moeder op haar kleine persfeestje deed. Ik heb altijd moeite gehad met dat idee – dat we überhaupt iets verdienen, dat we recht hebben op een bepaalde uitkomst van ons leven –, maar dit is een van die zwart-witgevallen die korte metten maken met de grijze gebieden. Bettina Moffett verdiende het niet dat haar schedel werd ingeslagen, dat haar bloed over haar lakens stroomde. En Kathy Moffett – en dit zeg ik als iemand die weet wat het is om een dochter te verliezen – verdient evenmin wat haar overkomen is.

Ik vouw de kranten op en prop ze onder de stoel voor me. Op

het vliegveld heb ik ook nog een boek gekocht, een roman van Sara Ferdinand, een oude studievriendin van mij. Een voormalige rivale, eigenlijk. Ze heeft het ver geschopt, veel prijzen gewonnen, maar ik heb nooit goed begrepen wat er zo aantrekkelijk is aan haar werk. Ze schrijft verhalen als spichtige houten poppen zonder kleren aan, verhalen die veel bewondering oogsten, maar voor zover ik weet weinig liefde. Haar proza is net een lege kamer: kaal, zonder een spikkeltje stof, elke zin teruggebracht tot de pure essentie. Alle emotie met de rest van de rommel aan de straat gezet. Dit boek heet *Het stervende brein*, en in de boekhandel op het vliegveld lag er een enorme stapel van. Het is zojuist verfilmd, en de paperback heeft een make-over gehad: filmsterren op het omslag, alsof je die ook echt in het boek zult vinden. Geen idee waarom ik juist vandaag besloot een boek te kopen van een collega voor wie ik op z'n zachtst gezegd gemengde gevoelens koester, maar het verbaast me niet dat ik helemaal geen zin heb om erin te lezen. En dus zit ik maar wat te zitten in een metalen doos in de lucht, gevangen in mijn eigen gedachten.

Nog één ding over de krantenartikelen: ik word er ook in genoemd. De verslaggevers zijn erin geslaagd om er iets als dit in te frutselen: *Frost is de zoon van bestsellerauteur Octavia Frost, in wier roman* Voorbij de horizon *een passage voorkomt over een musicus die zijn vrouw vermoordt.* (Ze zeggen er niet bij dat de betreffende passage, die overigens losstaat van de plot als geheel, over een negenentachtigjarige fluitist gaat die met zijn auto per ongeluk achteruit over zijn vrouw heen rijdt.)

Het is niet voor het eerst dat Milo en ik in één stukje genoemd worden. In artikelen over Pareidolia kom ik zelden voor; ik neem aan dat de doelgroep van de band zich rot zou schrikken van het woord 'boek' (om maar te zwijgen van 'moeder') en als de wiedeweerga op zoek zou gaan naar een band met een minder literaire achtergrond. Maar recensenten en journalisten die over mij schrijven laten nooit na te vermelden wie mijn zoon is. En ondanks al onze moeilijkheden vind ik het altijd fijn om drukwerk met hem te delen. Ik stel me voor dat hij, door een digitale knipseldienst op deze artikelen attent gemaakt, niet anders kan dan mijn naam lezen en naar mijn foto kijken, al zou hij het veel liever laten. Zo zijn we elkaar de afgelopen jaren blijven volgen. Ik denk niet dat ik de enige ben die een en ander bijgehouden heeft.

Na een halve dag reizen kom ik aan op een plek waar het nog ochtend is, en licht als in de lente. Als ik me eenmaal moe en versuft in mijn hotelkamer geïnstalleerd heb, zet ik CNN aan om te zien wat er in die paar uur dat ik in de lucht zat aan nieuws naar buiten gekomen is. Ik kom meteen te weten – het staat in beeld geschreven, ik hoef niet eens te wachten tot het hardop aangekondigd wordt – dat Milo op borgtocht vrijgelaten is. Het is een hele opluchting, al slaat dat misschien nergens op. Die borgtocht verandert niets aan de toestand in zijn geheel, maar ik ben blij dat hij voorlopig tenminste niet verkracht wordt, of bedreigd met een scherp voorwerp, of wat zich dan ook afspeelt in een gevangenis met echte boeven in plaats van Hollywoodacteurs, die mijn enige referentiekader vormen. Het feit dat hij vrijgelaten is duidt ook op een oordeel omtrent de ernst van zijn misdaad: de politie denkt misschien dat mijn zoon een moordenaar is, maar als ze hem weer de straat op laten, zien ze in hem vast niet de ergste soort moordenaar. Het is een kwestie van gradatie die een etmaal geleden te subtiel voor me zou zijn geweest. Vreemd dat ik het nu zo geruststellend vind.

Op tv praat Milo's advocaat met de nieuwslezeres. Hij heet Samuel Zalakis, en ik noteer zijn naam op het schrijfblokje met het logo van het hotel, dat naast de telefoon ligt. Ik weet niet of Milo deze man zelf heeft uitgekozen, maar hij lijkt me een goede keus. Hij is halverwege de vijftig, gesoigneerd en charismatisch, en toch niet glad. Je zou hem vaderlijk kunnen noemen, maar alleen als je vader stropdassen van duizend dollar draagt en er geen moeite mee heeft voor vijftig miljoen mensen zijn mond open te doen.

'Op dit moment,' zegt de nieuwslezeres, naar voren leunend

op haar desk, 'ziet het er niet naar uit dat het openbaar ministerie voor de doodstraf zal gaan, klopt dat?'

Een slang begint door mijn buik te kronkelen. Omdat ik in Massachusetts woon, waar sinds – weet ik veel, de jaren veertig? – niemand meer geëxecuteerd is, was dit nog niet eens bij me opgekomen.

'Dat is juist. De aanklacht luidt moord met voorbedachten rade zonder verzwarende omstandigheden. Daarop staat in Californië vijfentwintig jaar tot levenslang.'

'En als de openbare aanklager in de loop van het onderzoek zou vaststellen dat er wél verzwarende omstandigheden zijn, zoals wanneer er sprake zou zijn van een hinderlaag of verminking, wat we in opvallende moordzaken wel vaker zien...?'

'Dat verwachten we niet, maar inderdaad, het is mogelijk dat de aanklacht wordt verscherpt, wat gevolgen zou kunnen hebben voor de strafbepaling.'

Ik ga plat op het bed liggen, met mijn wang op de sprei van ruwe zijde. Mijn hart bonkt. Ik adem in, ik adem uit. Ik weet niet hoe dit moet.

De uitzending wordt onderbroken voor de reclame; ik rek me uit naar de afstandsbediening en zet de tv uit. Ik weet zeker dat er nog meer komt, maar ik wil het nu niet zien. Na een paar minuten dwing ik mezelf om overeind te komen. Ik ben niet dat hele eind gekomen om op bed te liggen. Ik pak mijn telefoon en bel inlichtingen voor het nummer van Zalakis' kantoor.

'Zalakis, Sampson en Dugger,' zegt de receptioniste die opneemt.

'Dag,' zeg ik. 'Ik probeer de heer Zalakis te bereiken. Ik ben de moeder van Milo Frost.'

Ik hoop op een geschokte stilte, een uiting van ongeloof zelfs misschien, maar ze verstaat haar vak. 'Helaas,' zegt ze, 'de heer Zalakis is op het moment niet bereikbaar.' Natuurlijk niet, ik zag hem net live op CNN. Had ik verwacht dat ze me zijn mobiele nummer zou geven? 'Als u me uw naam en telefoonnummer geeft, geef ik hem een bericht door.'

Ik vertel haar wat ze weten wil en hang op. Ik heb nog één vaag plan. In mijn tas vind ik het oude adresboekje dat ik vanochtend uit mijn bureaula heb gevist, en ik zoek het nummer van Rana en Salima Khan op, de ouders van Milo's medebandlid Joe. Ik ken Joe al heel lang. Hij en Milo zijn jeugdvrienden, sinds het eind van de basisschool of daaromtrent. Ze zaten vaak met z'n tweeën in Milo's kamer, met de muziek zo hard dat het huis stond te trillen op zijn grondvesten. Meer dan eens stormde ik naar binnen om de muziek zachter te zetten en betrapte ik ze met spullen die ze niet hoorden te hebben: een blootblad, voetzoekers, een joint. Ik herinner me nog goed de paniek in hun ogen bij mijn binnenkomst, de haast waarmee ze probeerden te verstoppen wat ik niet mocht zien. Zo stel ik me Milo's reactie voor toen de politie gisterochtend zijn huis binnenkwam.

Salima neemt op. Het wordt een ongemakkelijk gesprek – we hebben elkaar zo'n tien jaar niet gesproken, en dit is niet de meest geschikte week om weer eens contact te zoeken met oude vrienden –, maar als ik ophang staat Joe's nummer op mijn hotelschrijfblokje.

Joe was veel bij ons thuis toen hij en Milo pubers waren. Ik had hem er graag bij; met alleen Milo en mij in huis was het wel zo handig om af en toe een buffer te hebben. Het was een aardige jongen, slim en geestig, evenwichtiger dan Milo ooit is geweest. Ik denk dat hij wel met me zal willen praten, al heb ik geen idee in hoeverre mijn afwezigheid de afgelopen vier jaar zijn mening over mij beïnvloed heeft.

Nadat de telefoon twee keer is overgegaan neemt hij op. 'Hallo?' zegt hij, alsof het een vraag is. Nu iedereen al weet wie er belt voor er een woord is gezegd, is een telefoontje van een onbekend nummer reden voor wantrouwen.

'Dag Joe,' zeg ik. Opeens word ik zenuwachtig. 'Met Octavia Frost.'

'Mevrouw Frost,' zegt hij. Ik heb een tijdje geprobeerd hem zover te krijgen dat hij me bij mijn voornaam noemde, maar dat is nooit iets geworden. 'Ik vroeg me al af of u zou bellen.'

'O ja?'

'Ja, natuurlijk. Ik dacht, met al dit gedoe probeert u vast contact op te nemen met Milo.'

'Heb jij hem gezien?' vraag ik. 'Sinds ze hem... vrijgelaten hebben?'

'Nee, nog niet, maar ik heb hem wel gesproken. Hij klonk wel oké.'

'Waar zit hij? Niet thuis zeker?'

'Nee, de politie is nog bezig. Hij logeert een paar dagen bij Roland Nysmith.'

Daar sta ik even van te kijken. Roland Nysmith van The Misters, rocklegende uit de jaren zeventig, is al heel lang een held van Milo. Ik had wel gelezen dat ze vrienden geworden waren, maar ik had geen idee dat het zo dik aan was dat Milo hem om zo'n gunst kon vragen. Het is eigenlijk een briljante zet, waarschijnlijk het werk van de een of andere pr-goeroe die verstand heeft van damagecontrol. Roland Nysmith is een van de weinige beroemdheden die de eigenaardige transformatie van strakgebroekte rebel tot eerbiedwaardig staatsman hebben klaargespeeld zonder een karikatuur van zichzelf te worden, en zijn steun verleent deze hele smeerboel tenminste nog een schijn van fatsoen.

'Op die manier,' zeg ik. 'Kun je mij zijn nummer geven, of me misschien wel naar hem toe brengen?'

'O, u bent hier? In San Francisco?'

'Ik ben vanochtend op het vliegtuig gestapt.'

'Grappig. Toen ik Milo sprak vroeg ik of hij u gesproken had, en hij zei van niet. Ik zei: "Ze wil je vast zien," en toen zei hij dat u waarschijnlijk liever van een afstandje toekeek. Hij zei dat hij dacht dat u alleen zou willen weten hoe het afliep.'

Ik zeg niets terug. Het was maar een bijdehante rotopmerking, typisch Milo, maar het kwetst me wel.

'Jezus,' zegt Joe. 'Dat ik dat er zomaar uitflap. Sorry, ik heb al dertig uur niet geslapen of zo.'

'Het geeft niet,' zeg ik. 'Ik ben er in elk geval en ik wil mijn zoon graag zien. Heb je zijn telefoonnummer?'

'Nou, kijk, het zit zo. Als u toch contact met me opnam, zei hij, dan moest ik niets zeggen.'

'O,' zeg ik. Het verbaast me niet, maar toch zeurt diep vanbinnen het verdriet.

'Maar nu u er eenmaal bent verandert hij misschien van gedachte,' gaat Joe verder. 'Ik bel hem wel even, dan bel ik u over een paar minuten terug, oké?'

Ik bedank hem en we hangen op. De laatste keer dat ik Milo zag stond hij op het punt in een vliegtuig te stappen. Hij was thuis geweest voor de kerst, en ik had hem naar het vliegveld gebracht. Pareidolia's debuut was net uitgekomen, hun eerste single werd veel gedraaid. Zelf was ik ook in een wittebroodsstemming, want een paar dagen voor hij kwam had ik de laatste bladzijden van mijn roman *Carpathia* geschreven. We hadden een leuke tijd gehad samen; de sfeer was er een van verwachting. Nu heb ik er spijt van dat ik niet met hem mee naar binnen ben gegaan – hij had nog wat tijd over, wat een cruciale factor zou blijken in alles wat volgde –, maar ik had nog een paar dingen te doen, dus zette ik hem af bij de ingang. We omhelsden elkaar en ik gaf hem een zoen op zijn wang. We wisten niet, nog niet, dat onze relatie na Milo's vlucht onherroepelijk veranderd zou zijn.

De telefoon gaat. 'Hoi, Joe,' zeg ik.

'Sorry, mevrouw Frost. Hij zei nee.'

Opeens ben ik alleen nog maar kwaad. *Dat kleine ettertje*, denk ik, en meteen voel ik me schuldig, alsof ik het recht in zijn gezicht gezegd heb. Hij heeft wel ruggengraat, moet ik zeggen. Waarom zouden we er een melodrama van maken? De huilende moeder die in het gevang haar hand tegen het glas legt, de onhandelbare zoon die beschaamd zijn ogen neerslaat... nee. Zo doen wij dat niet. Ik ga wel weg, ik vlieg vanavond nog terug. En ik kom pas weer als hij me vraagt om te komen.

'Mevrouw Frost?' vraagt Joe. 'Gaat het?'

'Ja hoor,' antwoord ik afgemeten.

'Waar logeert u?'

Ik vertel het hem.

'Wilt u koffie gaan drinken of zo? Ik kan er in een halfuur zijn.'

In mijn jeugd kende ik een meisje dat Lisette Freyn heette. Een stille, magere sliert van een meid. Ze lachte veel maar leek helemaal geen vrienden te hebben. Ze ging het huis uit toen ze vijftien was, en het verhaal wilde dat ze weggelopen was om als groupie achter bands aan te reizen. Voor mij, naïef als ik was, en nog helemaal op mijn gemak in het keurslijf van het gezin, hadden ze net zo goed kunnen beweren dat ze weggelopen was om pauw te worden. Het idee dat je elke avond opging in een menigte, jezelf vergat op een stampende golf van muziek, dat je het zweet aflikte van de gezichten van mannen wier platen je had gekocht van je verjaardagsgeld... ik kon me niet voorstellen dat iemand die ik kende zo'n leven leidde.

Een paar jaar later, halverwege de jaren zeventig, toen Bramble Wine de song 'Lisette Spins' uitbracht, wisten we allemaal (of dachten we te weten) dat het over haar ging. Een meisje met 'gloeiende ogen en een lichtgevende lach', een meisje 'jong genoeg om door de kamer te dansen, oud genoeg om zich op het bed te laten vallen'. Een meisje dat 'mama fluistert als ze denkt dat ik het niet hoor'. Af en toe komt dat lied nog langs op de gouwe-ouwezender, en vroeger, voor internet onwetendheid ouderwets en onnodig maakte, probeerde ik me dan altijd even voor te stellen wat er van haar geworden was.

Ze is gestorven aan een overdosis. Of ze is getrouwd met een chiropractor.

Ze haat dat lied, ze noemt zich tegenwoordig Lisa, haar kinderen weten van niets.

Het is een verhaal dat ze op feestjes nog wel eens vertelt. Of ze praat er nooit over, maar ze zorgt er wel voor dat de gastvrouw haar aan iedereen aanwijst.

Ze heeft het achter zich gelaten, ze herkent dat meisje van toen niet eens meer.

Of misschien zit het zo: dag in dag uit wacht ze bij de radio op die langzaam aanzwellende beginnoten, op die tekst die haar eraan herinnert wie ze zou moeten zijn.

In werkelijkheid is de romantiek van oude vrienden die uit je leven verdwijnen een luxe die tot het verleden behoort, en ik ben veel te nieuwsgierig om zoiets te laten lopen. Een paar jaar geleden heb ik haar gegoogeld, en sindsdien hebben we af en toe contact. Als online 'vrienden' hebben we meer met elkaar dan in het echt ooit het geval is geweest, en haar Facebook-updates hebben haar van een mythische figuur veranderd in een gewone vrouw met een gewoon leven. Ze woont in San Francisco, en als dit een tournee of vakantie was, zou ik zeker contact met haar opnemen en vragen of ze zin had om iets af te spreken.

Maar nu, in de koffietent waar Joe naartoe zou komen, denk ik aan Lisette de zwerver, en niet aan Lisette de gescheiden, tweeënvijftigjarige makelaar. De mensen om me heen zien er niet anders uit dan de koffiedrinkers in andere Amerikaanse steden, maar ik ben gevoelig genoeg voor de Californische mythe om me voor te stellen dat ze met z'n allen in de greep zijn van een brandende ambitie, niets liever willen dan gekend en herkend worden. Zij zouden vast dolgelukkig zijn als er een nummer over hen geschreven werd. Ik wel, in elk geval.

Terwijl ik op Joe zit te wachten luister ik stiekem naar een gesprek aan een tafeltje rechts van mij. Twee mannen met laptops, de een driftig typend, de ander lezend. Af en toe telefoneren ze met anderen. Het is een andere manier van met elkaar omgaan dan ik gewend ben, maar zij lijken er tevreden mee.

De man die heeft zitten lezen kijkt op. 'Hé, moet je deze horen. Wat is Pareidolia's opvolger van *December Graffiti*?'

Zijn vriend kijkt hem over zijn scherm heen aan. Hij lacht nu al. 'Nou?'

'*November: moordactie.*'

Zijn vriend haalt zijn schouders op en wappert met zijn hand. 'Tss,' zegt hij. 'Ik heb wel betere gehoord.'

Er is veel te doen over de duistere aard van Milo's teksten. Iedereen neemt nu zijn nummers onder de loep, op zoek naar geweld, vrouwenhaat, alles waar maar een scherpe punt aan geslepen kan worden om mee te prikken. De ontdekkingen zijn in het beste geval dubieus, maar als mensen een puzzel zien vinden ze ook stukjes die passen. In een van zijn nummers, 'Saskatchewan', zingt Milo: 'Speel mijn hoer/ Je weet hoe het moet, je hebt het eerder gedaan.' Niet mijn favoriete tekst, maar niet zo heel schokkend in de context van de moderne popmuziek. En het wrange is dat 'Saskatchewan' een liefdeslied is. De verteller (die misschien wel en misschien niet Milo is, laten we dat niet vergeten) zegt tegen zijn vriendin dat het hem niets uitmaakt hoeveel mannen ze heeft gehad, als ze hem maar trouw blijft. Het is zo hoofs als dit soort muziek maar zijn kan. In een andere song, 'Plutonium Kiss', komt het volgende couplet voor: 'Ze had gif tussen haar lippen en gif tussen haar dijen/ We speelden Russische roulette om te zien wie er dood moest.' Daar moet ik om lachen. Ik wil wedden dat zelfs Milo zijn gezicht niet in de plooi kan houden als hij dat zingt. Het is een bespottelijke tekst, puur effectbejag; de tekst van een puber die indruk probeert te maken op zijn vrienden.

Maar het nummer waar mensen echt opgewonden van raken is 'Diesel Lights', over een stel dat ruziemaakt bij een benzinestation langs de snelweg. Als het nummer zijn climax bereikt en de spanning tussen de geliefden oploopt, zegt de hoofdpersoon tegen zijn vriendin: 'Ik pakte je beet/ Er was niemand in de buurt/ Ik kan je wel vertellen/ Ik had je dood kunnen slaan.'

In het licht van de gebeurtenissen... tja. Maar ik vind het eigenlijk niet zo onthullend. Uit eigen ervaring weet ik dat dit soort speurwerk nergens toe leidt. Toen het tweede album van Pareidolia uitkwam, ben ik uren bezig geweest met het tekstboekje, op zoek naar iets wat betekenis voor mij zou kunnen hebben. Een of ander verborgen verlangen naar vereeuwiging à la Lisette Freyn. En soms – bij een couplet over woede die niet sleet, een regel over verraad – dacht ik dat ik het gevonden had. Maar ik wist het nooit zeker.

Hoe dan ook. Jonge mannen schrijven geen nummers over hun moeder; je zou je zorgen maken als het wel zo was. Milo is geen folkzanger die sentimentele ballads over zijn kindertijd schrijft, en hij is geen countryzanger die odes aan zijn mama bulkt. Hij is een rocker; hij gaat voor hard, venijnig, scherp als een zwaard. En wat kun je nu helemaal opmaken uit wat iemand schrijft? Hij moet een hoop ballen in de lucht houden, stel ik me zo voor, hij heeft te maken met rijm en metrum, het verhaal moet bij de muziek passen, en hij probeert een bepaald beeld op te roepen. Je mag er niet van uitgaan dat hij over wat dan ook de waarheid vertelt.

De deur gaat open, en daar is hij, Joe Khan, helemaal volwassen geworden. Hij heeft een pet en een zonnebril op – de halfbakken vermomming van de semiberoemdheid – en hij heeft zich een doordachte nonchalance aangemeten die kilometers verwijderd lijkt van de authentieke slordigheid van zijn puberteit. Het is een vreemde gewaarwording hem hier te zien. We zijn in geen vijf jaar samen in één ruimte geweest, maar ik kan niet zeggen dat ik hem al die tijd niet gezien heb. Ik had genoeg recente foto's gezien om te weten wat ik kon verwachten – ik wist dat zijn haar korter zou zijn dan de laatste keer dat we elkaar zagen, en dat zijn gezicht wat hoekiger was geworden –, maar ik had geen rekening gehouden met structuur, beweging en diepte, al die fysieke bijzonderheden die op papier niet overkomen. Nu ik hem in levenden lijve zie, in 3D als het ware, besef ik dat ik me Milo tegenwoordig ook plat voorstel.

Joe zet zijn zonnebril af, en ik zie zijn ogen, groot en bruin als die van een zeehond, precies zoals ik me ze herinner. Zijn aanwezigheid alleen al beurt me op. Om hem na al die tijd weer te zien, de man wiens jongensjaren zo verweven waren met die van Milo, die luidruchtig mee-at aan onze tafel en de suikerpot van mijn moeders trouwservies kapotgooide, die me een keer een maand lang niet durfde aan te kijken omdat hij een roman van me gelezen had waar een paar gewaagde scènes in voorkwamen – het is als een zucht terwijl ik niet eens wist dat ik mijn adem inhield. Het is een plaatsvervangend genoegen, een kans mijn moederliefde via een omweg te uiten.

'Joe,' zeg ik. Ik omhels hem. 'Je ziet er goed uit.'

'Bedankt,' zegt hij. 'U ook. Echt.'

'Dank je.' Ik zie er ook best redelijk uit, denk ik, voor een in rampspoed rondtastende vrouw van middelbare leeftijd. Mijn haar is korter dan bij onze laatste ontmoeting, maar zachter, en er zit meer slag in; vroeger föhnde ik het altijd steil, wat ik nu nogal tuttig vind als ik het op foto's terugzie. En hoewel ik een beetje verfomfaaid ben door de reis, heb ik mijn kleren met zorg uitgekozen, in de klaarblijkelijk ijdele hoop dat ik Milo vandaag zou zien. Misschien had Joe verwacht dat ik er slechter uit zou zien. Achter op mijn boeken staat al tien jaar dezelfde foto, dus hij had waarschijnlijk geen idee wat hem te wachten stond.

Hij wijst naar de toonbank. 'Ik ga even koffie halen.'

Ik zie hem weglopen, bestellen, betalen. Niemand let op hem, hoewel zijn foto bijna net zo vaak in de krant staat als die van Milo.

'Ik zal het meteen maar vertellen,' zegt hij terwijl hij gaat zitten. Hij haalt het dekseltje van zijn beker, blaast golfjes in zijn koffie. Hij heeft een tatoeage op zijn onderarm, vlak boven zijn pols. Het lijkt iets abstracts, een of ander rune-achtig teken, maar het zit half onder zijn mouw. 'Mijn advocaat heeft me geadviseerd om niet over de zaak te praten.'

Ik knik. 'Oké,' zeg ik. 'Dat is prima.' Zoiets had ik al verwacht, maar nu zitten we wel met een pijnlijk gebrek aan gespreksstof. 'En,' probeer ik, 'hoe gaat het met je ouders? Ik heb je moeder heel even gesproken, maar we hadden geen tijd om echt bij te praten.'

'Het gaat wel goed met ze,' zegt hij. 'Mijn vader gaat volgend jaar met pensioen.'

'Fijn voor hem,' zeg ik.

'Woont u nog in hetzelfde huis?' vraagt hij. Ik knik.

'Ik vond het altijd een geweldig huis,' zegt hij, en in een flits zie ik Milo en Joe op het kleed voor de tv zitten, de joysticks zo stevig in hun knuisten dat hun knokkels er wit van zien. In dezelfde kamer als waar ik mijn zoon gisteravond geboeid afgevoerd zag worden.

Ik zucht, en Joe neemt een slokje koffie. Het gesprek stokt, maar ik weet niet wat ik hem moet vragen. *Hoe gaat het met de band?* is duidelijk geen goede vraag. We blijven allebei een tijdje stil en drinken aandachtig onze koffie.

'Zonder het over de zaak te hebben,' zeg ik uiteindelijk, 'mag ik wel naar Milo vragen?'

'Vast wel,' zegt Joe. 'Wat wilt u weten?'

Daar moet ik even over nadenken. Hoe gebeurt zoiets? Dat is één ding dat ik wil weten. Hoe zijn we in vredesnaam in deze situatie beland? Heeft hij Bettina echt vermoord? En zal ik hem ooit weer zien zonder het glas van een televisiescherm tussen ons in?

'Wat jij me wilt vertellen. Hoe ging het met hem voordat dit gebeurde? Maakt niet uit wat. Ik heb hem heel lang niet gezien.'

'Voordat dit gebeurde,' zegt Joe. Hij klinkt bijna weemoedig, alsof hij vergeten was dat er zo'n tijd geweest is. 'Het ging wel goed met hem, volgens mij. Hij was... Ik weet het eigenlijk niet. Hij is... Milo.'

Ik kijk naar de kartonnen beker in mijn handen, de papieren wikkel die eromheen zit. Opeens heb ik zin om te huilen. Natuurlijk. Hij is gewoon Milo.

'Wat was Bettina voor iemand?' vraag ik. Wat ik eigenlijk bedoel is, wat was Milo voor iemand als hij bij haar was, maar dat lijkt me nu gevaarlijk terrein.

Hij blijft een tijdje stil. 'Ik was eerlijk gezegd nooit zo dol op haar,' zegt hij dan. 'Jezus, dat klinkt nu wel heel naar.'

Ik haal mijn schouders op. 'Je hoeft mensen niet te mogen alleen omdat ze dood zijn. Wat vond je niet leuk aan haar?'

'Ze was gewoon irritant. Een beetje kinderachtig, met die driftaanvallen als ze haar zin niet kreeg. En ze was heel bezitterig met Milo. Niet dat hij het erg vond. Hij was compleet bezeten van haar, en ik heb nooit goed begrepen waarom.'

Hij stopt met praten. Ik denk dat hij vindt dat hij te ver gegaan is. Ik wil hem niet in verlegenheid brengen, maar ik zou
er een fortuin voor overhebben om te horen wat hij onder
'compleet bezeten' verstaat.

'Hoe gaat het met het schrijven?' vraagt hij. Hij wil het over
iets anders hebben.

'Wel goed,' zeg ik. Ik heb toch al het gevoel dat ik in een
wolk van paniek zit, en ik wil nu helemaal niet denken aan
Het fantoomalbum in de inbox van mijn redacteur. Ik vraag
me af of de uitgeverij me een fruitmand gaat sturen of zoiets.
Ik vraag me af of ik hier zolang zal blijven dat het ding wegrot
voor mijn deur voor ik thuiskom. 'Best.'

'Ik heb een paar zomers geleden een van uw boeken gelezen,' zegt hij, weer wat opgewekter. 'Dat ene... dat spookver-
haal, als je het zo kunt noemen. Over die man die als kind op
de Titanic had gezeten.'

'*Carpathia*,' zeg ik.

'Ja. Een heel goed boek.'

'Dank je,' zeg ik. 'Ik ben blij dat je het mooi vond.'

'Het was wel gek, hoor – het was al een heel avontuur om
het in huis te hebben. Als Milo kwam moest ik het telkens
verstoppen, want hij mocht het niet zien.' Hij lacht, alsof het
grappig is dat mijn zoon niet eens naar mijn boeken kan kijken.

Ik drink mijn beker leeg en zet hem op tafel. Zinnend op een
nieuw onderwerp vraag ik of hij een vriendin heeft. Die heeft
hij, maar dat wist ik al. Ze heet Chloe en ze heeft een dochtertje uit een eerdere relatie. Ze ontwerpt sieraden, die ze via internet verkoopt. En daarna zwijgen we weer.

Ik sta op het punt om te vragen of de kaketoe van zijn ouders
nog leeft als Joe zegt: 'Ik heb iets voor u.'

Hij haalt zijn postbodetas onder het tafeltje vandaan. Als hij
hem openmaakt zie ik de rand van een laptop, een opgerold
snoer, wat papier, twee cd's. En een vierkant doosje, dat hij eruit haalt en aan mij geeft.

'Dat meen je niet,' zeg ik. 'Echt?'

'Yep,' zegt hij. Voor het eerst sinds hij is gaan zitten glimlacht hij. 'Het is maar een aardigheidje.'

Ik maak het doosje open en zie een porseleinen suikerpot met gele roosjes erop. Mijn moeders dessin.

'O, Joe,' zeg ik. Een sliertje warmte kronkelt door me heen. Ik ben oprecht ontroerd. 'Wat aardig van je. Dat je dit echt voor me gekocht hebt.'

'Ja, ach,' zegt hij een beetje verlegen. 'Ik vond het rot dat ik die pot stuk had gemaakt. Eigenlijk wilde ik u meteen al een nieuwe geven. Ik heb een stukje van die oude bewaard, bij het opruimen heb ik het in mijn zak gestopt, zodat ik iets had met die roosjes erop. Maar daarna heb ik er nooit meer iets aan gedaan. En toen de band eenmaal geld begon te verdienen ben ik als een gek cadeautjes gaan kopen. Best gestoord eigenlijk: een auto voor mijn moeder, en voor mijn vader een gesigneerde honkbal van vijfentwintighonderd dollar.'

Ik glimlach alsof ik het heel schattig vind allemaal. Milo heeft nooit iets voor mij gekocht.

'Maar goed, toen herinnerde ik me dus dat ik een nieuwe suikerpot had willen kopen, en het werd een missie voor me om er een op de kop te tikken. Aan Milo had ik niets, die had geen idee hoe het dessin heette of wie het gemaakt had of wat dan ook, maar ik had dat kleine stukje nog, en uiteindelijk ben ik alles te weten gekomen. Wist u dat ze deze dingen niet meer maken?'

Ik knik. 'Ik gebruik dat servies bijna nooit meer, omdat het zo moeilijk te vervangen is.'

'Precies. Ik had het bijna opgegeven. Met die hele toestand tussen u en Milo was het ook wel raar geweest als ik u zomaar een suikerpot had gestuurd.'

Raar. Ja, een beetje raar vind ik het wel. Het is heel lief van hem, maar niet bepaald wat je van een man van zijn leeftijd zou verwachten. Ik denk dat hij als puber misschien een beetje verliefd op me was.

'En hoe ben je er nou aan gekomen?'

'Chloe vond er een op internet. Ze houdt wel van dat soort uitdagingen, dus af en toe zocht ze een tijdje voor me. Hij is toevallig van de week aangekomen.'

'Wauw,' zeg ik, een beetje lomp. Ik wikkel de pot weer in het vloeipapier. 'Dankjewel. Ik ben er heel blij mee. Het is een mooi cadeau.'

'Goed zo. Dat vind ik fijn.' Hij haalt zijn telefoon uit zijn zak, kijkt hoe laat het is. 'Ik moet weg,' zegt hij. 'Ik heb om vier uur een afspraak met onze manager. We moeten verzinnen wat de rest van de band gaat doen totdat dit is opgelost. We moeten concerten afzeggen... het is een puinhoop.' We staan allebei op. 'Hoelang blijf je?'

'Niet zolang. Als hij me niet wil spreken kan ik weinig doen.'

'Wel goed dat u gekomen bent, vind ik,' zegt Joe. 'Ook al wil hij u niet zien.'

Ik kijk hem aan. 'Vind je dat echt?' vraag ik.

'Ja. U hebt er verder niets aan, maar ik vind dat hij zich achterlijk gedraagt. Hij kan u op dit moment best gebruiken.'

Ik omhels hem nog een keer, haal een hand door zijn stekelige haar zoals een moeder dat zou doen. Hij heeft altijd prachtig haar gehad, donker en dik. *Niet aan zo'n jongen besteed*, zou mijn grootmoeder gezegd hebben. 'Het was fijn om je te zien,' zeg ik. 'Pas goed op jezelf.'

'Ja, u ook,' zegt hij. Ik begin onze lege bekers op te ruimen.

Hij pakt zijn tas en zijn telefoon en kijkt naar de deur. 'Nou, goede reis terug dan maar. U hebt mijn nummer.' Ik wil niet dat hij weggaat, ik wil hem hier houden, maar er is niets aan te doen. Hij zou me toch niets vertellen. 'Dag,' roept hij zonder om te kijken. Het belletje boven de deur rinkelt.

Ik ga weer zitten, al heb ik mijn beker al weggegooid. Ik neem ons gesprek van zonet nog eens door, maar ik krijg er geen vat op. Er is geen enkel houvast. Ik haal de suikerpot uit de doos. Hij lijkt als twee druppels water op de pot die Joe al die jaren geleden stuk heeft laten vallen. Ik weet nog dat ik als kind uit die pot suiker op mijn havermout schepte, en een tel later op Milo's cornflakes. Hij is echt precies hetzelfde. Het is net alsof ik de oude terug heb.

Ik til het dekseltje op om te kijken of er geen schilfertjes af zijn, en als ik de gladde, witte binnenkant bekijk zie ik dat er iets in zit, een stukje papier, opgevouwen tot een dik driehoekje. Ik probeer het te pakken, maar mijn hand is te groot voor de delicate opening. Ik hou de pot op zijn kop en het papiertje valt op tafel. Ik vouw het open. Er staan twee woorden op, in keurige blokletters. De inkt is zwart, en degene die de woorden opgeschreven heeft is er met zijn pen een paar keer overheen gegaan.

Godallemachtig. Wat is dit voor een B-film? Twee woorden. 'Iemand liegt.'

wat maakt 't uit of ie het gedaan heeft? pareidolia rockt!!!!!!

Bericht op het prikbord van FreeMilo.com,
donderdag 11 november

HOOFDSTUK DRIE

Na de vondst van het briefje is mijn eerste impuls Joe te bellen, maar het schiet me nog op tijd te binnen dat hij op weg was naar een vergadering en dus niet gestoord zal willen worden. En de absurde spionageromanachtige aard van deze transactie maakt dat ik me afvraag of hij dit soms om de een of andere reden niet direct met mij wil bespreken. Ik kan me met de beste wil van de wereld niet voorstellen waarom hij eerst een halfuur tegenover me zat zonder ook maar iets van belang te zeggen, en me vervolgens op zo'n slinkse manier deze cryptische boodschap gaf. Dacht hij dat we in de gaten werden gehouden? Ik kijk om me heen, maar niemand lijkt aandacht aan me te besteden. Hoe wist hij dat ik meteen in de pot zou kijken? Ik had hem net zo goed in mijn koffer kunnen stoppen en mee naar huis kunnen nemen, om hem pas open te maken als ik weer eens een theekransje organiseerde. En belangrijker nog, waarom heeft hij zoveel moeite gedaan om zoiets vaags tegen me te zeggen? 'Iemand liegt' is niet bepaald 'Kolonel van Geelen in de serre met de kandelaar'. Misschien heeft zijn roem hem excentriek gemaakt, en is dit zijn favoriete manier van communiceren. Misschien moet ik 'Wie?' op een papiertje schrijven en hem dat in een roomkannetje toestoppen.

Ik breng het doosje met de suikerpot voorzichtig naar mijn hotel en probeer mezelf er onderweg van te overtuigen dat het briefje niets te betekenen heeft. Joe zei dat hij de pot nog maar net in huis had; het briefje zat er waarschijnlijk al in, vergeten na een spelletje hints twee of drie eigenaren geleden, toen Joe's vriendin hem van een anonieme eBay-verkoper toegestuurd kreeg.

Maar.

Even vraag ik me af of Milo de boodschap naar me toe gesmokkeld heeft, maar ik realiseer me onmiddellijk dat dit pure fantasie is. Milo is, op het moment tenminste, een vrij man. Als hij me iets te zeggen heeft, zijn er wel minder omslachtige manieren te bedenken.

Op mijn kamer zet ik Joe's cadeau op het nachtkastje en laat me weer op het bed vallen. Het is laat in de middag en ik ben kapot. Ik heb geen idee wat ik nu verder moet. Als dit een detectiveroman was zou het briefje in de suikerpot me tot actie aanzetten. Met het leven van mijn kind aan een zijden draadje zou ik zonder aarzelen zelf op onderzoek uit gaan. Ik zou barmannen en winkeljuffrouwen opsporen, ik zou naar smoezelige nachtclubs gaan en de vriendinnen van het slachtoffer ondervragen. De aanwijzingen zouden zich opstapelen: een piccolo in mijn hotel zou op onverwachte wijze iets met de misdaad te maken hebben, een vreemde zou een deur voor me openhouden en mij in het voorbijgaan een telefoonnummer toestoppen. Al die figuren zouden een gemakkelijk te beschrijven eigenaardigheid hebben. En de moordenaar zou iemand blijken te zijn van wie je het nooit verwacht had.

Ik val in slaap met de vraag hoe goed ik zou moeten kunnen schrijven om ons een happy end te bezorgen.

Er is een verhaal dat ik maar niet uit mijn hoofd krijg, een verhaal dat je misschien wel kent: een gezin van drie, naar het zich laat aanzien gelukkig en tevreden, wordt slachtoffer van een indringer. Een dief komt hun huis binnen en maakt het zich gemakkelijk, waardoor het meest kwetsbare gezinslid, het geliefde kind, geconfronteerd wordt met honger en verdriet. De moeder en de vader doen zonder aarzelen wat nodig is: ze gooien de indringer eruit. Zo beschermen ze hun kind en herstellen ze het evenwicht in hun leven. Zijn er ouders die het niet net zo zouden doen?

In de maanden na de geboorte van mijn dochter, Rosemary, vroeg Milo ten minste vijf keer per dag om het verhaal van de drie beren. Mitch en ik waren blij dat Milo zo makkelijk aan de nieuwe baby leek te wennen, maar het viel ons wel op dat hij zich meer dan vroeger vastklampte aan kleine rituelen. Zo wilde hij zijn honkbalpet zelfs in bad ophouden en moesten zijn cornflakes elke dag in dezelfde kom. (Dit is maar een van de messcherpe herinneringen waarmee ik mezelf de afgelopen dagen in mijn vlees gesneden heb; het beeld van Milo, klein en bang met zijn rode pet op, maakt altijd weer een flinke jaap.) De drie beren waren in die maanden een vast onderdeel van ons dagelijkse ritme, net als voedingen en vieze luiers.

Rond de drie- of vierhonderdste keer voorlezen drong het tot me door dat ik eigenlijk nooit oog had gehad voor de subtekst van dit verhaal, het aloude gezinsritueel van verraad en bemoediging dat erin wordt uitgespeeld. *De baby krijgt jouw oude kleertjes*, zeggen we tegen onze kinderen, *ze slaapt straks in jouw oude bedje, en we zijn zo trots op je, want jij bent al zo groot dat je er niet meer in past.* Ammehoela, zegt dit verhaal. Drie is genoeg voor een gezin. En hoe vaak de vertelling ook wordt onderbroken door het gekrijs dat deze boodschap tegenspreekt, en hoe afwezig je moeder ook lijkt als ze de woorden uit haar hoofd opdreunt terwijl ze die kleine bloedzuiger aan haar borst drukt, het loopt altijd hetzelfde af. Kleine beer wint.

Kinderen met hun ongetemde aandoenlijkheid: soms breken ze je hart. Toen ik het eenmaal doorhad legde ik de baby in haar wiegje of op een dekentje voordat ik met Milo ging zitten om te lezen, zodat hij, het kleine verdrietige baasje, tegen me aan kon kruipen zonder erachter te hoeven komen dat iemand anders mijn armen bezet hield. Maar in werkelijkheid – en misschien wist ik dit toen ook al – vereiste dit een evenwichtskunst die ik nooit helemaal onder de knie zou krijgen. Als het gezin een romance is, bedrieg je je eerste kind dan als je verliefd wordt op het tweede? Soms voelt het wel zo. En soms, als ik met mijn nieuwe kleintje in bed lag – slapend, af en toe even wakker voor een voeding, dan weer slapend, terwijl Mitch zich om Milo's complexere behoeften en vragen en incidentele dwingelandij bekommerde – genoot ik van dit clandestiene samenzijn.

Elke gebeurtenis leidt tot alle andere. Vulkanen barsten nooit uit zonder waarschuwing vooraf, en nu, in dit nieuwe Pompeji, is het mijn taak om alle as en puin door te pluizen op overblijfselen van het leven van vóór de ramp. Denk ik dat Milo Bettina vermoord zou kunnen hebben? Ik weet het niet. Ik weet het echt niet. Ik heb geen idee wanneer ik ophield hem echt te kennen, op welk moment mijn moederlijk inlevingsvermogen het voor het eerst liet afweten. En daarom speur ik, daarom graaf ik. En in de puinhopen van mijn geheugen vind ik bewijs voor beide versies van de geschiedenis.

Ik word wakker in die staat van ontreddering die je duidelijk maakt dat je zelfs in je slaap hebt liggen treuren. Ik droomde van Milo als kind, in de vorm van een reeks fragmentarische scènes: Milo verhit door de koorts, Milo die een kuil graaft, Milo verdwaald in een menigte. Het is iets na vier uur 's nachts, en ik weet vrij zeker dat mijn dag begonnen is.

Het blijkt dat roomservice pas vanaf zes uur beschikbaar is, dus ik zet slappe koffie met het apparaat in de badkamer en ga ermee in de fauteuil in de hoek zitten. Ik ben nerveus; ik kan niet tegen de stilte, het isolement van de nacht. Ik ben te ongeconcentreerd om te lezen en de televisie voelt als een overval, dus zoek ik mijn toevlucht tot het hedendaagse medicijn tegen eenzaamheid: ik zet mijn laptop aan.

Ik verlang waarschijnlijk naar troost of gezelschap, maar ik weet niet waar ik dat moet zoeken. Ik typ mijn zorgen in in een zoekmachine, alsof het een dagboek is. Ik vind links over moordenaars in alle delen van de wereld en over de miljoenen manieren waarop hun moeders voor hen bidden, maar ik kom niet te weten hoe ik deze toestand dragelijker moet maken. Uiteindelijk zet ik me schrap en typ 'Milo Frost'. Ik wil alleen even een foto van hem zien.

Ik krijg een lawine van de meest verschrikkelijke links over me uitgestort: nieuwsberichten, ellenlange blogs, een site die beweert videomateriaal te hebben van Bettina's lichaam dat in een zak wordt afgevoerd. Eén ervan trekt mijn aandacht: Free-Milo.com. Ik klik op de link.

Het is een intens smakeloze site, dat zie ik meteen – het doel ervan is 'onze vriend Milo te beschermen, of hij die trut nou vermoord heeft of niet' –, maar hij fascineert me mateloos. Ik neus in de berichten op het forum, die uiteenlopen van redelijk samenhangende analyses van de bekendgemaakte feiten tot discussies over welk nummer van Pareidolia de beste soundtrack is voor een moord. Een hele draad gaat over de naam van de band: wat die betekent, wie hem heeft verzonnen, of hij enig licht werpt op de recente gebeurtenissen. Eindelijk heb ik eens het gevoel dat ik meer weet dan de gemiddelde lezer. Ik heb hem dat woord geleerd.

Pareidolia is het verschijnsel dat de menselijke geest betekenis zoekt waar geen betekenis is. Neem het mannetje van de maan bijvoorbeeld: we kijken omhoog, en daar, in de levenloze tekening van gesteente en inslagkraters zien we het gezicht van een mens. We zijn ingesteld op het herkennen van patronen in de rorschachtest van de wereld: een liggende vrouw in een bergketen, de Maagd Maria in een vochtplek op een betonnen muur. We willen een bekende en tegelijk mysterieuze wereld. We zoeken bewijs voor God, of misschien alleen gezelschap.

Toen Milo nog klein was en bang in het donker, zei Mitch altijd dat hij zich geen zorgen hoefde te maken omdat het mannetje van de maan altijd buiten de wacht hield. Milo's bed stond onder een raam, en soms zag ik hen samen naar buiten kijken om te controleren of de bleke poortwachter er nog wel was. (Let overigens even op waar ik me bevind: niet echt op het toneel en niet echt ernaast. Daar stond ik vaak in die tijd, in deuropeningen, niet wetend hoe de kamer in te komen en mijn kind net zo vanzelfsprekend op te tillen als Mitch dat leek te doen. Altijd van harte bereid hem het werk te laten opknappen, zodat ik een moment voor mezelf had. 'Tijd voor mezelf', die heilige graal van alle moeders van jonge kinderen – dat was wat ik miste, dacht ik toen. Ik zat altijd te wachten tot Mitch thuiskwam of de oppas kwam, zodat ik er even tussenuit kon piepen om stiekem een uurtje alleen te zijn in mijn hoofd. En als ik die twee dan op zo'n lief moment samen zag, stond ik er alleen maar naar te kijken, met mijn hart in mijn keel en mijn lege armen slap langs mijn lichaam. Soms maakte ik zelfs een foto.)

Later, misschien een jaar na de dood van Mitch en Rosemary, liep ik een keer Milo's kamer in om te kijken of hij al in bed lag. Hij zat uit het raam te kijken. 'Wat ís het mannetje van de maan eigenlijk?' vroeg hij. 'In het echt, bedoel ik.'

Hij zal tien jaar geweest zijn, denk ik. Te groot voor de kerstman en de paashaas, maar nog wel bereid het spelletje van de tandenfee mee te spelen. Hij had voorzichtig belangstelling voor sterrenkunde, dus vertelde ik hem wat ik wist over het oppervlak van de maan, en ik legde uit wat pareidolia was. Hij luisterde en knikte en stelde vragen. En daarna heb ik hem nooit meer uit zijn slaapkamerraam naar de maan zien kijken.

De FreeMilo-site blijft weerzinwekkend, en ik blijf lezen. Wat me het meest verbaast is dat deze mensen – vooral jonge mannen, neem ik aan – denken dat ze mijn zoon kennen. Op basis van songteksten, video's en interviews hebben ze een man in elkaar gepuzzeld, en ze geloven echt dat dit Milo is. Niet dat ik nu zo zeker weet dat ik hem beter ken; ik heb mijn beeld van hem alleen uit meer materiaal kunnen samenstellen.

Ik sta op het punt om een einde te maken aan dit ongezonde zwelgen als ik een nieuwe berichtregel zie verschijnen, die me van boven aan de pagina toeschreeuwt: FILMPJE VAN HET MOORDHUIS – VÓÓR DE MOORD!!!

Het 'moordhuis'. Ik ben nooit bij Milo thuis geweest, en het is niet eerder bij me opgekomen dat zijn huis nu een heel andere betekenis krijgt. Ik weet dat huizen waarin moorden zijn gepleegd uitgroeien tot gruwelijke pelgrimsoorden, en ik vraag me af of er op dit moment, een paar straten verderop, mensen voor de afzettape bivakkeren, foto's maken, proosten op de dode. Ik vraag me af of het huis uiteindelijk gesloopt zal worden. Dat gebeurt soms, meer uit praktische overwegingen dan uit symbolische, meer vanwege de waarde van het huis en de privacy van de buren dan om de doden hun rust te gunnen. Maar toch, het voelt als een eeuwenoude rite. Reiniging door vuur. Op deze plek is bloed vergoten.

Ik klik op de onderwerpregel. Ik kom bij een link, met de volgende uitleg eronder: 'Mijn neef is montageleider bij *Homeruns*, en hij heeft supervet materiaal van een aflevering met Bettina en Milo die volgende maand zou worden uitgezonden. Het is drie weken geleden gefilmd. Het is nog een ruwe versie, dus niet zo gelikt als op tv. Kijken!!!'

Homeruns, weet ik, is een televisieprogramma over huizen van rocksterren. Per aflevering leiden twee beroemdheden een cameraploeg rond door hun huis, en aan het eind mogen de kijkers stemmen welk huis ze het mooist vinden. Ik heb het een of twee keer gezien, en telkens vroeg ik me af: wie zijn die kinderen, en waarom wonen ze op zichzelf? Ze lijken op de een of andere manier nog niet helemaal volgroeid, zelfs de veertigers die alweer bezig zijn aan een comeback. Multimediakamers en watervallen, plafonds beschilderd met sterren en wolken. Gouden kranen en haaien in het aquarium. Kamers vol schoenen. Hoewel ik de aankondigingen altijd bijhoud in de hoop een keer te zien te krijgen waar hij woont, wist ik niet dat Milo op het programma stond.

Ik klik op de link, en mijn computer opent de mediaplayer. Ik druk op afspelen.

Het filmpje begint met een shot van een wit gestuukt huis tegen een blauwe lucht. Het is een gebouw in Spaanse-missiestijl, met een rood dak en een gietijzeren hek ervoor. Het is een prachtig huis, maar ik kan me niet voorstellen welke afwegingen Milo ertoe gebracht hebben juist dit te kopen en geen ander. Ik probeer Milo voor me te zien op huizenjacht, pratend over zijn wensen met een makelaar. Het is net zo'n absurd idee als Milo in soldatenuniform of een baljurk.

De camera zoomt in op de deur, een groot, imposant geval van donker, rijk bewerkt hout. De deur gaat op een kier en Milo steekt zijn hoofd naar buiten. 'Oké,' zegt hij, 'doe mij maar twee dozen chocoladekoekjes.'

Tintelingen bij de aanblik van mijn zoon. Een doffe pijn in mijn buik. De camera zoomt uit en Milo doet de deur verder open. Hij loopt in een morsig bruin T-shirt met het woord *Fizz* erop – geen idee of dat de naam van een band is of van een of ander product, of gewoon een ironisch commentaar dat mij ontgaat. Hij draagt een spijkerbroek en een donkere wollen muts en hij loopt op blote voeten. Je ziet hoelang hij is, hoe slungelig. Hij kijkt van boven af in de camera; de cameraman moet een kop kleiner zijn dan hij. Milo doet een stap opzij en gebaart dat we binnen mogen komen.

'Welkom in mijn home,' zegt hij. Ik neem aan dat dit de standaardbegroeting is voor deelnemers aan het programma. Milo zegt het met een soort spottend genoegen: *Oké, het is af-gezaagd, maar ik ben blij dat ik mee mag doen.*

We staan in een helder blauwgroen geschilderde hal, de kleur van de steentjes die je onder in aquariums ziet. Er hangt een zware kroonluchter van zwart ijzer, zo hoog dat Milo er zonder te bukken onderdoor kan lopen. Op de achtergrond, een beetje links in beeld, zie ik een enorme rode bank staan. Ik vraag me af of Milo daar lag te slapen toen de politie kwam.

'Geen idee wie onze tegenstander is,' zegt hij tegen de camera, 'maar ik zeg je nu alvast: de winnaar staat voor je. Zo'n huis als dit heb je zeker weten nog nooit gezien.' Hij maakt er duidelijk een spelletje van, maar zijn woordkeus fascineert me. Ik heb Milo nog nooit 'zeker weten' horen zeggen.

We volgen Milo naar de eetkamer, die verrassend barok is. De muren zijn behangen met donkerrood fluweelbehang, en aan het plafond hangt een ouderwetse lamp van glazen bollen. Tegen een van de muren staat een lange houten bank met roodfluwelen bekleding, met ervoor een rij kleine ronde tafeltjes. Langs de muur ertegenover loopt een bar met een zinken blad en hoge mahoniehouten krukken ervoor.

'Ik wilde echt iets leuks doen met dit huis,' zegt Milo. 'Ik ging voor een soort hyperrealisme, weet je, zoals in een attractiepark. Zoals dat je door Disneyland loopt, en het ene moment in het wilde Westen bent en even later in de ruimte, snap je?' Dit is zo helemaal Milo dat ik hardop begin te lachen. Toen hij klein was wilde hij een tijdje per se behang met onderzeefoto's erop, zodat hij het gevoel zou hebben dat hij onder water leefde. Ik kan me niet meer herinneren waarom we dat niet goed vonden.

'Deze kamer is gebaseerd op een plaatje dat ik een keer vond van een negentiende-eeuwse Franse bistro. Ik wilde niet zo'n knots van een tafel die de hele ruimte inneemt. Zo krijg je kleinere, intiemere groepjes. We hebben te gekke etentjes gehad hier.' Hij blijft staan en richt zich quasiplechtig tot de camera. 'Ik neem mijn taak als gastheer bijzonder serieus,' zegt hij. 'Straks laat ik jullie mijn vierdubbele garage zien. Ik wil niet dat mijn gasten in de regen moeten parkeren.'

Hij draait zich om en gaat ons voor naar de keuken. En daar staat Bettina opeens fruit te snijden aan het aanrecht.

Om de een of andere reden was ik vergeten dat zij er ook zou zijn, al heb ik net nog gelezen dat het een filmpje was van hen allebei. Ik ging zo op in Milo, deze onbekende man, deze *huizenbezitter*, dat ik even vergat dat het niet alleen zijn huis was. Het was van hen samen; hun liefdesnest, hun thuis, het laboratorium waarin ze hun eigen monster creëerden.

Bettina draagt een wit T-shirt en een zwarte korte broek. Haar geblondeerde haar is punkachtig kort, korter dan op de meeste krantenfoto's. Haar make-up is licht, naturel. Ze lijkt heel jong.

'Daar hebben we moeder de vrouw,' zegt Milo. 'Altijd gezonde maaltijden in elkaar aan het draaien, als ze tenminste niet mijn sokken zit te stoppen of de vloer moet dweilen.'

Bettina kijkt glimlachend op. Ze geeft hem een snelle zoen op zijn mond. 'Man, je wordt nog eens mijn dood,' zegt ze.

Ik zet het filmpje stil.

Ik moet even bijkomen. Behalve de onbedoelde gruwel van

het gesprekje dat ik net gehoord heb, de ongelukkige sound-bite waar elke dj en roddeljournalist zich deze ochtend op zal storten, is het ook de schok van dit beeld van een levende Bettina in haar keuken die me de adem beneemt. Tot nu toe was Bettina een speelbal van mijn fantasie, een onbeschreven blad dat ik naar believen kon inkleuren. Soms was ze onschuldig, een tragisch slachtoffer, iemand om medelijden mee te hebben; op andere momenten was ze het grootste loeder dat je maar kon bedenken.

Maar daar staat ze mango's te snijden voor een salade, en ze geeft mijn zoon een zoen.

Oké. Oké. Afspelen.

Milo loopt alweer verder, Bettina blijft achter met haar fruit. 'We hebben geen zogenaamde woonkamer,' zegt hij, terwijl hij naar een deur aan de andere kant van de keuken loopt. Op de achtergrond begint iets te piepen, een mobiele telefoon die overgaat.

'Wacht even,' zegt een man buiten het zicht van de camera. 'Bettina? Kun je die even uitzetten?'

De camera draait terug naar Bettina bij het aanrecht, die lichtelijk geïrriteerd met de telefoon aan haar oor staat. 'Ja, momentje,' zegt ze tegen de man die net aan het woord was. Dan, zachter, in de telefoon: 'Mam, ik kan nu niet praten. Die lui van de tv zijn hier. Later.' Daar heb je haar weer, mijn moederlijke dubbelgangster die even laat weten dat zij er ook nog is. Die zich opdringt op een manier waar ik altijd alleen maar van heb kunnen dromen.

Bettina kijkt naar Milo en rolt met haar ogen, dan zet ze haar telefoon uit. 'Sorry,' zegt ze in het algemeen, met een schuldbewuste en tegelijk ontwapenende glimlach. 'Ik dacht echt dat ie uitstond.'

'Geeft niet,' zegt de man. 'Milo, kun je nog een keer door de keuken lopen?'

Milo doet wat hem gevraagd is. 'We hebben geen zogenaamde woonkamer,' zegt hij nog een keer. Het duurt even voor hij de losse, joviale toon van zonet weer te pakken heeft. 'Dat is zoiets vaags. Wij willen in alle kamers wonen.'

Hij praat in soundbites; de herhaling van dit moment maakt het alleen maar duidelijker. Niets van wat hij zegt is oprecht of onthullend. Hier zal ik mijn kind niet vinden. Ik ben gewoon publiek, net als ieder ander.

Milo leidt ons naar een kamer vol media-apparatuur: een reusachtige tv aan de muur, een heleboel glanzend zwarte muziek- en dvd-spelers. In plaats van een bank een golvende massa kussens, verschillende lagen diep, die de hele vloer in beslag neemt. Hij laat zich erop vallen en strekt zijn armen en benen alsof hij een sneeuwengel maakt.

'Dit is de isolatiecel,' zegt hij. 'Hier ga ik heen als ik een gevaar begin te vormen voor mezelf en mijn omgeving.' Hij grijnst breed naar de camera.

Ik doe mijn ogen dicht. Dit filmpje heeft nu al het aura van een heilige reliek. Betekenissen zijn al verschoven, accenten aangebracht op plaatsen die een week geleden nog onzichtbaar zouden zijn gebleven. Klemtonen geplaatst. Het is alsof iemand de dialoog met een gele marker bewerkt heeft.

Nog meer kamers, nog meer thema's. Nog meer uitleg door dit fictieve personage dat is samengesteld uit delen van mijn zoon. Een gitaarkamer met ingebouwd podium, een kantoor, behangen met brieven en tekeningen van Milo's bewonderaars. 'Straks heb ik echt een grotere kamer nodig,' zegt hij. 'Het is een gekkenhuis. Een of andere meid knipt mijn horoscoop uit de krant en stuurt me elke dag zo'n ding op.'

Boven is een bibliotheek – ik speur de kasten af naar mijn boeken, hun ruggen net zo vertrouwd als de ruggen van mijn eigen kinderen, maar zie er niet een – en een logeerkamer waar ik nooit gelogeerd heb. Een badkamer die Milo 'de zeemonsterkamer' noemt.

Hij loopt met ons door de gang. 'Eerst hadden we ook nog een strandkamer,' zegt hij. 'Maar al dat zand werd zo irritant. En we hebben het echte strand hier trouwens vlak achter. Maar ik ben de hele tijd alles aan het veranderen. Ik ben net als dat gestoorde mens die niet durfde op te houden met bouwen

– weet je wie ik bedoel? Haar man had een nieuw geweer of zo uitgevonden, en ze dacht dat als het huis af zou zijn, dat de geesten van al die mensen die door dat geweer dood waren gegaan haar dan zouden komen opzoeken.'

Het Winchester Mystery House. Ik voel een schok door me heen gaan. Ik weet nog dat Mitch erover gelezen had in een reisgids en het verhaal aan Milo vertelde. We zijn zelfs een keer van plan geweest om ernaartoe te gaan, maar het is er nooit van gekomen. Het is in San Jose, geloof ik, niet zo ver hiervandaan. Ik vraag me af of Milo er ooit geweest is.

Hij gaat de laatste kamer binnen. 'En ten slotte,' zegt hij, 'de slaapkamer.'

De camera draait de kamer rond. Het is een grote, lichte kamer, in verschillende wittinten geschilderd en ingericht. Een hoekraam kijkt uit over de Grote Oceaan; je kunt zelfs de Golden Gate Bridge zien liggen. Het bed is een simpel, maar enorm gevaarte, een kolos van donker hout. Een makkelijke stoel met voetenbankje, een nachtkastje met een artdecolamp. En in een hoek, bijna buiten het zicht, een rek met halterschijven.

'De slaapkamer hoefde geen thema te krijgen, vonden we,' zegt Milo. 'Slaapkamers hebben vanzelf al een thema.'

De droomkamer. De relaxkamer. De even-liggenkamer. De sekskamer, de zweetkamer, de neuk-me-sufkamer.

'Er hangt hier gewoon een heel lekker sfeertje. Het is geweldig wakker worden met dat uitzicht.'

De ziek-in-bedkamer. De kwijl-op-het-kussenkamer.

'Eersteklas matras. Er is zo ongeveer een wachtlijst van drie jaar voor die krengen. Krankzinnig duur, maar man, ze zijn het geld dubbel en dwars waard.'

De wakker-worden-met-een-katerkamer. De morgen-vroegopkamer.

'Ik heb tegenwoordig de pest aan hotels. Je slaapt er nooit zo lekker als hier.'

De ruziekamer. De vechtkamer. De ingeslagen-schedelkamer.

Bettina komt binnen. 'Je verklapt toch niet al onze geheimen, hè?' Ze slaat haar armen om hem heen.

De ademnoodkamer. De hartstilstandkamer. De hijg-, de rochel-, de doodbloedkamer.

'Welnee, mop,' zegt hij. 'Maar als die muren eens konden praten, hè?'

De hersenpulpkamer. De plaats-delictkamer. De nooit-meer-wakker-wordenkamer.

'Als die muren konden praten,' zegt Bettina, 'hadden we helemaal nooit rust meer.'

Later, als de zon op is en de stad niet langer zijn adem inhoudt, kleed ik me aan en ga een eindje lopen. Het is nog te vroeg om Joe te bellen. Wat is eigenlijk een aanvaardbare tijd? vraag ik me af. Slapen muzikanten nog steeds de hele dag, of zijn het allemaal gewiekste zakenmannen geworden die kantoortijden aanhouden? En ik moet nodig mijn kamer uit. In het bleke ochtendlicht probeer ik mijn omgeving te zien als een kaart van mijn zoons voetstappen. Milo heeft hier een leven geleefd, in deze stad van gedekte kleuren, in deze stad die zo mistig is als een zwart-witfoto. Hij heeft door deze verticale straten gelopen en in deze overhellende, zeezieke huizen geslapen. Ik weet niets van zijn dagen hier, hoewel ik ze me vaak genoeg heb voorgesteld: ochtenden in rommelige keukens van woongroepen, met versleten meubels en koffie in tweedehandskoffiemokken; nachten op banken die ik met geen stok zou willen aanraken. Bonkige, lawaaiige muziek op een overvol, met tape volgeplakt podium; meisjes met tattoos op schimmige, wilde feestjes. Ruzie met de huisbaas. Pasta en cornflakes. En op de een of andere manier, met geluk en hard werken en wonderen, werd hij de man die ik zag op mijn computerscherm, de man die in een huis aan zee woont, met een gouden plaat aan zijn muur. De man wiens ongeluk voorpaginanieuws is.

Als ik beter mijn best had gedaan, had ik deel kunnen zijn van dat hele stuk leven. Als ik... wat? Met een koffer op de stoep van zijn huis had gestaan? Hem verteld had dat het mannetje van de maan echt bestond? Ik weet niet waar de magische grens lag. Zo gaat dat met kinderen – tenminste, zo ging het met de mijne: je krijgt kans na kans na kans. En dan houdt het op.

Ik loop door de straten rond Union Square, maar ik heb niet echt een doel. Ik herinner me gelezen te hebben dat hier ergens een gedenkplaat is, een gedenkplaat die aangeeft waar Miles Archer, de partner van Sam Spade, vermoord is. Een monument voor een verzonnen gebeurtenis, een moord die nooit plaatsgevonden heeft. In deze omstandigheden heb ik helemaal geen zin om naar dit aandenken op zoek te gaan, maar ik vind het een mooi idee dat de verhalen die we schrijven op zo'n manier ruimte kunnen innemen in onze tastbare werkelijkheid. Ik heb altijd gehoopt dat mijn personages mij zouden overleven, al vermoed ik op mijn sombere momenten dat mijn boeken daar niet belangrijk genoeg voor zijn. In een nog uitgestorven deel van Mason Street vraag ik me af hoelang romanfiguren, van welke schrijver dan ook, nog mee zullen gaan. Vroeg of laat maken we een eind aan deze wereld, dat staat als een paal boven water. Mijn eigen dood, het overlijden van iedereen van wie ik gehouden heb – het is iets waar we allemaal rekening mee houden. Maar de gedachte aan een lege wereld, aan alle verdronken of tot stof vergane boeken, die niemand ooit meer zal lezen... ik gruw ervan. Het verhaal dat aan alle verhalen een einde maakt, en niemand zal het meer kunnen vertellen.

Terwijl de straten weer bevolkt beginnen te raken, betrap ik mezelf erop dat ik de mensen die ik passeer probeer aan te kijken. Een glimlach, een meelevende blik zou zoveel voor me betekenen. Maar het zijn allemaal rechtgeaarde stadsbewoners die niet op of om kijken.

Eenzaamheid is een veel minder zwart-witte toestand dan ik vroeger altijd dacht. Het is niet simpelweg een kwestie van alleen zijn of niet alleen zijn. Ik zou niet liegen als ik zei dat ik al achttien jaar alleen ben (als we beginnen te tellen vanaf het moment dat Mitch stierf), of negen jaar (sinds Milo het huis uit ging om te gaan studeren), of vier jaar (sinds de laatste keer dat ik hem sprak). Maar het zou ook niet helemaal waar zijn. Ik ben geen kluizenaar, al betekent de afzondering die bij mijn werk hoort dat ik meer tijd in mijn eentje doorbreng dan veel andere mensen. Maar toch, ik geef schrijfcursussen, ik heb eetafspraakjes met vrienden, ik word uitgenodigd voor literaire evenementen. Ik ga een paar keer per jaar op bezoek bij mijn moeder, en ik hou contact met een zich uitbreidende groep neven en nichten en hun kinderen, van wie een aantal bereid is mij te informeren in de zeldzame gevallen dat ze iets van Milo horen. In de jaren na het overlijden van Mitch heb ik met een aantal mannen iets gehad (het waren er vier – of vijf, als je de onbezonnen nacht met die schrijver van door engelen bevolkte detectives die ik op een bijeenkomst in Atlanta leerde kennen meetelt), in twee gevallen bijna serieus. Ik krijg e-mails van lezers en ben dagelijks in de gelegenheid om een praatje te maken met buren en supermarktpersoneel. Er zijn barkeepers die me bij mijn voornaam noemen.

Maar er is niemand die slechte tv-programma's met me kijkt, niemand die voor me naar de apotheek rent als ik ziek ben. Als er iets gebeurt wat ik grappig vind, gaan er soms weken overheen voor ik iemand spreek die het verhaal zou kunnen waarderen. En als onderbetaalde stagiaires die grappen verzinnen voor talkshows hele monologen schrijven rond het thema van mijn misdadige zoon, dan is er verdomme geen mens op aarde die weet wat ik doormaak.

Ik stap een café binnen voor een lusteloos ontbijt, en doe mijn best om over de koppen in de kranten van andere mensen heen te kijken voor ik terugga naar mijn hotel en weer niet weet wat ik met mezelf aan moet. Tijd voor mezelf – daarover heb ik nu eens niet te klagen. Ik check mijn e-mail. Er is een bericht van mijn agent, over zeven tijdschriften en kranten die me willen interviewen over Milo. Een maand geleden zou ik dolgelukkig geweest zijn met deze aandacht.

Ik bekijk de rest van het puin dat zich in mijn hoekje van de digitale ruimte verzameld heeft. Mijn inbox zit vol meelevende en nieuwsgierige berichten, sommige van mensen die ik in geen jaren gesproken heb. Een komt van Lisette, die me condoleert en vraagt of ik van plan ben naar de stad te komen. Gisteren nog dacht ik dat dit niet het moment was voor gezelligheidsbezoekjes, maar het is een aardige e-mail – de glimlach waar ik daarnet op straat naar op zoek was. Ik schrijf een kort berichtje terug. 'Ik ben er al. Geen idee of ik straks zwem in de tijd of elke minuut druk bezig ben. In het eerste geval kunnen we misschien gaan lunchen...?'

Ik overweeg weer terug te gaan naar bed. Er is nu wel zoveel tijd voorbij dat ik mezelf misschien weer in slaap krijg. Maar dan gaat mijn telefoon. Het is Joe's nummer, ik herinner het me van gisteren.

'Hallo, Joe?' zeg ik.

'Eh... nee.' Het is een vrouwenstem. 'Mijn naam is Chloe Treece. Ik ben Joe's vriendin.'

'O,' zeg ik. 'Oké.'

'Sorry dat ik u lastigval, mevrouw Frost, en ik zie net pas hoe vroeg het is, maar Joe zei dat hij u gezien had, en ik wilde met u praten.'

'Goed,' zeg ik. Ik wacht af. 'Heeft het iets met Milo te maken?'

'Ja,' zegt ze.

'Als je informatie hebt die hem kan helpen, ga dan alsjeblieft, alsjeblieft met zijn advocaat praten.'

Het blijft even stil. 'Het is nogal ingewikkeld,' zegt ze. 'Ik wil graag eerst met u praten.' Tot mijn verbazing lacht ze zacht. 'U hebt geen idee hoelang ik u al heb willen ontmoeten.'

Dit brengt me van mijn à propos. Wat nu? Weet ze iets over de moord, of wil ze dat ik haar exemplaar van *De mens van binnen* signeer? Als ik niet meteen antwoord geef, vervolgt ze: 'En als u wilt... ik weet waar Roland Nysmith woont. Ik zou u naderhand naar Milo kunnen brengen.'

Mijn bloed begint sneller te stromen. 'Hij heeft duidelijk te kennen gegeven dat hij me niet wil zien.'

'O, toe nou,' zegt ze. 'Hij zit gewoon weer eens te etteren. De koppige ezel. Heeft hij dat van u?' Ze wacht niet op antwoord, wat verder niet erg is, want ik weet toch niet wat ik moet zeggen. 'Ga mee. We gaan er samen heen. Roland krijgt hem wel zover dat hij met u praat.'

'Oké,' zeg ik neutraal. 'Waar en wanneer?'

'We wonen in Pacific Heights,' zegt ze. Ze geeft me een adres. 'Kunt u rond elf uur? Dan is Joe weg.'

'Best,' zeg ik. 'Tot dan.'

Ik hang op. Ik ben in de wolken en doodsbang. Ik moet onder de douche en bedenken wat ik aan moet. Ik pak mijn computer en tik snel een antwoord aan mijn agent: 'Wijs deze en volgende verzoeken maar af. Hierover praat ik niet met de pers. Bedankt, O.' Ik klap de laptop dicht en begin me voor te bereiden op wat komen gaat.

Omslagtekst van
CARPATHIA
door Octavia Frost
(Farraday Books, 2007)

Het is 1935, en het leven van animator Oscar Clough heeft een nieuw dieptepunt bereikt: zijn verloofde heeft hem verlaten, hij is aan de drank en de tekenfilmmaatschappij waarvoor hij werkt heeft het zwaar met de concurrentie van Disney en strengere censuur als gevolg van de nieuwe Hayes-code.

Terwijl Oscar wegzakt in depressie en onzekerheid verschijnen er onverklaarbare beelden in zijn tekeningen: een speelkaart verstopt in een bloembed, een bel in het patroon op de jurk van een vrouw, een roeispaan tussen de richels in de bast van een boom. Naarmate er meer van zulke beelden verschijnen, begint Oscar zich af te vragen of hij gek aan het worden is of dat iemand zijn werk saboteert – of dat er misschien zelfs bovennatuurlijke krachten aan het werk zijn. Met hulp van Cecily, receptioniste bij de filmmaatschappij en behalve hijzelf de enige die de verborgen beelden kan zien, gaat Oscar de confrontatie aan met een gebeurtenis die hij al zijn hele leven probeert te vergeten: zijn reis als negenjarige op de onzalige Titanic.

Bij het afnemende licht zaten we in het zand. Het behoeft nauwelijks betoog dat ik niet tot de mensen hoor die enorm veel plezier beleven aan een bezoek aan het strand, maar op deze dag leek er niets anders over te blijven. Om de een of andere reden had ik gedacht dat als ik Cecily mee op stap nam, als we de dag samen zouden doorbrengen, dat we dan de onderste steen boven zouden krijgen. Cecily was de sleutel, dacht ik – de enige die zag wat ik zag, terwijl ieder ander zei dat het gewoon toeval was, de manier waarop een bepaalde lijn liep, de manier waarop de camera van cel tot cel de beweging van de tekening vastlegt. Maar nu liep de dag ten einde, en ik wist niet méér dan ik die ochtend had geweten. Dus nam ik haar mee naar zee en wachtte af hoe het verder zou gaan.

Onderweg had ik op het strand een handvol stenen opgeraapt, en nu zat Cecily die te bekijken. 'Zou dit een maansteen zijn, Oscar?' vroeg ze, met een ruw, grijs brok steen in haar hand.

'Geen idee,' zei ik. 'Hij ziet er doodgewoon uit.'

'Ze zijn ook doodgewoon, tot je ze oppoetst. Mijn moeder zei dat er vroeger bergen maansteen op dit strand lagen. Mijn vader en zij zijn hier een keer geweest, voor de kinderen geboren werden. Ze zei dat er hele stapels lagen, een of anderhalve meter hoog, en dat mensen ze afstroopten op zoek naar mooie exemplaren.'

Ik probeerde het me voor te stellen: dames in lange jurken, met een parasol in hun hand misschien, aan de arm van mannen met snorren in zomerkostuum. Met z'n allen een middagje op zoek naar een vakantiesouvenir. 'Waar is het dan allemaal gebleven?' vroeg ik. 'Het zal toch niet allemaal opgeraapt zijn, als het zoveel was?'

Ze haalde haar schouders op. 'Ik zou het niet weten. Misschien is het weggespoeld.'

Het zou kunnen. Wij denken dat de zee niet verandert, maar de grenzen ervan liggen nooit vast. Ik dacht aan de zanderige bodem vol kleurige steentjes: een vergoeding van het land aan de zee, verrekening van een schuld waar wij met ons verstand niet bij kunnen.

Ik kwam terug op het onderwerp waar we de hele dag omheen hadden gedraaid. 'Dit kan me mijn baan kosten, denk je ook niet? Als Langer erachter komt – ik bedoel, als hij de beelden zou kunnen zien. Hij denkt toch al dat animators altijd pikante boodschappen in de tekeningen verstoppen. Je weet dat hij doodsbang is dat die lui van Hays hem stilleggen.'

'O, dat kan ik me niet voorstellen,' zei ze.

'De censors zouden vast wel een reden vinden. Dit zijn wel de mannen die Flossie de koe een rokje hebben aangetrokken.'

Ze glimlachte. 'Tja, we kunnen natuurlijk niet hebben dat haar uiers te zien zijn. Dat zou schandalig zijn.'

We barstten in lachen uit. Ik vond het fijn om met Cecily op dit winderige strand te zitten, fijn dat ik niet iemand anders was, een winkelier bijvoorbeeld, die ansichtkaarten en ijs verkocht, of zo'n verlopen figuur die op de pier zijn avondeten bij elkaar zat te vissen. Nog maar zo kort geleden had ik op het punt gestaan een andere man te worden: boos, eenzaam, misschien zelfs in de war. Het was vreemd, de uitwerking die Cecily op me had. Vreemd dat ik te midden van alle opschudding en verwarring toch het gevoel had dat ik geluk had.

Maar ik kon die andere kwestie niet loslaten. In gedachten liep ik de gebeurtenissen nog eens na. De dag dat het allemaal begon, toen ik, nadat ik in het café Ettie en haar nieuwe vriend was tegengekomen, naar de film ging en de speelkaart zag, verstopt in het bloembed in de Petje Pinguïnanimatie; de dag in de studio, toen de bel op de cel verscheen, verweven met het patroon van Dalia Purperkoets jurk; de verschrikkelijke ochtend dat ik de roeispaan ontdekte in de bast van de boom waarin de Zingende Mussen hun nest bouwden. En ten slotte mijn afspraakje met Cecily, toen we op de achtergrond van Kolder op Zolder allebei de wolk in de vorm van een zeemeeuw zagen. Ik had het allemaal al duizend keer de revue laten passeren, en ik kwam nooit iets nieuws te weten.

Ik keek uit over zee. Een jonge man gleed op een plank over de golven. Ik begreep niet waarom hij er niet af viel, en de aanblik gaf me een onbehaaglijk gevoel. Hoe zou het voelen om op het water te staan, om de bokkende zee te berijden alsof het een beest was? Ik voelde een vlaag van paniek door me heen gaan, en terwijl mijn spieren zich spanden viel er een herinnering op zijn plaats.

'Ik weet wat het was,' zei ik. 'Die dag in de bioscoop, toen ik die kaart zag.'

'Wat dan?'

'Weet je nog dat ik vertelde dat ik voor de voorstelling de krant had zitten lezen, en dat er iets was wat me dwarszat?'

'Ja?'

'Ik kon niet bedenken wat het was, maar er was iets waardoor ik me al niet op mijn gemak voelde voor de film begon. Opeens herinner ik het me weer – het was een artikel over die vloedgolf, weet je nog? Die in Japan, waardoor al die dorpen weggespoeld zijn?'

Ze knikte. 'Verschrikkelijk was dat.'

'Daar kwam het door. Ik had gelezen dat het aantal doden veel hoger lag dan ze eerst dachten, ergens rond de vijftienhonderd. En weet je, vijftienhonderd, dat is hetzelfde aantal als... het aantal doden van de Titanic.' Ik voelde me opgelaten, alsof ik door dit akelige stukje van mijn verleden te noemen de aandacht vestigde op een zwakke kant van mijn karakter.

Ze keek me een beetje onzeker aan. 'Ik weet niet of ik het wel begrijp. Het is wel toevallig, dat snap ik, maar zeg je nou dat het lezen van dat artikel iets te maken had met die kaart die je in het filmpje zag?'

'Ik weet het niet,' zei ik. Een minuut geleden had het een enorme openbaring geleken, maar nu wist ik het niet meer zo zeker. Het was moeilijk onder woorden te brengen, en ik wist ook niet of ik dat wel wilde. Maar om te zeggen dat iets me 'dwarszat', klopte niet helemaal. Wat ik die avond gevoeld had bij de gedachte aan die plotselinge golf van water, aan hele gezinnen die in hun bed verdronken waren, was doodsangst, alsof ik zelf gevaar liep om door een muur van water verpletterd te worden. Ik was bijna de bioscoop uit gelopen, want ik kreeg geen lucht in die stampvolle ruimte, met die zware lucht van popcorn en rook. Dus toen het licht uitging en de projector begon te ratelen, kon ik amper naar die film kijken, naar die figuurtjes die ik zelf getekend en tot leven gewekt had. Tot ik die speelkaart zag en me herinnerde dat mijn broer Archie me altijd Aas noemde. En opeens had ik weer vaste grond onder mijn voeten gehad.

'Ik word achtervolgd,' zei ik vanuit het niets. We hadden al een paar minuten niet meer gesproken. Nog even en het zou donker worden, en koud, en dan werd het tijd om te vertrekken en de trein terug te nemen naar de stad, met al zijn vertier en eenzaamheid.

'Achtervolgd?' herhaalde Cecily. Als mijn woorden haar al schokten, liet ze daar niets van merken; dat sierde haar. Maar misschien kon ik haar gezicht in de schemering gewoon niet goed zien.

'Ja. Misschien wel. Ik denk dat ik word achtervolgd door mijn broer Archie.'

Als ik mezelf nog maar twee maanden geleden die woorden had horen uitspreken, was ik aan mijn eigen verstand gaan twijfelen. Maar nu leek het me op een bepaalde manier logisch. Vloedgolven, zeggen de geleerden, worden soms veroorzaakt door de uitbarsting van een onderzeese vulkaan. Een explosie onder de oppervlakte, die alles daar beneden overhoophaalt. Denk je eens in wat daar allemaal ligt, onzichtbaar voor mensenogen: schepen met schatten aan boord en karkassen van zeemonsters, de kale botten van zeelieden en piraten en maagden, geofferd in barbaarse rituelen. Ons roemrijke reddingsschip, de Carpathia, ligt daar ergens, in de Wereldoorlog getorpedeerd en naar de kelder gegaan. En de Titanic zelf natuurlijk, in tweeën gebroken en weggezonken in een genadig stuk zeebodem. Als één enkele oprisping van de aarde een golf kan veroorzaken die hoger is dan het hoogste gebouw dat mensenhanden ooit hebben gebouwd, wie zegt dan dat dezelfde oprisping niet ook de doden tot leven kan wekken?

'Die speelkaart,' zei ik. 'Het was een aas, en dat was zijn bijnaam voor mij. Het is bijna een geintje dat die aas de eerste was. Zo trok hij mijn aandacht.'

'En de rest?' vroeg Cecily. Het stemde me dankbaar dat ze zo normaal klonk, dat ze bereid was om naar me te luisteren, hoe vreemd mijn overpeinzingen ook waren.

'Oké, de bel... toen ik die voor het eerst zag, dacht ik meteen aan de bel op de Titanic, die ze luidden om de passagiers duidelijk te maken dat er gevaar dreigde. En de roeispaan lijkt zo klaar als een klontje – die moet me herinneren aan de reddingsboot. Ik weet nog dat zelfs mijn moeder een tijdje geroeid heeft. 's Ochtends lagen haar handen helemaal open.'

De wind wakkerde aan, en Cecily sloeg haar armen om haar knieën. Ik trok mijn colbertje uit en legde het om haar schouders.

'En het laatste beeld?' vroeg ze. 'De zeemeeuw?'

Ik gaf niet meteen antwoord. Het leek onmogelijk om het over de zeemeeuw te hebben zonder te vertellen wat er eerst gebeurd was, maar dat was niet het verhaal dat ik wilde vertellen. Al kende ze het in zekere zin natuurlijk allang. Wie kende het niet?

Op een dag, dacht ik, vertel ik haar alles. Op een dag zou er tijd genoeg zijn voor alle kleine bijzonderheden. Mijn vage herinneringen aan de reis zelf, vóór de ramp: tikkertje met Sally en Lovie in de gang voor de bibliotheek in de tweede klas, de nieuwigheid van eten dat door obers werd opgediend, de zeekaarten die mijn vader me liet zien, waarop stond hoe ver we al waren en hoe ver we nog moesten. Mijn boosheid omdat Archie, zeventien jaar oud en in zijn eigen ogen opeens volwassen, niets met mij of onze zussen te maken wilde hebben en hele dagen zat te roken met de mannen of anders met een knap meisje uit Philadelphia praatte. De ruzie die hij en ik die zondagmiddag hadden, toen ik op het promenadedek langs hen liep en struikelde, waardoor de citroenlimonade uit het glas in mijn hand over hen heen sproeide. Hij wist dat ik het expres deed, maar dat wilde ik niet toegeven, en de hele zondagavond zaten we elkaar kwaad zwijgend aan te kijken.

En toen werd het nacht, en hier begint het gedeelte dat elke toehoorder bekend in de oren zou hebben geklonken. Waarom zou je het vertellen? Ik werd wakker van een langgerekt, schrapend geluid, wat helemaal niet klonk als het begin van welk eind dan ook. Mijn moeder haalde ons uit bed. We kleedden ons aan en voegden ons bij het merkwaardige gezelschap aan dek, waar een bijna feestelijke sfeer hing: rondrennende kinderen, vrouwen op blote voeten in nachtpon en bontjas. Mijn vader hielp ons in de reddingsboot, Archie fier naast hem, en verzekerde ons dat het allemaal snel opgelost zou zijn. Mijn ouders kusten elkaar niet eens gedag, zo zeker wisten ze dat ze elkaar terug zouden zien.

Pas toen we al een uur of langer onder de koude sterren aan het roeien waren, hoorden we de eerste kreten van het schip, en ik besefte dat dit niet zomaar een nachtelijk avontuur was. Terwijl ik me dicht tegen mijn moeder aandrukte – zij had haar armen vol met mijn slapende zusjes – leek alles tegelijk te gebeuren: explosies en pistoolschoten en de muziek van het orkest, de abrupte duisternis toen de lichten aan boord uitgingen. Het schip dat zich oprichtte in de nacht, het afschuwelijke gekraak en de vreemde, voorzichtige manier waarop het onder water verdween, bijna zonder geluid te maken.

En nog steeds de duisternis en de kou en mijn zachtjes huilende zusje naast me. Luid gejammer in het water. Een zeeman in onze boot die opzijzakte en stil bleef zitten. Een man in avondkleding die dood op een ijsschots lag, zo dichtbij dat ik hem had kunnen aanraken.

De afgelopen jaren is af en toe door mijn hoofd gegaan dat ik eigenlijk niet weet hoe mijn vader en Archie precies gestorven zijn. Het meest voor de hand liggende antwoord is natuurlijk dat ze verdronken, maar ze kunnen ook van kou gestorven zijn, of door de klap toen ze hard op het water terechtkwamen. Misschien hebben ze een bed of een piano boven op zich gekregen, en misschien heeft mijn vaders hart, dat toch al nooit sterk was, hem eerder te pakken gekregen dan het water. Misschien zijn ze nog steeds op het schip, waar het dan ook ligt, hun skeletten op hun plaats gehouden door de wrakstukken die hen vastpinden, het zeewier dat zich rond hun botten geslingerd heeft.

Maar naar al die dingen had Cecily niet gevraagd. Ze had gevraagd naar de zeemeeuw. En als ik de woorden had kunnen vinden om het uit te leggen, zou ze denk ik geluisterd hebben. Maar het is te veel om te vertellen, en mensen veranderen niet zoveel. Ik was alleen geweest in die reddingsboot, ook al was ik omringd door mijn moeder en mijn zusjes en een groep vastberaden overlevenden, en het was mijn lot om ook nu alleen te blijven. Ik gaf dus geen antwoord op haar vraag. We zaten nog een paar minuten zwijgend op het strand, en toen we opstonden om naar de trein te lopen nam ik haar niet bij de hand.

God is vrijgevig, maar hij is geen doetje. Je wordt niet twee keer gered. De beelden in mijn tekenfilms werden steeds zichtbaarder, tot Langer geen andere keus had dan me te ontslaan. Cecily trouwde met een geluidsman van de studio en heeft waarschijnlijk een huis vol kinderen gekregen, al kan ik dat niet met zekerheid zeggen.

Ik woon niet meer in Hollywood. Ik heb mijn potloden ingepakt en ben verhuisd naar een plaats waar dromen alleen voorkomen in je slaap. Mijn leven is zo gewoon als ik het maar kan laten zijn, in elk geval totdat ik ga liggen en mezelf voel wegglijden, op reis naar bestemmingen die ik niet zelf gekozen heb. Ik weet niet of het een voorgevoel is waar ik naar zou moeten luisteren, of een boodschap van Archie, of gewoon mijn eigen geest die me kwelt. Maar als ik mijn ogen dichtdoe, verdrink ik, elke nacht weer.

CARPATHIA
door Octavia Frost
HERSCHREVEN SLOT

Maar naar al die dingen had Cecily niet gevraagd. Ze had gevraagd naar de zeemeeuw, dus dit is wat ik haar vertelde:

De zwemvesten die we droegen waren wit, en de ochtend nadat het imposante schip gezonken was, was de zee bezaaid met opvallend lichte spikkels, alsof er een vlucht zeevogels op de golven neergestreken was. Mijn vader en Archie waren er bijna zeker ook bij, al kwam het niet bij me op om te kijken, want op dat moment zochten we hun gezichten nog tussen de geredde mensen aan boord van de Carpathia. Ik was het grootste deel van die dag op mezelf aangewezen, daar mijn moeder volledig in beslag werd genomen door de zorg voor de kleintjes en het aanzwellende verdriet dat ze nu in haar leven moest zien in te passen.

Ik stond op het dek te kijken naar wat restte. Ik zag de gestreepte paal van de kapper in het water drijven, en een dekstoel, en een houten trap. Ik zag het lichaam van een vrouw, met een klein hondje in haar armen. En overal ijsbergen als uit hun krachten gegroeide schuimgebakjes, waardoor het leek alsof we door een luguber sprookjesland voeren.

Zeemeeuwen: dat was waar de doden die dag in mijn ogen op leken. Zeemeeuwen die op het water dobberden, op zoek naar eten.

Cecily pakte mijn hand. Zo bleven we nog een tijdje zitten. Toen we eindelijk opstonden om naar de trein te lopen, verbrak zij de stilte.

'Ik weet nog steeds niet of ik het wel begrijp, Oscar,' zei ze. 'De beelden lijken inderdaad op jouw ervaringen te slaan, maar iemand anders zou bij dezelfde voorwerpen misschien aan iets heel anders denken. Wat voor boodschap denk je dat je broer je probeert te sturen? En waarom kan ik de beelden dan ook zien?'

Op dat moment had ik geen antwoord voor haar; misschien heb ik dat nog steeds niet. Maar na die dag verschenen er geen nieuwe beelden meer in mijn tekeningen – of eigenlijk moet ik zeggen dat ze een tijd lang niet meer verschenen. Want er kwam er nog één, bijna een jaar later. Het verscheen op een cel voor een Bolle Byzantijnfilmpje, de dag voor Cecily en ik zouden trouwen. Ik zat aan mijn tekentafel en was bezig met een wenteltrap in een kasteeltoren, wat behoorlijk lastig bleek. Ik stond op om mijn hoofd leeg te maken, een slok water te drinken en een rondje te lopen door het kantoor, dat zo goed als verlaten was. Cecily was er niet, die was door een paar andere meisjes weggevoerd voor een inderhaast georganiseerde cadeautjesmiddag, en de meeste mannen waren gaan kijken naar de nieuwe bedrijfsruimte die Langer van plan was te huren. Toen ik niemand kon vinden om een praatje mee te maken, ging ik terug naar mijn tafel, en daar was het: de contouren van een schip, afgetekend op de bakstenen muur. Het was niet de Titanic. Dat zag ik onmiddellijk. Het was een lang stoomschip met één schoorsteenpijp. Het was de Carpathia.

Het beeld joeg me niet de doodsangst aan die ik gevoeld had bij de aanblik van de bel en de roeispaan en de zeemeeuw. Het voelde meer alsof ik had rondgelopen in een onbekende stad en toevallig een oude vriend tegen het lijf liep. Eindelijk begreep ik dat er niets onheilspellends aan was, niets onaangenaams of destructiefs. Als dit al betekenis had, als het niet gewoon een indrukwekkende truc van mijn fantasie was, betekende het niets dan goeds.

Het komt niet vaak voor, denk ik, dat een man twee keer gered wordt. Maar gelukkig kan ik zeggen dat het wel gebeurt. Toen ik Cecily de volgende dag aan de arm van haar vader naar het altaar zag lopen, was dit wat ik zag: warmte na de ijzige kou. Een schip dat dichterbij kwam. Licht in de duisternis.

'Ik praat niet over mijn familie.'

Milo Frost in een interview met Esquire, *april 2007*

HOOFDSTUK VIER

Joe en Chloe wonen in een grote witte blokkendoos van een huis, op de duizeligmakende hoek van één rechte straat en één schots en scheve. Het is een mooi gebouw, moderner dan dat van Milo, als ik tenminste mag afgaan op de flits die ik er in het filmpje van gezien heb, met onverwachte hoeken en hoge, gewelfde ramen, die waarschijnlijk het beste uit het lusteloze zonnetje van San Francisco moeten halen.

Ik loop een steile trap op en bel aan. De vrouw die opendoet is lang en tenger en draagt haar donkere haar in twee sprietige staartjes op haar hoofd. Ze steken uit zoals de staartjes van een klein meisje, een peuter die nog niet echt genoeg haar heeft, maar wel een moeder die de verleiding niet kan weerstaan.

'Octavia?' zegt ze, terwijl ze glimlachend mijn gezicht bestudeerd. Ze zal wel op zoek zijn naar sporen van Milo.

'Ja,' zeg ik. 'Ben jij Chloe?'

'Uh-huh. Wat fijn om je eindelijk te ontmoeten. Kom binnen.'

Ze is ongeveer net zo oud als Milo en Joe, of misschien een jaar of twee ouder. Ze draagt een steenrode yogabroek en een zwart T-shirt met een lage hals. Als ze zich omdraait om me voor te gaan, zie ik dat ze twee oorknopjes in haar nek heeft. Het duurt even voor ik snap dat ze met elkaar verbonden moeten zijn door een of ander staafje, dat door het ene gaatje naar binnen gaat en door het andere weer naar buiten.

'Fijn dat je wilde komen,' zegt ze half over haar schouder. We lopen door een smalle gang, die naar een lichte keuken leidt. De muren en de vloer zijn wit, en er zijn kleurige accenten: een rode tafel, rode stoelen, een oranje vloerkleed, gele bloempotten voor het raam. Het is een grote ruimte, waarvan de ene kant is ingericht als zithoek, met een moskleurige bank en een uitpuilende speelgoedkist.

'Je hebt een kind,' zeg ik. Dat heb ik ergens gelezen. Een dochtertje, dacht ik, uit een vorige relatie. Wat is het toch gek om iemand voor het eerst te ontmoeten en de omstandigheden van haar leven al te kennen.

Chloe knikt. 'Lia,' zegt ze. 'Ze is drie. Heb je zin in koffie of... even denken, we hebben sap en water. Of echte drank, als je wilt. Dit moet wel een afschuwelijke week voor je zijn.'

'Water zou lekker zijn,' zeg ik. Ik ga op de bank zitten. 'Dank je.'

Chloe geeft me een zwaar, hoekig glas; het voelt duur aan. Die jongens, denk ik, terwijl ik om me heen kijk en Milo's luxueuze pretpaleis me weer te binnen schiet: ze hebben het ver geschopt. Ik had verwacht dat Chloe ook zou gaan zitten, maar dat doet ze niet. Ze loopt de gang in en roept onder aan de trap: 'Jilly, wil je even naar beneden komen met Lia?'

Ze krijgt antwoord en komt de keuken weer in. 'Jilly is onze nanny,' zegt ze. Ik knik en glimlach. Eerlijk gezegd wil ik haar dochter helemaal niet ontmoeten. Kinderen zijn niet makkelijk voor mij; hun aanwezigheid betekent een duik in het koude water van mijn eigen spijt. Kleine meisjes die ronddraaien in jurkjes als klokjes, kleine jongetjes die op alles wat los en vast zit klauteren. Streepjes licht die tussen de latten van mijn geestelijke jaloezieën door vallen. Alles wat ik ooit verkeerd heb gedaan. Ik zit er niet op te wachten.

'Ik werk meestal thuis,' zegt Chloe. 'Ik maak sieraden, en eerst dacht ik dat ik best tegelijk kon werken en op Lia passen, maar dat werkt niet.' Ze kijkt me onderzoekend aan. 'Dat zal voor jou net zo geweest zijn, als schrijfster.'

'Ja,' zeg ik. Gezellig converseren voelt wat onwennig na het vele alleen zijn van de laatste tijd. 'Althans, niet echt. Ik begon pas serieus te schrijven toen mijn kinderen... toen Milo al wat ouder was.'

Geluiden van de trap als het meisje en haar nanny naar beneden komen. De nanny heeft een accent – Caribisch, misschien? – en ik hoor haar zeggen: 'Handje vast. Langzaam lopen.'

Lia en Jilly nemen de laatste tree en Lia rent de keuken in. 'Mama,' roept ze, en ze slaat haar armen om Chloe's knieën. Ze heeft donker haar, net als Chloe, maar dan met wat slag erin. Ze draagt een paars jurkje en een hoofdband met poezenoren. Chloe tilt haar op en gaat met haar in een gele fauteuil zitten. Jilly, een grote zwarte vrouw, jonger dan ik op grond van haar stem gedacht had, zegt gedag, loopt naar de andere kant van de kamer en doet een keukenkastje open.

'Hallo schatje,' zegt Chloe. Ze kust het kind op haar voorhoofd. 'Hier is iemand voor ons. Dit is Octavia. Ze is de mama van oom Milo.'

Lia verstopt haar gezicht in de hals van haar moeder.

Ik doe een poging. 'Ben jij een poesje?' vraag ik. Het komt er sceptisch uit, al bedoel ik het niet zo.

Lia knikt. 'Ik ben een babypoesje,' zegt ze, met haar mond in Chloe's hals. Dan tilt ze haar hoofd op en legt een hand op de wang van haar moeder. 'Dit is mijn mamapoes.'

'Ik vind poesjes lief,' zeg ik.

Lia draait haar hoofd verlegen mijn kant op en legt haar wang op haar moeders borst. Grote, zoekende ogen; ze kijkt alsof ze ergens op wacht. Ze steekt haar bovenlip uit, en dan haar onderlip. Ze heeft nog niet besloten of ze zal gaan lachen.

Er gebeurt iets met me. Ik zit daar nog wel, met mijn glas water op de bank, maar ik heb het gevoel dat ik val, en opeens begrijp ik waarom ik moest komen. Dat tuitmondje, die onpeilbare ogen. Ze lijkt op mijn eigen kinderen toen ze klein waren. Ze lijkt op Milo.

Het kan niet anders of ik zit haar een hele tijd aan te staren. Ik ben niet in staat iets te zeggen. Mijn ogen doen zeer, alsof mijn oude, opgedroogde lijf niet genoeg vocht heeft om tranen te maken. Lia kijkt de hele tijd terug, en uiteindelijk gaan haar mondhoeken omhoog.

'Miauw,' zegt ze.

Later, als ik mijn spraakvermogen terug heb en Chloe voor ons allemaal een bord op tafel heeft gezet, zit ik naar mijn etende kleinkind te kijken. Met haar vingers vist ze stukjes kip, kringeltjes pasta en schijfjes peer uit haar bord. Voor ons heeft Chloe iets volwaseners opgescharreld, een restje pompoenrisotto, maar ik geniet van de eenvoud van Lia's eten. Ik geniet van de zorgvuldige manier waarop ze het eten in haar mond stopt, de manier waarop haar gestaag kabbelende geklets plaatsmaakt voor zwijgen terwijl ze zich op haar taak concentreert.

Pas als de vaat is opgeruimd en Jilly Lia naar boven heeft gebracht, krijg ik de kans om met Chloe te praten en te controleren of ik mezelf niet voor de gek hou. Ik zit weer op de groene bank, Chloe zit tegenover me in de gele stoel. Ze kijkt me aan, ik kijk haar aan.

'Haar vader?' vraag ik uiteindelijk.

Ze knikt. 'Milo.' Ik zoek iets in haar gezicht: boosheid? Afkeuring? Maar haar uitdrukking verraadt niets.

'Weet hij het?' vraag ik. Een stomme vraag, waarschijnlijk. Als ze het hem niet verteld had, zou ze het mij ook niet vertellen. Maar te bedenken dat dit hier allemaal al die tijd geweest is – deze kamer, dit kind, deze potentiële vreugde – en te weten dat hij ervoor gekozen heeft het mij niet te vertellen... dat is enorm pijnlijk.

'Hij weet het. En Joe weet het ook.'

Ja. Dat zou inderdaad mijn volgende vraag geweest zijn.

'Het spijt me dat ik niet eerder contact heb opgenomen,' zegt ze. 'Milo was ertegen, en ik vond dat ik zijn wens moest respecteren, zeker als het om zijn eigen familie ging. Dus heb ik hem beloofd dat ik je niet helemaal aan de andere kant van het land zou opzoeken. Maar ik zei erbij dat ik ook niet zou liegen als ik ooit oog in oog met je kwam te staan.' Ze glimlacht. 'Dus. Hier zitten we dan.'

Ik glimlach flauw terug. Ik zeg maar niet dat zij mij gebeld heeft om me uit te nodigen. We zijn elkaar nu niet bepaald tegengekomen in de supermarkt. 'Dus Milo en jij hebben... iets met elkaar gehad?' Ik weet zeker dat ik nooit een foto van hen samen gezien heb, en ik heb de roddels over Milo altijd heel goed bijgehouden. Hoe is het mogelijk dat dit nooit bekend is geworden?

'Nee, niet echt,' zegt ze. 'Ik woonde toen in Italië, en een van mijn Amerikaanse vrienden daar was een vriend van Milo, dus toen Pareidolia in Rome speelde, zijn we er met een stel naartoe gegaan, en zo hebben we elkaar ontmoet. Het was maar een scharrel. Hij was toen al met Bettina.'

Ik knik alsof ik het allemaal in me opneem, maar ik begrijp het eigenlijk helemaal niet. Het is te veel informatie, en tegelijk niet genoeg. Oké, ik snap het: ze zijn met elkaar naar bed geweest, ze hebben een kind verwekt. Daar wil ik niet al te lang bij stil blijven staan. Ik wil het *verhaal*, de beschrijving van hoe dit kind en deze configuratie tot stand is gekomen, ik wil de scènes voor me zien, horen wat er gezegd is, de kamers doorlopen op weg naar andere kamers. Er zitten zoveel lacunes in mijn kennis van Milo's leven, en die zijn veel te groot om te kunnen worden opgevuld met magere aanwijzingen omtrent wie wie aan wie voorstelde.

En dan dat detail over Bettina. Ik denk dat ik dat liever niet had willen weten. Het maakt me onverwacht boos op Milo, en mijn gevoelens voor Milo zijn op dit moment al ingewikkeld genoeg.

'En toen je erachter kwam dat je zwanger was...?' vraag ik.

'Toen heb ik contact gezocht met Milo en het hem verteld. Ik zei dat ik het prima vond om het kind alleen op te voeden, maar dat hij er zoveel bij betrokken mocht zijn als hij zelf wilde.'

'En hoe reageerde hij?' Waren 'Niet tegen mijn moeder zeggen' zijn eerste woorden, of kwam dat later pas?

'Eh... een beetje afstandelijk. Hij zei dat hij me financieel zou steunen en zo, maar dat hij niet echt een vader wilde zijn voor de baby.'

Ik schud mijn hoofd. Mijn maag zit vol stenen. Ik wacht nog steeds op een positief bericht over Milo, een glanzende draad die in het rommelige geheel geweven kan worden. Maar die is er niet.

Chloe zit me aan te kijken. 'Ja, ik weet het. Dat is niet wat je noemt je verantwoordelijkheid nemen, hè?' Ze klinkt licht verongelijkt, maar haalt dan haar schouders op. 'Maar ach, zo erg was het niet, hoor.'

Ik knik. Ik voel me moe, en oud. 'En sinds wanneer ben je met Joe?' vraag ik na een korte stilte.

'Ik ben weer hier komen wonen toen ik nog zwanger was. Ik ben hier opgegroeid, mijn ouders zitten op het schiereiland.' Ik weet niet precies waar dat zou moeten zijn, maar ik knik begrijpend. 'Toen Lia nog heel klein was kwam Milo wel eens langs, en op een keer nam hij Joe mee. We kregen iets met elkaar toen ze vier of vijf maanden was, en toen ze ongeveer anderhalf was gingen we samenwonen. Wat haar betreft is Joe papa.'

'En zo is "oom Milo" geboren,' zeg ik.

'Yep. Het is gewoon een beetje zo gelopen.'

Zo achteloos. Ik mag Chloe wel, maar haar houding tegenover dit alles is mij een beetje te luchtig. En zodra deze half negatieve gedachte in me opkomt, word ik me met een koude rilling bewust van de macht die deze vrouw heeft. Ze is de moeder van mijn kleindochter. En ik ben niemand meer dan de mama van oom Milo.

'Ik ben blij dat je gekomen bent,' zegt Chloe met een glimlach. 'Ik wil graag dat Lia op een dag weet dat ze een beroemde oma heeft.'

'O,' zeg ik opgelaten. 'Nou, dat weet ik zo net niet. Minder beroemd dan haar vader in elk geval. Dan haar twee vaders.'

Chloe staat op en rolt met haar hoofd om haar nekspieren te ontspannen. 'Moeilijke toestand,' zegt. 'Verkeerd beroemd, na deze week.' Ze pakt mijn glas en loopt ermee naar het aanrecht, draait zich dan weer naar me om. 'Wil je naar je zoon toe?'

Warmte en angst, hoop en paniek. 'Goed,' zeg ik.

Ik sta op en pak mijn jasje en mijn tas. Er schiet me iets te

binnen. 'Ik begrijp dat ik jou moet bedanken voor de suikerpot,' zeg ik.

'O ja.' Haar gezicht klaart op. 'Joe heeft me dat verhaal een
keer verteld, en het werd nogal een obsessie voor me, snap je?
Ik bedoel, hoe bestaat het dat je een simpele suikerpot in deze
tijd gewoon nergens kunt vinden? Ik was door het dolle heen
toen het eindelijk lukte. En nu is het ook nog ergens anders
goed voor: het heeft hiertoe geleid.' Ze trekt een lijn in de
lucht, van haar naar mij. 'Dat wij elkaar ontmoet hebben.'

Ik weet niet of ik haar logica wel helemaal kan volgen, maar
ik wil niet van het onderwerp afdwalen. 'Heb je er toevallig in
gekeken?' vraag ik. 'Toen de post hem kwam brengen? Toen ik
in de pot keek, zat er een briefje in met "Iemand liegt" erop.'

Ze barst in lachen uit. 'Dat meen je niet!'

'Jawel. Daar weet jij dus niets van?'

'Nou, nee, maar ik denk niet dat het iets te betekenen heeft.
Ik heb die doos letterlijk vier dagen geleden gekregen, en ik
heb er alleen in gekeken om te zien of de pot nog heel was. Wie
weet waarom er nog iets in zat. Maar het heeft vast niets met
jou te maken.'

'O,' zeg ik. Vreemd genoeg ben ik teleurgesteld. 'Oké.'

'Maar weet je,' zegt ze, 'het is wel gek. Dat is iets wat Bettina vaak zei. Als de jongens bijvoorbeeld een hele nacht waren
weggebleven en met een of ander flauw smoesje kwamen. Ze
zei het op zo'n grappige manier, alsof ze iemand nadeed. Ik
denk dat het een geintje was tussen haar en Milo.'

'Hmm,' zeg ik. Ik heb geen idee of dat belangrijk is. Ik loop
achter Chloe aan door de gang. Ze pakt een trui van een haakje
naast de deur. 'Klaar?' vraagt ze.

Ik schud mijn hoofd. 'Vast niet,' zeg ik.

'Het komt wel goed,' zegt ze. Ze doet de deur open, en we
lopen naar buiten.

De laatste keer dat ik Milo zag stond hij, zoals ik geloof ik al
gezegd heb, op het punt in een vliegtuig te stappen. Overigens,
dit is de manier waarop ik het verhaal in mijn hoofd vertel; dit

zijn de woorden die ik altijd gebruik. Ik vraag me regelmatig af of schrijvers de enigen zijn die de neiging hebben hun leven na te vertellen terwijl het zich afspeelt, die onder de douche staan en een minder voorspelbaar woord voor 'schuim' proberen te bedenken. Vroeger dacht ik dat dit betekende dat ik een goed schrijver was – kijk mij eens, ik verfijn mijn kunst terwijl ik een kopje koffie sta in te schenken, slijpend en schavend aan mijn beschrijving van het kopje, de geur van de koffie, het klateren van het hete vocht! Nu vind ik het alleen maar vermoeiend, al is het niet iets wat ik kan stopzetten. Een einde aan het vertellen, zo stel ik me de dood voor.

Hoe dan ook, beter zal deze zin nooit meer worden: de laatste keer dat ik Milo zag, stond hij op het punt in een vliegtuig te stappen. Het was de week tussen kerst en Oud en Nieuw, en we hadden het leuk gehad samen. Dat is de ironie van het lot: als de sfeer was geweest zoals hij meestal was tussen ons, boos en gespannen door de spoken uit het verleden, dan was de volgende schakel in de keten van gebeurtenissen misschien nooit gesmeed. Maar Milo was in een goed humeur en voelde zich waarschijnlijk mild gestemd over de tekortkomingen van zijn oude moeder; die conclusie trok ik tenminste uit het bondige briefje dat hij me een week later stuurde. Zoals elke dag duizenden reizigers doen, ging hij naar de kiosk op het vliegveld om een boek te kopen. En voor het eerst in zijn leven besloot hij er een van mij mee te nemen.

Ik heb vaak gewenst dat Milo die dag op het vliegveld *De mens vanbinnen* had gekocht. *De mens vanbinnen*, verschenen vijf maanden na de gebeurtenissen van 11 september, was niet mijn best ontvangen boek, maar wel mijn grootste commerciële succes. De gangbare theorie is dat de lezers precies in de juiste gemoedstoestand verkeerden voor een boek over mensen uit wier geheugen als bij toverslag alle nare herinneringen en verdriet zijn weggevaagd. Misschien is dat waar, en misschien niet; de beweegredenen van mensen die boeken kopen zijn persoonlijk en arbitrair, en een schrijver die ze probeert te analyseren stopt alleen zijn eigen hoofd vol met troep.

Feit is dat de mensen in 2002 voor dit boek in de rij stonden, om welke reden dan ook. Als Milo vier jaar later dát boek had gekocht, mijn zachtmoedige sprookje over vergeten en misschien zelfs vergeven, dan had hij wellicht een heel ander beeld gekregen van mijn drijfveren.

Maar toen hij die dag zijn plaats in de eersteklas innam en van zijn laatste teug Boston tot zijn eerste teug San Francisco vijf uur lang zat te lezen, had hij niet *De mens vanbinnen* in zijn handen. Hij las *Voorbij de horizon*, een rommelige, wijdlopige uitspatting van een boek, dat genomineerd was voor twee belangrijke prijzen. En onder het lezen dacht hij niet aan terrorisme en de weduwen van brandweermannen en nationaal drama. Hij bladerde door de beduimelde bladzijden van zijn eigen grote verdriet, en het mijne. Hij dacht aan de dag dat we Mitch en Rosemary verloren.

- Milo Frost BESCHULDIGD VAN MOORD
  Handtekening achter op envelop, $25
- 'Sea Cliff 219', replica van ECHT huisnummerbord
  van het moordhuis, Pareidolia, Milo, $7,99
- ORIGINEEL exemplaar van *New York Times*,
  10-10-'10, MILO FROST voorpagina, $9

Voorwerpen aangeboden op MurderAuction.com,
11 november 2010

HOOFDSTUK VIJF

Ik loop achter Chloe aan naar haar auto, die een Checker blijkt te zijn, zoals de oude taxi's, maar dan rood gespoten. Bij het instappen werp ik een blik achter in het gevaarte en zie een autostoeltje met panterbekleding op de achterbank van rood vinyl. Bij de aanblik komt er een onverwacht gevoel van tederheid over me.

'Mooie auto,' zeg ik.

'O, dank je. Ik heb deze altijd leuk gevonden. Joe heeft hem voor me gekocht. Dat is nogal zijn ding, auto's voor mensen kopen.' Ze lacht om hoe dat klinkt. 'Het is wel lastig, hoor. Er is bijna geen monteur te vinden die de juiste reserveonderdelen kan opsnorren en zo.'

Ze draait het sleuteltje om, en muziek knalt de auto in. Het is niet iets wat ik herken.

'Sorry,' zegt Chloe. Ze zet de radio uit. Het is een nieuwe stereo-installatie, die duidelijk niet bij de auto hoort. 'Daar zat ik de vorige keer naar te luisteren. Niet te geloven toch, dat ik in mijn eentje in de auto nog steeds naar Pareidolia luister? Ik ben gewoon een groupie, zelfs na al die tijd nog.'

'Maar dat was Pareidolia toch niet,' zeg ik. Ik weet zeker dat ik gelijk heb, maar het klinkt alsof ik een vraag stel.

'Jawel hoor,' zegt ze. 'Dat was "Traitor in the Backseat". Nooit eerder gehoord?'

'Nee,' zeg ik. Ik ben een beetje sprakeloos. 'Het staat op geen van hun albums.'

'Jawel,' zegt ze. 'Op *December Graffiti*.' Ze kijkt over haar schouder, draait de weg op.

Ik maak me er drukker om dan ik zou moeten doen, en ik heb zin om haar toe te bijten dat het in elk geval niet op mijn cd staat, en op geen enkele andere die ik ooit gezien heb (en ik heb er veel gezien, omdat ik, gestoord mens dat ik ben, in muziekwinkels soms naar de P-bak ga, speciaal om er even een in mijn handen te houden), maar ik hou me in.

'O, maar weet je?' zegt ze even later. 'Je hebt gelijk, het staat niet op de Amerikaanse versie. Het was een bonustrack op de Europese cd. Het is zo'n verborgen track – weet je wat ik bedoel? Het staat niet achter op de hoes, het begint gewoon als het laatste nummer afgelopen is.'

Dit moet ik even verwerken. Gezien aantal en omvang van de verrassingen waar ik deze week mee te maken heb gehad, zou deze niet eens tot me door moeten dringen. Maar dat doet hij wel. Ik dacht dat ik me zo zorgvuldig gedocumenteerd had. Ik dacht dat ik alle nummers die Milo ooit opgenomen had kende.

'Waarom hebben ze dat gedaan?' vraag ik. 'Waarom hebben ze dat nummer niet ook op de Amerikaanse cd gezet?'

'Geen idee,' zegt ze. Ze stopt voor rood. 'Dat soort dingen volg ik niet. Waarschijnlijk vond hun label het niet commercieel genoeg of zo. Het is een beetje een raar nummer voor hen. Het gaat over kleine kinderen, weet je, een broertje en een zusje op een autotochtje. Het gaat erover dat ze hun eigen wereldje maken, los van de volwassenen, tot een van de twee begint te klikken en de ouders erbij haalt. Dat is dan de verrader op de achterbank.'

Ze vertelt het zo achteloos, alsof dit zomaar iets is wat mij wel of niet zou kunnen interesseren.

'Mag ik het eens horen?' vraag ik. Het komt er benauwder uit dan ik zou willen. Ik haal diep adem.

'Natuurlijk,' zegt ze. Ze zet de cd-speler weer aan en drukt op het pijltje achteruit.

Het nummer begint, en ik begrijp wat ze bedoelt als ze zegt dat dit iets anders is dan wat de band normaal maakt. Het klinkt zachter, melodieuzer en heeft het ritme van een wals. Het is een nummer als een lange gang; vanaf de eerste noten zit ik helemaal in de muziek, op weg naar een onbekende bestemming.

Milo begint te zingen, en zijn stem vibreert in mijn borstkas.

Dad drives, like always
Mom asks, 'Did you pee?'
Look over the guardrail
down to the bright sea
We might stop for ice cream or some other treat
if no one turns traitor in the backseat

Yesterday Disney,
Tomorrow San Fran
Remember the guy with
the bright orange tan?
My side's a mess, but you keep your side neat
It's a whole separate world here in the backseat

We laugh and we fight and
we ask every minute
when we'll get to the house
with the mystery in it
Up front they use phrases like 'power elite'
And for now there's no traitor in the backseat

Ik kijk strak naar mijn handen in mijn schoot. Ik haal bijna geen adem.

You call me a retard
I call you a gnome
With both of us here
we're not far from home
We play license plate games till I see you cheat
It's my turn to be traitor in the backseat

Hier komt een instrumentaal gedeelte; de muziek zwelt aan en sterft dan weg voor het laatste, ingetogen couplet:

Now there's darkness and firmament, water and foam
With only me here, I'm a long way from home
And I'm wishing you were here to notice me cheat
It's your turn to be traitor in the backseat.

Chloe zet de cd uit. Mijn keel doet zeer. Ik concentreer me op de registratiesticker in de hoek van de voorruit en probeer achterstevoren te lezen wat erop staat om te voorkomen dat ik ga huilen.

Ik zou het fijn vinden als Chloe niet meteen weer begon te praten. Ik moet even bijkomen. Maar ze vraagt: 'En, wat vind je ervan? Wel een goed nummer, hè?'

'Ja,' zeg ik. 'Zeker.'

'Milo is er goed in om over zulke kleine dingen te schrijven,' zegt ze. 'Ik weet nog precies hoe het was, met het hele gezin onderweg in de auto.'

Ik kijk naar haar. Heeft ze dan helemaal geen oog voor mijn eigen relatie met dit nummer, voor de emotionele onderstroom waar ik tegenop zwem? Misschien niet. Ze is nog heel jong, en ik weet niet hoeveel ze eigenlijk van Milo's familiegeschiedenis weet. In het openbaar praat hij daar in elk geval nooit over.

Maar ik vergis me. 'Hoe oud was Milo toen hij zijn vader en zusje verloor?' vraagt ze.

'Negen,' zeg ik zacht.

'Arm joch,' zegt ze. En nu al begrijpt zij iets wat ik toen we er nog middenin zaten maar niet onder ogen wilde zien: dat Milo's gemis minstens zo groot was als dat van mij. Hoeveel ik als schrijfster ook heb nagedacht over de taxonomie van het menselijk lijden, hoe vaak ik studenten ook op het hart gedrukt heb dat compassie de sleutel is voor wie een sympathiek en driedimensionaal personage wil scheppen, toen het er echt op aankwam bleek ik zelf verbijsterend weinig compassie te hebben. Mijn verdriet was exclusief. Ik wilde het helemaal voor mezelf.

'Ik kan het me bijna niet voorstellen,' zegt Chloe. 'Ik bedoel, een beetje wel – ik weet hoe het is om iemand kwijt te raken van wie je heel veel houdt. Maar nu ik moeder ben...' Ze maakt haar zin niet af. 'Weet je, ik kan je verzekeren dat mensen zullen proberen dit tegen hem te gebruiken, nu dit allemaal aan de hand is.'

'Hoe bedoel je?' vraag ik.

'Gewoon, dat hij zo'n enorm verdriet heeft gehad toen hij klein was. Dat hij daardoor misschien verknipt is geraakt of zo. Mensen zijn natuurlijk op zoek naar redenen die verklaren waarom hij haar vermoord heeft. Ik heb een keer gelezen dat een gigantisch percentage seriemoordenaars een trauma heeft opgelopen doordat ze op een gevoelige leeftijd naar de begrafenis van een opa of oma moesten en het lichaam in de kist zagen liggen.'

Ik staar haar aan. 'Veel kinderen verliezen familie zonder moordenaar te worden.'

Ze begint zo hard te lachen dat ik ervan schrik. 'O god, dat weet ik wel. Ik zei niet dat ik zo dacht. Ik bedoel alleen maar dat mensen zo meedogenloos kunnen zijn over dit soort dingen.'

Ik zucht. 'Ik wil het graag ergens anders over hebben, als je het niet erg vindt.'

'Nee, natuurlijk niet. Sorry.' Ze glimlacht berouwvol naar me. 'Ik dacht er niet bij na.'

'Geeft niet.' Ik laat het aan haar over om een ander onderwerp aan te snijden.

'Hoe was Milo eigenlijk toen hij klein was?' vraagt ze. 'Joe vertelt wel eens wat over zijn puberteit, maar ik ben altijd benieuwd geweest hoe hij als jongetje was.'

Ik probeer te bedenken wat ik daarop moet antwoorden. Milo was zoveel als klein jongetje, en als achtjarige was hij niet hetzelfde kind als toen hij elf was. Als ik hem met een paar bijvoeglijke naamwoorden kon opsommen, was onze relatie misschien minder ingewikkeld. Ik besluit het algemeen te houden. 'Hij was een geweldig joch. Grappig. We wisten nooit wat hij nu weer zou gaan zeggen.' Het is de waarheid, maar het is nog niet eens het begin van het verhaal.

Ze grijnst. 'Zo te horen is er niet veel veranderd. Heb je nog gênante anekdotes waar ik hem mee kan pesten? Broekplassen of duimzuigen of wat dan ook?'

Haar toon is alleen maar vrolijk – geen scherp randje te bekennen – maar de vraag geeft me een ongemakkelijk gevoel. Ik snap nog niet helemaal wat we van elkaar zijn. Ze is in geen geval mijn schoondochter, maar we zijn met elkaar verbonden door een kind van wie ik het bestaan een paar uur geleden nog niet eens wist. En ik weet nog steeds niet precies hoe zij en Milo met elkaar omgaan. Als vrienden of exen, of als nog iets heel anders?

'Tja, aangezien ik Milo liever niet tegen me in het harnas jaag, hou ik die voorlopig maar voor mezelf.'

'Wijs besluit.'

Ik moet een eind maken aan dit gesprek. Ik kan er nu niet aan denken, niet nu ik op het punt sta Milo weer te zien. 'Waar woont Roland Nysmith eigenlijk?' vraag ik.

'Vlak bij de Presidio. Hij heeft een te gek huis, je zult het wel zien.'

'En wat is hij voor iemand?'

'Hmm,' zegt ze. 'Anders dan je zou verwachten.'

Ik weet niet eens precies wat ik verwacht. Roland Nysmith heeft een heel openbaar leven geleid, en ik weet net zoveel van hem als ieder ander. Halverwege de jaren zeventig, toen zijn band The Misters voor het eerst de krantenkoppen haalde, zat ik op de middelbare school en de universiteit. The Misters waren een progressieve rockband uit Engeland, uit een plaats ten zuiden van Londen, geloof ik. In 1977 brachten ze een conceptalbum uit dat *Underneath* heette, over een futuristische wereld waarin mensen koepelsteden hebben gebouwd op de zeebodem. Het was zweverige muziek, zwaarwichtig, grenzeloos, heel erg jaren zeventig: muziek om high bij te worden. Iedereen in mijn studentenhuis had die plaat. Een jaar later kwam er een concertfilm in de bioscoop, waarin The Misters een paar weken werden gevolgd op tournee in Japan. Ik weet nog dat ik naar een nachtvoorstelling op de campus ging – zo'n soort film was het – en halverwege in slaap viel. Later, na de opkomst van de videoband, hoorde ik dat de film een cultstatus had bereikt, en dat de aanhangers een spelletje speelden waarbij iedereen een glas achterover moest slaan zodra Roland Nysmith het woord 'bewustzijn' gebruikte. Maar toen was ik al een stuk ouder, getrouwd en moeder, en lag mijn belangstelling elders.

Van de Roland Nysmith van nu, inmiddels in de vijftig, weet ik niet veel. Maar hij is een muzikant wiens naam respect afdwingt, al was het maar omdat hij al zo lang meegaat. Na ruim dertig jaar maakt hij nog steeds muziek die mensen mooi vinden.

'Zo te horen is hij een grote steun voor Milo,' zeg ik. Tijdens die laatste kerst vertelde Milo dat Roland Nysmith interesse had getoond in Pareidolia, later las ik dat hij hun tweede en derde album had helpen produceren. Maar dat soort betrokkenheid vertaalt zich niet automatisch in hulp aan een vermeende moordenaar. Wat ik eigenlijk bedoel is: *Roland gelooft vast dat Milo onschuldig is. Geloof jij dat ook?* Maar die vragen kan ik niet zo rechtuit stellen.

'Ja,' zegt Chloe. 'Hij is heel loyaal. En hij mag Milo gewoon graag. Hij is al vanaf het begin een soort vaderfiguur voor hem.'

Ik denk aan Mitch – nuchter, laconiek – en vraag me af hoe hij zich zou voelen als hij wist dat zijn rol is overgenomen door iemand die in een met vissenschubben bedekt broekpak op het toneel heeft gestaan. Ik denk eigenlijk dat hij er wel om zou moeten grinniken, en even probeer ik me de grap voor te stellen die hij erover zou maken, maar ik heb niet de humor die hij had. Hoe dan ook, Mitch is er niet, en ik ben er ook een hele tijd niet geweest. Ik mag blij zijn dat Milo iemand heeft gehad om zich aan op te trekken.

'Waren jij...' Ik aarzel. 'Waren jij en Bettina bevriend?'

Chloe haalt haar schouders op. 'We kenden elkaar eigenlijk niet zo goed, ook al waren Milo en Joe altijd zoveel samen. Ze was niet... Dit klinkt heel naar, maar ze was niet het soort vrouw dat veel vriendinnen heeft, snap je wat ik bedoel? Ze gaf je altijd het gevoel dat ze in een dronken bui je geheimen eruit zou flappen en met je vriendje aanpapte als je even de stad uit was.'

Ik maak een neutraal geluid. Er schiet me iets anders te binnen. 'Wist ze van Lia?' vraag ik.

'Nee,' antwoordt Chloe op wrange toon, waaruit ik opmaak dat ze dit deel van het verhaal niet leuk vindt. 'Ze wist van niks.'

'O nee?' zeg ik.

'Van mij hoefde het geen groot geheim te zijn,' zegt Chloe, 'maar het is natuurlijk wel zo dat Milo Bettina met mij bedrogen heeft. Ze was behoorlijk bezitterig, en Milo dacht waarschijnlijk dat ze het nieuws niet zo goed zou opnemen.'

Ik neem dit zwijgend in me op. Ik ben dit drama nog maar net binnengestapt, en ik geloof niet dat ik het recht heb om commentaar te leveren.

'Het is opeens heel ander weer,' zeg ik. Toen we bij Chloe's huis wegreden, was het grijs en bewolkt, nu schijnt de zon in de straten en schittert hij op de baai.

Ze schudt haar hoofd. 'Het is geen ander weer, wij zijn alleen op een andere plaats. In deze buurt schijnt altijd de zon. Microklimaten. We zijn er bijna, trouwens.'

We rijden door een straat met verbluffend grote huizen, en zodra Chloe de hoek om gaat weet ik waar Roland woont. Geparkeerde auto's blokkeren de doorgang en er staan zeker tien mannen met camera's op straat te roken en te praten, zorgvuldig met één oog gericht op een hoog, wit stenen huis. Het is een prachtig huis – een makelaar zou het waarschijnlijk neoklassiek noemen of iets dergelijks – dat hoog boven zijn buren uittorent, dankzij de combinatie van zijn ligging op een heuvel en de garage op straatniveau, waardoor het lijkt alsof het huis pas op de eerste verdieping begint.

'Shit,' zegt Chloe. 'We gaan wel achterom.'

Als ze vaart mindert om te keren, komen de fotografen een

kijkje nemen. Ik weet niet of ze mij of Chloe herkennen, of dat ze gewoon het zekere voor het onzekere nemen, maar er wordt druk geklikt en gefilmd, tot Chloe begint te toeteren en gas geeft en ze wegstuiven.

'Bloedzuigers,' zegt ze. Ze rijdt de hoek om, naar een gietijzeren hek met een intercom. Ze draait haar raampje open en drukt op een knop. 'Chloe hier,' zegt ze, en even later zwaait het hek naar binnen open.

Ze parkeert op een geplaveide binnenplaats, en we stappen uit. Ze gaat me voor over een bakstenen wenteltrap en belt aan.

'Hij moet er zijn,' zegt Chloe. 'Die gasten...' ze gebaart richting straat, '... zouden het weten als hij weggegaan was.'

De deur gaat open, en voor me staat Roland Nysmith. Hij heeft een hoekig gezicht, met scherpere trekken dan toen hij jong was, en zijn grijze haar is heel kort geknipt, maar ik herken hem meteen als de man die ik sinds mijn zeventiende in tijdschriften en op platenhoezen heb zien staan. Ik heb nooit een poster van hem aan de muur gehad, maar ik kende genoeg meisjes die dat wel hadden, en zelfs onder deze omstandigheden ben ik me bewust van een vage verwondering, die als een zenuwachtige opwinding door me heen golft. Ik voel zelfs een zekere eerbied nu ik zo dicht bij deze man in de buurt ben. Zijn er ook mensen die zich in Milo's buurt zo voelen?

'Chloe,' zegt hij, terwijl hij haar een zoen op haar wang geeft. Verbaasd stel ik vast dat zelfs zijn spreekstem me vertrouwd in de oren klinkt. 'En wie is dit?'

'Dit is Octavia Frost,' zegt ze. 'Milo's moeder.' En tegen mij: 'Roland Nysmith,' alsof ik dat misschien nog niet wist.

Roland steekt glimlachend zijn hand uit en kijkt me nieuwsgierig en zelfs keurend aan. 'Aangenaam,' zegt hij. 'Jij bent dus de beroemde schrijfster.'

Als ik hem de hand schud, bloos ik nog ook. Zijn woorden zijn gênant en onwaar, zeker uit de mond van een man die zijn hele volwassen leven in het felle licht van de ware roem heeft gestaan, maar ik geloof niet dat hij het sarcastisch bedoelt.

'Leuk je te ontmoeten,' zeg ik. Ik wacht even. Hij staat me

nog steeds op die vreemde manier aan te kijken, alsof hij me probeert in te zuigen. 'En, een beetje laat, bedankt voor al het aardige dat je voor mijn zoon gedaan hebt.'

Hij steekt bescheiden zijn handen op. 'Geen dank,' zegt hij. 'Ben je gek.' Hij doet een stap achteruit om ons door te laten. 'Kom binnen, allebei.'

We komen in een hal met gele muren en een zwart-witte marmeren vloer. Ik kijk naar rechts, een gang in die naar een met donker hout betimmerde kamer met een vleugel leidt, en dan voor me, naar een zitkamer met een druk vloerkleed en een paar oranje banken. Ik hoop een glimp van Milo op te vangen voor hij erachter komt dat ik er ben, maar hij is nergens te bekennen. Ik sta versteld van de afmetingen in dit huis. Dit is een stad waar je betaalt voor ruimte.

'Neem me niet kwalijk,' zegt Roland, 'ik verwacht een telefoontje, maar doe gerust alsof je thuis bent. Ik ben zo terug.'

Eindelijk dringt tot me door dat we onaangekondigd binnen zijn komen vallen. 'Natuurlijk,' zeg ik tegen Roland. 'Sorry dat we je storen. Maar kun je me zeggen... is Milo hier?' Mijn stem gaat de hoogte in en verraadt mijn nervositeit.

Roland lacht naar me. 'Jazeker, mama,' zegt hij, en ik weet niet of ik dat wel prettig vind. Ik ben zíjn moeder niet. 'Milo en Joe zijn er allebei. Ze zitten in de bibliotheek.' Hij wendt zich tot Chloe. 'Jij weet de weg, hè, schat?' Hij draait zich om en loopt naar de kamer met de vleugel.

'Yep,' zegt Chloe. 'Niet zeggen dat we er zijn, oké?'

'Ik zeg niets,' zegt Roland over zijn schouder. Ik zie hem door de betimmerde kamer lopen en aan de andere kant door een deur verdwijnen.

Chloe schenkt me een klein lachje. 'Daar gaan we dan,' zegt ze.

Ik loop achter haar aan de trap op en een brede gang door. Het dikke tapijt dempt het geluid van onze voetstappen, maar ik weet niet of dat goed is – wil ik hem wel verrassen? Op weg naar de open deur aan het eind van de gang hoor ik stemmen. Eerst die van Joe, kalm en gelijkmatig, en dan die van Milo, hoog van emotie. Ik kan niet verstaan wat hij zegt, maar het klinkt alsof hij huilt.

Mijn hart gaat als een bezetene tekeer. Chloe stopt en doet een stap opzij. Ze wijst naar de kamer voor ons en knikt. Ze stuurt me alleen naar binnen.

Langzaam leg ik de laatste paar meter af. Ik ben bang, op een manier die me zelf bespottelijk voorkomt.

Ik ga de kamer binnen en blijf staan. Joe zit onderuitgezakt in een rode fauteuil, met een hand onder zijn hoofd. Hij ziet er beroerd uit. En daar is Milo, mijn lieveling, mijn jongen, ijsberend en in tranen. Zijn hand ligt boven op zijn hoofd, en hij heeft zijn lange haar strak uit zijn gezicht getrokken. Zijn gezicht is rood aangelopen en hij heeft schaafwonden en blauwe plekken op zijn voorhoofd en zijn ene wang. Hij ziet eruit alsof hij zich in geen dagen gewassen heeft.

Als hij me ziet verstijft hij. Ik ben op alles voorbereid, maar niet op wat er nu gebeurt.

'Mama,' zegt hij.

Hij komt op me af en kruipt tegen me aan. Ik sla mijn armen voorzichtig om hem heen, en als hij zich niet terugtrekt, pak ik hem steviger vast. Ik fluister in zijn haar, net als toen hij een kind was. 'Milo,' zeg ik. 'Stil maar. Het komt allemaal wel weer goed.'

Hij drukt zijn gezicht tegen mijn schouder. Ik kan niet horen wat hij zegt. 'Stil maar, lieverd,' zeg ik nog een keer.

Hij richt zich op en kijkt me wanhopig aan. 'Ik was het, mam,' zegt hij. 'Ik heb haar vermoord. Ik denk dat ik haar vermoord heb.'

Omslagtekst van
DE MENS VANBINNEN
door Octavia Frost
(Farraday Books, 2002)

'Het was een dinsdag, de dag waarop we allemaal ons geheugen begonnen kwijt te raken.' Zo begint Octavia Frosts opzienbarende en aangrijpende nieuwe roman, *De mens vanbinnen*. Wanneer Hope Russo haar pijnlijkste herinneringen kwijtraakt, vraagt haar familie zich af of het om een psychologisch afweermechanisme gaat; Hope is immers nog steeds ontredderd door de dood van haar zoontje Jonah. Maar algauw blijkt dat Hope niet de enige is. Over de hele wereld lijden mensen aan dezelfde vorm van geheugenverlies, een fenomeen dat ASA gedoopt wordt (Algemene Selectieve Amnesie): fijne herinneringen blijven behouden, maar nare herinneringen verdwijnen. Slechts een kleine minderheid, onder wie Hope's schoonmoeder Linda, lijkt immuun te zijn voor deze epidemie.

De mens vanbinnen, afwisselend verteld door de verschillende leden van het gezin Russo – grootmoeder Linda, moeder Hope, vader Rich, de vijftienjarige Macy en de twaalfjarige Kyra – is een combinatie van fabel, sciencefiction en familiedrama, wat een hyperrealistisch verhaal oplevert over tragiek en de plooibare materie die de menselijke natuur heet.

Fragment uit
DE MENS VANBINNEN
door Octavia Frost
OORSPRONKELIJK SLOT

LINDA

Het is nu een jaar geleden dat Hope de woonkamer in kwam en vroeg of iemand Jonah had gezien. Al een jaar ben ik de enige in het gezin die weet over de dood van Jonah. Het begint een beetje eenzaam voor mij te worden in dit huis.

We hebben nu tenminste een naam voor dit nieuwe verschijnsel: een internationale groep artsen heeft de koppen bij elkaar gestoken en een aantal nieuwe termen in het leven geroepen. De winnende naam voor dit vergeten, voor dit jezelf stukje bij beetje kwijtraken is Algemene Selectieve Amnesie (ASA). Mensen noemen zichzelf 'asa's'.

Wij, de depri's, zijn omgedoopt tot NG's: de Niet-Getroffenen. (De ironie is natuurlijk dat wij zwaarder getroffen zijn dan wie dan ook.) We zijn niet met zo weinig als in het begin werd aangenomen; artsen schatten dat NG's 3 tot 5 procent van de bevolking uitmaken. Maar we zijn wel zo'n kleine minderheid dat de naamsverandering weinig indruk maakt op het grote publiek. De meeste mensen noemen ons nog gewoon depri's, hoewel ik nog steeds niet zeker weet of dat is omdat ze denken dat wij ons wel de hele tijd gedeprimeerd zullen voelen, of vanwege de domper die we voortdurend op elk luchtig gesprek zetten.

RICH

Echt, ik ben nog nooit zo gelukkig geweest. Op mijn werk ben ik productiever dan ooit, en als ik aan het eind van de dag klaar ben, heb ik de grootste haast om thuis te komen en mijn gezin weer te zien. Hope en ik kunnen weer met elkaar opschieten zoals in het begin van ons huwelijk, 's ochtends vroeg in elk geval, als ze goed geslapen heeft en de kans heeft gekregen om te vergeten wat mijn moeder haar de avond ervoor heeft aangepraat. We hebben het zelfs al over nog een kind.

Met ons vieren – ik, Hope, de meiden – gaat het uitstekend, maar mijn moeder rent rond als een soort omgekeerde Cassandra die erop staat dat we proberen greep te krijgen op de dingen die ons vroeger kwelden. Eh... nee, bedankt, weet je?

MACY

Vandaag op school komt Ryan naar me toe en zegt dat hij vindt dat we het weer aan moeten maken. En ik wil wel ja zeggen – ik sta naar hem te kijken en alles wat ik wil is hem aanraken. Maar ik denk steeds: Hoe kan dat, als ik niet eens weet waarom we het eigenlijk uitgemaakt hebben? Wat hebben we elkaar aangedaan dat zo erg was dat we het ons geen van beiden kunnen herinneren?

KYRA

Op school is het een gekkenhuis. Kinderen komen onder proefwerken uit door te zeggen: 'Sorry hoor, ik heb geprobeerd over de Holocaust te leren, maar ik werd er zo verdrietig van dat het niet in mijn hoofd wilde blijven zitten.' En er was laatst een jongen die een ander in elkaar geslagen had en naar de directeur werd gestuurd. Zijn excuus was: 'Wat maakt het nou uit? Hij is het toch zo weer vergeten.' Zelfs de leraren vergeten dingen. Mevrouw Kantner, mijn lerares Engels, zei dat ze *Romeo en Julia* opnieuw had moeten lezen, terwijl ze er al zestien jaar les over geeft. Ze zei dat ze niet wist wat voor ervaring ze in het verleden met *Romeo en Julia* had gehad, maar dat het behoorlijk erg moest zijn geweest.

En de depri's worden óf genegeerd óf gepest. Voor zover ik weet doen de meesten gewoon alsof er niets aan de hand is. Zelfs mijn moeder weet het nog niet van mij. Zelfs mijn oma niet.

HOPE

Ik heb een handige tip voor de was, een stukje huishoudelijke alchemie dat ik van mijn moeder geleerd heb: als je ooit bloed uit een kledingstuk moet zien te krijgen, hou de stof dan boven de wasbak en besproei de vlek met waterstofperoxide. Het is net toverij. De vloeistof bruist en borrelt. De stof wordt warm, terwijl er binnen in het weefsel een onzichtbare chemische strijd woedt. En dan is het bloed weg – helemaal, geen spoortje meer te bekennen. Soms voelt het kledingstuk een beetje stijf aan nadat het is opgedroogd – peroxide is agressief en kan stoffen na verloop van tijd helemaal wegvreten – maar de vlek is verdwenen. De vloeistof wordt helder en de stof is schoon en fris als de lente.

Ik hou mezelf de hele tijd voor dat het een opluchting is dat ik me niets van Jonahs dood kan herinneren. Maar aan de andere kant wil ik helemaal niet dat die vlek verdwijnt.

Rich heeft geen moeite met wat gaten in zijn geheugen, maar ik vind dit katterige, wat-heb-ik-gisteravond-gedaan-gevoel niet prettig. Maakt dit ons niet kwetsbaar, dit onvermogen om ons onze pijn te herinneren? Een wereld vol pure, opgewekte onnozelen – zo was het niet bedoeld. Een wereld vol kleine kinderen, zonder volwassenen om hen te waarschuwen dat vuur heet is.

Ik denk: een vrouw die al dertig jaar lang twee keer per maand door haar man in elkaar geslagen wordt, weet niet meer dat als hij op die typische toon begint te praten en achteloos zijn nagels bestudeert, dat het dan tijd is zich in haar slaapkamer op te sluiten en het alarmnummer te bellen. Volgens nieuw onderzoek zijn laboratoriumratten niet meer in staat om te leren dat ze een schok krijgen als ze een bepaalde hendel overhalen. Ik stel me voor dat ze zichzelf telkens weer onder stroom zetten, op zoek naar beloningen maar met als enige uitkomst pijn, net zolang tot hun vacht verschroeid is en ze geen enkel gevoel meer in hun pootjes hebben.

MACY

Een van de dingen waar ik nog steeds niet aan gewend ben, is dat niet iedereen dezelfde dingen vergeet. Dat kan heel nuttig zijn, zoals toen ik het weer aan wilde maken met Ryan en ik mijn vriendin Lauren vroeg of zij nog wist wat er de eerste keer gebeurd was en zij me uitgebreid vertelde dat hij met een ander meisje gezoend had toen zijn ouders op vakantie waren. Het klonk me niet bekend in de oren – alsof ze het over iemand anders had – maar ik vond het wel zo erg dat ik besloot die verzoening tussen ons verder maar te vergeten.

Maar soms maakt het je ook zo eenzaam, en bang bijna. Ik bedoel, waarom weet jij dingen van me die ik zelf niet eens weet? En waarom deed het jou niet zoveel pijn dat jij het ook vergat?

RICH

Vanavond kwam Macy thuis met een tattoo in haar nek. Ik ben er niet echt blij mee, maar ik probeer er geen toestand van te maken. Wat ik niet helemaal snap is de tekening zelf: het is een boegbeeld, zoals van een oud schip. Je weet wel, zo'n vrouwenbuste die uit de boeg steekt. Bij Macy zie je het ding recht van voren. Een vrouw met grote ogen en wapperende haren en een bleek gezicht, en ze wijst met een vinger naar zee. Het is best goed gedaan eigenlijk. Maar als ik haar vraag waarom ze juist die afbeelding gekozen heeft, weet ze niet goed hoe ze het moet uitleggen.

'Ik weet het niet,' zegt ze. 'Ik vind die dingen gewoon interessant, en ook een beetje griezelig. Ik krijg er de rillingen van. En ik vind het ook een prettig idee dat er iemand achter me kijkt, dingen in de gaten houdt die ik zelf niet kan zien.'

'Ogen in je achterhoofd,' zeg ik.

Zoals zo vaak de laatste tijd, heb ik het gevoel dat Macy en ik op het punt staan elkaar ergens in te vinden, we kunnen er alleen net niet bij.

'Het is mooi,' zeg ik. 'Ik vind het wel cool.'

Macy rolt met haar ogen. 'Jezus, pap,' zegt ze. Ze loopt de kamer uit, en haar tweede paar ogen blijft me aankijken.

KYRA

Die tattoo trek ik bijna niet. Ik heb zo'n zin om Macy te vertellen dat ik een depri ben. Ik bedoel, jezus! Ze heeft geen flauw idee waarom ze dat ding uitgekozen heeft. Maar ik weet me in te houden.

'Hé, die dingen heb ik wel eens eerder gezien. Die hadden ze toch ook in het museum?'

'Welk museum?' zegt ze. Kom op nou.

'Het Wetenschapsmuseum. We...' Mijn stem slaat bijna over, maar ik schraap gauw mijn keel. 'Toen we daar een tijdje geleden met mama waren, hebben we ze ook gezien, weet je nog?'

'Niet echt,' zegt ze. 'Wat gek dat jij dat nog weet en ik niet. Misschien had ik vlak ervoor ruzie met Ryan of zo.'

'Ja,' zeg ik. 'Dat zal het zijn.'

'Laten we er een keer heen gaan,' zegt ze. 'Ik zou ze wel eens willen zien – ze zijn een beetje mijn ding. Dit weekend misschien. We kunnen vragen of iemand ons wil brengen.'

Wat moet ik zeggen? Ze weet dat ik geen andere plannen heb.

'Oké,' zeg ik. 'Laten we dat doen.'

LINDA

In het voorjaar heeft Hope een tijdje bij een lotgenotengroep gezeten van mensen die last hadden van de effecten van ASA. Maar het was zo frustrerend, zei ze, want ze hadden het maar steeds over een onbestemd gevoel van gemis en verwarring over wie ze eigenlijk waren, zonder ooit tot de kern door te kunnen dringen. Je zei bijvoorbeeld: 'Het doet me verdriet dat ik me de dood van mijn moeder niet kan herinneren,' maar het viel niet mee om het vuurtje brandende te houden als je je de dood van je moeder domweg niet kon herinneren.

Ze hebben verschillende strategieën geprobeerd. Een tijdje deden ze elke week thuis een oefening, waarbij ze vrienden en familie, en soms ook gewoon bekenden, vroegen de leemtes op te vullen. Hoe is mijn man verlamd geraakt? Wat gebeurde er die kerst toen ik negen was? Heb ik mijn kinderen wel eens geslagen? Ze schreven de verhalen op en lazen ze in de groep hardop voor. Maar het was alsof ze een krantenartikel lazen of een uit de hand gelopen roman: andermans tragedie.

Hope ging er uiteindelijk niet meer heen, en waarschijnlijk gold dat voor de hele groep. Maar dat huiswerk heeft haar wel geholpen. De truc is om iemand te vinden die jouw geschiedenis kent, maar niet door dezelfde dingen geraakt is als jij. Of – en wat dat betreft heeft Hope geluk, als je het zo kunt noemen – je vraagt het een NG.

HOPE

Voor ze naar bed gaat, zit Linda meestal nog een tijdje aan de keukentafel te lezen, met een glas wijn erbij. De laatste tijd ga ik vaak bij haar zitten; we hebben allebei een boek voor ons, maar af en toe praten we ook wat. Op een avond vroeg ik haar of ze over Jonah wilde vertellen. Zo formuleerde ik het, maar ze vatte het op als *vertel eens over Jonahs dood*.

De ironie is dat de afwezigheid van die ene immense herinnering ruimte gemaakt heeft voor een hele reeks kleinere, fijne herinneringen. Vóór ASA, denk ik, ontzegde ik mezelf mijn fijne herinneringen aan Jonah. In het licht van wat er later gebeurde, waren die te pijnlijk voor me. Maar toen die kei eenmaal uit het gat getild was, vulde dat gat zich met miljoenen kleine steentjes: het onverwachte genot om na zoveel jaar weer een kindje te krijgen dat helemaal van mij alleen was (zo voelt het altijd als ze nog baby zijn); dat hij zo dol was op gepureerde wortel dat hij er een oranje neus van kreeg; de manier waarop hij in de achtertuin met een handvol gras schaterend achter de meiden aan hobbelde.

Ik wist dat het verhaal van zijn dood me die herinneringen waarschijnlijk zou afnemen, in elk geval tot de ASA zijn werk weer kon doen. Het was een vreemde ruil, maar ik wilde het verhaal toch horen.

LINDA

'Het was op een woensdag in augustus,' vertel ik haar. 'De meisjes waren al terug van zomerkamp, en ze liepen met hun ziel onder hun arm. Dus jij zei dat je een dag vrij zou nemen om met ze naar het Wetenschapsmuseum in Chicago te gaan.'

RICH

Op een avond kom ik de keuken in, midden in dit morbide onderonsje, en ik ben geschokt als ik hoor waar ze het over hebben. Waarom moet mijn moeder ons dit zo nodig opdringen? Waarom laat ze ons niet gewoon verdergaan met ons leven?

MACY

Ik weet dat mama en oma 's avonds van die gesprekjes hebben, en aan het gemopper van mijn vader te horen hebben ze het over Jonah. Ik begrijp er helemaal niets van. Ik bedoel, ik herinner me Jonah ook. Hij was een schatje. Maar ik vind het best om me hem te herinneren zoals hij was, een vrolijk ventje, altijd voor alles in. Waarom zou je al die ellende naar boven halen, terwijl je blij mag zijn dat je het vergeten bent?

We praten er elke avond over, en elke ochtend is ze het weer vergeten. Maar het is voor ons allebei belangrijk. Ik denk aan Penelope, die weeft en weer uithaalt. Ik denk aan Sheherezade, die verhalen vertelt om de dood op afstand te houden.

'Er was een hele tijd heen-en-weer-gepraat,' vertel ik, 'of je Jonah mee zou nemen naar het museum, of dat Rich hem gewoon naar de crèche zou brengen. Jij dacht dat hij het grote hart misschien wel leuk zou vinden, en de fluistergalerij ook, maar je wist ook dat hij niet stilletjes in zijn buggy zou blijven zitten terwijl jullie met z'n drieën de tentoonstelling bekeken.'

Op dit punt krijgt Hope altijd een behoedzame blik in haar ogen, maar ze wil nooit dat ik ophou.

'Uiteindelijk besloten jullie dat hij naar de crèche zou gaan, maar dat had ik niet gehoord. En toen Kyra kwam zeggen: "Mama zegt dat je Jonah in de auto mag zetten," dacht ik dat je bedoelde dat jij hem mee zou nemen.

Ik trok hem zijn jasje aan en liep met hem naar buiten. Hij was de hele ochtend al aan het piepen, en ik dacht: "Mooi. Hij valt vast onderweg in slaap."'

En wat nu komt zeg ik altijd luid en duidelijk, altijd, altijd: 'Ik was degene die hem in zijn stoeltje zette. Ik gaf hem zijn speen en aaide hem over zijn hoofdje. Hij sliep voor ik het portier dichtdeed.'

'Ik begrijp het niet,' zegt Hope elk avond weer. 'Hoe kan ik nou niet gemerkt hebben dat hij er was? Of de meiden. En als Rich hem naar de crèche zou brengen...?'

En ik neem de hele reeks misverstanden met haar door. 'Ik moest naar de tandarts, dus nadat ik hem in de auto gezet had, ben ik meteen doorgegaan. Ik wist dat jullie allemaal op het punt stonden om weg te gaan. Toen Rich in zijn auto stapte en zag dat Jonah er niet was, nam hij aan dat je toch besloten had hem mee te nemen. Hij belde de crèche om te zeggen dat hij niet zou komen, daarom hebben ze jou niet gebeld toen hij daar niet aankwam.'

'Maar,' zegt ze dan. Ik weet het. 'Maar' is het spelletje dat we naderhand nog maanden speelden.

'Het was een week na Macy's slaapfeestje, en Rich had Jonahs stoeltje helemaal achterin gezet, zodat alle meiden in de auto pasten toen jullie naar de pizzeria gingen. En hij zat nog steeds achterstevoren, weet je nog, want hij was dan wel bijna anderhalf jaar oud, maar hij was nog steeds zo'n klein kereltje. Hij sliep de hele weg. Naderhand zei iedereen dat hij geen kik gegeven heeft. Dat is alles, lieverd. Het spijt me. Meer valt er niet over te zeggen.'

KYRA

Het blijkt dat oma met Macy en mij op dit van ASA doortrokken uitstapje naar het museum gaat. Wat de zaak wel een beetje moeilijker maakt, want zij weet het, weet je? Zij begrijpt wat die plek betekent. Maar oké. Ik doe al een jaar alsof. Zo'n stom museumbezoek kan er ook nog wel bij.

LINDA

Ik ben eigenlijk wel blij dat ik met hen meega. Ik was er die dag niet bij – tandartsafspraak, weet je nog? – dus mijn herinneringen aan de gebeurtenissen hebben weinig te maken met de plek waar het gebeurd is. Ze zijn me dierbaar, die herinneringen aan de gruwel en het verdriet, veilig opgeborgen bij al mijn schatten aan geboorte en blijdschap en verliefdheid. Dit lijken de mensen tegenwoordig niet meer te begrijpen: dat we onszelf pas kennen als we al onze extremen kennen. Ik ben blij dat ik nog weet dat ik op de lagere school de draak stak met een meisje omdat ze sliste en uit een arm gezin kwam. Blij dat ik me de pijn herinner van zowel een gebroken arm als een mislukt huwelijk. Blij zelfs dat ik nog precies weet wat Hope zei toen ik haar op de parkeerplaats bij de tandarts aan de telefoon kreeg, mijn gezicht nog gevoelloos door de verdoving.

KYRA

En dan wordt het zaterdag, en we gaan op weg naar die plek waar ik nooit meer had willen komen. Godzijdank parkeert oma op een andere verdieping. Die paarse verf staat voorgoed in mijn geheugen gegrift.

MACY

Als eerste gaan we naar de scheepvaartafdeling, zodat ik de boegbeelden kan zien. Ze geven me een cool, griezelig déjà-vugevoel waar ik mijn vinger niet helemaal op kan leggen. Ik blijf er een tijdje staan kijken. Het zijn er twee, een vrouw en een man. En de vrouw lijkt precies op mijn tattoo. Ik moet me dat beeld onbewust herinnerd hebben toen ik het voor die tattooman uittekende. Zouden ze er in de cadeauwinkel een ansichtkaart van hebben of zo?

KYRA

Ze staat daar maar als een achterlijke naar die beelden te staren en te zeggen hoe eng en mysterieus ze wel niet zijn, en ik heb zin om tegen haar te gillen: *Hier stond je, sukkel. Hier hoorde je wat er gebeurd was.* En nu denkt ze dat ze een of andere kunstgeschiedenisstudent is, omdat haar haperende brein alles van die dag vergeten is behalve dit.

HOPE

'Toen je eenmaal in het museum was,' vertelde Linda altijd als we met onze wijn aan de keukentafel zaten, 'gingen jullie eerst naar het sprookjeskasteel kijken.'

Dat zei me tenminste iets. 'Daar waren de meiden altijd dol op.'

'En toen gingen jullie naar de mijnbouwtentoonstelling, met die lift en die helmen, want Macy moest voor school een opstel schrijven over haar familiegeschiedenis, en jij had haar verteld dat haar opa mijnwerker was geweest. En toen gingen jullie uit elkaar omdat Kyra de doorgesneden mensen wilde zien, en die vond Kyra smerig. Jij ging met Kyra mee, en Macy bleef beneden.'

MACY

Boven aan de blauwe trap heb je zo'n walgelijk geval dat ze 'de mens vanbinnen' noemen. Het is zo akelig: de echte lichamen van twee doden uit 1930 of zoiets, en die zijn in plakjes gesneden en in plastic verpakt. Het zijn een man en een vrouw, en de een hebben ze in de lengte in plakjes gesneden en de ander in de breedte. En je kunt er tussendoor lopen en al die plakjes dode mens bekijken, en alle dwarsdoorsneden van aderen en organen en tanden en weet ik veel wat, en het wonder van het menselijk lichaam aanschouwen.

En dan ga je lekker naar huis en maak je je van kant omdat je zo'n griezel bent. Ik bedoel, hallo, voel je je wel helemaal lekker?

KYRA

Ik vind het wel interessant. Oké, het is best wel smerig, maar ook best bijzonder. Ik vond het altijd leuk om erdoorheen te lopen, tot die ene keer was ik er nooit bang voor. Maar vandaag in het museum wist ik zeker dat ik niet naar boven zou gaan. Want daar stonden mama en ik toen het nieuws werd omgeroepen.

HOPE

'Hyperthermie' is het woord; ik leer het elke dag opnieuw. Zelfs op een niet extreem warme dag kan de temperatuur in een auto binnen de kortste keren oplopen tot boven de zevenendertig graden. En toen was het hartje zomer.

Ik kan alleen nog in slaap komen door te bedenken dat ik het de volgende ochtend allemaal weer vergeten zal zijn.

LINDA

Ik zeg tegen de meisjes dat ik even naar de wc moet en ga dan zelf naar de plakjes mens kijken. Ik wil Kyra er niet bij hebben, voor het geval de ASA een flintertje herinnering gemist heeft. Dat was waar ze naderhand nachtmerries over had. Niet over haar dode broertje, gesmoord in zijn autostoeltje, maar over de in plakjes gesneden mensen onder glas. Ze was bang dat ze met haar hetzelfde zouden doen.

Ik loop door de tentoonstelling heen, en eerlijk gezegd doet het me niet veel. Het is net of je naar lichamen in een lesboek kijkt. Lagen spier en bot. Bloedeloos. Schoon. Wat deze kadavers ooit mens maakte, is allang verloren gegaan.

KYRA

Macy is nog steeds in de ban van dat stomme scheepsmens, dus ik zeg dat ik een flesje water ga kopen. En dan sta ik een tijdje naar de blauwe trap te kijken.

Onderweg naar boven zeg ik de hele tijd tegen mezelf dat ik altijd nog terug kan. Ik verwacht zelf bijna niet dat ik boven aan zal komen. Maar dat doe ik wel.

Het is gewoon... ik weet niet. Hoe verschrikkelijk die herinnering ook is, ze betekent wel iets voor me, snap je? Ik wil naar deze plek toe zoals andere mensen naar een graf willen. Ik wil er weer zijn, ook al betekent het dat ik me straks weer afschuwelijk voel.

Vlak voor de laatste bocht in de trap vraag ik me opeens af of ik daar de enige zal zijn. En of ik dat wil of niet. Of het beter is om alleen te zijn met de plakjes mens waar ik anderhalf jaar over gedroomd heb, of samen met een heleboel andere mensen die grappen maken over hoe smerig het wel niet is.

En daar staat mijn oma, precies waar ik haar nodig heb. En ik kan het niet helpen. Ik begin te huilen.

LINDA

Zodra ik haar gezicht zie weet ik het. Mijn god. Het arme kind. Hoe heeft ze dit al die tijd verborgen weten te houden?

KYRA

Niet te geloven, nadat ik zo lang mijn best heb gedaan om me aan te passen, voel ik me toch een stuk beter nu iemand het weet. Ik ben nog niet zover dat ik het ook aan anderen wil vertellen, maar ze zegt dat ze het geheimhoudt tot het van mij geen geheim meer hoeft te zijn. Wij hebben nu ook elke dag onze gesprekjes, vrolijkere, denk ik, dan de gesprekken die ze met mama had. Ze zegt dat ze denkt dat het belangrijk is dat er mensen zijn zoals wij. Wie weet, misschien ga ik haar nog wel geloven ook.

LINDA

En zo blijkt dat de wereld net zo groot is als hij altijd al was, ook al zijn mijn kleindochter en ik de enigen die het kunnen zien. Ik heb mijn zoon vergeven dat hij het prima vindt om verder met zijn ogen halfdicht door het leven te gaan, en ik hou mijn avondlijke verhalensessies met Hope tegenwoordig kort.

Op de eerste zwoele avond van het jaar steken we de barbecue aan en eten in de tuin. Macy is de hele middag bezig geweest met een aardappelsalade, en om de feestvreugde compleet te maken heeft ze hem overgeschept in een glazen schaal die nog van mijn moeder is geweest. Op weg naar de tuintafel struikelt ze over een scheve terrastegel. De schaal valt kapot. Aardappel en mayonaise, glasscherven en stukjes hardgekookt ei belanden in het gras.

Ik ben het dichtstbij en help haar overeind. 'Gaat het, Macy?' vraag ik.

Ze kijkt alsof ze moet huilen. 'Oma,' zegt ze. 'Het spijt me zo. Je schaal...'

Arm muisje. Zo zacht en kwetsbaar. Voor zover zij weet is een gebroken schaal het ergste dat de wereld te bieden heeft.

'Het geeft niet, lieverd,' zeg ik. 'Vergeven en vergeten.' En dan beginnen we allemaal te lachen.

Fragment uit
DE MENS VANBINNEN
door Octavia Frost
HERSCHREVEN SLOT

KYRA

De ochtend na het barbecueën kom ik de keuken in. Oma zit aan tafel de krant te lezen.

'Maandag is het Herdenkingsdag,' zeg ik, terwijl ik een glas uit de kast pak. 'Zullen we samen bloemen naar Jonahs graf brengen?'

Glimlachend kijkt ze op. Ze klinkt vriendelijk en nieuwsgierig. 'Wie is Jonah?' vraagt ze.

'Het was vreemd: ik bracht ze hun voorgerecht, en ze hielden vrolijk lachend elkaars hand vast, en toen ik de borden weg kwam halen, was Bettina in tranen en zat Milo er... wat zal ik zeggen, geërgerd bij.'

– *Sean Bowers, ober bij Zana, geciteerd op People.com, 11 november 2010*

HOOFDSTUK ZES

Ik hou Milo stevig vast. Hij is langer dan ik – dat is al een hele tijd zo, maar toch is het een verrassing – en hij staat kromgebogen op mijn schouder te huilen. Zijn geur is me zo vertrouwd, en het naakte feit van zijn aanwezigheid, zijn onloochenbare aanraakbaarheid, veroorzaakt een flits van herkenning in het geheugen van mijn huid. Ik word overvallen door een stille vervoering, die in schril contrast staat met de gruwel van wat hij zojuist zei.

Sinds het nieuws van de moord naar buiten kwam, heb ik me afgevraagd hoe ik zou reageren als ik geconfronteerd werd met een of ander onweerlegbaar bewijs van Milo's schuld. Ik stelde me voor dat ik bang zou zijn, verdrietig, dat ik hem in bescherming zou willen nemen. Dat ik ergens nog de moederlijke hoop zou koesteren dat ik het probleem voor hem kon oplossen.

Nu het moment daar is, is het heel anders dan ik me voorstelde. Dat is de fundamentele fout die schrijvers maken, te denken dat wat wij op papier zetten ook maar in de buurt komt van de waarheid. Hoe rijk onze fantasie ook is, hoe levendig het beeld ook is dat we schetsen, we raken niet eens aan de ondubbelzinnige werkelijkheid van het moment zelf. Want zo voel ik me, geconfronteerd met een kind dat bekent een moord gepleegd te hebben: ik geloof er niets van. Geen woord.

Chloe komt de kamer in, en zij en ik beginnen tegelijk te praten.

'Wat zei je nou net?' vraagt zij.

'Hoe bedoel je "ik denk"?' vraag ik.

'Hij weet het niet,' zegt Joe vanuit zijn leunstoel. 'Hij kan het zich niet herinneren.'

Milo maakt zich van me los en veegt met zijn mouw over zijn natte gezicht, als een kind.

'Hoe bedoel je, je kunt het je niet herinneren?' vraag ik. 'Wat herinner je je dan niet?'

'Een heel stuk van die avond. Een paar uur, of meer nog.'

'Had je drugs gebruikt?' vraag ik. Wat kan ik toch een cliché van een moeder zijn, als ik de kans krijg.

'Nee, maar ik had wel veel gedronken.'

Roland verschijnt in de deuropening. 'Je hebt de weg gevonden, zie ik,' zegt hij joviaal. Hij laat de sfeer in de kamer even op zich inwerken. 'Wat is er aan de hand?' vraagt hij.

'Sam Zalakis heeft gebeld,' zegt Joe. En tegen mij: 'Milo's advocaat.'

'Hij heeft een deel van de politieverslagen,' zegt Milo. Hij schudt zijn hoofd.

'Vertel eens wat hij zei,' zegt Roland.

Het lijkt opeens erg vol in de kamer, en ik heb de aanvechting om Milo tegen te houden voor hij nog meer zegt. Ik weet niets van deze mensen. Milo vertrouwt ze klaarblijkelijk, maar daarom hoef ik ze nog niet te vertrouwen.

'Milo,' zeg ik. 'Kunnen we even een paar minuten alleen zijn?'

'O, oké,' zegt Roland. 'Natuurlijk.'

Joe staat op. 'Wij zijn beneden,' zegt hij. Ik kijk het drietal na; onderweg hoor ik Chloe tegen Joe fluisteren: 'Denk je echt dat hij het gedaan heeft?'

Ik ga in een enorme fauteuil zitten, het tweelingbroertje van die waar Joe in zat. Milo gaat in de andere zitten. Hij kijkt me verward aan, en voor het eerst ook een beetje op zijn hoede. 'Wat doen jullie hier eigenlijk? Hoe ken jij Chloe?'

'Ze belde me,' zeg ik. 'Joe zal wel verteld hebben dat hij me gesproken had.'

Hij lacht vreugdeloos. 'Oké,' zegt hij. 'Oog in oog. Ze heeft het zeker verteld?'

Ik knik. Ik heb een kleinkind, denk ik, weer even verbaasd als vanmorgen. De volgende keer kan ik haar misschien wel op schoot nemen.

'Dat zat erin,' zegt hij. 'Ze wacht al jaren op een kans. Het komt natuurlijk niet bij haar op dat dit misschien niet het beste moment is. Ze kan nogal... vasthoudend zijn. Ze probeert Lia op een bepaalde peuterspeelzaal te krijgen, volgens Joe belt ze de directeur al een maand lang elke dag op.'

'Ik heb Lia gezien, Milo. Wat een mooie meid.'

'Ze lijkt op Rosemary,' zegt hij.

'Ze lijkt op jou.'

Er valt een stilte. Hoe belangrijk dit ook is, het is niet waar we het over moeten hebben. Hopelijk zal er later tijd voor zijn. Ik kan mijn ogen niet van hem afhouden. Vier jaar, mijn god. Daar zit hij. Zo dichtbij dat ik hem kan aanraken.

Ik leid mijn gedachten terug naar het probleem waar we nu voor staan. 'Je denkt toch zeker niet echt dat je haar vermoord hebt?' vraag ik.

Hij kijkt me strak aan. 'Waarom niet? Ik denk dat ik ertoe in staat ben.'

Ik schud mijn hoofd. 'Je hield van haar,' zeg ik, al weet ik niets meer dan wat ik in de roddelbladen gelezen heb. 'Toch?'

'Ik hield van haar,' zegt hij. 'En ze ging bij me weg.'

Dit is nieuws. Ik heb gelezen dat Milo en Bettina eerder die avond ruziënd in een restaurant gezien zijn, maar over een breuk heb ik niets gehoord. Ik weet niet of dit informatie is die de politie niet heeft, of informatie die nog niet aan het publiek bekendgemaakt is.

'Wat is er dan gebeurd?' vraag ik. 'Welk stuk van de avond herinner je je nog wel?'

'We gingen ergens eten,' zegt hij. Hij klinkt geïrriteerd, stuurs, alsof hij me kwalijk neemt dat ik nog niet het hele verhaal ken. Zo ken ik mijn Milo weer, denk ik, en ik bijt op mijn tong.

'En ik zei dat ik vond dat we moesten trouwen.'

Ik staar hem aan. 'Je deed een aanzoek?' zeg ik.

'Nee, ik deed geen *aanzoek*,' zegt hij getergd. 'Ik ging niet midden in het restaurant op mijn knieën, en ik had ze ook geen ring in haar salade laten stoppen of zo. Ik zei gewoon dat we die kant op leken te gaan en dat ik van haar hield, en dat we wel konden gaan trouwen.'

De prins op het witte paard, denk ik. Maar wat weet ik ervan? Misschien willen jonge vrouwen wel iets heel anders tegenwoordig. Of deze jonge vrouw, in elk geval.

'En wat zei ze toen?' vraag ik.

Milo kijkt naar zijn schoot, en in een onbewaakt ogenblik zie ik zijn gezicht zachter worden. 'Ze zei ja,' zegt hij. 'We hebben tien minuten zitten praten over wat voor bruiloft we wilden en waar, of we naar Bali of zo zouden gaan en het heel klein en intiem houden, of dat we het hier in de stad zouden doen en een gigantisch feest geven...'

Deze halve plannen ontroeren me. Ik zie bloemen, tranen in mijn ogen, een altaar op het strand of in een kathedraal in de stad. Maar dan weet ik het weer; ik zou niet uitgenodigd zijn.

'En toen?' vraag ik. 'Wanneer kregen jullie ruzie?'

'O god,' zegt hij. 'We zaten champagne te drinken, en zij belde haar moeder en ik belde Joe...' Hij schudt zijn hoofd. 'God, ze was zo gelukkig. En toen zei ze: "En ga je me dan op huwelijksreis zwanger maken?" En ik dacht: ik moet haar over Lia vertellen.'

Opeens raak ík geïrriteerd. Dit kon natuurlijk ook niet goed aflopen. Wat voor ontkenningsmechanisme, wat voor kortzichtigheid heeft hem ertoe gebracht te denken dat drie jaar lang liegen tegen Bettina een goede manier was om met de situatie om te gaan? 'Ik moet zeggen, Milo, ik begrijp ook niet echt hoe dat zo...'

Hij steekt een hand op. 'Laat maar, oké?' zegt hij. 'Jezus. Laat nou maar.'

Ik laat het gaan. Haal diep adem. 'Oké,' zeg ik uiteindelijk. 'Je hebt het haar dus verteld. En ze reageerde er niet goed op.'

'Nee,' zegt hij met een stem van steen. 'Ze reageerde er niet goed op.'

Ik bekijk de man tegenover me, met zijn bloeddoorlopen ogen en een baard van twee dagen, en ik denk aan een jongere, onhandiger Milo, veertien jaar oud en met zijn eerste vriendinnetje. Melody heette ze, een ongrijpbaar, onzeker kind. Jonge meisjes waren vensters voor me in die jaren, of kristallen bollen: zie ik iets van Rosemary in haar, of in haar, of in haar? Welke strijdpunten zouden we nu hebben, zij en ik, en welke gedeelde genoegens? En toen Milo Melody voor het eerst mee naar huis nam, dacht ik: als dit mijn dochter was, zou ik me zorgen maken.

Dat was in 1997; als ze nog geleefd had zou Rosemary elf zijn geweest. Meisjes hadden in die tijd (en nu waarschijnlijk nog steeds, maar ik kijk niet meer op dezelfde manier) zo'n vreemde mengeling in zich van kwetsbaarheid en wereldwijsheid. Melody deed haar best om stoer te zijn: ze had knalrood haar en een wenkbrauwpiercing, maar haar gezicht was het gezicht van een klein meisje. Ze kon moeilijk zijn op een manier die puberjongens wanhopig maakt – *Wat wil ze nou?* hoor ik Milo nog zeggen. *Waarom kan het niet gewoon leuk zijn?* – en als ze zich in het nauw gedreven voelde, kon ze van het ene op het andere moment gemeen en rancuneus uit de hoek komen. Ik zag bijna onmiddellijk dat ze bezig was een getroebleerde jonge vrouw te worden.

Waarmee ik niet wil zeggen dat zij als enige verantwoordelijk was voor hun ongelukkige relatie. Melody maakte bijna een jaar lang met tussenpozen deel uit van ons leven, en aan het eind van dat jaar was hun omgang een voorbeeld in miniatuur van veel van de slechte huwelijken die ik om me heen gezien heb. Ze maakten elkaar het leven zuur. Milo was in de war en verongelijkt toen hij erachter kwam dat de liefde regels kende, en Melody was gekwetst en boos omdat hij nog niet wist wat die regels waren. Het was heel snel heel dik aan geraakt, en de manier waarop ze bijna onmiddellijk met elkaar verweven raakten maakte me bang, en hen denk ik ook. Ze waren allebei zo overdonderd door de intensiteit van wat ze tot leven gewekt hadden, en geen van beiden had het flauwste idee hoe ze de knot weer uit elkaar moesten halen.

Melody was te mager, en ze rookte. Ik rook het aan haar jasje, dat ze altijd over de armleuning van de bank gooide. Ik herinner me nog dat ik me toen begon af te vragen wat mijn verantwoordelijkheid eigenlijk was tegenover deze meisjes, de meisjes die mijn zoon mee naar huis bracht. Was het mijn taak om Melody's moeder te bellen en te zeggen dat ze moest ingrijpen? Ik besloot van niet, net zoals ik, bijna zonder erover na te denken, besloot dat het niet mijn taak was om Milo stap voor stap door zijn eerste liefdesrelatie heen te helpen. Hij moet het zelf leren, dacht ik, hij wil ook liever dat ik me erbuiten hou. Maar nu weet ik dat ik het mis had. Ik ben pas opgehouden de veters van mijn kinderen te strikken toen ik zeker wist dat ze het met hun eigen vingertjes konden; hoe kwam ik erbij dat Milo's leerproces op het gebied van volwassen relaties niet mijn verantwoordelijkheid was?

Ik denk aan Bettina in dat restaurant, op de laatste avond van haar leven, net verloofd en met een gebroken hart. Als ik enige rol van betekenis had gespeeld in Milo's leven, zou ik dan hebben voorkomen dat het zover kwam? Ik stel me een alternatieve werkelijkheid voor, waarin ik andere keuzes maak en die vier jaren van verwijdering uitblijven. In deze versie van de gebeurtenissen verhuis ik naar de westkust en leer ik Bettina kennen. Ik eet bij hen thuis, Bettina en ik gaan samen winkelen als Milo de stad uit is. Ik hou me op de achtergrond, bemoei me niet met hun zaken, maar geef voorzichtig advies als het zo uitkomt. Ze vragen me mee als ze een extra kaartje voor het een of ander hebben; ik sta nog net op de foto's in tijdschriften, half in beeld omdat ik niet degene ben om wie het gaat. Misschien sluit ik vriendschap met Kathy Moffet, de kampioen van kernachtige en hartverscheurende krantencitaten. We zouden een ongemakkelijk bondgenootschap zijn aangegaan, zonder te weten of we grootmoeders van dezelfde baby's zouden worden of moeizame kennissen gewapend met intieme en gênante wetenswaardigheden over elkaars kinderen. (Ik weet zeker dat het huidige scenario, met onze foto's op dezelfde krantenpagina's en wij straks aan verschillende kanten van een rechtszaal, bij geen van ons beiden zou zijn opgekomen.) Maar als we hadden samengewerkt, als moeders die hun kinderen tijdens het schooltoneelstuk hun tekst influisteren, hadden we hen misschien kunnen helpen deze klippen te omzeilen.

Milo zit aan een klein gaatje in de zoom van zijn T-shirt te frunniken. 'Oké,' zeg ik. 'En hoe ging het toen verder?'

Milo doet even zijn ogen dicht, strijkt het haar uit zijn gezicht. 'Toen vertrok ze,' zegt hij. 'Ze zei dat ik niet thuis hoefde te komen, en dat ze wel een taxi zou nemen. Ze ging haar koffers pakken, en de volgende ochtend zou ze vertrokken zijn.'

'Wat deed jij toen?'

'Ik kocht een fles whisky en ging in mijn auto zitten drinken.'

'In je auto?' zeg ik. Ik ben geschokt, en ik vrees dat het duidelijk aan mijn stem te horen is.

Milo steekt een slap handje op, met de palm omhoog; een uitgeklede versie van opgetrokken schouders. 'Ik kan niet meer naar het café,' zegt hij. 'Iedereen herkent me.'

Wat hem wel een alibi verschaft zou hebben. Zie je, denk ik, hij kan het niet gedaan hebben. Als hij had geweten dat hij zou moeten verantwoorden waar hij uitgehangen had, had hij het wel slimmer aangepakt. Maar dat werpt vragen op over voorbedachte rade en passiemoorden en mensen die in het heetst van de strijd een rood waas voor hun ogen krijgen. Ik besluit er maar niet verder op door te gaan. 'Hoe laat was dat?' vraag ik.

'Geen idee,' zegt Milo. 'Tien uur, misschien. Halfelf?'

'En weten ze... hebben ze het tijdstip van overlijden vastgesteld?'

'Ja. Dat was een van de dingen in het rapport van de lijkschouwer. Tussen twaalf en twee uur 's nachts.'

'Oké.' Ik tik met mijn vingers op mijn bovenbeen, nerveus opeens door het bestaan van dit tijdschema. 'Hoelang heb je in je auto gezeten?'

'Geen idee. Ik heb muziek zitten luisteren en ongeveer die halve fles leeggedronken, misschien iets meer. Ik heb een miljoen keer geprobeerd Bettina te bellen, maar ze nam niet op.'

'En is dat het laatste wat je je herinnert, dat je in je auto zat te drinken?' Ik wacht op het verlossende moment, het detail dat alles ontkracht.

'Het wás het laatste wat ik me herinnerde,' zegt hij. 'Toen de politie me ondervroeg wist ik nog maar kleine stukjes, het grootste deel van de avond was vaag. Ik zag mezelf duidelijk in de auto zitten drinken, en daarna niets totdat ik thuis de sleutel in het slot probeerde te krijgen. Ik moet een hoop lawaai gemaakt hebben, want er kwam iemand naar buiten om te roepen dat ik stil moest zijn omdat het twee uur 's nachts was.'

'En nu herinner je je meer?'

'Ja, ietsje. Langzamerhand komen er losse dingetjes terug. Vanmorgen zat ik het nieuws te lezen, en er stond dat iemand me rond elf uur bij ons huis had gezien, en ik piekerde me wezenloos. Het zei me helemaal niets. Toen pakte ik mijn telefoon om te kijken hoe laat het was, en opeens kreeg ik zo'n flits van die avond. Ik herinnerde me dat ik naar mijn telefoon had zitten kijken en razend was omdat Bettina maar steeds niet opnam, en dat ik bedacht dat ik gewoon naar haar toe moest gaan om met haar te praten.' Hij schudt zijn hoofd. 'Ik weet niet of ik daarop moet vertrouwen, weet je? Misschien verzinnen mijn hersenen wel gewoon herinneringen die bij de rest van het verhaal passen.'

Ik knik. Ik weet weinig van posttraumatische stress of alcoholische black-outs, maar toen ik aan *De mens vanbinnen* werkte heb ik wel wat onderzoek gedaan naar geheugenverlies. Ik was niet zozeer geïnteresseerd in de fysiologie ervan als wel in de metaforische mogelijkheden, de manier waarop de overdrijving ons meer alledaagse vergeten scherper in beeld brengt. Geheugenverlies zoals we ons dat meestal voorstellen, zoals voorgesteld in boeken en films – de man die wakker wordt in een vreemde stad, zonder iets in zijn zakken en zonder zich zijn eigen naam te herinneren – komt zelden voor.

Maar we vergeten voortdurend; we vergeten meer dan we ont-houden. Voor onze geestelijke gezondheid, uit zelfbehoud moeten we de ruis in onze hersenen zien te beperken. Maar het willekeurige karakter van onze herinneringen, de onvoorspelbaarheid van wat blijft hangen en wat niet, heeft me altijd droevig gestemd.

Mijn eigen geheugen is robuust, sterk, getraind door voortdurend oefenen, en ik herinner me de steek van eenzaamheid, de schok van iets wat dicht in de buurt kwam van verraad wanneer ik besefte dat Mitch iets vergeten was wat ik nog wist. Het ging nooit om iets bijzonders – een grap die een van ons gemaakt had, de bijzonderheden van een avondje uit, een serveerster of een taxichauffeur die een bijzondere indruk had gemaakt –, maar voor mij voelde het als een afbrokkelen, de erosie van onze gedeelde ervaringen. Een oefening, achteraf gezien, voor de tijd dat mijn herinneringen de enige zouden zijn die er nog waren.

Terug naar de kwestie: geheugenverlies veroorzaakt door een fysieke of psychologische schok. Het is een bekend fenomeen. Wat er die nacht ook gebeurd is, het was beangstigend voor Milo, en het is geen wonder dat zijn hersenen bepaalde details voor hem verborgen houden, zoals een moeder de enge stukjes in een prentenboek overslaat. Het geheugen is geen exacte wetenschap, ondanks bijbehorende termen als amygdala en hippocampus, en of Milo ooit weer toegang krijgt tot die momenten staat te bezien. Voorlopig doet zijn lichaam wat het moet doen om hem te beschermen. Het onderdrukken van pijnlijke herinneringen wordt ook wel 'gemotiveerd vergeten' genoemd. Wat Milo die nacht ook gezien heeft, wat hij ook deed, wat hij ook voelde, hij heeft reden om het te vergeten.

'Oké,' zeg ik. 'Herinner je je ook dat je naar huis bent gegaan en naar binnen ging, of herinner je je alleen dat je bedacht dat je dat zou gaan doen?'

'Ja,' zegt hij. 'Tenminste, ik herinner me dat ik naar binnen wilde, maar terwijl ik mijn sleutels stond te zoeken, deed Kathy de deur open en zei dat ik weg moest gaan.' Hij kijkt me afwezig aan. 'Kathy is Bettina's moeder.'

'Waarom was ze daar?'

'Bettina zal haar wel gebeld hebben. Ze waren heel dik met elkaar. Ze was voortdurend bij ons. Bettina ging altijd eerst naar haar als er iets was.'

'Oké, en toen...?'

'Ik wilde naar binnen, maar dat mocht niet van haar. Ze was echt bloedlink, ze zei dat ze mij niet in de buurt van haar dochter zou laten komen. En ik ging door het lint en begon te schreeuwen dat het mijn huis was en dat ik het volste recht had om daar te zijn, blablabla. Ik zei dat Bettina volwassen was, en dat ze het me zelf maar moest zeggen als ze me niet wilde spreken, in plaats van haar mammie te sturen.'

'Heb je Bettina te zien gekregen?'

'Nee, maar ze riep iets van boven. Ze zei dat ik weg moest gaan tot ik gekalmeerd was.'

'En ging je weg?'

'Na een tijdje. Eerst stond ik nog een poos te schreeuwen, en toen pakte ik een bloempot die naast de deur stond en smeet hem kapot op de trap. God, wat was ik kwaad.' Hij schudt vermoeid zijn hoofd. Er zit bijna geen emotie in zijn stem. 'Toen kwam Kathy weer naar buiten om te zeggen dat ze de politie zou bellen als ik niet wegging. Ik weet nog dat ik terugschreeuwde dat ze me niet buiten kon houden, dat het mijn huis was en dat ik terug zou komen. Maar ik had nog wel in de gaten dat ik me beter niet kon laten arresteren, dus stapte ik weer in de auto.'

'En waar ging je heen?'

'Eerst reed ik gewoon maar een stukje, om bij het huis vandaan te komen, en toen zette ik hem aan de kant. Ik weet nog dat ik opeens heel bang werd, alsof het eindelijk tot me doordrong dat dit echt was en dat Bettina echt bij me weg zou kunnen gaan. Ik trok het niet; ik had het gevoel dat ik geen lucht kreeg. Dus belde ik Joe om te vragen of hij naar me toe wilde komen, want ik zat echt te flippen en ik wilde niet alleen zijn.

Maar hij kon niet weg omdat Lia sliep, en er was verder niemand thuis. Hij zei dat ik langs mocht komen, maar dat wilde ik niet.'

'En toen?'

'Ik nam een paar xanax en begon gewoon maar wat te rijden. Daarna wordt het een beetje wazig.'

Ik pers mijn lippen op elkaar in een bijna letterlijke poging om op mijn tong te bijten en geen opmerkingen te maken over de combinatie van pillen en alcohol of rijden onder invloed. Of, nu we het er toch over hebben, over liegen en overspel en met bloempotten smijten omdat je boos bent. 'Wat herinner je je nog wel?'

'Oké, op een bepaald moment ben ik uitgestapt, want ik weet nog dat ik ergens buiten was. Het was koud en donker en winderig – ik had geen jas bij me – en ik herinner me dat ik viel.' Hij voelt aan een van de schaafwonden in zijn gezicht. 'Een deel van het bloed dat ze op me gevonden hebben was van mij. Ik kwam met mijn hoofd op een plat stuk steen terecht, dat herinner ik me vrij duidelijk. Er was iets in gegraveerd, alsof het een grafsteen was of zo, dus dat ding was nogal ruw. Ik verrekte van de pijn. Het verbaast me dat het patroon niet in mijn gezicht gedrukt staat.'

'Was je op een begraafplaats, denk je?'

Hij schudt zijn hoofd. 'Ik geloof niet dat ik hier ooit een begraafplaats gezien heb. Ik zou niet weten waar ik er een zou moeten vinden.'

'Oké. Herinner je je nog meer?'

'Verder herinnerde ik me niets tot ik Sam vanmiddag sprak, vlak voordat jij kwam. Ik bedoel, toen ik zei dat ik het niet gedaan had, geloofde ik dat echt, voor een groot deel tenminste. Ik bedoel... jezus.' Hij maakt een onzeker gebaar met zijn armen. 'Ik zou zoiets nooit kunnen, toch? Maar ergens wist ik het ook niet helemaal zeker. Ik wist dat ik er geweest was, en ik wist dat ik kwaad was. De volgende ochtend, toen de politie me vertelde dat Bettina dood was, was het niet eens een verrassing. Ik wist al wat ze zouden gaan zeggen.'

'Dat heeft niet veel te betekenen. Je wordt wakker met allemaal politie om je heen, dan weet je wel dat ze geen goed nieuws komen brengen.'

'Ja, dat zal wel. Misschien. Waar ik me aan vasthield, was dat ik honderd procent zeker wist dat ik niet in de slaapkamer was geweest. Ik kwam thuis, ik wist dat Bettina me niet wilde zien, ik ging knock-out op de bank. Einde verhaal. En toen ze met bewijs kwamen dat ik wél in de slaapkamer was geweest – de voetstappen op de trap en zo – begon ik me dingen af te vragen.'

Ik roffel met mijn vingers op de armleuning van mijn stoel. 'Maar wat is er vandaag gebeurd, Milo? Wat zei Sam? Je had het over een verslag?'

'Ja. Hij zei dat er wat nieuwe hobbels waren waar we ons mee bezig moesten houden, nieuw bewijs waar we niets van wisten. En er waren twee dingen waar ik nogal de zenuwen van kreeg. Het ene was dat ze mijn telefoongesprekken gecheckt hebben, en ik heb om halfeen naar huis gebeld. Tenminste, om halfeen werd er opgenomen – ik had al uren geprobeerd te bellen.'

'Je hebt Bettina dus gesproken?'

Hij schudt zijn hoofd. 'Ik heb geen idee. Daar herinner ik me niets van. Maar uit de gegevens blijkt dat ik zeven minuten aan de telefoon gezeten heb.'

'En wat was dat andere?'

'Ze hebben iets gevonden op het nachtkastje. Zo'n plastic bolletje met een speeltje erin, die je uit zo'n automaat haalt. Mijn vingerafdrukken zaten erop. Ze hebben Kathy laten komen om haar nog wat vragen te stellen, en zij zei dat het daar niet gelegen had toen zij om twaalf uur wegging, want het eerste wat ze ingepakt hadden, waren Bettina's spullen die op de ladekast en het nachtkastje lagen.'

Ik denk hier even over na. 'Goed, je hebt iets voor haar uit een automaat gehaald. Jullie hadden ruzie gehad, je wilde het goedmaken. Ik zou niet weten waarom je daar zenuwachtig van zou worden.'

Hij blijft even stil. 'Het was niet alleen dat het daar lag,' zegt hij. 'Het was ook dat ik opeens voor me zag hoe het eruitzag, in een flits. Ik herinner me dat ik de trap op liep, in het donker, met dat ding in mijn hand. Ik wist wat erin zat voor Sam het me vertelde.'

'Wat was het dan?'

'O, van die nepsieraden. Een ketting en een ring met grote roze nepstenen. Ik kan niet goed uitleggen waarom ik er zo de zenuwen van kreeg, het was gewoon... opeens was er bewijs van een heel deel van de nacht dat ik me niet herinner. En ik dacht: jezus, misschien heb ik het wel echt gedaan.'

Ik zit erbij en kijk naar het beeld dat hij voor ons schetst. Ik weet hoe het is om een tafereel zo levendig voor je te zien dat je er bijna echt bij bent. Ik weet ook hoe het is om je iets pijnlijks te herinneren dat je eerder uit je geheugen gebannen hebt.

'Heb je ooit eerder zo'n black-out gehad?' vraag ik.

'Nee.'

'En ben je wel eens...' Ik weet niet hoe ik dit moet vragen. 'Als Bettina en jij ruzie hadden, ging het er dan wel eens gewelddadig aan toe?'

Hij geeft niet meteen antwoord. 'Niet echt,' zegt hij. 'Maar zoals ik me voelde toen ik me voorstelde dat ze weg zou gaan... dat was wel heftig.'

Zijn gezicht staat hard, verbeten. Hij gelooft echt dat hij het gedaan heeft.

Oké. Even doordenken. Ik zie Milo bij hem thuis de trap op lopen. Ik heb de trap in dat *Homeruns*-filmpje gezien: gebogen gietijzeren trapleuning, houten treden, stootborden versierd met een mozaïek van kleurige tegeltjes. Het is midden in de nacht. Brandt er ergens licht? Hij staat wankel op zijn benen; hij moet zich aan de trapleuning vasthouden. Hij komt boven, loopt de gang door, doet de deur van de slaapkamer open. Hij treft Bettina slapend aan. En dan? Kruipt hij naast haar in bed? Pakt hij die halterschijf en vermoordt hij haar in haar slaap? Of wordt ze wakker en krijgen ze ruzie, en begint hij haar te slaan terwijl zij hem smeekt om op te houden? Nee. Gewoon... nee.

'Wat zei Sam nog meer?' vraag ik.

'O, weet ik veel. Iets over... bloedspetters en... de raakhoek... Mijn vingerafdrukken zitten natuurlijk overal, maar ja, het is mijn huis, dus dat hoeft niets te bewijzen.'

'Natuurlijk niet,' zeg ik. Ik voel me moe en terneergeslagen. Hoe gaat het nu verder? vraag ik me af. Misschien moet hij naar de gevangenis, of hij nu schuldig is of niet. Hij zit misschien de rest van zijn leven in een cel. Ik heb opeens de neiging om hem mee te nemen, de wet te overtreden, hem het land uit te smokkelen en ergens te verstoppen waar niemand hem kan vinden. En zoals elke wilde plotwending die eindeloze mogelijkheden lijkt te bieden tot je inziet hoe onwaarschijnlijk ze is, is ook dit een idee dat even fel schittert en meteen weer uitdooft.

Opeens schalt er een refrein van een nummer van Pareidolia door de kamer, 'Under the Muddy', en ik realiseer me dat het Milo's telefoon is. Hij haalt hem uit zijn zak, neemt op, voert een eenlettergrepig gesprek en hangt op.

'Dat was Joe,' zegt hij. 'Ze zitten beneden. Ze willen niet storen als we nog niet klaar zijn, maar...' Hij maakt zijn zin niet af.

'Oké,' zeg ik. Ik heb niet het gevoel dat we uitgepraat zijn, maar ik weet ook niet wat ik verder nog moet zeggen. Ik vraag me af hoelang het zal duren voor Milo en ik weer een keer onder vier ogen met elkaar praten. Ben ik nu voorgoed terug in zijn leven? Ga ik (over vier dagen) mijn ticket naar Boston gebruiken of blijf ik in San Francisco tot dit achter de rug is?

We lopen samen de kamer uit en de gebogen gang in. Beneden wijst Milo de weg naar de keuken, waar Chloe, Roland en Joe op ons zitten te wachten.

'O, hé,' zegt Chloe tegen mij. 'Ik moet naar huis om de babysitter af te lossen. Zal ik jou meteen bij je hotel afzetten?'

Ik wacht heel even om te horen of er meer aanbiedingen komen – Roland die vraagt of ik wil blijven eten, Milo die zegt dat hij me straks wel terug kan brengen –, maar het blijft stil. 'Graag,' zeg ik. 'Dank je.'

Roland haalt onze jassen uit een kast in de gang achter de

keuken en houdt ze voor ons op. 'Leuk je ontmoet te hebben,' zegt hij tegen mij. 'Ik hoop dat we je gauw weer zien.'

'Ik ook,' zeg ik. Ik loop naar Milo toe en omhels hem onhandig. 'Bel me alsjeblieft,' zeg ik. 'Laat me weten hoe ik kan helpen.'

'Oké,' zegt hij, op een toon die niets duidelijk maakt.

Ik loop achter Chloe aan naar de voordeur. 'Joe kreeg net een telefoontje van Bettina's moeder,' zegt ze zacht. 'Morgen is de begrafenis, en ze wilde even zeggen dat we geen van allen welkom zijn.'

'Dat is belachelijk,' zeg ik, al weet ik eigenlijk niet of dat wel zo is.

'Klaar voor het circus?' vraagt Chloe, met haar hand op de deurkruk. Ik kijk haar niet-begrijpend aan. 'De fotografen, bedoel ik,' zegt ze.

Ze doet de deur open, en voor ik naar buiten ga, kijk ik om naar de keuken. Ik zie Roland en Joe, omlijst door de deurpost, maar Milo is uit het zicht.

Toen ik achter in de twintig en begin dertig was, kwamen een tijdlang alle wensen die ik bij het uitblazen van de kaarsjes op mijn verjaardagstaart deed uit. Ik wenste dingen waar ik tot op zekere hoogte invloed op had – een baby, een leuk nieuw huis –, al had ik bepaalde aspecten (een *gezonde* baby, een *betaalbaar* huis) natuurlijk niet in de hand. Ik vond het een heerlijk idee dat ik met mijn wensen voor al die dingen zorgde. Maar na een tijdje werd het lastig om een goede wens te bedenken. Ik wilde niet dat er een eind kwam aan mijn geluk, maar ik wist dat het niet eeuwig kon duren, en elk jaar dacht ik: wordt dit de wens die niet uitkomt? Het was magisch denken en dat wist ik, maar het was een soort heilige traditie voor me geworden, en ik wilde er niet willens en wetens een eind aan maken door te wensen dat ik de lotto zou winnen of naar de maan zou kunnen of iets anders wat buiten de wetten van de wensenkunde viel.

Op mijn vierendertigste verjaardag, toen Rosemary zes was en Milo bijna negen, aten we 's avonds thuis, en toen Mitch met de taart kwam die hij die middag gekocht had, besefte ik opeens dat ik nog helemaal niet over een wens nagedacht had. De kaarsjes brandden, de kinderen konden bijna niet van het glazuur afblijven, en ik moest nog iets verzinnen. Wat wilde ik het liefste? Ik werkte op dat moment al jaren en jaren aan een roman die *Hamelen* heette, en het wilde nog steeds maar niets worden. Op mijn nederiger momenten wist ik dat het waarschijnlijk ook nooit iets worden zou. Maar dat was de droom, dat zou ik gezegd hebben als je me op mijn twaalfde had gevraagd wat ik wilde: een man, kinderen, boeken met mijn naam erop in de etalage van de boekwinkel. Mitch en de kinderen waren klaar met zingen; ik haalde diep adem en blies. In de ene tel dat ik mijn adem inhield stelde ik me voor dat *Hamelen* af was, verkocht, uitgegeven. En ik wenste iets waarvan ik wist dat ik het niet zou krijgen.

Milo was, zoals ik al zei, bijna negen, en we hadden het zwaar, hij en ik. Bijna vanaf het begin was mijn persoonlijkheid gebotst met de zijne, en sinds kort zaten we vast in een onaangenaam patroon van trekken en zuigen; soms leek het wel alsof we niets anders deden dan elkaar dwarszitten. Die avond maakten Milo en ik na de taart ruzie over hoe laat hij naar bed moest, en naderhand ging ik uitgeput naar beneden om met Mitch een film te kijken. Vlak voor twaalven, terwijl ik het licht al aan het uitdoen was, raakte ik in paniek. Wetend dat ik nog maar weinig tijd had, ging ik naar de keuken om nog een stukje taart af te snijden. Ik stak een kaarsje in de hart geworden glazuurkorst, stak het lontje aan en blies. Ik wenste wat ik eerder had moeten wensen: rust voor mij en mijn kind, geduld en ruimhartigheid van mijn kant, overvloedige liefde. Ik nam een hap taart – de buitenkant begon al uit te drogen – en ging naar bed, in de hoop dat ik het goed had gedaan.

Dat jaar kwam geen van mijn wensen uit.

HOOFDSTUK ZEVEN

Een paar minuten later zitten we weer in Chloe's Checker, met Lia's lege autostoeltje weldadig aanwezig op de achtergrond, als een slapend huisdier.

'En, wat vind je van Roland?' vraagt Chloe.

Ik schud kort met mijn hoofd; ik kan alleen maar aan Milo denken. 'Hij lijkt me wel aardig,' zeg ik. 'Ik heb hem niet echt kunnen spreken.'

'O mijn god,' zegt ze. 'Ga eens met hem uit!' Ik draai me verbaasd naar haar om. Ze schenkt me een vrolijk, plagerig lachje. 'Dat zou je echt moeten doen.'

'Ik zal het onthouden,' zeg ik. Ik kan niet uitmaken of ze een beetje vreemd is, of dat ik gewoon niet meer gewend ben met jonge mensen om te gaan. 'Een nieuwe vriend staat momenteel niet hoog op mijn prioriteitenlijst.'

'Oké,' zegt ze ontnuchterd. Ze stopt voor rood, wacht tot een vrouw is overgestoken. 'Moet je horen,' zegt ze. 'Ik wil je even zeggen dat ik niets zal doorvertellen. Van wat Milo zei toen we daar aankwamen.'

Ik krijg kippenvel. Ik was ervan uitgegaan dat dat vanzelf sprak.

'Ik bedoel, ik zou niet liegen als ik onder ede stond, als het zover zou komen. Maar ik hol niet naar de politie of de pers of wie dan ook om te zeggen dat ik hem heb horen bekennen.' Juist. *Ik vertel je moeder niets over Lia tenzij ik oog in oog met haar kom te staan. Ik wijs niet naar Milo tenzij ik onder ede sta.*

'Dank je,' zeg ik. 'Aangezien jij niet bij het hele gesprek geweest bent, moet ik misschien even verduidelijken dat Milo eigenlijk helemaal niet zo goed weet wat er gebeurd is. Nu ik zijn kant van het verhaal gehoord heb, lijkt het me onwaarschijnlijk dat hij er iets mee te maken heeft.'

Ze knikt zwijgend, terwijl ze over haar schouder kijkt en van rijstrook wisselt. 'Ik vraag me maar de hele tijd af of het me nu eigenlijk zou verbazen of niet. Als hij het gedaan had, bedoel ik. Het was absoluut een... hartstochtelijke relatie. Met veel ups en downs.'

Dan zegt ze op een heel andere toon: 'O, ik weet alweer wat ik je wilde vragen. Is er iets wat ik moet weten over jullie familiegeschiedenis? Voor Lia's medisch dossier of hoe heet dat?'

Die vraag had ik niet verwacht. 'Eh, even denken. Niet echt. Mijn moeder leeft nog. Mijn vader stierf aan longkanker, maar die had dan ook zijn hele leven gerookt. Mitch' ouders zijn allebei niet zo heel oud geworden. Hij kreeg een hartaanval toen hij ergens in de zestig was, en zij overleed een paar jaar later tijdens een operatie.' Ik denk nog even verder. 'Een van mijn tantes had suikerziekte. Is dat wat je bedoelt?'

'Ja, gewoon van die dingen. Als je kind geboren is willen ze van alles en nog wat van je weten, en Milo had niet zo heel veel te vertellen.' Ze glimlacht. 'Voor de stamboom in het babyboek had ik ook niet veel aan hem.'

Ik schud mijn hoofd. 'Nee, dat geloof ik graag. Als je me er nog eens aan herinnert als ik weer thuis ben, e-mail ik je daar meer over.'

Ze stopt voor mijn hotel. 'Dat zou fijn zijn,' zegt ze, en ze draait zich met een bijna verlegen lachje naar me toe. 'Ik voel me hier soms best alleen mee, weet je?'

Ik knik. 'Dat kan ik me voorstellen.'

'Toen ik mijn ouders vertelde dat ik zwanger was, zei mijn moeder iets wat me echt dwarszat. Ze had het erover dat het heel zwaar zou worden als alleenstaande moeder en dat een kind het moeilijker zou maken om uiteindelijk een partner te vinden, en toen zei ze: "Je krijgt maar één keer de kans om een gezin te stichten." Maar daar geloof ik helemaal niets van. Jij wel?'

Ik denk aan de gezinnen waar ik in mijn volwassen leven deel van heb uitgemaakt – chaotisch gezin van vier, in rouw gedompeld gezin van twee, neerslachtig gezin van een – en besef hoeveel ik heb ingezet op mijn hoop dat de samenstelling nog eens zal veranderen. 'Nee,' zeg ik. 'Zeker niet. En het lijkt me dat jij en Joe bewijzen dat je moeder ongelijk had.'

Ze glimlacht, maar haar ogen staan weemoedig. 'Ja,' zegt ze. 'Aardig van je om dat te zeggen.'

Lichtelijk opgelaten laat ik een paar tellen voorbijgaan voor ik zeg: 'Oké. Bedankt voor de lift.'

Ze kijkt op, en haar gezicht staat weer wat vrolijker. 'Geen probleem, hoor,' zegt ze. 'Het was hartstikke leuk om je te ontmoeten. Ik hoop dat we elkaar nu vaker gaan zien.'

'Dank je,' zeg ik. 'Ik ook. Fijne avond.'

Later, nadat ik het roomservicemenu met meer aandacht bestudeerd heb dan het eigenlijk vereist, eet ik op mijn kamer een sandwich en denk aan bijna niets. Ik heb het gevoel dat mijn hersenen stilgevallen zijn door alle opwinding van vandaag, zoals een klein kind soms in slaap valt als je een rumoerige stofzuiger aanzet. Morgen, denk ik, maar veel verder kom ik niet. Uiteindelijk kleed ik me uit en kruip in bed, al is het nog vroeg op de avond. Het duurt een hele tijd voor ik in slaap val.

Een jaar of twee geleden, tijdens een van mijn zoekacties naar informatie over Milo, belandde ik op een website met zogenaamde *backstage riders*, lijsten waarop bands en artiesten aangeven wat ze voor, tijdens en na een concert verlangen aan verzorging en technische ondersteuning. Er was er ook een van Pareidolia, en ik begon gretig te lezen.

Het was alsof ik een rotsschildering ontdekte. Hier, in vervaagde kleuren, vond ik een spoor van een rijke en onbekende cultuur, een artefact dat misschien licht kon werpen op een complete manier van leven – maar alleen als je wist hoe je het moest interpreteren. Scrollend door bladzijden vol aantekeningen over gitaarstandaards en luidsprekerkabels, de parkeerruimte die nodig was voor een rij bussen van vijftien meter per stuk, kreeg ik het gevoel dat ik het geheim van het dagelijks leven van mijn zoon op het spoor was. Er waren eisen op het gebied van schone handdoeken en Chopinwodka, een lichtplan in de kleuren paars en blauw; verzoeken om gemberbier en veganistische snacks, thee om een zere keel mee te smeren. Hier een jager die achter een hert aan zit, daar de omtrek van een hand.

Hier is hij ergens, dacht ik. Uit deze details moet blijken hoe hij zijn dagen slijt, hij en de tientallen die met hem meereizen; hier ergens staat van wat voor eten hij houdt, wat hij nodig heeft om zich te ontspannen. Maar hoe moest ik uit deze ruwe schetsen, ontdaan van context en nuance, opmaken wat het allemaal te betekenen had? Zwarte handdoeken voor op het podium. Passpiegels en 'schoon ijs'. Maar niets wat mij kon zeggen of mijn zoon gelukkig was en hoe vaak hij aan me dacht. Niets wat erop wees dat dit allemaal alleen maar kon bestaan door mij, door het gezin dat ik had gesticht en grootgebracht, verzorgd en vernietigd.

De volgende ochtend bij het wakker worden, denkend aan alles wat ik te weten ben gekomen en alles wat ik weer kwijt kan raken, voel ik me vastberaden en onzeker tegelijk. Deze nieuwe hoop, deze fragiele vrede... het is allemaal heel wankel. En mijn rol hier, in deze rampzalige situatie, in het leven van mijn enige nog levende kind, is niet duidelijker dan hij gisteren was.

Ik ga naar beneden voor het ontbijt, zet me schrap en klap mijn laptop open om het nieuws te lezen. Milo's zaak staat lager op de pagina, maar heeft nog steeds een prominente plek. Een deel van de informatie in het rapport van de lijkschouwer is openbaar gemaakt, en ik zie dat de journalisten druk bezig zijn om van de naakte feiten een verhaal in elkaar te puzzelen. Ik haal een opschrijfboekje uit mijn tas – het onvermijdelijke 'je weet nooit wanneer je inspiratie krijgt'-boekje, dat vooral volstaat met boodschappenlijstjes en berekeningen voor fooien in restaurants – en begin een lijst te maken. Ik moet bijhouden wat ze denken tegen hem in te kunnen brengen.

Sommige dingen zijn geen nieuws. Doodsoorzaak: klap op het hoofd met een stomp voorwerp, gevolgd door bloeding in de hersenen. Wapen: een halterschijf van vijf kilo die eerder al in de slaapkamer lag. Maar andere dingen zijn wel nieuw, en zo gruwelijk specifiek. Aantal klappen op Bettina's hoofd: drie. Plaatsen waar de onderzoekers bloed hebben gevonden: aan Milo's schoenzolen, een van zijn handen, de kussens van de bank waarop hij lag te slapen. Het wijst allemaal zo duidelijk in een bepaalde richting. Er staat bij wijze van spreken een pijl getekend van de plek van het misdrijf naar de snurkende figuur die de politie de volgende ochtend op de bank aantrof.

Ik zucht, neem een slok koffie. Concentreer je. Op het moment dat Bettina stierf, had ze een bloedalcoholgehalte van 0,03; ze had iets gedronken, maar ze was niet eens aangeschoten. De uitslag van het standaard toxicologisch onderzoek was negatief. Ook bij Milo was bloed afgenomen, en urine; hier, in vette letters op mijn scherm, een verhaal over de urine van mijn zoon. Ten tijde van zijn arrestatie had hij niet veel alcohol in zijn bloed, maar sinds de moord waren er uren verstreken, dus volgens de politie is die uitslag niet van grote waarde. Bovendien is onthuld dat er xanax in zijn bloed gevonden is, en elke journalist die de moeite heeft genomen om vijf minuten op Wikipedia te kijken, vermeldt met genoegen dat alprazolam in zeldzame gevallen agressie, woedeaanvallen en agitatie kan veroorzaken. In combinatie met alcohol worden deze effecten, uiteraard, nog versterkt.

Ik zet mijn computer uit en leg mijn pen neer. Ik weet niet goed wat ik hier denk te kunnen doen. Ik ben geen rechercheur of advocaat. Net als iedereen heb ik een paar detectives gelezen en wel eens een misdaadserie gekeken, en nu denk ik zeker dat dit me in staat stelt om een oordeel te vormen. Er zat bloed aan het plafond van de slaapkamer, zegt de krant, van de halterschijf gevlogen toen die na de eerste klap op Bettina's hoofd omhoog werd gebracht voor de tweede. Bloed op het plafond. Ik weet er geen donder van.

Ik wenk de serveerster. Een paar tafeltjes verderop zit een klein meisje met haar ouders. Ik schat haar iets jonger dan Lia, maar niet veel, en ik bekijk haar belangstellend terwijl ik doe alsof ik het schermpje van mijn telefoon bestudeer. Ze zit op een stoelverhoger en voor haar ligt de tafel bezaaid met verscheurde servetjes en broodkorsten. Ze heeft jam op haar truitje en op haar wang. Ze is blijkbaar klaar met eten en tekent met opperste concentratie met een groene stift op haar hand. Haar moeder en vader zitten er zwijgend bij en kijken wazig voor zich uit. Ze maken een vermoeide indruk.

Ik herinner me dat een van de wensen op het Pareidolialijstje 'een als kinderkamer ingerichte ruimte' was. Er moest, onder andere, een kampeerbedje in staan 'met twee schone lakens', en 'zes potjes biologische babyvoeding, naast verschillende soorten fruit en groente'.

Op dat moment wist ik al dat Joe iets had met een vrouw met kind, en ik had zo'n vermoeden dat dit het kind in kwestie was. Ik weet nog dat ik me een beetje verontwaardigd afvroeg welke moeder haar kind biologische babyvoeding voert terwijl ze het van hot naar her sleept en aan de decibellen van rockconcerten blootstelt.

Nu vraag ik me iets anders af: welke vader kent zijn dochter, ziet haar vaak, gaat zelfs met haar op reis, maar wil niet weten dat ze van hem is? Ik zie Joe en Chloe en de kleine Lia al gezellig in een aangeklede ruimte onder een stadion aan het avondeten zitten voor papa het podium op moet om aan het werk te gaan. En waar is Milo? Ergens anders, met een glas Chopinwodka met schoon ijs.

Na het ontbijt ga ik terug naar mijn kamer om Chloe te bellen, maar ik krijg haar voicemail. Joe neemt ook niet op, en stom genoeg ben ik gisteren vertrokken zonder Milo's nummer te vragen, of dat van Roland. Ik ben zo ongeveer terug bij af.

De ochtend kruipt voorbij. In lusteloze vertwijfeling ijsbeer ik door mijn kamer, ververs nieuwssites, bel mensen die hun telefoon niet opnemen. Het is allemaal gigantische tijdverspilling, maar wat moet ik anders? Op het briefpapier van het hotel maak ik tijdschema's en lijstjes met motieven, alsof ik een plot voor een roman zit te verzinnen. Op mijn computer ga ik heen en weer tussen tien verschillende tabbladen, allemaal met Google open, en bekijk de zoekresultaten voor 'grafstenen San Francisco' en 'posttraumatisch geheugenverlies'. In de hoop dat ik alleen maar de juiste zoektermen hoef in te tikken. 'Speelgoed sieraden automaat', 'onmogelijke misdaden', 'moeder verdachte'.

Eindelijk, als het al aanvoelt als laat in de middag maar eigenlijk pas elf uur is, zie ik een nieuwsbericht dat me iets te doen geeft. Iets tastbaars om op af te gaan, iets wat tenminste echt met de kwestie te maken heeft. Ik steek de stekker van het strijkijzer dat bij mijn kamer hoort in het stopcontact en strijk zorgvuldig de kreukels uit een donkerbruine rok en een crèmekleurige blouse, die ik ingepakt heb omdat ze me geschikt leken voor alle mogelijke situaties waarin ik netjes voor de dag zou moeten komen. Onderweg naar buiten koop ik in de cadeaushop van het hotel een zonnebril – je ziet mijn foto tegenwoordig overal – en een klein, zacht dingetje in een wit papieren tasje, dat ik voor een nog onduidelijk moment in de toekomst in mijn tas stop. Een cadeautje dat ik hopelijk zal kunnen overhandigen terwijl ik nog in de stad ben. Een halfuur later stap ik uit een stadsbus, onevenredig trots op mezelf omdat ik mijn weg heb gevonden in een onbekend openbaarvervoerssysteem, en begin Arguello Boulevard af te lopen. Het is zonnig en warm; of dit gewoon is voor november weet ik niet. Ik loop over een brede stoep, langs een lange rij huizen en appartementen. De garages hier liggen allemaal onder de huizen, en ik vraag me vluchtig af of dit iets te maken heeft met aardbevingen.

Ik steek een brede straat over en loop langs een benzinestation en een dierenziekenhuis met een regenboog op de zijmuur geschilderd. In het begin is mijn tred snel en afgemeten, mijn lichaam vol nerveuze spanning, maar na een tijdje vertraag ik mijn pas en wordt mijn ademhaling rustiger. Als Mitch en ik ruzie hadden, weet ik nog, was mijn eerste impuls altijd om weg te rennen – het huis uit, de auto uit, of waar we dan ook waren. Soms had ik een half plan, lachwekkend als ik er later aan terugdacht (ik kon naar een hotel gaan, ik kon op een bus stappen), maar meestal wilde ik gewoon ergens anders heen, alsof ik mijn woede en mijn gekwetste gevoelens kon afschudden. En als ik eenmaal het blok om gestampt was en terugkwam bij het huis waar ik net nog uit gestormd was, bleek dat vaak ook zo te zijn.

Op de hoek van Arguello en Anza Street ga ik linksaf. Er staan hier bomen die ik aan de oostkust nog nooit gezien heb, sommige knoestig en onvolgroeid, andere met weelderige groene bollen, bijna alsof ze in vorm gesnoeid zijn. Ik kom steeds dieper in wat geheel en al een woonwijk lijkt te zijn, en de rust doet me goed. Nog een paar minuten kan ik los zijn van mijn leven, ben ik niet de moeder van een moordverdachte, niet de schrijfster die tijd verspilt aan een project dat niemand lijkt te begrijpen, maar zomaar een mevrouw met een zonnebril op, wandelend door een landschap ontworpen door Dr. Seuss.

Ik loop op een zijstraat af waar ik de laatste minuten een aantal auto's heb zien afslaan, en ik probeer van veraf het straatnaambordje te lezen. Ja, hier is het. Een korte, doodlopende straat, met misschien vier huizen aan elke kant en aan het eind een merkwaardig gebouwtje met een koepeldak en een grote groep mensen ervoor. Het gebouw is rond, sierlijk, neoklassiek – niet helemaal kerk, niet helemaal museum – en biedt een vreemde aanblik midden in deze doodgewone buurt.

Als ik dichterbij kom, kan ik de mensenmenigte beter onderscheiden. Er staan verslaggevers, fotografen en nieuwsgierige toeschouwers, net zoals gisteren voor Rolands huis.

Dan gebeuren er twee dingen tegelijk: ik zie het bord op het hek met daarop COLUMBARIUM SAN FRANCISCO, en er komt een man het gebouwtje uit met twee kratten frisdrank.

Hij zet ze voor de krioelende menigte. 'Mevrouw Moffett vroeg me jullie dit te brengen,' zegt hij. 'Ze zegt dat ze jullie na afloop graag te woord staat.'

En dan weet ik zeker dat ik goed zit. Ik ben op Bettina's begrafenis.

Omslagtekst van
VOORBIJ DE HORIZON
door Octavia Frost
(Farraday Books 1999)

In 1964 verhuist ingenieur Howard Liles met zijn vrouw Marie en hun tienjarige zoon Tom naar een uithoek van de aarde: Kotzebue, Alaska, vijftig kilometer boven de poolcirkel, waar Howard zal meewerken aan het White Alice-communicatiesysteem van het Amerikaanse leger. Kort na aankomst, als ze nog volop aan het wennen zijn aan hun desolate nieuwe omgeving, doet Marie bij haar vrijwilligerswerk voor de kerk een ontstellende ontdekking: ze vindt een verwaarloosd zesjarig meisje, opgegroeid in de grootste smerigheid en nu een wees. Howard en Marie nemen dit bijna dierlijke kind in hun gezin op en brengen haar groot, waarbij ze evenveel van haar leren als zij van hen.

Van het pakkende begin tot de tragische en schokkende climax is *Voorbij de horizon* een roman die niemand snel zal vergeten.

Het waren precies de verkeerde twee die stierven. In de stille nachten na het ongeluk was dat de gedachte waar Howard steeds weer op uitkwam. Elke andere combinatie, zelfs als Marie en hij beide kinderen waren kwijtgeraakt of Tom en Beecy geen ouders meer hadden gehad, was beter geweest dan deze uitgehaalde vis van een gezin, die grotesk kronkelend lag te stikken op de pier. Het was een afschuwelijke gedachte, des te erger waarschijnlijk omdat Tom zijn biologische kind was en Beecy niet, maar de naakte ongehoordheid ervan schonk hem een wreed soort troost. Dezer dagen hadden zoveel aspecten van zijn leven te maken met beperking – de krappe ruimte in het houten huisje, de meedogenloze wind die iedereen binnenhield, de dagen zonder zonlicht, het bed dat zonder Marie zoveel kleiner leek. Hij vertikte het om zich te laten voorschrijven waar hij in zijn eigen hoofd wel of niet mocht komen.

In de dagen en weken nadat het gebeurd was spraken vader en zoon nauwelijks met elkaar, wat misschien minder te maken had met hun gevoelens voor elkaar dan met het feit dat ze allebei buiten de menselijke kring leken te zijn terechtgekomen, als puin dat naar de bodem van de put zakt. Howard werkte en ging weer naar huis en zat 's avonds aan tafel te roken, en Tom lag uren achter elkaar op bed, soms vanaf het moment dat hij uit school kwam tot het tijd was om op te staan en weer naar school toe te gaan. Howard bleef op afstand en zette eten voor zijn deur, zoals hij misschien voor een gewond dier zou hebben gedaan. Hij wist dat Tom leed, en dat het zijn taak was om hem te helpen waar hij kon, maar hij durfde zijn mond niet eens open te doen uit angst voor wat eruit zou komen. Howard was in staat de gebeurtenissen van die afschuwelijke dag objectief te bekijken, tegen iedereen die ernaar vroeg te zeggen dat het een ongeluk was, maar als hij naar Tom keek, onderuitgezakt aan tafel achter zijn schoolboeken, herhaalde hij bij zichzelf 'jouw schuld jouw schuld jouw schuld', net zolang tot de woorden niets meer betekenden en het ritme hem kalmeerde.

De bodemloosheid van zijn woede verraste hem. Tom was zijn zoon, en hij hield van hem; dat stond buiten kijf. Maar dat leek er opeens niet meer toe te doen. Hij kon zich Tom voor de geest halen als baby, als peuter, op zijn eerste schooldag, en dan spitste hij zijn oren, maar die vanzelfsprekende, tedere weerklank die de beelden vroeger in zijn binnenste teweeggebracht hadden was nu ver weg en omfloerst. Het was alsof er een storing in zijn borst zat, witte ruis die het hem onmogelijk maakte signalen op te vangen die helder hadden moeten zijn. Was het er altijd al geweest, dat kraken en knetteren? Hij had geen idee meer.

Drie dagen nadat de lichamen waren geborgen, begonnen de mannen de graven te graven, en Howard ging mee. Het ging er net zo aan toe als toen hij geholpen had na het overlijden van Wally Forman: eerst moest de sneeuw aan de kant, daarna werd er vuur gemaakt om de aarde zachter te maken. De thermoskan koffie die van hand tot hand ging, op gedempte toon gevoerde gesprekken over vissen, de rugpijn die je liet voelen dat je iets belangrijks aan het doen was.

Op dat moment was Howard blij dat hij in Alaska woonde, blij dat hij iets zo tastbaars kon doen voor zijn overleden meisjes. Toen hij aan de beurt was liet hij zich in het gat zakken, en bij elke schep bevroren aarde dacht hij: dit is voor jou, en dit is voor jou, en dit is voor jou.

Ondanks de sneeuw, die tot aan de kerktoren opwaaide, was de begrafenis druk bezocht, en de journalist die na de vondst van Beecy ook al naar Kotzebue was gekomen, was er nu weer om het einde van het verhaal te schrijven. Een paar weken later lag er bij Peller's Handelspost een stapel van de *Anchorage Daily News*, met een handgeschreven briefje op de muur erboven: 'In deze krant het verhaal van Beecy'. Howard, die de winkel in kwam om poedermelk en berenvet te kopen, liep erlangs zonder er ook maar een blik op te werpen, maar later stopte iemand (Howard had geen idee met welke bedoeling) een exemplaar in zijn kluisje op zijn werk. En die avond, toen Tom al naar bed was, ging Howard met een glas whisky aan tafel zitten en sloeg de juiste pagina op.

'Het korte, ongewone leven van Beecy Liles' luidde de titel. Alsof ze een personage in een film was. Howard roffelde met zijn vingers op tafel en nam een slok.

'Het kind dat door kranten "het Kastmeisje van Kotzebue" werd gedoopt, kreeg van haar adoptiefouders de naam Elizabeth Ann Liles, roepnaam Betsy. Maar de naam die op haar grafsteen zal komen te staan is de naam die ze zichzelf gaf toen ze hem, na bijna twee jaar geduldig en hard werken van de kant van haar nieuwe ouders, voor het eerst probeerde uit te spreken. Op die dag, opgenomen in een liefdevol gezin, met de ontberingen van haar vroegere leven ver achter zich, keek ze Marie Liles aan en zei: "Beecy."'

Howards ogen prikten, al was 'manipulatief' het woord dat in hem opkwam. Het was net als eerder, de eerste keer dat hun gezin de aandacht van de kranten had getrokken: willekeurige uren uit zijn leven gelicht en in een kader geplaatst dat in het echt helemaal niet leek te bestaan. Het was wel zijn leven, de details waren herkenbaar en riepen ook emoties op, maar op de een of andere manier ontbrak de essentie.

Vluchtig las hij de volgende pagina, een herhaling van alle bijzonderheden die eerder ook al beschreven waren. De mensen waren verliefd op dit verhaal; waarom, dat begreep Howard niet precies.

'Iedereen in het dorp kende Beecy's vader, Malcolm Barnett. Als eigenaar van een van de twee winkels in Kotzebue was hij voor iedereen een bekend gezicht. Maar niemand scheen veel van hem te weten. Hij was een stille man, een beetje een kluizenaar. De dorpelingen wedden soms met elkaar hoeveel woorden ze tijdens een bezoek aan zijn winkel uit hem zouden weten te krijgen. Volgens de geruchten stond het record op acht. De mensen wisten dat hij enige jaren eerder met een eskimomeisje getrouwd was, en dat zij korte tijd later overleden was. Wat ze niet wisten, wat niemand wist, was dat ze stierf bij de geboorte van hun enige kind, een dochter. Toen Barnett in 1965 zelf overleed, kennelijk zonder erfgenamen of familie in de buurt, nam een aantal dames van de plaatselijke kerk het op zich zijn huis leeg te ruimen. Ze deden een schokkende ontdekking. De twee kleine kamertjes bevatten een hoeveelheid vuil die geen van die keurige vrouwen ooit eerder gezien had. En ze bevatten nog iets anders, zoals Marie Liles merkte toen ze in de slaapkamer van Barnett een kast openmaakte: een meisje van zes, dat naakt en rillend op een bergje vodden op de grond lag.'

Howard gaf een tik tegen de krant, in een kinderachtig en vijandig gebaar. Hij vond het vreselijk dat dit allemaal weer opgerakeld werd. Het gaf hem het gevoel dat Beecy altijd het Kastmeisje van Kotzebue zou zijn gebleven, ook al was ze honderd jaar oud geworden. En natuurlijk had hij er ook een gruwelijke hekel aan dat ze die zieke klootzak nog steeds Beecy's vader noemden. Howards beeld van de hemel was vaag, maar hij geloofde wel dat hij op een dag met zijn naasten herenigd zou worden. Hij vroeg zich af of Marie en Beecy nog steeds ergens, of in een bepaalde toestand, samen waren, of dat Beecy aan haar biologische ouders teruggegeven was. Het was een grijs gebied, niet iets waar hij priesters ooit over had horen preken, maar het maakte hem radeloos te bedenken dat Beecy's ziel misschien was toevertrouwd aan de twee mensen die haar in de steek hadden gelaten, de een door dood te gaan en de ander door wreed en nalatig te zijn.

Hij las door omdat het er stond en omdat het over zijn kind ging, maar toen hij bij de alinea over het ongeluk kwam, voelde hij een fysieke behoefte om zijn blik af te wenden. Het idiote van die impuls irriteerde hem. Hij wist toch wat er gebeurd was? Er stond niets nieuws in dat artikel, er was geen enkele reden om het zo benauwd te krijgen. Hij dwong zichzelf dan ook om telkens een paar seconden achter elkaar omlaag te kijken en een zin of twee te lezen.

'Boven de rivier was een brug van ijs ontstaan, en Tom moedigde zijn zusje aan om op het glinsterende bouwwerk te klimmen...'

Even wachten. Naar het houten plafond kijken, strak naar een kwast staren, diep ademhalen.

'... afschuwelijk gekraak... Tom ging hulp halen...' Op een gevoelig plekje duwen, van die keer dat hij per ongeluk met een hamer op zijn duim had geslagen.

'Marie Liles, die de was stond te doen, hoorde haar zoon schreeuwen... renden samen naar de rivier... sprong achter haar dochter aan.'

Ogen dicht. Inademen, uitademen.

'Hulpeloos en doodsbang... ijskoud... vast onder de rand van het ijs.'

Ook al waren er die dag twee mensen doodgegaan, het artikel ging nauwelijks over Marie. Het was een omkering van de manier waarop de meeste mensen erover praatten, dacht Howard, zeker wanneer ze hem direct aanspraken. Hij had gemerkt dat zijn vrienden en buren en collega's leken te verwachten dat hij zijn verdriet in tweeën deelde. En als ze genegen waren iets troostends te zeggen, verwachtten ze in ruil van Howard dat hij de ene helft uit het zicht hield.

Het verlies van Marie was zwaar en wanhopig makend. Het was een put zo diep dat hij niet eens wist of hij er ooit weer uit zou komen. Maar het was wel iets wat iedereen leek te begrijpen. Pete Johanson nam hem op een dag op het werk apart en vertelde dat hij na de dood van Gloria een heel jaar niet warm gegeten had. En Marty Willoughby op de basis in Kalakaket Creek, die Howard nooit had ontmoet maar vaak over de radio gesproken, vertelde dat hij nog steeds wel eens droomde over het vriendinnetje dat gestorven was toen ze op de middelbare school zaten. Zelfs mensen die Marie amper gekend hadden, pakten Howard met het grootste gemak bij een arm om te zeggen dat ze een heilige was geweest. Dat was het woord dat hij altijd maar weer hoorde, en hij begreep dat het aardig bedoeld was, maar zelf bracht hij Marie helemaal niet in verband met de nietszeggende goedheid, de fletse porseleinen deugdzaamheid die hij met het woord associeerde.

Maar bijna niemand wist iets te zeggen over Beecy. Howard kende een paar mannen die ook een kind hadden verloren (onder wie ook een gehandicapt kind), maar geen van hen leek een lijn te trekken tussen hun eigen ervaringen en het ademloze, verstikkende gevoel dat Howard kreeg als hij Beecy's gezicht voor zich zag. En misschien was het maar beter ook dat ze niets zeiden; degenen die dat wel deden sloegen de plank volkomen mis. Na de begrafenis, toen de mannen van de kerk naar de Royal liepen, sloeg Sheet Jennings Howard op zijn rug en zei: 'Het is maar beter zo. Ze zou nooit van z'n leven een man gevonden hebben. Jij en Marie zouden tot jullie dood voor haar hebben moeten zorgen.' En niet veel later, toen hij uit de wc kwam, hoorde hij een dronken Don Mizulski, die door de anderen net niet op tijd het zwijgen opgelegd kreeg, zeggen: 'Als ik dat meisje zag dacht ik altijd: als ze eenmaal ongesteld is kunnen ze haar maar beter opsluiten, anders hebben ze straks een heel huis vol van die kinderen.'

Howard vond het moeilijk om onder woorden te brengen wat hij in Beecy had gezien, waardoor ze hem zo dierbaar was geworden. Zeker, ze was bijna vanaf het begin zijn dochter geweest, maar ze was ook zijn grootste verantwoordelijkheid. Hij begreep haar, en hij wist dat ze een kind was dat niet door iedereen begrepen zou worden. Ze was geen wilde – daar kwam hij steeds weer op uit. In alle artikelen over haar was dat woord, of een variatie erop, gevallen: ze was verwilderd, primitief, net een dier. Maar dat ze haar hele gezicht in haar bord stopte omdat ze niet wist hoe ze anders moest eten, dat ze zich bevuilde omdat niemand haar iets anders geleerd had, betekende nog niet dat ze een dier was. Het was juist haar menselijkheid die Howards hart brak. Ze was een kind, een beschadigd, bang meisje. En Howards enige taak was haar te laten zien dat mensen het in zich hadden om goed te zijn.

De eerste keer dat ze op twee benen door de kamer gelopen was had ze Howards handen vastgehouden, de eerste keer dat ze naar de haard had gekeken en 'vuu' had gezegd had ze op Howards schoot gezeten. Tom had uiteraard hetzelfde gedaan toen hij klein was en ze nog in Minnesota woonden, en Howard was net zo trots geweest als elke andere vader. Maar als je een auto koopt die net van de lopende band komt, is het niet zo gek dat hij het doet als je het sleuteltje omdraait. Het is pas een verrassing, het is pas een wonder als een auto die total loss is gereden, die jarenlang in de regen heeft staan roesten, sputterend aanslaat en langzaam de straat uit begint te rijden.

De tijd verstreek, en Howard wachtte op de dooi. Op de onverharde weg naar de basis, meppend naar de muggen, bekeek hij het landschap om zich heen en probeerde er iets moois in te ontdekken. Hij herinnerde zich hun eerste zomer hier, hoe blij ze allemaal waren geworden van de wilde bloemen en de rekken waaraan vis te drogen hing, het spektakel van de walvissenjacht, de onverwachte aanblik van een berenjong dat bosbessen van een struik zat te eten. En latere zomers: Tom die van oliedrums sprong en Beecy die moest lachen om husky-puppy's die over de grond lagen te rollen, Marie die na het avondeten buiten zat, met lege handen, zonder een mandvol kleren om te verstellen, zonder klusjes om druk mee te zijn. Nu begon de wereld weer te smelten, en Howard vroeg zich af of hij zich van deze zomer later nog iets anders zou herinneren dan de beschamende opluchting die hij voelde als hij bij thuiskomst zag dat zijn zoon er niet was.

Tom had een vriendin gevonden, wat Howard hem niet kon misgunnen, en zat meestal bij haar thuis, waar het waarschijnlijk minder deprimerend was. Toms leven zou wel doorgaan, ook al stond dat van Howard stil. Nog een paar jaar en hij zou gaan studeren of dienst nemen, of een baantje zoeken op een minder stijf bevroren plek, en uiteindelijk zouden er een vrouw en kinderen komen en tjokvolle dagen. Howard wist zeker dat er ook een tijd zou komen dat hij spijt had van de manier waarop hij zich nu gedroeg, dat hij verlangde naar een band met zijn zoon – de band die hij nu zorgvuldig om zeep aan het helpen was. Het verschrikkelijke was: dat hij dat wist, betekende niet dat hij er iets aan kon veranderen.

Begin juni kwam de zon op om niet meer onder te gaan. In de nachtloze weken voor Toms vijftiende verjaardag probeerde Howard te bedenken hoe hij het roer kon omgooien. Hij stelde Tom voor om samen op vakantie te gaan – ze konden gaan kamperen, of zelfs naar Anchorage vliegen – maar Tom wilde thuisblijven en op 4 juli naar de kermis, zoals altijd, al was Howard ervan overtuigd dat ze op dat moment allebei wisten dat er geen 'zoals altijd' meer zou zijn, niet echt, nooit meer.

Hij was van plan geweest om bij Peller een camera voor Tom te bestellen, maar de tijd was door zijn vingers geglipt, en uiteindelijk kocht hij een verrekijker die Peller in de winkel had staan. Het was een goede, heel geschikt voor als je ging jagen, wandelen of klimmen. Een verrekijker kwam een jongen hier op duizend manieren van pas – was dat niet precies de reden dat ze met hun hele hebben en houden naar deze kant van de wereld verhuisd waren?

Toen Howard op de ochtend van de vierde wakker werd, vroeg als altijd in de zomers hier, ondanks de dikke dekens die Marie altijd voor de ramen hing, lag hij voor hij opstond nog een tijdje in bed te roken. *Zijn geboortedag*, dacht hij aftastend, denkend aan de rokerige wachtkamer en het kleine bundeltje in zijn handen, Maries geluk en ook zijn eigen geluk. Hij herinnerde zich zijn plotselinge verlegenheid toen hij met een bosje irissen de ziekenhuiskamer van zijn vrouw binnenging, en hij herinnerde zich dat zijn moeder spontaan 'Yankee Doodle Dandy' begon te zingen toen hij haar belde met het nieuws. Hij herinnerde zich dat hij op de klok keek en genoot van de gedachte 'drie uur oud', dat hij een flesje naar het mondje van de baby bracht en hem voor de tweede keer in zijn leven zag drinken. Howard concentreerde zich op deze dingen, duwde al het andere weg, en hij werd beloond met een licht tintelend gevoel, maar het was ver weg en verwarrend, alsof je een paar zinnen hoorde in een taal die je op de middelbare school voor het laatst had gehad.

Hij liet Tom uitslapen en maakte hem daarna wakker met pannen-koeken, zoals Marie ook altijd had gedaan. De grens tussen nostalgie en toneelspelen lag nog niet helemaal vast in Howards hoofd, maar hij dacht dat Tom het zou missen als hij het niet deed. Ze aten samen, en Howard overhandigde de verrekijker, waar Tom blij mee leek te zijn, en daarna vertrokken ze samen naar het dorp.

Ze liepen richting water en Front Street, waar het hele dorp samen-gekomen was. In de verte was het buitenaardse silhouet van het White Alice-complex te zien: de Martiaanse radarkoepels en reusachtige platte antennes die van een afstand precies leken op de drive-infilm-schermen die in de tijd voor hun trouwen patronen van licht op de verstrengelde lichamen van Howard en Marie geworpen hadden. Hij vroeg zich af wie er nu aan het werk was op het complex. Het was een vreemde gedachte dat terwijl hij en zijn zoon in stilte voortliepen, er boven hun hoofd woorden door de lucht vlogen: boodschappen en signalen, onzichtbaar, afketsend tegen de laagste luchtlagen. Mensen die hun stem honderden kilometers ver weg slingerden, een modern wonder verpakt in aardse woorden als 'communicatie' en 'defensie'.

'Doe je dit jaar mee aan het walvisveteten?' vroeg Howard aan Tom. Hij deed zijn best. 'Ze zeggen dat het naar kokos smaakt.'

Tom keek zijn vader half lachend aan. 'Als jij aan het opgooien mee-doet.'

Howard lachte ook, een beetje. Vorig jaar was dat de grap geweest, dat Howard als enige geen zin had gehad om zich op een ronde lap van zeehondenvel de lucht in te laten gooien. Dat was tenminste iets, dacht hij, een manier om te ontsnappen uit de val van 'zoals altijd'.

'Afgesproken,' zei hij.

Inmiddels hoorden ze trommels roffelen, en Howard zag een span-doek aan de Royal hangen: FIJNE ONAFHANKELIJKHEIDSDAG! AL 10 JAAR DE 49STE STAAT: 1959-1969! Aan de waterkant was een podium geïmprovi-seerd, en de verkiezing van de mooiste baby was in volle gang. Later zouden er meer wedstrijden volgen, tussen sledehonden die verzwaarde sleden trokken, mannen die tegen zachte ballen boven hun hoofd probeerden te schoppen, kinderen die zonder hun handen te gebruiken einden touw in hun mond probeerden te krijgen. Jonge vrouwen in parka en bontlaarzen stonden al klaar voor de Miss Poolcirkel-verkiezing. Het was een warme dag, misschien wel vierentwintig graden. Mannen stonden kariboeworstjes te grillen, eskimokinderen zwaaiden met kleine vlaggetjes. Wie had ooit kunnen denken dat Amerika dit alles nog eens zou omvatten?

Vlak nadat ze aangekomen waren, liep Tom een paar schoolvrienden tegen het lijf, en Howard deed een stapje terug. Hij liep wat rond, maakte een praatje met buren en collega's die hij tegenkwam. Toen het muktuk-eten begon keek hij toe hoe Tom en de anderen op het podium zwart-witte blokjes vet en walvishuid naar binnen werkten. En toen het tijd was voor het opgooien, liep hij naar Tom toe en tikte hem op zijn schouder, als een jongen die een meisje ten dans vraagt.

Ze voegden zich bij de mensen die de ronde leren lap allemaal samen vasthielden en op en neer bewogen, en zo de een na de ander in de lucht gooiden. De sfeer was uitgelaten, en Howard probeerde zich mee te laten voeren op de stroom, te genieten van de verbaasde kreten van iedereen die op de strakgetrokken lap klom en zich, heel even, bevrijd voelde van de zwaartekracht.

Toen Tom aan de beurt was, trok Howard met de anderen aan de lap, en hij zag zijn zoon de blauwe lucht in stuiteren. Hij voelde hoe zijn lichaam zich voorzichtig ontspande en lachte hardop om Toms geschreeuw als zijn voeten het zeehondenvel raakten en hij weer omhoog schoot. Howard keek onafgebroken naar Toms gezicht, dat vervaagde en weer scherp werd terwijl de jongen omhoog vloog en weer neerkwam. Bij het omhooggaan werd hij een vage figuur die Howard in een menigte niet herkend zou hebben, en bij het neerkomen veranderde hij weer in de jonge man, bijna volwassen, die zulke gecompliceerde gevoelens losmaakte bij zijn vader. Howard herinnerde zich dat hij toen Tom een baby was geen antwoord had geweten op de vraag 'Op wie lijkt hij?' omdat zijn pasgeboren trekken zo veranderlijk leken. Howard kon naar zijn slapende zoon kijken en het ene moment zijn eigen vader en het volgende moment Maries moeder in hem zien, en zo verder met nog tien verschillende gelaatsuitdrukkingen, tot hij eindelijk begreep wat er bedoeld werd met 'mijn eigen vlees en bloed'.

Toen Tom van de lap af stapte, keek hij zijn vader met een open, vragende glimlach aan, en Howard lachte terug en knikte. Hij klom op de lap en ging precies in het midden staan. Even hield hij zich stil, keek naar de kring van bekenden, vrienden en buren, en collega's die hem al dan niet kenden. En toen kwamen ze als één man in beweging, en hij vloog de lucht in.

Het was niet hetzelfde als springen; hij had er geen invloed op zoals hij gehad zou hebben als hij sprong. Hij had geen aandeel in het geheel. Hij ging alleen maar omhoog en weer omlaag, opgetild door de handen van de gemeenschap onder hem. Hij was bij hen, dan weer los van hen, bij hen, dan weer los van hen. Op het hoogste punt zag hij hutten van hout en plaggen, de grillige rand van het land en het donkere water daarachter. Radiotorens en de antennes van White Alice, en zijn zoon op de grond, zijn zoon.

Hij wilde nog hoger, tot hij bij de nacht kwam, tot hij door het vlies van de lichte, oneindige dag brak. Hij wilde verder omhoog tot aan de grens van de troposfeer, waar die onzichtbare lijn ook mocht lopen, waar de woorden van de mensen heen en weer vlogen, voortgestuwd door zijn eigen werk. Zijn stem leidde een eigen leven, de geluiden kwamen zijn keel uit zonder dat hij het wilde. Hij schreeuwde tot hij zelf niet meer wist of hij kwade kreten slaakte of blije. Hij ging omhoog en omlaag, vrij en gewichtloos, een wezen van aarde en lucht. Voor even bestond hij in een tussenwereld, met niemand om zich heen, en alleen de lucht kon hem horen.

Hoi Lisa,
    Hier werk ik nog aan. Je krijgt het zsm.
    Groet, O

HOOFDSTUK ACHT

Een tijdje sta ik aan de rand van de menigte voor het columbarium het tafereel gade te slaan. Ik wist natuurlijk wel dat dit veel aandacht zou trekken en dat er pers aanwezig zou zijn – precies de reden dat ik een zonnebril heb gekocht en vier straten van tevoren al op heb gezet. Maar nu ik er eenmaal ben en zie wat een spektakel het is, lijkt het me onwaarschijnlijk dat het me zal lukken om ongezien binnen te komen.

Ik moet misschien even verduidelijken dat ik niet bang was dat mensen me zouden herkennen van de foto achter op mijn boeken. Zo beroemd zijn maar weinig schrijvers, en ik maak mezelf niet wijs dat ik daar een van ben. Ik word nooit herkend, niet als ik in een vliegtuig zit met een manuscript voor mijn neus, titelpagina bovenop, niet als ik in een boekwinkel een van mijn eigen boeken koop met een creditcard waar mijn naam op staat. Normaal – of in het normale leven dat ik tot dinsdag leidde – zou het niet eens in me opgekomen zijn dat iemand zou weten wie ik was. Maar de afgelopen dagen heeft mijn foto in zoveel kranten gestaan, altijd in verband met de vrouw wier begrafenis ik nu onuitgenodigd probeer bij te wonen, dat ik er niet op rekende niet gezien te worden.

Helaas blijkt nu dat je niet zomaar op de begrafenis van een beroemdheid – want dat is het – kunt binnenvallen en je onopvallend bij de gasten kunt aansluiten, zonnebril of geen zonnebril. Er is bewaking. Daar had ik niet op gerekend. Bij de deur staat een man in een duur pak met een clipboard in zijn hand mensen af te vinken op een gastenlijst. En ik denk niet dat mijn naam daarop staat.

Ik blijf een beetje achteraf staan en probeer te bedenken hoe ik nu verder moet. Ik voel me dom; ik weet niet eens meer precies wat ik hier dacht te bereiken. Ik had de vage notie – niet gebaseerd op enig echt inzicht in crimineel gedrag, maar op de een of andere roman of film, de beweringen van een andere schrijver over psychopaten en de manier waarop die zich gedragen – dat moordenaars de verleiding soms niet kunnen weerstaan om deel te nemen aan de gebeurtenissen die volgen op zijn misdaad. Om te kijken naar de mensen in de menigte als het lijk gevonden is, om de gasten te bestuderen die op de begrafenis hun medeleven komen betuigen. Als ik in sociale situaties al een talent heb, dan is het om op de achtergrond te observeren. Als ik nu maar op de juiste plek ben, zal ik gedacht hebben, pik ik die verdachte figuur er wel uit, die bij het buffet een bord staat vol te scheppen en zijn schuld uitzendt naar mij, en alleen naar mij.

Ik sta een tijdje naar het gebeuren te kijken. Gasten arriveren – geen beroemdheden, in elk geval niemand die ik ken –, zetten een somber gezicht op en lopen elegant de trap op, en doen alsof ze niet in de gaten hebben dat ze gefotografeerd worden. Af en toe komt er iemand naar buiten om een sigaret te roken of een telefoontje te plegen. De ramen in het gebouw zijn van gebrandschilderd glas; naar binnen kijken is onmogelijk.

Ik kijk naar een van de rokers, een lange, tengere vrouw die ongeveer van mijn leeftijd moet zijn, al zou ze van grotere afstand waarschijnlijk jonger lijken. Ze komt me bekend voor, maar ik kan haar niet plaatsen. Is ze een filmster? Ze heeft donker haar, kort en modieus geknipt, en ze draagt een zwarte rok en een mouwloos, met kraaltjes bestikt truitje: begrafenis versus cocktailparty. Maar ze ziet er goed uit. Ik denk niet dat ik met zo'n outfit weg zou komen.

Ze kijkt op en ziet me kijken. Gegeneerd wend ik mijn hoofd af en doe alsof ik iets zoek in mijn tas. Misschien kan ik op haar af stappen en om een sigaret vragen, maar ik heb nooit echt gerookt, en ik denk niet dat ik het er geloofwaardig uit kan laten zien.

Als ik mijn tas dichtdoe en mijn hoofd weer optil, zie ik dat ze nog steeds naar me staat te kijken. Ze neemt het laatste trekje van haar sigaret en laat hem op de grond vallen, dan komt ze tussen de mensen door mijn kant op.

Ik glimlach zo neutraal mogelijk, zodat het niet al te pijnlijk wordt als blijkt dat ze naar iemand anders op weg is. Ze komt dichterbij, tuurt naar mijn gezicht.

'Octavia?' vraagt ze.

Daar gaat mijn briljante vermomming. 'Ja?' zeg ik voorzichtig. Ik ben zenuwachtig, sta klaar om weg te rennen zodra ze begint te gillen dat de moeder van de moordenaar er is. Maar ze spreidt haar armen en trekt me naar zich toe. Ik voel me een beetje ongemakkelijk – ik kan haar nog steeds niet plaatsen – maar het gebaar, zo onverwacht, en op deze plek nog wel, ontroert me. Het valt me in dat ik deze week door meer mensen omhelsd ben dan het hele afgelopen jaar bij elkaar.

'Jou had ik hier niet verwacht,' zegt ze als ze me losgelaten heeft. 'Maar ik heb natuurlijk wel veel aan je gedacht. Ik heb je e-mail gekregen, dat je in de stad was.'

De beelden vallen op hun plek. 'Lisette,' zeg ik. 'Lisette Freyn.'

'Bingo,' zegt ze, en ze steekt nog een sigaret op.

Een interviewer vroeg me ooit in hoeverre mijn materiaal autobiografisch was, waarop ik antwoordde met een vergelijking. Ik zei dat de levenservaring van een romanschrijver net zoiets is als boter in koekdeeg: het is onontbeerlijk voor de smaak en de substantie, je kunt het absoluut niet weglaten, maar als je het goed doet, is het niet te herkennen als afzonderlijk ingrediënt. Er moet geen aanwijsbare passage zijn waarvan mensen kunnen zeggen: 'Kijk, daar heeft ze het over haar miskraam', of: 'Daar, dat schreef hij omdat zijn vrouw een verhouding had.'

Lisette Freyn – het meisje van vlees en bloed, dat met school stopte om achter een rockband aan te reizen, de belichaming van de ergste nachtmerries van onze moeders, jaren later teruggevonden als vluchtige onlinevriendin – is dan ook nooit in mijn boeken terechtgekomen. Zo is ook (moet ik het eigenlijk nog zeggen?) geen van de fictionele echtgenoten over wie ik geschreven heb Mitch, niet één op één, en geen van de kinderen – geliefd, betreurd, verfoeid, bemoederd – Rosemary of Milo. En geen van de protagonisten ben ikzelf, behalve dan in die zin dat ze natuurlijk allemaal mij zijn.

Maar het pubermeisje in *De mens vanbinnen* dankt een deel van haar kwetsbare zelfverzekerdheid aan Lisette (of in elk geval aan mijn gefragmenteerde herinneringen aan haar), en als Lisette onder de oppervlakte van mijn boeken zou kijken, op zoek naar haar eigen spiegelbeeld, zou ze een handvol kleinere personages vinden die een of meer karakteristieken van haar hebben overgenomen: een gebaar, een manier van praten, een bepaalde ervaring. Het verhaal van Lisette Freyn werd deel van mijn eigen innerlijke mythologie, een druppel in het reservoir van geschiedenis, herinneringen en verzinsels waar ik uit put als mijn pen begint op te drogen, tot ik bijna vergat dat er een echt mens achter schuilging. Maar daar staat ze nu, vlak voor me.

'Wat doe jij hier?' vraag ik bruusk. 'Ik bedoel, híér...' Ik wijs naar het ronde gebouw, de kring van belangstellenden. 'Kende je... ken je de familie?'

Ze knikt en blaast rook uit. 'Haar moeder is een oude vriendin van me, van heel vroeger. Bettina was een prachtmeid.' Ze schudt haar hoofd. 'Het is afschuwelijk, afschuwelijk.'

'Absoluut,' zeg ik ferm. 'Verschrikkelijk.'

'Ik heb Milo nooit ontmoet,' zegt Lisette, terwijl ze me opmerkzaam aankijkt. 'Maar op dit moment ben ik de enige in Kathy's omgeving die het voor hem opneemt. Ik zeg steeds tegen haar dat er meer aan de hand is, en dat we niet maar van alles mogen aannemen als we niet precies weten wat er gebeurd is.'

Ik knik. 'Dank je,' zeg ik.

Ze maakt haar sigaret uit. 'Ik moet weer eens naar binnen. De herdenking begint zo.' Ze kijkt me nieuwsgierig aan. 'Wat doe jij hier eigenlijk?' Ze wijst naar het columbarium, net als ik een minuut geleden deed. 'Ik bedoel, híér.'

'Ik weet het niet,' zeg ik na een korte stilte. 'Ik wist dat het vandaag was, en ik wilde gewoon komen. Ik weet niet waarom, ik dacht...' Ik heb eigenlijk geen idee wat ik dacht. 'Ik had me niet gerealiseerd dat ik niet binnen zou komen.'

'O, wil je naar binnen?' vraagt ze. 'Ik krijg je er wel in.' Ze grijnst samenzweerderig. Ze lijkt het wel spannend te vinden, alsof we kinderen zijn die iets stiekems gaan doen.

'Echt?' vraag ik. 'Weet je het zeker?'

'Natuurlijk. Maar hou je bril op, en probeer bij Kathy uit de buurt te blijven. Die gaat over de rooie als ze jou ziet. Ze heeft nogal de neiging om... een beetje dramatisch te doen.'

Daardoor zie ik er bijna van af. Dit is geen spelletje, die vrouw daar binnen heeft een kind verloren. Ik denk aan de herdenkingsdienst voor Mitch en Rosemary: een dubbele begrafenis, nog zeldzamer dan een dubbele trouwerij. Het was verpletterend, maar ook, vreemd genoeg, de beste dag van het hele afschuwelijke jaar dat volgde op hun dood. Het was een dag waarop niet van me verwacht werd dat ik sterk was voor mijn zoon, of dat ik het drama achter me liet en vooruitkeek naar wat nog zou komen. Ik hoefde me niet te generen voor mijn tranen, en ik kon zoveel over hen praten als ik maar wilde. En ik was niet alleen, op mezelf aangewezen met een kind dat ik bijna niet om me heen kon verdragen.

Als Lisette zich omdraait en begint terug te lopen, is het paradoxaal genoeg juist dát – de herinnering aan Milo, negen jaar oud en zo verloren, en mijn schaamte om het soort moeder dat ik in die jaren was – wat me ertoe beweegt achter haar aan te gaan. Ik volg haar de marmeren trap op, tot waar de man met het clipboard staat.

'Alweer hallo,' zegt ze met een brede lach. Ze houdt haar pakje sigaretten omhoog. 'Ik zal nog wel een miljoen keer naar binnen en naar buiten lopen. Verslaafd, hè?' En dan steekt ze achteloos, terloops bijna, haar hand naar me uit, alsof ze ons aan elkaar wil voorstellen. 'Trouwens, zij hoort bij mij,' zegt ze. 'Ze is een goede vriendin.' En voor hij iets terug kan zeggen, geeft ze me een arm en loopt door.

Vanbinnen is het een prachtig gebouw, een en al marmer en mozaïek en bladgoud. Het bestaat uit een twee verdiepingen hoge rotonde, met een koepel van gebrandschilderd glas, en daaromheen een galerij die langs de buitenkant loopt. Met gebogen hoofd loop ik tussen groepjes gasten door, die zachtjes met elkaar staan te praten en af en toe een blik werpen op de nisjes in de muren: rijen koperen deurtjes tot aan het plafond.

'Dus,' fluister ik als Lisette en ik de galerij af lopen, 'een columbarium is een plek waar mensen as bewaren?' Ik graaf in mijn kennis van het Latijn. Het woord komt, geloof ik, van het woord voor 'duif', en ik stel me voor dat die alkoven in de muur huisjes zijn waar vogels in koeren en nesten en eitjes leggen, in plaats van nissen met bergjes as, de schamelste resten van een mensenleven.

'Klopt,' zegt ze. 'Er zijn geen begraafplaatsen in San Francisco, wist je dat?'

'Ja,' zeg ik. 'Ik heb er net vanochtend iets over gelezen.' En dat heb ik ook, op mijn zoektocht naar grafstenen-die-geen-grafstenen-zijn, een poging om erachter te komen waar Milo op de avond van de moord geweest is. Maar het is ook iets wat ik misschien al eerder in mijn geheugen had opgeslagen: een hoekje van de maatschappij dat zo om ruimte zit te springen dat de doden worden opgegraven om plaats te maken voor de levenden. Een stad zonder geesten, een metropool bestemd voor mensen met een kloppend hart. Onderhavig gezelschap uitgezonderd. 'Wat gebeurt er met mensen die niet gecremeerd willen worden?'

'Die worden begraven in Colma, een eindje naar het zuiden. Daar heb je alleen maar begraafplaatsen. Begraafplaatsen en autohandelaren.'

'Hoe ver is dat?'

Ze haalt haar schouders op. 'Twintig, vijfentwintig minuten via de 101.' Onwaarschijnlijk, denk ik, dat Milo in zijn toestand zo'n eind gereden heeft. Ik neem me voor deze informatie in het hotel in mijn tijdschema te verwerken.

We lopen langzaam en bekijken de kluizen en nissen in de muur. Er zijn plaques met namen en data, zoals overal waar doden rusten, maar ook glazen kastjes waar mensen spullen in hebben gestopt die hen aan hun geliefden herinneren. Ik zie een speelgoedautootje, een foto van een man met een hond, een volle fles cognac. Handgeschreven brieven, slingers van zijden bloemen, een schoolbeker met Batman erop.

'Het is een prachtig gebouw,' zeg ik.

'Zeker,' zegt Lisette. 'Hier stem ik trouwens ook. De stemmachines staan dan daar.' Ze wijst naar de ruimte in het midden, die nu volstaat met klapstoeltjes en tafels met eten en drinken. En dan vervolgt ze verstrooid: 'Harvey Milk moet hier ook ergens zijn.' Bepaalde dingen van Lisette schieten me nu weer te binnen. Ik herinner me dat ze altijd van de hak op de tak sprong, en dan verbaasd was als bleek dat jij niet in haar hoofd had gezeten om hetzelfde pad te volgen.

'Geen al te grote opkomst,' zeg ik, om me heen kijkend.

Lisette schudt haar hoofd. 'Er kunnen ook niet zoveel mensen in. Volgens mij mag je maar vijftig of zestig mensen uitnodigen. En Kathy wilde het exclusief houden. Ze onderhandelt met verschillende tijdschriften over de fotorechten. *us Weekly* heeft tot nu toe geloof ik het beste bod gedaan.' Ik staar haar aan, en ze haalt haar schouders op. 'Het is voor een goed doel,' zegt ze. 'Ze wilde gewoon niet dat het een compleet circus zou worden.'

Lisette excuseert zich om iemand te begroeten. Ik heb expres mijn rug naar de centrale rotonde gehouden; Kathy Moffett heb ik nog niet gezien, en ik wil niet opvallen. Maar als Lisette wegloopt, draai ik me om en kijk de ruimte rond. Het mag dan geen grote menigte zijn hier binnen, ik zie wel veel glamour. Iets wat me altijd onwaar lijkt aan begrafenisscènes in films en tv-series is dat iedereen helemaal in het zwart gekleed gaat: geen donkerblauwe pakken te bekennen, geen felle kleuren, geen drukke bloesjes omdat mensen die nu eenmaal in hun kast hadden en er geen tijd was om iets nieuws te gaan kopen. Maar zo is het hier precies. Deze mensen zien eruit alsof een kostuumontwerper met hen in de weer is geweest.

Vlak naast me ligt op een laag tafeltje een stapeltje programma's. Ik pak er een. Het is gedrukt op dik en zwaar papier. Voorop staat een foto van Bettina die glimlacht in de zon, en de tekst: 'Een viering van het leven van Bettina Amber Moffett, 24 december 1984 – 9 november 2010.'

Lisette komt terug en legt haar hand licht op mijn arm. 'De mensen gaan zitten.'

We lopen naar de klapstoeltjes, en eindelijk valt mijn blik op Kathy Moffett, die in een kleine kring mensen staat. Opgelucht stel ik vast hoezeer ze door anderen in beslag genomen wordt. Vandaag zullen er altijd mensen om haar heen staan. Het moet niet zo moeilijk zijn haar uit de weg te gaan.

Lisette en ik gaan op een van de achterste rijen zitten. Ik doe alsof ik mijn programma lees terwijl ik naar Kathy kijk. Ze is een lange, slanke vrouw met blond haar tot op haar schouders. Ze heeft het soort gezicht – opvallend smalle neus, overdreven hoge jukbeenderen – dat ik met plastische chirurgie associeer. En ik had het mis; niet iedereen heeft zich even precies aan de kledingvoorschriften gehouden. Bettina's moeder is helemaal in het wit.

Aan een kant van de rotonde staat een harp, en een vrouw gaat op een laag krukje zitten en begint te spelen. Het duurt even voor ik het nummer herken: 'Someday We'll Be Together' van de Supremes.

Als het nummer afgelopen is, stapt een man in een pak op het spreekgestoelte voor de rijen stoelen. Hij is jonger dan ik, in de veertig misschien, en heeft rood haar en een heel bleke huid. Hij schraapt zijn keel terwijl hij wacht tot iedereen weer rustig zit.

'Goedemiddag,' zegt hij. 'Mijn naam is Tom McGinn, en ik ben priester van St.-Jerome. Namens haar moeder, Kathy, heet ik u allen welkom op deze herdenkingsbijeenkomst voor Bettina Moffett. Ik heb de afgelopen dagen de gelegenheid gehad om een aantal mensen die van Bettina hielden te spreken, en ik hoop dat ik in staat zal zijn haar korte maar gelukkige leven recht te doen.

Bettina werd hier in San Francisco op kerstavond 1984 geboren, als dochter van een negentienjarig meisje genaamd Kathy Moffett. Ik kende Kathy toen nog niet, maar ik geloof dat ze een heel bijzondere jonge vrouw was. Hoewel ze jong en ongetrouwd was, vertelde ze me, deed ze haar dochter op de avond van haar geboorte een belofte: *Lief meisje van me*, zei ze, *ik zal alles doen wat in mijn macht ligt om voor je te zorgen en je een goed leven te geven.*

Bettina was een mooi meisje, vrolijk en blij en lief. Ze bleek al vroeg talent te hebben voor dansen en tekenen, ze deed het altijd goed op school en ze was een grote vreugde voor iedereen die haar kende.'

Mijn blik dwaalt naar een tafel naast het spreekgestoelte, vol ingelijste foto's van Bettina. De meeste zijn te klein om van hier af te kunnen zien, maar een aantal kan ik wel onderscheiden. Daar is ze als baby, in een kinderstoel met slagroom in haar gezicht, en daar is ze acht of negen; in een groen badpak steekt ze haar tong uit naar de camera. Er is een foto van peuter Bettina, twee of drie jaar oud, op schoot bij haar moeder. Ze hebben allebei een zwart leren jasje aan en Bettina's vlassige blonde haar is met gel rechtovereind gezet. (Halloween? vraag ik me af. Of gewoon een nieuwer, hipper ouderschap dan ik gewend ben?) Ik kijk naar het meisje op de foto's en probeer vast te stellen wat voor gevoelens ze oproept.

'Als tiener,' vertelt de man nu, 'groeide Bettina uit tot een echte schoonheid. Ze deed wat modellenwerk, al zorgde Kathy er wel voor dat dit een gewoon tienerleven niet in de weg stond. Bettina en haar moeder hadden een uitzonderlijk sterke band, veel mensen zeiden dat ze eigenlijk meer zussen waren dan moeder en dochter.'

Aan de rand van de fototafel staat een handgeblazen glazen voorwerp in zwierig rood en paars en blauw en goud. Het lijkt op een vaas, of een uit zijn krachten gegroeid parfumflesje, en met een schok besef ik dat het de urn moet zijn. Dit meisje, deze vrouw, wier leven voor ons zo overzichtelijk wordt samengevat, met wie mijn zoon samenwoonde en van wie hij hield en die hij zegt misschien te hebben vermoord – daar zit ze, in die fles. Dat is alles wat er van haar over is. Ik kijk naar de ronde stop in de langgerekte hals van de urn, en ik stel me voor dat daar nog iets levendigers onder zit dan as en kleine stukjes bot. Een geest, een nevelig wezen dat misschien naar buiten vliegt als ik erheen loop en de stop eraf haal. Ik kijk naar het meisje in het groene badpak, en ik denk aan djinns en wensen.

'Bettina deed eindexamen en slaagde met vlag en wimpel. Ze was een intelligente jonge vrouw en haar mogelijkheden waren onbeperkt. De familie dacht dat ze rechten zou gaan studeren, of medicijnen. Maar zoals zoveel mensen vóór haar, onder anderen haar eigen moeder, werd ze verliefd op de muziekscene, en daarna heeft ze nooit meer getwijfeld.'

Het klinkt allemaal zo doordacht, alsof ze aan haar bureau de folders 'cardioloog' en 'vriendin van rockster' heeft doorgenomen, met een lijstje ernaast met 'voor' en 'tegen'. Ik ben benieuwd wat voor een absurde simplificaties er op een dag over mijn leven zullen worden gedebiteerd. En dan vraag ik me terloops af of ik zo beroemd ben dat *The New York Times* al een necrologie voor mij heeft klaarliggen.

'En daarom,' besluit eerwaarde Tom McGinn, 'mogen we allemaal troost putten uit het feit dat Bettina's leven, hoewel er op zo tragische wijze veel te vroeg een einde aan gekomen is, een rijk leven is geweest. Nu zal Kathy, Bettina's moeder, een paar woorden spreken.'

Als Kathy opstaat van de eerste rij en naar het spreekgestoelte loopt, kijk ik naar het programma op mijn schoot, zodat er een pluk haar voor mijn gezicht valt.

'Dank u allemaal voor uw komst,' zegt ze. 'Dit is uiteraard een vreselijk moeilijke tijd voor me, en ik ben heel dankbaar voor alle steun en vriendelijke woorden.'

Het blijft even stil. 'Bettina was mijn leven,' zegt ze dan opeens. 'Ik heb haar altijd in de eerste plaats proberen te leren dat ze waardevol was, dat ze er iets toe deed in deze wereld. Ik dacht dat eigenwaarde alles was wat ze nodig had om voor zichzelf op te komen, om niet met zich te laten sollen. Dat deze prachtige, levenslustige vrouw, mijn meisje, slachtoffer is van huiselijk geweld, en dat misschien al jaren voor haar dood was, breekt mijn hart in duizend stukjes.'

Iets als boosheid welt op in mijn borst. Met mijn hoofd gebogen kijk ik steels naar Kathy. Ze maakt een hartstochtelijke, vastberaden indruk: ze heeft een missie. Nu pas zie ik dat ze een button op haar witzijden revers heeft, een button met een foto van Bettina erop.

'Per jaar,' zegt ze, 'worden twee tot vier miljoen vrouwen door hun partner mishandeld. Onderzoek wijst uit dat de helft van alle vermoorde vrouwen vermoord is door hun man of vriend.'

Ik buig me naar Lisettes oor. 'Ze heeft haar cijfers wel op een rijtje.'

Ik was even vergeten dat ze vriendinnen waren, maar Lisette is niet beledigd. 'Ze doet veel voor het goede doel,' fluistert ze terug. 'Ze heeft een kat met maar één oog.'

'De laatste keer dat ik mijn lieve meisje zag,' zegt Kathy, 'was ongeveer een uur voordat ze stierf. Het was een roerige avond, die laatste avond van haar leven. Eerder had ze me gebeld, opgewondener dan ik haar ooit meegemaakt had. Ze was in gezelschap van de man die haar later zou vermoorden, wiens naam ik niet zal noemen, om de laatste rustplaats van mijn dochter niet te bezoedelen. Maar ze was bij die man, een man die ik bij mij thuis verwelkomd had, een man die ik op dat moment nog niet tot geweld en wreedheid in staat achtte, en hij had haar zojuist een aanzoek gedaan. Ze belde om te zeggen dat ze gingen trouwen.'

De gasten beginnen een beetje te schuiven. Dit detail heeft de politie niet bekendgemaakt. Niemand is zo bot om te gaan zitten smiespelen, maar ze gaan allemaal wel wat rechter zitten.

'Nog geen uur later,' zegt Kathy, 'belde ze me in tranen te-rug. Ze had deze man, die ze liefhad en vertrouwde, op een leugen betrapt. Een zo monumentale leugen dat ze zich niet meer kon voorstellen dat ze de rest van haar leven met hem zou delen. Had ik haar toen maar gezegd dat ze meteen moest vertrekken en verder bij hem uit de buurt moest blijven. Had ik haar toen maar gezegd dat ze naar mij toe moest komen...' Haar stem breekt.

Een korte stilte, een onderdrukte snik. Kathy schraapt haar keel. 'Maar ik begreep nog steeds niet waartoe deze man in staat was, en Bettina wilde er voorgoed een punt achter zetten. Ze vroeg me te komen helpen met inpakken.'

Ik vouw mijn handen in mijn schoot, knijp ze zo hard dicht dat mijn knokkels roze worden. Ik ben woedend, maar ik weet niet of ik daar wel het recht toe heb. Als het mijn dochter was, en niet mijn zoon... Ik weet het niet.

'En dus ging ik naar haar toe, en ik deed wat moeders doen. Ik steunde haar en nam haar in mijn armen en liet haar praten en huilen. Toen ze gekalmeerd was, zei ze dat ze naar bed wilde en de volgende ochtend wel verder zou gaan met pakken. Het zat me niet lekker dat ze daar nog een nacht bleef, al had ik niet kunnen zeggen waarom. Maar ik wist dat mijn dochter een volwassen vrouw was en dat het niet mijn rol was om haar de wet voor te schrijven. Ik gaf haar dus nog een knuffel en zei dat ze me altijd kon bellen. Dat waren mijn laatste momenten met haar. Ik weet nog dat ik het haar uit haar gezicht streek, net als toen ze klein was. "Slaap lekker, liefverd," zei ik. "Morgen ziet alles er weer anders uit." En ze glimlachte en zei: "Ik hou van je, mam." En toen liep ik de trap af en dat huis uit, iets wat ik mezelf nooit zal kunnen vergeven.'

Ze heeft niets gezegd over Milo die dronken thuiskwam. Ze heeft niets gezegd over geschreeuw terwijl zij in de deuropening stond en over kapotgesmeten bloempotten.

'Ik ben deze week door een hel gegaan,' zegt ze. 'En dat is nog niets vergeleken bij de pijn en angst die Bettina die laatste momenten moet hebben gevoeld. Ze is een wrede, zinloze dood gestorven. Maar ik heb bedacht dat ik deze tragedie misschien kan aanwenden om ervoor te zorgen dat deze marteling een andere moeder en een andere dochter bespaard blijft. Ik heb een juridische strijd voor de boeg – mijn eerste prioriteit is erop toe te zien dat deze man voor de rest van zijn leven achter de tralies belandt –, maar als die voorbij is, richt ik een stichting op die jonge vrouwen uit een misbruiksituatie helpt ontsnappen voor het te laat is. En de naam die ik eraan zal geven is Bettina's Huis.'

Ik ben bang dat mensen zullen gaan klappen, en dat doen ze ook. Ik wil hier weg, en ik wil weg zonder gezien te worden. Ik zie geen andere mogelijkheid dan te wachten tot ze uitgepraat is.

'Voor wie aan deze belangrijke zaak wil bijdragen, staat er bij de deur een doos. Er liggen ook flyers over de website die ik heb opgericht, en alstublieft mensen, pak allemaal een button. Dit zijn we Bettina schuldig.'

Meer applaus, en eindelijk zegt Kathy: 'Blijft u alstublieft nog om iets te eten. Na een korte pauze komen we weer bij elkaar, en dan hoop ik dat er mensen naar voren willen komen om hun herinneringen aan Bettina met ons allemaal te delen.'

Ze stapt van het spreekgestoelte af, en we mogen gaan.

Ik fluister tegen Lisette: 'Ik vertrek voor iemand me in het oog krijgt.'

We omhelzen elkaar kort, en over Lisettes schouder heen hou ik Kathy in de gaten. Zo te zien vormt ze in haar eentje een condoleancerij, ik heb dus wel even de tijd om ongezien weg te komen.

Via de galerij loop ik naar de deur. Opeens gaat er geschreeuw op in de menigte buiten, en ik schiet een alkoof in en doe alsof ik een nis bekijk met daarin een porseleinen theekopje en een foto van een golden retriever. Als er iets aan de hand is, wil ik er liever buiten blijven.

Ik hoor de man met de checklist praten tegen iemand die buiten staat. 'Het spijt me, meneer,' zegt hij, 'maar ik mag u niet binnenlaten. Ik heb duidelijke aanwijzingen gekregen.'

Een man geeft antwoord, maar ik kan niet verstaan wat hij zegt.

'Zoals ik al zei, mijn aanwijzingen waren duidelijk, en als ik de bewaking erbij moet roepen, dan zal ik dat zeker doen.'

Weer een antwoord dat ik niet versta.

'Dank u voor uw begrip,' zegt Checklist, een beetje zachter. 'Als het aan mij lag, liet ik u binnen. Ik ben een enorme fan.'

Ik wacht nog even, verlaat dan mijn schuilplaats en loop naar de deur, achteloos als de eerste de beste genode gast. Onderweg naar buiten glimlach ik naar Checklist.

Buiten is de rust nog niet helemaal weergekeerd. Mensen maken foto's en schreeuwen vragen. Ieders aandacht is gericht op een dure zwarte auto die vlak buiten het hek staat. Ik zie een donker pak, het achterhoofd van een man die het achterportier openmaakt. En dan, vlak voor hij instapt, kijkt hij op en laat zijn blik over de menigte gaan. Het is Roland Nysmith.

'Roland!' roep ik, maar er staan dertig mensen hetzelfde te gillen, en hij hoort me niet. Het portier gaat dicht, de auto begint te rijden, en ik ren erachteraan alsof het 1964 is en ik een tiener ben die zo graag een van de heilige Beatles wil aanraken.

De auto maakt vaart, en ik kan hem natuurlijk onmogelijk bijhouden. De chauffeur slaat af, en weg zijn ze. Hijgend en wankelend kom ik tot stilstand, waarbij ik bijna door mijn enkel ga. Terwijl ik wegloop, draai ik me nog een keer om, benieuwd of ik inderdaad te zien zal krijgen wat ik denk dat ik te zien zal krijgen: een grote groep mensen die staart naar de vertoning die ik geworden ben, een vrouw op leeftijd die achter de auto van een rockster aan rent.

'Wat ik in de vakantie gedaan heb: mijn zusje en mijn vader vermoord.'

Uit een opstel van Milo Frost, september 1992

HOOFDSTUK NEGEN

Mitch en ik leerden elkaar kennen op de universiteit en trouwden kort na ons afstuderen. Toen hij stierf, waren we veertien jaar bij elkaar. Ons huwelijk was... ons huwelijk was een hele hoop. Zijn er echt mensen die kunnen zeggen *Mijn huwelijk was...* of *Mijn man was...* en dan denken dat ze echt iets gezegd hebben? Complexiteit, daar draait het allemaal om. Het simpelste wat je over wie dan ook, of over welke relatie dan ook kunt zeggen is dat het verre van simpel is. (Je zou me moeten zien als ik word opgeroepen voor jurydienst en de rechter me vraagt of er redenen zijn waarom ik de zaak niet objectief zou kunnen bekijken. Dat klinkt me als een raadsel in de oren; ik heb echt geen idee wat ik moet zeggen. Ben ik ooit objectief geweest, over wat dan ook? Is objectiviteit wel mogelijk binnen de beperkingen van de menselijke natuur? Als ik zo een paar minuten bezig ben geweest, mag ik meestal weer gaan.)

Mitch en ik waren dus... gelukkig, zeker, maar geluk is niet waar mensen het voor aanzien. Er bestaat geen synoniem voor 'geluk' dat het geheel van een leven van twee mensen samen ook maar bij benadering omschrijft. Genot? Vreugde? Extase? Niet buiten liefdesromannetjes en de verwachtingen van meisjes van twaalf. Tevredenheid komt het dichtst in de buurt, maar dat is dan weer te zwak uitgedrukt. Zeg dat je huwelijk bevredigend was, en het klinkt alsof je het het graf in prijst.

Zo zou ik het dus beschrijven: ons huwelijk was liefdevol en vermoeiend, hartstochtelijk en saai. Na zoveel jaren samen verandert de aard van de liefde. Niet dat ze verflauwt of minder wordt, ze volgt alleen niet meer hetzelfde duidelijke pad als in het begin. De aderen slibben een beetje dicht, om het zo maar te zeggen; elk verwijt, elke teleurstelling laat zijn sporen na, de nauwe doorgangen raken verstopt met bezinksel, waardoor het bloed er minder makkelijk door kan. Het hart, niet bedoeld om lief te hebben of warm te worden of te breken, maar alleen om die onmisbare vloeistof van de ene plek naar de andere te vervoeren, moet harder zijn best doen. Het wordt groter, niet omdat zijn capaciteit toeneemt, maar omdat dat nu eenmaal gebeurt met een spier die hard moet werken.

En dus concentreer je je op de kleinigheden van alledag en verlies je het zicht op het grotere geheel, en langzaam maar zeker wordt het wonderlijke gewoon. Je stapt in een vliegtuig zonder erbij na te denken dat zo'n machine onmogelijk de lucht in zou moeten kunnen gaan; je leeft met iemand samen, peurt er meer goede dan slechte dagen uit, en beseft nooit hoe bijzonder het is dat jullie samen zoveel geluk hebben. Een ander perspectief, meer is er niet nodig om je veronderstellingen op z'n kop te zetten: een wolk die je van bovenaf ziet en niet van onderaf; een man die overlijdt, terwijl je dacht dat je tijd genoeg had.

Als ik zou zeggen dat ik eenzaam was sinds Mitch er niet meer is, zou ik niet helemaal de waarheid spreken. Ik leef in mijn hoofd, en ik ben altijd mijn eigen prettigste gezelschap geweest. Maar volledig gekend te worden? Volkomen begrepen en geaccepteerd te worden? Dat is voor mij al achttien jaar geleden.

Zwikkend verlaat ik het columbarium – mijn hakken zijn niet overdreven hoog, maar ze zijn niet bedoeld om op te rennen –, zo waardig als maar kan na mijn kennelijke aanval van puberale hysterie. Je zou kunnen zeggen dat ik me afgemat voel, je zou kunnen zeggen dat ik me zielig voel; hoe dan ook, de schijnbaar eindeloze reeks klappen die ik deze week te incasseren krijg begint zijn tol te eisen, en even denk ik echt dat ik in huilen zal uitbarsten. Maar ik verzamel al mijn... niet moed, eerder mijn leegte, mijn neutraliteit, en zet geconcentreerd de ene voet voor de andere, tot ik enige afstand gecreëerd heb tussen mij en die ruimte vol goedgeklede mensen, die er zo makkelijk van te overtuigen zijn dat mijn zoon een bruut is.

Ik heb geen flauw idee wat me nu te doen staat. Zo voel ik me ook wel eens op tournee, als ik een dag of minder in een onbekende stad ben: het biedt mogelijkheden van onzekere aard. Er is vrije tijd, maar niet genoeg om veel te gaan zien, en bovendien ben ik hier niet voor mijn plezier. Mijn uitvalsbasis is een hotel, en om me op mijn kamer terug te trekken en midden op de dag op bed een film te gaan liggen kijken, lijkt me, hoe graag ik het ook zou willen, van het soort pathos dat ik misschien in een boek zou stoppen als ik een personage als bijzonder onavontuurlijk zou willen neerzetten. Maar wat moet ik dan? Fisherman's Wharf bezichtigen?

Ik haal mijn telefoon uit mijn tas en kijk of ik nog berichten heb. Het antwoord is nee. En dan doe ik iets wat een enorme vastberadenheid vergt: ik zet hem uit.

Meteen voel ik me beter, opgelucht zoals een bloedend dier zich misschien voelt als het een beschut hoekje vindt om in weg te kruipen. Ik loop doelloos rond tot mijn voeten zeer beginnen te doen, en onderweg denk ik aan niets behalve de vraag *Waar wil ik zijn?* Helemaal nergens, luidt het antwoord.

Op een hoek blijf ik staan om een taxi aan te houden, wat hier lastiger is dan in andere grote steden die ik ken. Ik vraag de chauffeur me naar een bioscoop te brengen. Een grote, zeg ik. Een met veel zalen. Voor de kinderen geboren werden deden Mitch en ik dit wel eens: naar de bioscoop gaan en kaartjes voor de eerstvolgende voorstelling kopen, wat voor film het ook was. De meeste films die we zo zagen vergaten we snel weer, sommige waren puur slecht. Het was een manier om een middag door te komen, om de lome, niet onplezierige verveling te verdrijven die we tot aan de geboorte van ons eerste kind volkomen vanzelfsprekend vonden en daarna nooit meer ervoeren.

Maar sinds ik alleen ben, en vooral sinds Milo het huis uit is, heeft het een andere betekenis voor me gekregen. Het is een manier om het toeval in mijn leven te laten, de controle uit handen te geven en te zien wat het universum me wil tonen. Newage-achtig van me, ik weet het, en een tikje pompeus, aangezien het universum vaak alleen een romantische komedie te bieden heeft, over een kleurloos stel dat elkaar leert kennen als zijn vuilnisbakje haar rashond drachtig maakt. Maar ik geloof dat het toeval verbanden kan blootleggen die anders verborgen zouden blijven, en wat mij betreft is dat net zo'n goede manier om inzicht in de toekomst te krijgen als welke andere methode ook. Bestudeer op een willekeurige dag de vlucht van vogels; zet een boek op zijn rug en kijk op welke bladzijde het openvalt. Of loop zonder verwachtingen een donkere zaal in en kijk welke beelden er tot leven komen.

De chauffeur zet me af voor een barok gebouw aan Van Ness Avenue. Door een hoog, gewelfd portaal van brons en glas, dat rust op vier terracotta zuilen, kom ik in een spelonkachtige foyer. Veertien zalen. Zo zie ik het graag. Ik loop naar de kassa – het is even na vieren 's middags en er staat geen rij – en kijk expres niet naar het elektronische programmabord boven mijn hoofd.

Ik wil de jongeman achter het loket vragen om een kaartje voor de eerstvolgende film en bereid me al voor op de blik die hij me zeker zal toewerpen; sceptisch en de wereld moe, zoals alleen een twintigjarige dat kan zijn. Maar dan bedenk ik me. Opeens laat ik het toch liever niet aan het universum over.

'Dag,' zeg ik. 'Kun je me zeggen of *Het stervend brein* toevallig ook draait?'

Ik voel een absurd verlangen om verder uit te wijden: *Het stervend brein*, gebaseerd op de roman van Sara Ferdinand, mijn oude studievriendin en collega. Sara Ferdinand, winnaar van de prestigieuze Jeanne Kern-prijs voor fictie. Mijn tegenstandster in een al dertig jaar durende competitie, waarvan misschien ik alleen me bewust ben.

De jongen achter de kassa kijkt nadrukkelijk naar het programma aan de muur, dat aangeeft dat de film in maar liefst twee zalen draait. Dat is mooi voor Sara Ferdinand.

'Volgende voorstelling?' vraagt hij, en ik knik. Hij drukt op een knopje op het paneel voor hem, en een kaartje floept opgewekt uit de gleuf.

Ik schuif mijn geld onder het glas door en pak het kaartje. 'Wanneer begint hij?' vraag ik.

Meer overdreven blikken, deze keer op de informatie op het kaartje en de klok achter hem. 'Over een kwartier,' zegt hij. 'Zaal negen.'

'Dankjewel,' zeg ik met een lief lachje. 'Heel behulpzaam van je.'

Ik loop door de foyer, en nu ik geen geheimen meer voor mezelf heb, blijf ik staan om naar de posters te kijken. Op die van *Het stervend brein* staat dezelfde foto als op het omslag van de paperback die ik op het vliegveld gekocht heb: twee vrouwen en profil (bekende Hollywoodsterren van in de dertig, precies op dat verwarrende omslagpunt waarna inhoud belangrijker wordt dan schoonheid), met de ruggen tegen elkaar, voor een achtergrond van golvende lijnen die naar ik aanneem hersengolven moeten voorstellen, al zouden het net zo goed lijnen in een grafiek kunnen zijn van, pak hem beet, de papierverkoop in het oosten van de Verenigde Staten.

Ik verzet me tegen de impuls om voor de film begint nog een keer mijn telefoon aan te zetten en mijn berichten te checken, nog een keer een poging te doen om Joe of Chloe te spreken te krijgen. Ik ben voor niemand bereikbaar – een duizelingwekkende toestand in deze tijd. Maar is dat niet juist waarom ik hier ben?

Ik koop een doosje Junior Mints, neem de roltrap naar boven en kies een stoel in de vrijwel lege zaal. Ik wacht tot de film begint en denk ondertussen aan Sara Ferdinand.

Sara en ik leerden elkaar kennen in het tweede jaar, bij een werkgroep schrijven. We beschouwden onszelf allebei al als Schrijver-met-een-grote-S, op een manier waar ik me nu voor schaam, maar het was ook vanaf het begin duidelijk dat wij van alle studenten in die groep het meeste talent hadden. We waren uiteraard niet zo goed als we zelf dachten, en ook niet zo goed als we later zouden worden, maar het zou huichelachtig zijn als ik beweerde dat er niet iets was, een vonk, een stromen van bloed waarmee ons werk zich onderscheidde van de platte seksscènes en tobberige analyses van gefnuikte liefdes van onze medestudenten.

Om die reden voelden we ons tot elkaar aangetrokken. Maar in mijn achterhoofd – en ook in dat van haar, neem ik aan – bleef altijd de vraag: wie van ons had het meest grip op dit schitterende, onzegbare iets? Wie van ons kon er het meeste uithalen? Ruim dertig jaar later weet ik het antwoord nog steeds niet.

Zoals ik al zei, ik heb *Het stervend brein* niet gelezen – vijf of zes romans geleden ben ik opgehouden Sara's boeken te kopen, al spel ik nog steeds de recensies die ze krijgt – dus ik weet niet veel van de plot, maar ik weet wel dat het iets met de academische wereld te maken heeft; ik geloof dat het over een vrouwelijke professor gaat. Sara heeft het grootste deel van haar carrière met tussenpozen lesgegeven, en haar romans spelen vaak op een campus.

Een van de leukste dingen van vriendschappen met romanschrijvers is dat je in hun werk op zoek kunt gaan naar psychologische verrassingen: onuitgesproken verlangens, onvoordelige preoccupaties, neuroses voortgekomen uit een verleden dat jij uit de eerste hand kent. Ja, ik weet het: boter in koekdeeg, dat heb ik zelf gezegd. Maar dat wil niet zeggen dat leven en werk niet sterk met elkaar vervlochten zijn. We zijn wie we zijn. We hebben maar één stel hersens om uit te putten, één leven om van te leren. We zijn de keizer uit het sprookje, wij schrijvers: we zijn naakt, maar we laten je geloven dat we gekleed gaan in de mooiste zijde.

Niet zo lang geleden ontmoette ik op een feestje een vrouw die, begreep ik, bekend was met mijn werk. Ik vroeg haar uitdrukkelijk niet om haar mening – door schade en schande heb ik geleerd dat ik de mening van een lezer niet altijd wil horen –, maar naarmate ons gesprek vorderde, werd ze openhartiger. 'Je schrijft prachtige boeken,' zei ze. 'Maar er gaan zoveel kinderen in dood.'

Ehm... ja. Ik besteed weliswaar meer aandacht aan de bomen dan aan het bos, maar ik ben niet zo suf dat ik dat niet had opgemerkt. Maar hoe simplistisch en voor de hand liggend haar opmerking ook was, ik stond met mijn mond vol tanden. Ik vrees dat ik niet erg beleefd reageerde, al hadden haar woorden me eigenlijk niet eens kwaad gemaakt. Op de een of andere manier schaamde ik me ervoor dat ik zo'n doorzichtige obsessie in mijn boeken verwerkt had, een obsessie die er onmogelijk weer uit te krijgen was. Ze keek me afwachtend aan. Ze dacht echt dat ze een vraag gesteld had waarop ik makkelijk antwoord kon geven. Ik glimlachte flauw en zei iets nietszeggends terug. En toen liep ik weg, naakt in een kamer vol mensen.

Het licht gaat uit en de voorfilmpjes beginnen. Ik heb me vaak voorgesteld hoe het zou zijn om in een bioscoop te zitten en de trailer van een op een van mijn boeken gebaseerde film te zien; om de een of andere reden lijkt dat me nog spannender dan om de film zelf te zien. *Dit najaar bij u in de bioscoop, naar de bestseller van Octavia Frost...* Welk boek zou het zijn? Op *Carpathia* is een optie genomen, dat doet nu kennelijk 'de ronde' in Hollywood, al schijnt dat nog weinig te betekenen. Ik vermoed dat men in het algemeen vindt dat er al genoeg films over de Titanic gemaakt zijn. Een tijdje zag het ernaar uit dat *De mens vanbinnen* het zou gaan maken, maar ergens lijkt er een kink in de kabel gekomen te zijn, en misschien is dat maar goed ook. Wil ik mijn subtiele en complexe roman, het verhaal waar ik bijna drie jaar mee geleefd heb, echt teruggebracht zien tot *Een vrouw die zou willen dat ze het nog wist, een man die blij is dat hij het vergeten is...*?

Een geheugensteuntje dat we onze telefoons uit moeten zetten (waar ik met een belachelijk zelfvoldaan gevoel niet op reageer), een reeks logo's van filmmaatschappijen, en dan begint de titelrol te lopen. Op het scherm... ja hoor, daar loopt een vrouw over een universiteitscampus. Lekker origineel, Sara, echt weer eens iets nieuws.

Opeens word ik zenuwachtig, en ik besef dat dit komt doordat ik op Sara's naam zit te wachten. De scriptschrijver wordt als eerste genoemd, zie ik. En dan, drie seconden lang in beeld: SARA FERDINAND, groot, groot, groot. Ik zuig het chocoladelaagje van een snoepje.

Het duurt even voor de film op gang komt, maar het verhaal komt hierop neer: onze heldin, een vrouw die Frances heet, is hersenonderzoeker. Ze geeft college en doet onderzoek dat te maken heeft met de pijnreceptoren van muizen. Ze is pas gescheiden en staat op het punt een sabbatical te nemen, waarin ze een boek wil schrijven over fantoompijn, het verschijnsel waarbij iemand bijvoorbeeld pijn heeft in een geamputeerde arm. Niets ongewoons aan dus.

Terwijl Frances weg is, neemt een gasthoogleraar haar plaats in. (Ook een vrouwelijke hersenonderzoeker – hoeveel zouden er daarvan zijn?) Deze andere vrouw, Cleo, is Britse, een alleenstaande moeder met een zoontje genaamd Felix. Haar onderzoek is echter een stuk controversiëler dan dat van Frances, en ook het nut ervan is minder duidelijk: ze onderzoekt wat er tijdens een bijna-doodervaring met de hersenen gebeurt. Goed of slecht, Cleo wordt vanaf het begin neergezet als vrijgevochtener dan Frances; in een van de eerste scènes zien we Frances bruine rijst en groenten koken, afgewisseld met shots van Cleo die haar zoon wafels en ijs voorzet omdat ze allebei een 'rotdag' hebben gehad. De twee vrouwen corresponderen, en ze besluiten dat het een goed idee is om voor het semester ook van huis te ruilen.

De titel van de film is trouwens ontleend aan Cleo's onderzoek. Sommige fenomenen die in verband worden gebracht met bijna-doodervaringen zijn universeel: mensen uit verschillende tijden en culturen en religies verklaren dat ze een tunnel en fel licht hebben gezien, dat ze het gevoel hadden te zweven en van bovenaf naar hun eigen lichaam te kijken, enzovoort. Wie erin gelooft vat deze gemeenschappelijke ervaringen op als bewijs van een leven na de dood. Wetenschappers en sceptici, aan de andere kant, suggereren dat deze effecten niets anders zijn dan hallucinaties, veroorzaakt door neuronen die op het moment dat de dood intreedt en de hersenen stil komen te liggen verkeerde signalen doorgeven. De logisch denkende Frances is een aanhanger van de theorie van het stervende brein, de grillige Cleo zou graag aantonen dat die niet klopt.

Oké, prima. Sara heeft haar metaforen netjes verpakt en keurig op een rijtje: wetenschap en geloof, de tastbaarheid van pijn en de onzekerheid van een hemel. De symboliek is een beetje gewild naar mijn smaak, maar tot nu toe kan ik haar volgen. Het verhaal alvast verder schrijvend in mijn hoofd, verwacht ik dat de huizenruil de vrouwen meer zal veranderen dan ze zelf gedacht hadden. Binnen de duidelijke kaders van Frances' leven leert Cleo een verantwoordelijker moeder te zijn; in Cleo's rommelige, zonderlinge huisje laat Frances haar remmingen varen en heeft ze een onstuimige en licht destructieve verhouding met Cleo's tobberige ex. En passant vaart het onderzoek van Frances wel bij een meer creatieve aanpak, en komt Cleo erachter dat de theorie van het stervende brein en een leven na de dood elkaar niet per se uitsluiten. Als het zo gaat, zal ik als filmkijker de bioscoop redelijk tevreden verlaten; als oude-vriendin-schuine-streep-rivale van Sara lach ik in mijn vuistje om de voorspelbaarheid van het geheel.

Maar zo gaat het helemaal niet. Na ongeveer een uur neemt het verhaal een onplezierige wending. Als Frances op een regenachtige dag door haar geleende huis loopt stuit ze op Cleo's dagboeken. Na een onnodige en nogal lang uitgesponnen 'doet ze het of doet ze het niet'-scène, waarin Frances naar de stapel boeken staart en een hele fles wijn leegdrinkt, begint ze er uiteindelijk een te lezen. En dan komt ze iets verontrustends over Cleo te weten. Ze komt erachter dat Cleo overwogen heeft een bijna-doodervaring bij haar zoon 'op te wekken'.

Het is waarschijnlijk wel duidelijk dat Sara een zekere kregeligheid bij mij oproept. In de loop der jaren heeft onze vriendschap nogal wat ups en downs gekend. Toen we nog studeerden, vertelde ik haar een keer over een vernederend voorval tijdens de gymles op de middelbare school. Ze hoorde me matig geïnteresseerd aan. In haar volgende verhaal vertelde ze de scène bijna woordelijk na, en ik zat er geschokt zwijgend bij toen de docent en de andere studenten haar fantasierijke plot prezen. Toch waren we een tijdlang dik met elkaar; ze was op mijn huwelijk en stuurde cadeautjes na de geboorte van mijn kinderen. Haar eerste boek verscheen ruim voor het mijne – dat van haar in 1985, dat van mij bijna tien jaar later –, maar we waren goede schrijversvriendinnen die elkaar manuscripten opstuurden en elkaars opmerkingen serieus namen. Ik kende niet veel andere schrijvers, en ik waardeerde haar inzichten en het gevoel van verbondenheid dat ontstaan was door onze gedeelde ervaringen.

Toen overleden Mitch en Rosemary, en Sara was een van de eersten die ik belde. Ze reageerde aanvankelijk net als ieder ander – geschokt, verdrietig, zorgzaam. En toen zei ze iets wat mij volledig van mijn stuk bracht.

'Dit klinkt vast vreselijk,' zei ze, en heel even nog had ik zoveel vertrouwen in haar dat ik ervan uitging dat niets wat zij op dit moment in oprechtheid tegen mij zou zeggen vreselijk kon zijn. Ze vervolgde: 'Maar op de een of andere vreemde manier ben ik bijna jaloers op je.' Ik weet nog dat ze opgelaten lachte. Het klonk hol. 'Jij hebt nu tenminste materiaal,' zei ze. 'Ik zit nog op mijn drama te wachten.'

De verbanden zijn niet zo duidelijk. Het is niet dat zij Frances is en ik Cleo ben; zo simpel ligt het nooit. En Sara heeft nooit ook maar gesuggereerd dat ik op wat voor manier dan ook verantwoordelijk was voor wat er die dag gebeurde. Maar deze plotwending – een moeder die haar kind willens en wetens in gevaar brengt ten behoeve van haar werk – herinnert me aan die opmerking van al die jaren geleden, en opeens weet ik zeker dat ze aan mij dacht toen ze dit schreef. En ik word er misselijk van.

Ik denk erover om op te staan en weg te gaan, maar de afloop is altijd belangrijk voor me, en ik ben benieuwd hoe ze hier een einde aan breit. Er volgt nog een ingewikkelde toestand over de plotselinge dood van Frances' moeder, die op het laatst nog iets zegt over een schitterend, fel licht, en ik krijg gelijk met die verhouding tussen Frances en Cleo's ex. Maar uiteindelijk ontdekt Frances dat Felix echt in gevaar is, en ze haast zich naar huis om hem te redden. Cleo gaat de gevangenis in wegens poging tot moord, en in een scène die nogal wat goedgelovigheid van de kant van de kijker vraagt, wordt de voogdij over Felix aan Frances toegewezen. Als klap op de vuurpijl ontdekt onderzoekster Frances een nieuwe manier om het lijden van de mens te verlichten, waarvoor ze een fictieve onderscheiding krijgt die, dat is althans de suggestie, nét geen Nobelprijs is. En ik kan alleen maar aannemen dat deze universiteit nooit ofte nimmer meer onderzoek zal steunen dat op wat voor manier dan ook met het hiernamaals te maken heeft.

Tijdens de aftiteling blijf ik zitten, tot het licht aangaat en iemand de popcorn komt opvegen. Ik moet denken aan een bloemrijk commentaar dat ik jaren geleden hoorde toen ik een schrijfcursus gaf. 'Jeffs verhalen,' zei een jonge vrouw, 'geven me altijd het gevoel dat ik in een plas kots ben gestapt.' (Ik snap eigenlijk niet waarom ze geen betere schrijfster was, met zo'n geest.) Ik heb die zin al heel lang eens een keer zelf willen gebruiken, en nu krijg ik dan eindelijk de kans, al is het alleen in gedachten.

Ik loop de zaal uit en neem de roltrap naar beneden. Eindelijk zet ik mijn telefoon weer aan, en ik zie dat ik een voicemailbericht heb. Vol verwachting luister ik het af. Het is mijn agent, meestal degene naar wier berichten ik het meest uitkijk.

'Hoi, Octavia,' zegt ze. 'Met Anna. Ik hoop dat het een beetje goed met je gaat met al die... God, wat een afschuwelijke toestand. Ik wilde je even laten weten dat Lisa van Farraday contact met me heeft opgenomen over *Het fantoomalbum*. Wat wel opmerkelijk is, aangezien je het nog maar net aan haar hebt opgestuurd. Bel me even als je dit hoort. Het is niet echt waar we op gehoopt hadden, maar ik denk dat we er wel uitkomen.'

Haar vaagheid geeft me een onbehaaglijk gevoel. Ik weet niet of het de gewone nervositeit is – mijn ideeën over mijn eigen werk zijn verre van onwankelbaar; het ene moment barst ik van het zelfvertrouwen, het andere lijd ik aan een verlammende onzekerheid – of opkomende twijfel aan het project zelf, maar ik ben bang voor Lisa's reactie op het manuscript. Toen ik het idee voor *Het fantoomalbum* aan haar voorlegde, was haar vraag *Waarom?* Je zou denken dat ik daar wel een antwoord op had, maar de redenen die in me opkwamen – *omdat het kan; omdat zolang ik nog leef niets in steen gebeiteld staat* – leken onbeduidend, te weinig steekhoudend om het risico en de kosten die bij de uitgave van een boek komen kijken te rechtvaardigen.

Ik zal niet beweren dat er bij mijn beslissing om op eerdere romans terug te grijpen geen persoonlijke factoren een rol hebben gespeeld. Van deze afstand is het moeilijk de wanhoop terug te halen van de Octavia die aan dit project begon, van de vrouw die bang was dat ze haar zoon nooit meer zou zien, die er al haar geld om had durven verwedden dat ze nooit op een bank zou zitten met een kleinkind aan haar voeten. Het was bijna drie jaar geleden dat ik Milo voor het laatst gesproken had, bijna drie jaar geleden dat ik zijn bitse briefje kreeg, waarin stond dat hij *Voorbij de horizon* gelezen had en het op prijs zou stellen als ik geen contact meer met hem opnam.

Mijn gedachten over *Het fantoomalbum* in relatie tot Milo waren ingewikkelder dan 'Schrijven heeft dit probleem veroorzaakt, misschien kan schrijven het ook oplossen', maar daar kwam het wel ongeveer op neer. Rocksterren zijn er handig in om zichzelf onbereikbaar te maken voor het grote publiek, en van die groep was ik deel geworden. Brieven en e-mails werden genegeerd, pakjes werden ongeopend teruggestuurd, telefoontjes liepen stuk op hoge pieptonen en de mededeling dat dit nummer niet langer in gebruik was. Ik raakte door mijn mogelijkheden om contact te leggen heen, en *Het fantoomalbum* leek een maas in het net, een achterdeurtje: de plotwending waarbij de man die een tros ballonnen komt bezorgen je opeens een dagvaarding in handen drukt. Ik had naam gemaakt, daar mocht ik best gebruik van maken. Ik kon hem niet dwingen het boek te lezen, maar als ik het goed aanpakte, kon hij niet voorkomen dat het zijn bewustzijn binnendrong.

Op dat moment realiseerde ik me niet hoe belangrijk de timing zou zijn – dat de dag waarop ik het boek aan iemand anders zou overhandigen de dag zou zijn waarop het te laat was. De situatie waarin ik nu beland ben, deze kluwen van twijfels en beschuldigingen en levens die voorgoed veranderd zijn: dít had ik nu juist willen voorkomen.

Maar een verzoening met mijn zoon was beslist niet het enige wat ik in gedachten had. Ik kan dit niet genoeg benadrukken. Mijn werk is belangrijk voor me, en ik hoop dat het belangrijk is voor mijn lezers. Ik mag dan egocentrisch zijn, ik ben niet zo aanmatigend om te denken dat een publieke schuldbelijdenis een goede basis is voor een literair werk. De dag dat ik aan *Het fantoomalbum* begon te schrijven, was een dag van artistieke openbaring. Het was een dag van verwondering en nederigheid en aannames die op hun kop kwamen te staan.

Je zou kunnen zeggen dat de vraag naar het einde me al even bezighield. Ik had een biopsie ondergaan; mijn huisarts had een knobbel in mijn borst ontdekt, en nu wachtte ik tot hij belde met de uitslag. Het was een ochtend als een blanco bladzijde, en ik kon niets anders doen dan afwachten welke woorden erop zouden verschijnen.

Zonnetje van mij was een paar weken daarvoor verschenen, en sommige zinnen uit de recensies spookten nog door mijn hoofd. Ik heb geloof ik al gezegd dat de recensenten niet bepaald als één man opstonden om mijn prestatie te loven, en een van hen had (een tikkeltje hard) opgemerkt dat het probleem met het boek was dat het de verkeerde periode in het leven van de protagonist behandelde. Hij zei dat de roman hem pas op de een-na-laatste bladzijde had weten te boeien – en hier krijg ik bijna medelijden met de onderdrukte recensent: kun je je voorstellen hoe het is om zo'n hekel aan een boek te hebben en het toch niet weg te mogen leggen? –, als we vooruitkijken naar de laatste uren voor de dood van de anonieme vrouw. Dit personage leeft eenenzeventig jaar, schreef hij, eenenzeventig jaar met de nasleep van haar moeders zelfmoord, waarna ze achterblijft met een vader die haar mishandelt, en dit is het deel van het verhaal dat de schrijfster ons wil vertellen? Doorbrekende tandjes en vieze luiers?

Ik was het niet per se met hem eens. Maar vanaf het slappe koord waar ik die dag op balanceerde zagen de dingen er heel anders uit, en ik wenste opeens dat ik dat kleine meisje een beter leven had gegund dan het leven dat ze uiteindelijk kreeg. Het overviel me zo totaal en zo plotseling als verdriet een mens kan overvallen: ik had een personage geschapen, uit het niets tot leven gewekt en op de wereld gezet, en daarna zorgvuldig en systematisch elk sprankeltje hoop eruit geperst. En ik had het gevoel dat ik een verschrikkelijke vergissing had begaan.

Waarmee ik niet wil zeggen dat alles altijd rozengeur en maneschijn moet zijn. Haar leven was haar leven; tenzij ik helemaal opnieuw begon en iets heel nieuws schreef, bleven er een heleboel omstandigheden waar zij noch ik iets aan kon veranderen. Maar ik wilde de uitzichtloosheid die ik zo onbekommerd voor haar in het leven geroepen had ten minste voor een deel wegnemen. Ik wilde haar een kans geven.

Ik ging naar mijn werkkamer en haalde een exemplaar van het boek uit een van de dozen die de uitgever me gestuurd had. Bij wijze van oefening, om mijn schuldgevoel te verlichten, wilde ik kijken of ik het op de een of andere manier anders had kunnen doen. Ik heb altijd gezegd dat het slot van een roman onvermijdelijk moet lijken. De lezer moet het niet zien aankomen, maar als hij het boek neerlegt, moet hij het gevoel hebben dat het niet op een andere manier had kunnen aflopen.

En toch, bladerend door het verhaal waarvoor ik gekozen had, zag ik de sporen van de honderd andere verhalen die ik verworpen had. Hier had ik een keuze gemaakt, en hier, en hier. Vlinders en tornado's: de kleinste verandering op een van die plekken zou voldoende zijn om het hele boek koers te doen zetten naar een andere afloop.

Ik had me in geen tijden zo geïnspireerd gevoeld door een idee. Het leek me zo krachtig, en revolutionair, en... onvermijdelijk. Het ter discussie stellen van het artistieke proces; verlossing van personage en auteur in één klap. Toen eindelijk de telefoon ging – in plaats van de dokter kreeg ik zijn assistente aan de lijn, wat me al genoeg zei – zat ik op de grond tussen alle boeken die ik geschreven had, op zoek naar manieren om de loop van de geschiedenis te verleggen.

Ik kijk op mijn horloge om te zien of het te laat is om Anna te bellen. Het is iets na negen uur 's avonds aan de oostkust, negen uur op een vrijdagavond. Ik heb haar mobiele nummer, maar dat heb ik nog nooit gebruikt, en ik vind het niet gepast om het nu wel te doen. Meestal beantwoordt ze ook in het weekend haar e-mail, dus ik moet maar hopen dat ik haar op die manier bereik.

Ik loop de bioscoop uit. Het is al donker, en dat maakt me verdrietig: weer een dag voorbij zonder Milo. Een week geleden zou dat niets bijzonders zijn geweest, maar nu voelt het als een verse wond. Probeert hij me te straffen, vraag ik me af, me te laten zweten voor hij me een hand toesteekt? Of heeft hij opnieuw besloten om mij uit zijn leven te bannen?

Ik sta te dubben of ik terug zal gaan naar mijn hotel of iets zal gaan eten in het eethuisje aan de overkant als mijn telefoon zowaar begint te rinkelen. Ik kijk naar het nummer; het is Chloe.

'Hallo,' zeg ik, helaas wat al te gretig.

'Octavia,' zegt ze. 'Met Chloe. Ik vroeg me af... heb je Milo's sms nog gekregen?'

Het moet even tot me doordringen. 'Nee,' zeg ik. 'Ik weet niet eens hoe ik sms'jes moet lezen.'

Chloe lacht. 'Kijk, dat zei ik al tegen hem. Gelukkig voor jou ben ik er ook nog. Ik bedoel, je gaat vast helemaal met je tijd mee en zo, maar sms'en is gewoon een generatiedingetje.'

'Aha,' zeg ik. 'En... wat stond erin? Is alles goed?'

'Ja hoor, prima. Nou ja, niet prima, maar niet slechter dan gisteren. Hij vroeg alleen maar of je zin had om bij Roland te komen eten. We laten iets bezorgen.'

'Dank je,' zeg ik. 'Oké, ik kom eraan. Zeg nog eens wat het adres is?'

Ze noemt het adres, en ik herhaal het. 'Lia zal blij zijn dat je komt,' zegt ze. 'Ze had het net nog over je.'

'O ja?' zeg ik.

'Hmm-mm. Ze vroeg wat oom Milo's mama's lievelingskleur is.'

Ik kijk om me heen: roestbruine achterlichten, rood en groen neon, donkerblauwe lucht. En ik denk aan Lia toen ik haar voor het eerst zag, in haar violette jurk, met haar kastanjebruine ogen. 'Paars,' zeg ik. 'Zeg maar paars.'

'Dat zal ze leuk vinden,' zegt Chloe. 'Dat is ook haar lievelingskleur.'

We hangen op, en terwijl ik op zoek ga naar een taxi denk ik aan time-laps-fotografie, waarmee bijvoorbeeld het leven van een bloem, van uitkomen tot verwelken, zichtbaar kan worden gemaakt, of een onderbroken processie van koplampen een witte streep wordt. Niet-waarneembare beweging waarneembaar gemaakt; de som van onze vooruitgang onthuld. Ik denk aan het spoor van mijn voetstappen op de aarde, mijn levensreis als een ononderbroken lijn, en ik vraag me af wat voor kniebuiging ik moet maken, wat voor gebed ik moet aanheffen om ervoor te zorgen dat die lijn in deze richting verdergaat, steeds maar verder, tot mijn tijd erop zit.

Omslagtekst van
BLOED
door Octavia Frost
(Farraday Books, 1997)

Matilda, een jonge weduwe in het Engeland van de 16de eeuw, verdient voor zichzelf en haar zoon Hugo de kost als lekengenezeres. Met haar kennis op het gebied van aderlaten en bevallingen is ze een onmisbaar lid van haar gemeenschap. Maar nu steeds meer genezeressen en vroedvrouwen van hekserij beschuldigd worden, legt Matilda haar lancet en haar kruiden met tegenzin neer. Tot Hugo ziek wordt.

Een roman over verlossing, de verantwoordelijkheid van een moeder en het levenssap dat door onze aderen vloeit. *Bloed* is een schrijnend en aangrijpend meesterwerk.

Fragment uit
BLOED
door Octavia Frost
OORSPRONKELIJK SLOT

Op de tiende dag van juni in het jaar onzes Heren 1572 werd ik naar de rechtbank gebracht die voor het graafschap Essex zitting hield in Chelmsford, voorgezeten door sir Edward Saunders, eerste rechter van het koninklijke gerechtshof. Toen ik werd opgeroepen verklaarde ik voor alle aanwezigen dat ik onschuldig was, waarop de jury het bewijs van de kroon te horen kreeg, zoals aangevoerd tijdens mijn verhoor voor de vrederechter op de driemaandelijkse zitting in mijn eigen woonplaats Maldon.

De leden van de jury – allemaal beste lui, wil ik aannemen – kregen te horen hoe Sarah Barker met een mand eieren mijn huis binnenkwam en mij op mijn knieën naast Hugo's bed aantrof, met mijn handen onder het bloed. (Doet er niet toe dat hij een halfuur daarvoor koud en melancholisch was geweest, en dat aderlaten de enige manier was om hem van de kwade zwarte gal te bevrijden. Doet er niet toe dat elke geneesheer of barbier hetzelfde zou hebben gedaan.) Ze kregen te horen dat ik aanwezig was geweest bij de geboorte van Sarah Pilly's baby, en dat het meisje blauw en roerloos ter wereld was gekomen, en ook dat ik bij Beatrice Spynk was geweest toen haar zoon geboren werd, een kind dat men als kwijlende dwaas aan een kerkbank vastgebonden heeft, in de hoop dat de heilige woorden van de mis zijn gestoorde ziel vrede zullen schenken. Ze kregen te horen hoe Margery Carter mij onderzocht en tussen mijn schouderbladen het teken van de duivel vond, in de vorm van een halvemaan. (Ik heb het zelf nooit gezien, maar ik weet dat het er zit, want mijn man legde er wel eens een vinger op en zei dan dat een vrouw die de maan op haar rug droeg wel geluk moest brengen.)

Er leek geen einde aan te komen. Ik houd een kikker; ik heb met liefdesmagie een verdorven verliefdheid opgewekt in kapelaan Thomas

Corker; iemand heeft mijn zoon horen zeggen dat 'mama me ook kan zien als ze niet kijkt', waarna er in mijn nek twee sproeten werden ontdekt die eruitzagen als ogen.

Toen het zogenaamde bewijs van mijn wandaden eindelijk gepresenteerd was, trokken de leden van de jury zich terug met een lijst van de gevangenen over wier lot ze moesten beslissen. We waren met zijn zestienen, en de jury had maar een uur nodig om tot een oordeel te komen. Ik hoorde hoe een dominee wegens laster werd veroordeeld tot de schandpaal en hoe een venter moest hangen omdat hij vogeleieren gestolen had. En toen las de rechter mijn naam voor, en een van de juryleden – een magere man die naar ik vermoed lijdt aan een schadelijke overvloed aan slijm – verklaarde mij schuldig. De rechter liet me naar voren komen zodat hij me aan kon kijken terwijl hij het vonnis uitsprak: ophanging wegens hekserij. Morgen over een week word ik ter dood gebracht.

In de gevangenis, waar ik hongerlijd en kou, heb ik veel tijd om na te denken over mijn wandaden en me voor te bereiden op de afrekening. Ik zit samen met andere vrouwen die op hun straf wachten. We slapen op de grond, tussen de ratten en de muizen, en als er eten wordt gebracht vallen we erop aan als wilde beesten. Niemand ziet er een been in om haar nagels te gebruiken of een ander aan haar haren te trekken als ze daarmee een grotere portie kan veroveren. Als de dorpelingen de cipier twee pence betalen om ons uit te mogen jouwen, steken we om de beurt een arm tussen de tralies door in de hoop dat iemand ons een stuk hard brood of een beurs geworden appel aanreikt. Hoe vaak heb ik in de kerk niet een penny gegeven voor de zielen in de kerker, denkend dat ze dan een weinig meer zouden krijgen dan dit?

Omdat ik bekendsta als heks krijg ik enigszins de ruimte. Er zit hier nog een vrouw die wegens hekserij zal worden opgehangen, maar omdat haar enige misdaad daaruit bestond dat ze probeerde te voorspellen hoelang de koningin nog leven zou, wordt ze minder gevreesd dan ik. Ik ben degene die onschuldige baby's van het leven beroofde en de varkens van haar buren ziek maakte. Ik ben degene die met een lancet de arm van haar kind opensneed en zijn bloed met God mag weten welke kwade bedoelingen in een kom liet lopen.

Mijn kind leeft nog, zeg ik dan. Dankzij mijn ingrijpen leeft mijn kind nog, en als ik mijn kruiden en mijn purgeermiddelen, mijn brandijzers en mijn urinefles bij me had, dan kon ik jullie allemaal genezen van jullie zweren en jullie aambeien en jullie bloedingen. Maar geen van het stelletje – dieven en gifmengers en ketters – wil het horen.

Als het donker is echter, en ons aanstaande verscheiden zwaar op ons drukt, komt de een of de ander mij wel eens om hulp vragen. Mary Gadge, die nog geen maand geleden haar man heeft vermoord, wil dat ik de cipier beheks, zodat hij verliefd op haar wordt en haar helpt ontsnappen. Agatha Nanton, een viswijf wier tong binnenkort uitgesneden zal worden, wil dat ik haar leer vliegen. En Susanna Tabart, een al vaker veroordeelde bedelaarster, wil dat ik haar de nek omdraai voor de beul de kans krijgt.

Verder wordt er alleen tegen me gesproken wanneer Eerwaarde John Wolton ons troost en geestelijke bijstand komt verlenen. Ik vind het prettig om tegenover hem te zitten en hem over boetedoening en verlossing te horen praten, maar ik vertel hem niet dat mijn ziel niet hetgeen is waar ik mij zorgen over maak. Ik heb mijn zonden beleden, al zijn dat niet de zonden waar hij het over wil hebben, en ik vertrouw erop dat mijn ziel zal voortleven, zo God het wil. Ik treur om mijn lichaam, de prachtige metgezel die over twee dagen voor altijd zal ophouden te bestaan. Ik treur om mijn gebroken nek en mijn stilgevallen hartenklop, om het bloed dat niet langer door mijn ledematen zal stromen, om de huid die tot stof zal vergaan. Het levenskrachtige stelsel van botten en spieren, zenuwen en lichaamssappen is Gods grootste werk. En hoewel ik klaar ben voor de dood, spijt het me dit te moeten achterlaten.

Gedachten aan Hugo zijn, natuurlijk, de laatste die me bezighouden voor ik in slaap val en de eerste die me wekken als de zon opkomt. Op mijn ellendigste momenten huil ik bij de gedachte dat ik op zo'n droevige manier een wees van hem gemaakt heb. Hoewel mijn zuster hem zal voeden en verzorgen, hoewel zijn neven een slaapplaats voor hem vrij zullen maken op hun strozak, zal hij voor altijd een jongen alleen zijn. Maar ik kan met geen mogelijkheid bedenken hoe het anders had kunnen lopen, en als het de Heer behaagt dat ik sterf opdat mijn zoon in leven blijft, dan kan ik daar niet tegenin gaan. Ik kan niet geloven dat

God mij zal straffen, want ik heb alleen gedaan wat Hij van me vroeg. Dit is wat moeders horen te doen, de belangrijkste taak die Hij ons gegeven heeft: we houden onze kinderen in leven.

Op de ochtend van mijn dood komen de bewakers me vlak na het ontbijt halen. Ze ketenen me en leiden me de gevangenis uit om me naar het dorpsplein te brengen. Hoewel ze me ruw behandelen en hoewel ik weet waar we heen gaan, is het een hele opluchting om dat donkere, stinkende kot te verlaten.

'Je tijd zit er bijna op,' zegt een van de bewakers. 'Je kunt maar beter aan je misdaden denken en God om vergiffenis vragen.'

Ik denk aan de koorts die ik verdreven heb en de baby's die ik veilig ter wereld heb gebracht. Als ik misdaden gepleegd heb, waren het geen misdaden in mijn hart.

Zodra ik de galg zie opdoemen begint mijn bloed te jagen, maar ik raap al mijn moed bij elkaar en recht mijn rug. Er is een grote menigte gekomen om te kijken en, neem ik aan, mijn dood toe te juichen. Maar ik ken al die mensen niet. Mijn familie en buren zijn, om wat voor reden dan ook, weggebleven. Als ik op mijn laatste momenten uitgejouwd en bespuugd moet worden, heb ik denk ik ook liever dat het door vreemden is.

Terwijl ik de trap op klim, denk ik aan Hugo, zijn koppige kin, zijn haar als een hooibaal. Mijn zoon. Ik zal hem nooit meer zien. Maar hij leeft nog. Mijn kind leeft nog.

De mensen zijn rumoerig, maar ik sta hoog boven hen. Al die keren dat ik deel uitmaakte van net zo'n menigte, en op mijn tenen ging staan om te zien hoe de een of andere schurk ten val werd gebracht – nooit heb ik geweten hoe ver weg we waren in de ogen van de arme ziel die zijn straf tegemoet ging. Hun kreten en schimpscheuten zijn niet meer dan het zoemen van vliegen. Ik hoor al niet meer bij hen. Mijn voeten zullen nooit de aarde meer raken.

De beul legt het touw om mijn nek. Het daglicht is fel, zo fel. En in een vlaag van angst fluister ik: 'God, vergeef me', al weet ik niet welke zonde ik eigenlijk opbiecht.

Ik adem diep in, probeer rechtop te blijven staan op het luik. Gekraak, een plotselinge beweging. En ik voel dat ik val.

De mensen zijn rumoerig, maar ik sta hoog boven hen. Al die keren dat ik deel uitmaakte van net zo'n menigte, en op mijn tenen ging staan om te zien hoe de een of andere schurk ten val werd gebracht – nooit heb ik geweten hoe ver weg we waren in de ogen van de arme ziel die zijn straf tegemoet ging. Hun kreten en schimpscheuten zijn niet meer dan het zoemen van vliegen. Ik hoor al niet meer bij hen. Mijn voeten zullen nooit de aarde meer raken.

De beul legt het touw om mijn nek. Het daglicht is fel, zo fel. En in een vlaag van angst fluister ik: 'God, vergeef me', al weet ik niet welke zonde ik eigenlijk opbiecht.

Ik adem diep in, probeer rechtop te blijven staan op het luik. Gekraak, een plotselinge beweging. En een vreemd moment lang zit ik weer in ons huisje in Maldon, op mijn knieën naast Hugo's bed. Ik moet al een hele tijd bezig zijn met aderlaten, en ik ben bang dat de behandeling niet meer werkt. Maar ik blijf doorgaan. Koortsachtig ga ik door; dit is mijn kind, en ik zal het gif uit hem drijven. Ik houd mijn kom op en knijp zachtjes in zijn vlees, totdat Sarah Baker binnenkomt en het arme bleke joch ziet, levenloos in zijn bedje. Ze laat de eieren uit haar handen vallen en slaat een smartelijke kreet. 'Matilda,' zegt ze met angstige stem. 'Wat heb je gedaan?'

Gekraak, een plotselinge beweging. Terwijl ik voel hoe ik val, door de zeef van mijn lichaam sijpel, beleef ik één afschuwelijk moment van pijn en weten. Ik word overmand door mijn verdriet en mijn angst en mijn schuld, en ik vrees dat God mij verlaten heeft, of dat ik Hem verlaten heb.

Maar het duurt slechts even. Want daar is hij, mijn Hugo, een stralende figuur aan de rand van de menigte. Hij wacht op me. Hij steekt zijn handen uit, en ik ga naar hem toe.

HOOFDSTUK TIEN

De taxi stopt voor Rolands huis en ik betaal de chauffeur. Ik stap uit in het ondiepe bad van kunstlicht dat wordt afgegeven door de fotolampen van de volhouders die hier nog steeds bivakkeren, in de hoop een waardevolle opname te kunnen maken.

'Goedenavond,' zeg ik tegen het gezelschap, dat nu vastlegt hoe ik naar het hek loop en de knop van de intercom indruk. Sommigen zeggen goedenavond terug, anderen beginnen vragen te stellen – 'Hoe gaat het met Milo?' 'Heeft hij iets tegen u gezegd over de nacht van de moord?' –, maar ik bespeur een nieuwe lusteloosheid in hun pogingen. Ik blijk toch niet zo heel erg belangrijk te zijn.

Door de intercom komt een stem die ik niet herken – een vrouw, de huishoudster misschien? – en ik zeg wie ik ben en word binnengelaten. Terwijl ik het hek achter me dichtdoe denk ik aan *De tovenaar van Oz*, aan de scène waarin ze de Stad van Smaragd binnenkomen. Nu moet ik kiezen welke bril ik opzet, hoe ik wil kleuren wat ik binnen zal aantreffen.

Ik loop de trap op en bel aan. Even later hoor ik een onverwacht geschuifel, snelle voetstappen, en de deur gaat open, een heel klein stukje maar, niet meer dan een centimeter of vijf. Dan een mannenstem ('Laat mij maar even'), en als de deur verder openzwaait sta ik oog in oog met Joe, die Lia op zijn arm heeft. Hij doet een stap opzij, zowel om mij door te laten als, neem ik aan, om Lia uit het zicht van het gezelschap beneden te houden.

'Hé hallo,' zeg ik tegen Lia als Joe de deur dichtdoet en haar op de grond zet.

'Je bent er,' zegt ze met haar heldere stemmetje, al maakt ze de *r* in het laatste woord net niet helemaal af. Ze neemt me nieuwsgierig op en zet haar handen in haar zij. 'Ik zei toch dat je paars aan moest,' zegt ze.

Ik kijk naar mijn donkere rok en bloes, mijn saaie begrafeniskleren, en glimlach om haar gespeeld strenge toon. 'Sorry,' zeg ik. 'De volgende keer misschien. Jij draagt anders ook geen paars.' Ze heeft een wijd rood tricotjurkje aan.

'Nee,' zegt ze. 'Ik heb mijn warreldwarreljurk aan.' En ze draait om haar as om me te laten zien hoe de rok wijduit gaat staan.

'Ik heb iets voor je,' zeg ik. Ik maak mijn tas open en haal het witte tasje eruit, met daarin wat ik vanochtend in het winkeltje van het hotel gekocht heb. Het stelt niet veel voor, maar het was het enige kindvriendelijke wat ik kon vinden als ik niet mijn toevlucht wilde nemen tot snoep. Ik geef haar het tasje en ze kijkt erin, haalt dan het knuffelbeertje eruit, met het T-shirtje waar SAN FRANCISCO op staat.

'O,' zegt ze blij, 'mijn nieuwe knuffelbeer.' Ze wrijft met het zachte neusje over haar wang. 'Ik heb de hele dag op hem gewacht.'

Ik barst in lachen uit en kijk naar Joe, die glimlachend zijn hoofd schudt, met die liefdevolle berusting die alle ouders kenmerkt: *Vraag me niet waar ze het vandaan haalt.* 'En wat zeg je dan, Lia?' vraagt hij. Maar ze rent al naar de keuken. 'Dankjewel,' roept ze zonder zich om te draaien.

'Hoe gaat het, mevrouw Frost?' vraagt Joe terwijl hij met me naar de keuken loopt.

'Gaat wel,' zeg ik. 'Denk je dat je voortaan misschien Octavia tegen me kunt zeggen?'

'Waarschijnlijk niet,' zegt hij.

In de keuken zitten ze met z'n drieën rond de tafel: Milo, Chloe en Roland. Lia is op Chloe's schoot geklommen. Chloe houdt haar met één hand vast, terwijl ze met de andere Milo's wijnglas volschenkt. Ze eten Indiaas, geurig en kleurrijk, en er staat een extra bord met bestek op het aanrecht, naast een rij piepschuimen bakjes.

Wat een wonder om een ruimte binnen te komen en Milo te zien zitten. Hij maakt een vermoeide en ongelukkige indruk, en ik heb de aanvechting om op hem af te stappen en een kus op zijn warrige haar te drukken, maar ik weet niet of hij dat goedvindt. Chloe en Roland begroeten me met een glimlach, en Roland staat op en gebaart dat ik mezelf maar moet opscheppen. Milo glimlacht ook, en zijn stem voegt zich bij die van de anderen, maar hij blijft naar zijn bord kijken, en ik weet niet of dat iets betekent of niet. Ik voel me een beetje draaierig, onvast, als in een droom. Hier, vlak voor mijn ogen, alles waar ik ooit naar verlangd heb zonder het hardop te durven zeggen: mijn zoon die aan de eettafel op me zit te wachten, een keuken vol mensen die misschien wel vrienden van me worden, een stralend kind dat aanspraak maakt op mijn hart. Maar de film is niet helemaal scherp, alsof hij scheef in de projector zit. Ik weet niet in hoeverre ik kan vertrouwen op wat ik zie.

Ik loop naar het aanrecht met het eten. De keuken is enorm groot, mooi en van alle gemakken voorzien, maar een tikje karakterloos. Ik vermoed dat hij niet speciaal naar Rolands smaak ontworpen is, maar meer in het algemeen naar die van de categorie mensen die rijk genoeg zijn om dit huis te kunnen kopen. Ik pak een bord en schep rijst, kikkererwten en kip in een koraalrode saus op. Ik loop ermee terug naar de tafel en ga op een lege stoel tussen Milo en Roland in zitten.

Ik leg mijn hand heel even op Milo's schouder. 'Hoe gaat het met je?' vraag ik.

Hij haalt zijn schouders op, en eindelijk draait hij zich naar me om. Ik kijk naar zijn donkere ogen, zijn lange wimpers. Vroeger spraken vreemdelingen me aan – in het park, in de supermarkt – om te zeggen dat hij zulke mooie ogen had. 'Gaat wel,' zegt hij. 'Ik ben vandaag niet eens het huis uit geweest.'

'Dat is niet goed. Je zou af en toe naar buiten moeten.' Wat een moederlijke opmerking. Ik heb het gevoel dat ik van een script af lees.

'Te veel gedoe,' zegt hij. Hij zwaait zijn hand van links naar rechts door de lucht, als om aan te geven dat hij iets opleest. '"Nog geen week na de moord op zijn vriendin,"' zegt hij, '"gaat Milo Frost een pakje M&M's kopen."'

Joe lacht grimmig. '"Volgens eerdere berichten waren het Mentos."'

Milo vervolgt: '"Een bron dicht bij de verdachte heeft verklaard dat hij van plan was alleen de blauwe op te eten, om te zien of je daar echt hyperactief van wordt."'

Iedereen zit te lachen, en Milo ziet er eindelijk een beetje minder gespannen uit. Hier zijn ze altijd goed in geweest, dit gemakkelijke pingpongen tussen vrienden, en ik heb me nooit gerealiseerd dat ik het miste. Terwijl ik zo naar hen kijk, herinner ik me hoe het huis altijd tot leven kwam als die twee binnenvielen, het lawaai dat ze maakten als ze hun rugzakken lieten vallen en de kasten plunderden op zoek naar iets te eten, druk pratend over mogelijke interpretaties van opmerkingen die meisjes in de loop van de dag tegen hen gemaakt hadden, en ik krijg een soort heimwee die niets met een plaats te maken heeft.

'Ik moet plassen,' zegt Lia. Ze laat zich van Chloe's schoot glijden en loopt rondjes draaiend naar de deur van de keuken.

'Je weet waar het is,' roept Chloe haar na. 'Roep maar als je hulp nodig hebt.'

'Je begrijpt misschien wel,' zegt Milo, zich weer tot mij wendend, 'dat ik lichtelijk aan het doordraaien ben.'

'Fijn om een beetje gezelschap te hebben,' zegt Roland, 'anders hangen Milo en ik hier maar de hele dag met z'n tweeën rond.'

Chloe stoot een kort lachje uit. 'De fan-fiction schrijft zichzelf zo ongeveer,' zegt ze.

'O jezus,' zegt Roland.

Joe kijkt geamuseerd. '"Ik heb verhalen gehoord over de gevangenis," zegt Roland, terwijl hij door de kamer loopt en een hand op de schouder van de jongeman legt...'

Ze beginnen allemaal te lachen, en Milo kijkt me aan alsof hij niet goed weet of hij het voor me moet vertalen, alsof ik een bejaarde Russische grootmoeder ben die wel wat Engels spreekt maar de subtielere wendingen in het gesprek mist. Ik bespaar hem de moeite, kijk naar mijn bord en neem een hap spinazie.

Ik weet trouwens toch wel waarover ze het hebben. Er staat niet veel over Milo op internet wat ik niet gezien heb, en met enige belangstelling ontdekte ik een tijdje geleden dat er mensen zijn die van mijn zoon een fictief personage maken. Ik lees die verhalen nauwelijks. Meestal gaan ze over seks (vaak met Joe, wat ik vreemd vond, tot ik erachter kwam dat dit een van de eigenaardigheden van het genre is), en zoals elke moeder bescherm ik mezelf tegen beelden die ik niet in mijn hoofd wil hebben. Maar met enig zorgvuldig schiften – de auteurs hanteren een soort classificatiesysteem, zoiets als de filmkeuring – heb ik een aantal minder schunnige weten te vinden, en tot mijn schaamte moet ik zeggen dat ik ze allemaal aan mijn favorieten toegevoegd heb. Ik raak altijd weer gefascineerd door de inkijkjes die ze bieden, inkijkjes die net zo hypothetisch zijn als mijn eigen hersenspinsels, maar het is fijn dat iemand anders voor mij aan het fantaseren is geslagen. Milo in een opnamestudio. Milo die zich zit te vervelen in een bus. Milo met vrienden aan de lunch in een restaurant.

De schrijvers zijn meestal meisjes en jonge vrouwen, en ze willen Milo op alle mogelijke manieren uit de kleren krijgen. Ze stellen zich een scène voor en schrijven die op honderd manieren op. Eindeloos verzinnen ze hoe het zou kunnen gebeuren. Met al hun beeldende bravoure zijn ze eigenlijk gewoon een slaapkamer vol meiden die barbiepoppen tegen elkaar aan drukken omdat het zo spannend is. Wij, vrouwen van mijn generatie, wilden dat onze dochters vrijer zouden zijn op het gebied van seks. En dit is wat ze doen, in plaats van op school 'mevrouw Frost' in hun tafeltje te krassen.

Ik begrijp de obsessie van die meiden wel een beetje, dat verlangen om de afstand te overbruggen: kijk, hier is hij, hij staat pal voor je. Kom zo dichtbij als je wilt. Ik heb een tijdje in de chatrooms rondgehangen en met eigen ogen kunnen zien hoe deze fans hun eigen versie van Milo in het leven roepen. Ze gaan uit van het magerste basismateriaal – een songtekst, een uitspraak in een interview – en bouwen hem op vanuit het niets. Zijn bruikbaarheid als onderwerp is schijnbaar grenzeloos. Soms vragen mensen om een bepaald scenario: Milo als weerwolf, Milo in een alternatief universum waar mannen zwanger kunnen worden. Het is kunst in opdracht, een nieuwe renaissance – betaling in enthousiaste comments, verlevendigd met knipoogjes –, en op lichtzinnige momenten probeer ik me wel eens voor te stellen wat die schrijvers van mijn verzoeken zouden maken. Milo pakt zijn studie weer op en deze keer maakt hij hem af. Milo belt zijn moeder op haar verjaardag. Milo in een alternatief universum waar hij *Voorbij de horizon* laat liggen en in plaats daarvan *De mens vanbinnen* koopt.

'Al die meiden die willen dat ik jou neuk,' zegt Roland net tegen Milo, 'ik mis de tijd dat zij mij wilden neuken, dat kan ik je wel vertellen.' Hij lacht, en dan blijft zijn blik op mij rusten. 'Ach ja, rare tijden,' zegt hij om het onderwerp af te sluiten, alsof hem opeens te binnen schiet dat je zulke dingen niet zegt in het bijzijn van iemands moeder, ook al is die moeder jaren jonger dan jijzelf.

Lia komt de keuken weer in gerend. Zou ze ook wel eens gewoon lopen? vraag ik me af.

'Kun je nog een klein beetje eten?' vraagt Chloe terwijl ze haar op schoot tilt. Ze wijst naar Lia's bord, waarop maar één schepje witte rijst ligt, en een samosa met een klein hapje eruit.

Lia schuift het bord opzij. 'Geen honger,' zegt ze een beetje bozig. Dan, opgewekt: 'Mag ik iets lekkers?'

Chloe staat op en zet Lia op de grond. 'Roland, mag ik even

kijken of er iets is wat ze wel wil eten?'

'Maar natuurlijk,' zegt Roland. 'Even denken wat ik heb. Heb je zin in druiven, lieverd? Of een boterham met jam?'

'Nee,' zegt Lia, 'ik wil iets lekkers uit de vriezer.'

Samen lopen Chloe en Lia naar de ijskast aan de andere kant van de keuken, onderhandelend over fruit en ijs.

'Octavia Frost,' zegt Roland dan opeens tegen mij. 'Ik moet bekennen dat ik nog nooit een boek van je gelezen heb.'

Ik glimlach vriendelijk. Dit is nooit een verrassing. 'O, je hoeft je niet...' begin ik, maar ik maak mijn zin niet af. Ik kijk van opzij naar Milo, die met gebogen hoofd en een uitdrukkingsloos gezicht naar de tafel zit te kijken. Ook Joe probeert zijn reactie te peilen. Ik zou willen dat dit onderwerp nooit ter sprake was gekomen.

'Maar ik wil ze wel graag lezen,' zegt Roland, zich niet bewust van de spanning, als die er al is, als ik het me niet verbeeld. 'Waar kan ik het beste mee beginnen?'

Ik weet nooit goed hoe ik antwoord moet geven op die vraag. Ik ben geen groot aanhanger van het idee dat boeken schrijven net zoiets is als kinderen krijgen – om te beginnen is je werk aan een boek juist ten einde zodra het het licht ziet, al zet ik daar tegenwoordig duidelijk vraagtekens bij –, maar er speelt hier wel een soort *Sophie's Choice*-achtig aspect dat me niet bevalt. *Vraag je me nu welke boeken goed zijn,* zou ik willen vragen, *en welke je tijd niet waard zijn?*

In dit geval wordt mijn keuze wel enigszins beperkt. Ik ga natuurlijk niet over *Voorbij de horizon* beginnen waar Milo bij is. Ik denk na over de betekenis van de vraag: *In welk verhaal zal ik me graag onderdompelen?* of *Welk deel van jezelf wil je me als eerste laten zien?* En ik zeg wat ik nooit zeg: '*Crybaby Bridge.*'

Crybaby Bridge is mijn debuutroman. Ik schreef het in het jaar na de dood van Mitch en Rosemary, en binnen zeven weken had ik het af. Ik had wel eens verhalen gehoord over schrijvers die zo gegrepen werden door een idee dat ze het manuscript waar ze al jaren aan werkten opzijlegden en niet rustten voor ze dat nieuwe verhaal op papier hadden. Ik had dat nooit helemaal begrepen; mijn eigen werk was me nooit zo urgent voorgekomen. Ik maakte er een beetje een grap van: *Ik ben jaloers. Waar blijft mijn zeswekenboek?*

Nu kan ik zeggen dat het niet iets is wat ik graag nog een keer zou meemaken. Het was een afschuwelijke tijd, snijdend en rauw. Ik zei net dat een boek schrijven iets anders is dan een kind krijgen, maar hier lijkt de vergelijking wel op te gaan: een snelle bevalling betekent soms dat het vlees inscheurt in plaats van oprekt.

Crybaby Bridge is een somber boek, en een beetje polariserend ook; lezers vinden het óf prachtig óf vreselijk. Maar als ik moet zeggen welk boek mij het meest met trots vervult, welk boek het meest míj is, dan kom ik daar altijd weer op uit.

'Oké,' zegt Roland. 'Dan wordt het *Crybaby Bridge*.'

Ik bied weerstand aan mijn aanvechting om de stilte op te vullen met woorden – *O, ik hoop dat je het mooi vindt*, enzovoort. Hij vindt het mooi of hij vindt het niet mooi. Het zou me hoe dan ook niets moeten uitmaken.

'Bent u aan iets nieuws bezig?' vraagt Joe.

Ik kijk aarzelend naar Milo. In zekere zin heb ik hierop gewacht: een kans om uit te leggen... ja, wat eigenlijk? Dat ik mijn boeken – mijn nalatenschap, als ik zo'n verheven term mag gebruiken – aan het herschrijven ben, en dat ik dat op de een of andere ingewikkelde manier voor hem doe? Dat ik mezelf in mijn boeken gestopt heb en nu het wellicht al te stellige idee koester dat ik door mijn boeken te veranderen een nieuw slot voor mezelf kan schrijven? Ik weet het niet. Maar wat ik hem ook zou willen zeggen, het is persoonlijk. 'Op het moment niet,' zeg ik luchtig.

Chloe en Lia komen weer aan tafel zitten, met een banaan en een kommetje chocolade-ijs. Chloe pelt de banaan en geeft hem aan Lia. 'Vier hapjes,' zegt ze. Lia neemt snel vier hapjes achter elkaar, kauwt en slikt met moeite alles in één keer door. Chloe knikt en geeft haar een lepel.

Ik ben klaar met eten en breng mijn bord naar de gootsteen.

'O, dat hoeft niet, hoor,' zegt Roland. Hij pakt een paar andere dingen van de tafel en zet ze naast me op het aanrecht. 'Laat maar in de gootsteen staan,' zegt hij. 'Morgenochtend komt er iemand.'

'Dan spoel ik ze alleen even af,' zeg ik, en ik draai de kraan open. Roland blijft even naar me staan kijken, dan verschijnt er een klein lachje op zijn gezicht. Hij draait zich om, loopt naar de tafel en komt terug met een paar wijnglazen.

'Vertel eens,' zeg ik zacht, 'hoe gaat het nu echt met Milo?'

Hij haalt zijn schouders op. 'Vandaag was een zware dag,' zegt hij. Hij komt dichterbij en laat zijn stem dalen. 'Bettina's begrafenis,' zegt hij.

Ik kijk hem even aan voor ik mijn blik weer op de stapel borden richt. 'Is iemand van jullie erheen geweest?' vraag ik.

Hij schudt zijn hoofd. 'Nee. Kathy wilde ons er niet bij hebben.'

Ik weet niet of ik dat als een leugen moet opvatten of niet. Het is waar dat hij niet naar de begrafenis geweest is, in die zin dat hij niet naar binnen mocht.

'Kende jij Bettina goed?' vraag ik.

'O ja, ik kende haar al jaren. Ik heb haar aan Milo voorgesteld, wist je dat?'

Ik schud mijn hoofd.

'Oudejaarsavond, tweeduizend...' Hij denkt na. 'Tweeduizendvijf, was het geloof ik, of tweeduizendzes. Hier in dit huis.'

Ik denk na over die jaartallen. Kerst 2006 was vóór gisteren de laatste keer dat ik Milo zag. Oudejaarsavond was een paar dagen nadat ik hem op de luchthaven gedag had gezegd, een paar dagen nadat hij het boek had gekocht dat alle dominostenen omver zou werpen.

Roland geeft me een glas aan en ik werp een steelse blik op hem, opeens nieuwsgierig naar zijn leven. 'Wanneer heb jij voor het laatst afgewassen?' vraag ik.

Hij lacht zacht. 'Negentienvierenzeventig?'

We blijven even stil, dan buigt Roland zich naar me toe. Als ik naar hem kijk, zie ik dat zijn gezicht ernstig staat.

'Luister,' zegt hij. 'Ik weet niet wat Milo gisteren allemaal aan het raaskallen was, maar ik geloof er geen bal van dat hij Bettina vermoord heeft.' Hij schudt zijn hoofd. 'Dat bestaat niet.'

Het verbaast me dat het zo'n opluchting is om iemand anders dit te horen zeggen. 'Dank je,' zeg ik. 'Fijn om te horen.'

Vanuit mijn ooghoeken zie ik iets bewegen, en als ik omkijk komt Lia met een kleverige chocolademond op ons af rennen. Ze heeft haar schoenen uitgetrokken en loopt op haar maillot, en precies op het moment dat ik me omdraai glijdt ze uit op de gladde vloer en valt op haar billen. Ik zie haar gezicht bevriezen van schrik en stil verdriet, tot ze weer genoeg lucht krijgt om het op een huilen te zetten, en even later galmt haar gejammer als een sirene door de keuken.

Ik ben het dichtstbij, dus buk ik me om haar met mijn natte handen op te tillen – wat is ze licht! Ik heb katten opgetild die minder wogen –, maar ik bedenk te laat dat ze mij eigenlijk helemaal niet kent en dit het misschien alleen maar erger maakt. Even verzet ze zich, met stijve benen en een kromme rug, maar dan laat ze zich tegen me aan vallen en duwt haar gezicht gillend in mijn nek. Ik wrijf over haar rug, maak troostende geluidjes, geniet van haar compacte lijfje in mijn armen en denk aan andere huilende kinderen die ik vastgehouden heb: Milo, altijd worstelend om los te komen; Rosemary, die zich aan me vastklampte alsof haar leven ervan afhing. Ik wieg Lia en fluister zacht met mijn mond in haar haar, tot Chloe bij ons is en haar van me overneemt.

Ik zie Milo naar me kijken met een blik die ik niet begrijp, en ik draai me met een ongemakkelijk gevoel weer om naar de gootsteen.

'Sorry,' zegt Chloe tegen mij. 'Ze is een beetje wankel de laatste tijd. Ze merkt dat er iets aan de hand is met de volwassenen.'

Joe legt een troostende hand op Lia's rug. Zachtjes zegt hij tegen Chloe: 'Ze merkt het niet alleen. Jij hebt het haar ook gewoon verteld.'

'Ja, nu weet ik het wel,' zegt Chloe pinnig. 'Waarom zou ik liegen? Het hoort bij het leven.'

Chloe keert Joe de rug toe en loopt rondjes door de keuken, langzaam en wiegend, tot Lia's gehuil verstomt. 'We moeten trouwens maar eens gaan,' zegt ze. Ze klinkt nog steeds geïrriteerd. 'Het is allang bedtijd geweest. Octavia, wil je een lift?'

'O,' zeg ik. Ik droog mijn handen aan een theedoek. 'Nee, doe geen moeite. Ik kan hier toch ook wel een taxi krijgen?'

Dan zegt Milo, die nog steeds aan tafel zit: 'Ik breng je wel, mam.'

Ik hou mijn adem in, buitenproportioneel gelukkig met dit kleine gebaar, en buig mijn hoofd om mijn grijns te verbergen. 'Dank je, lieverd,' zeg ik. 'Weet je het wel zeker? Vergeet niet...' Ik denk even na. '"Milo Frost gesignaleerd in auto voor hotel."'

Hij haalt zijn schouders op. 'Ik kan me hier ook niet eeuwig verstoppen. En om deze tijd zijn ze niet meer met zoveel.'

Joe heeft Chloe's tas, Lia's schoenen en de nieuwe knuffel bij elkaar geraapt. 'Nou, prettige avond nog,' zegt hij. 'Tot gauw maar weer.'

'Tot gauw,' zeg ik.

'Zeg eens dag,' zegt Chloe, maar Lia is moe en nog steeds verdrietig, en ze heeft geen zin om te praten. Ik geef haar een aai over haar haar, dat net zo donker en warrig is als dat van Milo.

'Slaap lekker, lieve meid,' zeg ik. Ze vertrekken, en opeens voel ik me onzeker, zo alleen met Roland en Milo.

'Wil je nog een glas wijn voor je gaat?' vraagt Roland.

'Graag,' zeg ik. 'Lekker.' Ik ga naast Milo aan tafel zitten.

'Waar logeer je?' vraagt Roland terwijl hij inschenkt.

Ik vertel het hem.

Hij zet het glas voor me neer. 'Weet je,' zegt hij, 'je mag anders ook best hier intrekken, hoor. We hebben ruimte zat.'

Ik neem een slokje wijn en kijk naar Milo. Hij knikt, maar hij kijkt er een beetje verbluft bij. 'Ik vind het best,' zegt hij op neutrale toon.

Ik moet lachen om zijn beleefdheid en duidelijke gebrek aan enthousiasme. 'Bedankt voor het aanbod. Ik zal er eens over nadenken.' Ik ben al blij dat ik hier zit, en ik wil de dingen niet forceren.

'Roland, mag ik vragen waar de wc is?' vraag ik.

'Natuurlijk,' zegt hij. 'Door de hal aan de voorkant, eerste deur links.'

Ik loop de keuken uit en de hal door. Onderweg blijf ik staan om naar de ingelijste foto's op een langwerpig tafeltje te kijken. In de meeste huizen zul je weinig bekende gezichten op zulke foto's aantreffen, maar hier herken ik er behoorlijk wat. Roland, jong en blond, dollend met zijn collega's van The Misters. Een foto uit de film bij *Underneath*. Roland met Lia op zijn schoot. Roland met allerlei beroemdheden en publieke figuren: Bob Dylan, Mick Jagger, Bill Clinton. Een jonge Charles en Diana.

Er is ook een foto van Milo en Bettina. Ik pak hem om hem beter te kunnen bekijken: ze zitten op een met stenen geplaveide pier, omringd door water. Ze zitten op een marmeren rand helemaal aan het uiteinde, hun benen bungelend boven het water. Waar het ook is, het ziet eruit als een oude ruïne, of bijna dan: enorme platte stenen in hoge, onregelmatige stapels. Hier en daar steken buizen uit – ik heb geen idee waar die voor zouden kunnen zijn. Dit kon wel eens de eerste keer zijn dat ik een foto van hen zie waarop ze niet opgedoft zijn voor een of ander evenement, de eerste foto die niet genomen is door een fotograaf van een roddelblad maar door een collega-toerist aan wie ze hun camera gegeven hebben. Ze zitten hand in hand, heel gewoon en tevreden. Gelukkig.

Er zijn niet veel gezichten die ik niet onmiddellijk kan plaatsen. Een trouwfoto uit de jaren veertig of vijftig: Rolands ouders misschien? Roland in een speeltuin, terwijl hij een schommelend kind een duw geeft. Het is een meisje, blond, misschien vijf of zes jaar oud. Ik staar naar haar gezicht; ze komt me zo bekend voor, ik weet alleen niet waarvan. Dan zie ik het opeens. Ik heb dat kind al eerder op foto's gezien, vandaag nog. Het is Bettina als klein meisje.

HOOFDSTUK ELF

Terug in de keuken verzin ik een verhaal over het tijdsverschil dat me parten speelt, en ik vraag Milo of hij me naar mijn hotel wil brengen. Roland biedt me opnieuw een slaapplaats aan en geeft me voor we vertrekken een zoen op mijn wang.

Milo gaat me voor een trap af naar een enorme garage en haalt een duur uitziende, zilverkleurige sportauto van het slot.

'Leuk autootje,' zeg ik.

'Van Roland. De politie heeft de mijne nog niet teruggegeven.'

'O,' zeg ik. Bloed – ze controleren die auto op bloed. 'Oké.'

Milo doet de deur van de garage open en rijdt de straat in. Er volgt een spervuur van flitslichten, maar we zijn er snel voorbij.

'Kunnen ze in het donker wel foto's maken, door die getinte ramen?' vraag ik. 'Of krijgen ze dan alleen maar de weerspiegeling van het glas?'

Milo lacht vreugdeloos. 'Geen idee,' zegt hij. 'Morgen zullen we het zien.'

Het is nog niet zo laat, maar iets over negenen, maar ik ben doodmoe. Gapend probeer ik nog wat energie bij elkaar te rapen.

'Vandaag was dus de begrafenis,' zeg ik.

In het periodieke licht van de straatlantaarns bekijk ik zijn gezicht. Hij ziet er verslagen uit.

'Ik had erbij moeten zijn,' zegt hij. 'Maar ook als Kathy het me niet...' hij zoekt naar het woord, '... *verboden* had om te komen, had het niet gekund.'

Ik denk aan de aanwezigen in hun onberispelijke kleding,

de hartstocht waarmee ze Kathy aanhoorden. Ik stel me voor hoe ze gereageerd zouden hebben als Milo opeens binnengekomen was.

'Ik was er wel,' flap ik eruit.

We moeten stoppen voor rood, en hij draait zich naar me toe. 'Hoe bedoel je?' vraagt hij.

'Ik bedoel dat ik naar de begrafenis geweest ben.'

'Waarom?' Hij klinkt bijna wantrouwig.

Ik aarzel. 'Omdat jij er niet heen kon, denk ik. Omdat ik meer over Bettina wilde weten.' Ik zeg niet: *Omdat ik niet geloof dat jij haar vermoord hebt en ik dacht dat ik, als iemand die verhalen bij elkaar verzint, ook een soort detective was. Omdat ik je moeder ben en wilde weten of ze onaardige dingen over je zeiden.*

'Maar je kon er zeker niet in? Ze lieten vast niet zomaar iedereen binnen.'

'Ik kwam een oude vriendin tegen die wel uitgenodigd was. Zij heeft me naar binnen geloodst.'

Hij kijkt me stomverbaasd aan, alsof hij niet eens weet waar hij moet beginnen met vragen stellen.

'Echt jij weer, mam,' zegt hij. Hij wrijft in zijn ogen alsof hij hoofdpijn heeft.

Ik snap niet precies wat hij daarmee bedoelt, maar ik besluit er maar niet naar te raden.

Hij schudt zijn hoofd, nog steeds verbijsterd. 'Herkende Kathy je? Je foto is de laatste tijd overal te zien.'

'Nee. Ik heb me verdekt opgesteld.'

'Mooi zo. Hopelijk heeft niemand anders je gezien.'

'Volgens mij niet,' zeg ik. Het komt er een beetje scherp uit. Ik voel me aangevallen, maar volgens mij heb ik niets verkeerd gedaan.

'Oké.' Hij laat de waarheidsvinding voor wat ze is. 'Hoe was het?'

'Wel goed,' zeg ik, op mijn hoede. 'Er stonden heel veel foto's van Bettina. Ze was echt een mooie meid.'

Hij knikt. Het licht van buiten valt op de stoppels op zijn

kin en bovenlip. Ik hoop dat zijn advocaat hem opdracht geeft zich te scheren voor hij voor wat voor rechtbank dan ook verschijnt. Ik vraag me af of hij niet ook naar de kapper zou moeten; zijn haar hangt bijna tot op zijn schouders, maar misschien geeft niemand daar tegenwoordig nog om.

'Haar moeder voerde het woord,' zeg ik. Ik weet zeker dat hij dit toch snel genoeg te horen zal krijgen. 'Ze begint een fonds, of een stichting of zo, in naam van Bettina. Voor slachtoffers van huiselijk geweld.'

Ik kijk naar zijn gezicht. Hij is geschokt; dan, even later, boos.

'Zegt ze dat? Dat ik Bettina mishandelde?'

'Ja,' zeg ik zacht.

'Maar... bedoelt ze... heeft ze het over de moord, of bedoelt ze de hele tijd dat we bij elkaar waren?'

Het is een vreemd onderscheid, of misschien ook niet. Is een passiemoord erger dan het jarenlang terroriseren van de persoon van wie je houdt? Daar is geen antwoord op mogelijk.

'Allebei,' zeg ik.

'Godverdomme,' zegt hij. Hij zet de auto tegen de stoeprand en trekt de handrem aan. Hij schudt traag zijn hoofd, heft gefrustreerd zijn handen. 'Dit is weer zo typisch voor haar.'

'Hoe bedoel je?' vraag ik.

'Ik weet niet, om...' Er komt een woest, gesmoord geluid uit zijn keel, als een grom. 'Om het op de een of andere manier nog erger te maken, snap je? Om het nog groter te maken dan het al is.'

Ik wacht tot hij verdergaat.

'Het is net zoiets als... oké, dit klinkt misschien vreemd, maar weet je nog die kerst toen ik klein was, het nieuws stond aan en er kwam een verhaal over een huis dat afgebrand was, en het hele gezin was dood?'

Ik schud mijn hoofd. 'Nee.'

'Die mensen van het nieuws zeiden de hele tijd: "En dat nog wel met kerst", alsof het op elke andere dag van het jaar minder erg was geweest.'

'Oké,' zeg ik. Ik snap niet goed waar hij naartoe wil.

'Kathy is zo... Het draait altijd allemaal om haar, snap je? Als haar huis zou afbranden, dan zou ze willen dat het met kerst was.'

Ik blijf even stil. 'Ze hadden een hechte band, hè? Bettina en Kathy.' Het klinkt weemoedig. Dochters zijn anders dan zonen, maar ik vraag me af wat dat voor hem betekende, getuige te zijn van de innige band tussen een ouder en een volwassen kind.

Maar hij rolt met zijn ogen. 'Te hecht. Kathy en ik konden best met elkaar opschieten, maar het was net of ze een wedstrijdje met me deed, wie de belangrijkste persoon in Bettina's leven was.'

Er flitst iets buiten Milo's raampje, en ik besef dat iemand een foto van ons maakt.

'Fuck,' zegt hij. Hij start de auto met een zucht, geeft gas en rijdt in een grote boog om de fotograaf heen.

Ik wacht tot we een paar blokken verder zijn. 'Gebeurden er wel eens dingen tussen jou en Bettina die Kathy verkeerd geïnterpreteerd kan hebben?'

'Ik weet het niet. Ik denk het niet.' Opeens kijkt hij me aan. 'Ik heb haar nooit pijn gedaan, oké? Jij denkt misschien dat het wel zo was, maar het is niet zo.'

'Nee,' zeg ik. 'Dat weet ik.' Ik wacht even. 'Maar denk je wel nog steeds dat jij degene was die...'

Hij zucht. 'Ik weet het niet, goed, mam? Ik weet het verdomme niet.'

We zijn bijna bij het hotel en ik wil geen afscheid nemen terwijl hij zo van slag is. 'Ik geloof niet dat jij haar ooit pijn gedaan hebt,' zeg ik. 'Ik kan wel horen dat je heel veel van haar hield.'

Hij blijft een tijdje stil. 'Ik hield ook heel veel van haar,' zegt hij, nog steeds met een harde klank in zijn stem. 'En het is echt klote dat ik niet... om haar mag *rouwen* zoals iedereen die van haar hield.'

'Ja,' zeg ik. 'Dat is echt klote.'

Hij moet lachen, zoals ik al gehoopt had, en de spanning ebt een beetje weg. Ik geef hem een kneepje in zijn arm. 'Ik wou dat ik haar gekend had,' zeg ik. 'En ik hoop dat je me op een dag, als alles weer een beetje rustiger is, over haar wilt vertellen.'

Hij parkeert de auto voor het hotel. 'Ja,' zegt hij. 'Ik denk dat jullie elkaar wel aardig gevonden hadden.' En dat is een compliment waarop ik nooit had durven hopen.

'Mooi,' zeg ik. 'Wacht, ik wil je nog iets vragen voor ik ga. Roland vertelde dat hij jou en Bettina aan elkaar voorgesteld had. Maar waar kende hij haar dan van?'

'O god, dat is een heel ingewikkeld verhaal. Mag ik je dat morgen vertellen? Ik wil nu gewoon naar huis.'

'Natuurlijk,' zeg ik. 'Dus ik zie je morgen?'

'Welja,' zegt hij. 'En als je bij Roland wilt logeren, vind ik dat ook best, hoor.'

Ik geef hem een kus op zijn wang. 'Dank je,' zeg ik. 'We zien wel.'

Ik stap uit en kijk hem na als hij wegrijdt. Voor zover ik kan zien wordt hij niet gevolgd door iemand op zoek naar nieuws. Ik ga het hotel binnen en neem de lift naar mijn kamer.

Later, als ik al bezig ben om naar bed te gaan, schiet me te binnen dat ik Milo's sms nog niet gelezen heb. Ik pak mijn telefoon en ben een paar minuten bezig voor ik snap hoe het werkt. Uiteindelijk vind ik het juiste menu, en ik zie dat ik zelfs twee berichten heb.

Eerst lees ik dat van Milo. 'Ha mam, vnvnd eten @ roland als je wil.' Ik glimlach. Zo vanzelfsprekend, alsof we de hele tijd zo met elkaar praten.

Het tweede bericht, zie ik als ik het open, is van Lisette. 'Hoi O, leuk je te zien, jammer vd trieste glgnheid. Laat ff horen hoelang je r nog bent. Afspraak?'

Ik stuur haar een bericht terug – ik denk met succes, maar ik weet het niet zeker – waarin ik, zo ongeveer, zeg dat ik dat leuk zou vinden, en dat we morgen misschien even moeten bellen. Ik schrijf alle woorden helemaal uit, zonder afkortingen.

Ik zet mijn laptop aan en e-mail Anna dat het me spijt dat ik haar telefoontje gemist heb, en dat als ze in de gelegenheid is me in het weekend te bellen, ik haar nieuws graag wil horen.

Ik zie dat FreeMilo.org nog ergens openstaat, geduldig wachtend op de achtergrond. Toegevend aan mijn lagere instincten klik ik op Vernieuwen. Ik wil weten of ze nog iets nieuws te melden hebben.

En dat hebben ze. Mijn adem stokt in mijn keel. Over het hele scherm, in grote letters: 'Milo's moeder praat!' En daaronder, in cursieve, flikkerende letters: 'Lees ons exclusieve interview met Octavia Frost!'

Ik klik op de link. Er wordt een nieuwe pagina geopend en daar sta ik; ze hebben mijn achterflapfoto genomen, die natuurlijk heel makkelijk te vinden was. Ik begin te lezen.

V: *Om te beginnen, mevrouw Frost, fijn dat u de tijd wilt nemen om met ons te praten.*

A: O, met alle plezier. Ik doe alles om de waarheid over mijn zoon boven tafel te krijgen.

V: *Dat is dan waarschijnlijk het antwoord op mijn eerste vraag: denkt u dat hij het gedaan heeft?*

A: Natuurlijk niet. Ik ben zijn moeder. Maar al was ik dat niet... Ik ken Milo, en ik denk niet dat hij tot zoiets in staat zou zijn.

V: *Wat voor kind was Milo?*

A: Heel lief, makkelijk in de omgang. Maar hij had wel een duistere kant. Hij was driftig.

V: *Was hij wel eens gewelddadig?*

A: Nee, helemaal niet. Tenminste, niet meer dan andere kinderen.

V: *Hoe bedoelt u?*

A: O, gewoon. Hij heeft zijn zusje misschien wel eens een klap gegeven, maar welk broertje doet dat niet? We hebben ons nooit echt zorgen gemaakt.

V: **Wat vindt u van de muziek van Pareidolia?**

A: (Lacht) Ach, het is natuurlijk niet helemaal mijn smaak. Maar ik ben trots op hem. Hij heeft altijd een prachtige zangstem gehad.

V: **Ooit naar een concert van hen geweest?**

A: (Lange stilte) Nee, eerlijk gezegd niet.

V: **Waarom niet?**

A: Milo en ik staan de laatste jaren niet op goede voet.

V: **Nee?**

A: Nee. We zijn uit elkaar gegroeid, denk ik. Dat gebeurt wel eens als kinderen volwassen worden.

V: **Hebt u Bettina Moffett wel eens ontmoet?**

A: Nee. Maar als ik de verhalen zo hoor, denk ik niet dat ik haar aardig gevonden zou hebben.

V: **Waarom zegt u dat?**

A: Ik weet het niet. Ik heb zo'n gevoel. Moeders vinden de vriendin van hun zoon eigenlijk nooit goed genoeg.

V: **Was Milo een dwarse puber?**

A: Reken maar! Nu kan ik erom lachen, maar toen vond ik het helemaal niet zo grappig. Hij was losgeslagen. Hij is ik weet niet hoe vaak 's nachts weggebleven. Ik belde om de haverklap de politie, bang dat hij in het mortuarium lag. Ik wist nooit wat hij uitspookte. Ik was weduwe, moet u weten, dus er was geen vaderfiguur die gezag uitoefende.

V: **Had uw carrière als schrijfster invloed op uw relatie met hem?**

A: Dat denk ik wel. Ik was altijd op tournee om mijn boeken te promoten en zo, dus ik was niet zoveel thuis als ik had kunnen zijn.

V: **Zijn er personages in uw boeken gebaseerd op Milo?**

A: Ik denk dat ik me nu maar even op mijn zwijgrecht beroep!

V: **Vertel eens iets over Milo's kindertijd?**

A: O, die was niet zo anders dan die van andere kinderen. We waren een heel gewoon middenklassengezin.

V: **Twee-komma-vier kinderen en een hond?**

A: Nou, twee-komma-nul kinderen. En we hebben in de loop

van de jaren verschillende huisdieren gehad, maar daar hadden we niet zoveel geluk mee – ze kwamen allemaal op een onzalige manier aan hun einde.

V: *En ik wil niet nieuwsgierig zijn, maar... in 1992 beleefden jullie een familiedrama.*

A: Ja. Toen zijn mijn man en dochter overleden. Milo was... even denken, op dat moment negen. Hij is er echt door veranderd. Ik denk niet dat hij daarna ooit nog dezelfde geworden is. Voor mij was het natuurlijk ook afschuwelijk, maar uiteindelijk ben ik er bovenop gekomen. Ik weet niet of dat voor Milo wel geldt. Als je naar zijn teksten luistert, lijkt hij wel een vreemde fascinatie te hebben voor de dood.

V: *Goed, heel erg bedankt voor uw tijd. We hopen allemaal op een goede afloop voor Milo.*

A: Dank u. (Stilte) Hij is een gecompliceerd mens, maar ik weet zeker... tenminste, zo zeker als maar kan... Nee. Hij heeft het niet gedaan. Dat kan gewoon niet.

V: *Natuurlijk niet.*

A: En ik wil u om een gunst vragen: zouden jullie een link naar mijn laatste boek willen plaatsen?

Als ik eindelijk klaar ben met lezen, ben ik witheet van woede, en ik voel ook de eerste kleine golfjes paniek. Dit ben ik niet, geen woord daarvan heb ík gezegd, maar het staat er wel, met mijn naam erbij, en iedereen kan het eraf plukken, citeren en stevig vastknopen aan het publieke beeld dat er van mij bestaat. En als Milo het leest... nee, hij zou toch wel zien dat het nep is? De feiten kloppen niet. Ik ging bijna nooit op tournee, en als ik wel ging, bleef ik nooit langer dan drie of vier dagen weg. En in zijn jeugd hebben we welgeteld één huisdier gehad, een hond die de gezegende leeftijd van vijftien jaar bereikte. En godallemachtig, ik hoop dat hij dít toch op z'n minst weet: ik zou nooit hoeven nadenken over de vraag hoe oud hij was toen Mitch en Rosemary stierven.

Ik weet niet of dit een grap is van die lui van FreeMilo – ik loop het interview nog een keer na op tekenen van satire, maar ik kan ze niet vinden – of dat er iemand is die beweert dat ze mij is en onder mijn naam interviews geeft. Hoe dan ook, ik zou niet weten wat het doel ervan is. De Octavia die hier geïnterviewd wordt klinkt een beetje dommig, en zeker een stuk zenuwachtiger dan ik, en ze komt met een paar onsmakelijke verdachtmakingen over Milo (*Hij sloeg zijn zusje! Misschien heeft hij die huisdieren wel vermoord!*), maar ze zegt geen bijzonder schokkende of onthullende dingen. Wat mij van mijn stuk brengt, is dat het een, weliswaar onhandige en weinig creatieve, poging lijkt om te onderzoeken hoe het zou kunnen zijn om in mijn hoofd te leven.

Ik stuur Anna een tweede e-mail, een nogal hectische dit keer, met een link naar de website. Ik ben niet echt bang dat we dit niet zullen kunnen rechtzetten. Anna heeft er vast wel ideeën over, en waarschijnlijk hoef ik alleen maar te verklaren dat ik niets met het interview te maken heb. Waar ik bang voor ben, is de schade die al aangericht is, de valse getuigenis opgenomen en verspreid in de digitale oneindigheid. We leven in een tijd waarin geen woord teruggenomen kan worden, geen beeld teruggedraaid. En in het land der anonymi is de quote met een naam erbij koning.

Mijn angst is dat er in de toekomst, na mijn dood misschien, als mijn eigen slot in marmer gebeiteld staat, een lezer zal zijn die besluit dat ze wel eens meer van mij wil weten. Ze slaat aan het googelen, en tussen de miljarden als geesten rondzwevende documenten vindt ze dit.

Mijn angst is dat zij, die lezer die ik me voorstel, die er in de toekomst misschien wel en misschien niet is, zal geloven dat ik zó over mijn zoon dacht.

Ik probeer te kalmeren. Als ik geen afleiding zoek, val ik nooit in slaap. In een opwelling zoek ik op 'Roland Nysmith'. Geboren in 1955 in Birmingham, Engeland, als zoon van een spoorwegarbeider en zijn vrouw. Verhuisde op zijn zeventiende naar Londen en studeerde korte tijd geschiedenis aan King's College, waar hij zijn eerste vrouw ontmoette, Adelaide Fry, met wie hij van 1974 tot 1977 getrouwd was. The Misters werden opgericht in 1973; hun eerste hit was 'The Girl in the Window' van het album *War Town*, dat in februari 1975 uitkwam en drie weken op nummer een in de Engelse hitlijsten stond.

Het is allemaal zo droog en kleurloos beschreven, zelfs de gebeurtenissen die zeker indruk op hem gemaakt moeten hebben: de arrestatie voor bezit van cocaïne in Duitsland in 1981, een Oscar voor de titelsong van de film *Gray Days* uit 1989, de bittere en in de pers breed uitgemeten scheiding van zijn tweede vrouw, model Brooke Audley, in 1992. Waarom denken we dat de feiten over iemands leven ons inzicht verschaffen in wie ze zijn? Natuurlijk reageren we op de dingen die ons overkomen, natuurlijk veranderen die ons. Maar er bestaat geen formule voor. Ook al weet je dat stromend water de rots uitslijt, je kunt nooit voorspellen welke vorm de rots zal aannemen. Denkend aan ruisend water en keien die erboven uitsteken, wortelkluiten en stroomversnellingen en kolkende rivieren val ik in slaap.

Ik word wakker van het trillen van mijn telefoon op het tafeltje naast mijn bed. Ik kijk naar het nummer. Het is Anna. Ik schraap mijn keel, probeer een alerte toon in mijn stem te leggen en neem op.

'Octavia,' zegt ze. 'Bel ik te vroeg?'

'Nee hoor,' zeg ik. Ik kijk op de wekker; het is acht uur. In het algemeen zou ik zeggen dat dit inderdaad een beetje vroeg is, maar ik vergeef het haar. 'En, wat is het nieuws?'

'Oké, ten eerste heb ik je e-mail over dat interview op Free-Milo gekregen, en ik denk niet dat we ons daar zorgen over hoeven te maken. Maandag neem ik contact op met de juridische afdeling van Farraday, en die zal wel een sommatiebrief sturen. Als jij alvast een verklaring op je website zet, waarin je duidelijk maakt dat je er niets mee te maken hebt, komt het allemaal wel voor elkaar.'

'Goed. Mooi. En je zei dat je het met Lisa over het manuscript hebt gehad...?'

'Inderdaad.' Haar toon verandert van zakelijk in wat ik opgewekt maar nerveus zou noemen. 'Ze zei dat ze een bod willen doen op *Het fantoomalbum*.'

Mijn reactie op dit nieuws is dubbelzinniger dan ik zelf voorzien had. Opluchting en bevestiging – *ze vinden het goed, ik heb mezelf niet voor schut gezet* – getemperd door een onbehaaglijk gevoel dat ik liever niet nader wil onderzoeken.

'Geweldig,' zeg ik na een korte stilte. 'Ik heb van het begin af aan gedacht dat dit een interessant en grensverleggend project zou kunnen worden, maar ik weet ook dat het een beetje maf is.'

'Ja,' zegt Anna. Ze klinkt minder blij dan ik.

'Wat bieden ze?' vraag ik. Ik bereid me voor op een laag bedrag. Mijn vorige boek verkocht niet, en dit is uit de aard der zaak een riskant project.

'Nou,' zegt ze, 'wat ze bieden is eigenlijk een deal voor twee boeken.'

'O,' zeg ik. 'Dat is toch mooi?'

'Ik denk het wel,' zegt ze. 'De voorwaarde is dat het tweede boek – en je krijgt alle ruimte om het helemaal op je eigen manier te doen –, dat het tweede boek autobiografisch wordt. Over jou en Milo.'

Natuurlijk. Natuurlijk. Dat ik dit niet heb zien aankomen.

Anna gaat door: 'Wat je ook beslist, ik sta honderd procent achter je. Maar voor je erover na gaat denken, wil ik benadrukken dat ze het inhoudelijk helemaal aan jou overlaten. Elke invalshoek die je kiest is goed. Ik stel me zo voor dat je dit dus ook zou kunnen doen op een manier die goed is voor Milo, en voor zijn imago.'

Ze noemt het bedrag. Het is veel geld, meer dan ik ooit eerder aan voorschot gekregen heb.

'Ik moet erover nadenken,' zeg ik uiteindelijk. 'Wanneer willen ze het weten?'

'Ze willen er snel mee aan de slag, dus waarschijnlijk maandag. Heb je... alvast enig idee wat je antwoord gaat worden?'

'Nee,' zeg ik, een beetje bits. 'Geen enkel.'

'Oké,' zegt ze. 'Want een andere kwestie is, dat mócht je besluiten zo'n boek te schrijven, we het misschien ook aan andere uitgevers moeten aanbieden. Ik denk dat de belangstelling enorm zou zijn.'

Ik moet een einde maken aan dit gesprek. 'Genoeg om over na te denken, dus.' Mijn stem klinkt hol. 'Ik laat het je maandag weten, goed?'

'Goed,' zegt ze. 'Als je dit weekend nog opmerkingen of vragen hebt, bel me dan gerust.'

'Doe ik,' zeg ik. 'Dag.'

Voor ze nog iets kan zeggen hang ik op. Ik ga weer op bed liggen en druk een kussen tegen mijn borst. En voor ik het weet lig ik te huilen, hard en lelijk en snotterig. Ik probeer niet eens te bedenken waarom, of het alleen door dit nieuws komt of door de opgebouwde spanning van deze hele godvergeten week. Ik huil gewoon tot mijn keel schor is en mijn hoofd bonkt.

Als ik klaar ben, blijf ik nog een paar minuten met een heerlijk leeg hoofd in bed liggen. En als ik opsta heb ik, zonder het zelfs maar te beseffen, een besluit genomen. Ik pak mijn spullen en ga naar beneden om uit te checken. Terwijl ik bij de receptie op mijn beurt wacht, bel ik Milo om te zeggen dat ik kom logeren.

BR: *Bent u het dus eens met de stelling dat schrijven therapeutisch kan werken?*

OF: Schrijven kan zeker therapeutisch werken, maar als je iets
van artistieke waarde wilt maken en met de wereld wilt delen,
kan therapie niet je belangrijkste motivatie zijn. Ik bedoel, het
kan heel therapeutisch zijn om 'ik haat mijn moeder' op een
briefje te schrijven, maar dat betekent niet dat mensen het
willen lezen. Dat neemt niet weg dat de gebeurtenissen in het
leven van een schrijver, inclusief zijn emotionele leven, zijn
werk absoluut beïnvloeden.

BR: *In uw eigen boeken zitten dus ook autobiografische ele-
menten?*

OF: Natuurlijk, maar niet altijd op een manier die voor anderen herkenbaar is. Als je naar mijn boeken kijkt, vind je niet
één personage dat mijn biografie exact deelt. Er zijn geen personages die mij moeten voorstellen, geen personages die
samenvallen met mensen die ik ken. Ik doe niet aan 'nauw-
verholen'. Maar mijn leven is er wel in verwerkt. Indirect,
maar toch.

Mijn roman *De regel van de kelk* wordt bijvoorbeeld sterk
bepaald door het feit dat ik een paar jaar eerder mijn man en
dochter verloren had. Hoewel ze niet door geweld om het leven gekomen zijn, was er een moment in mijn rouwproces
waarop ik op een voor mij volstrekt nieuwe manier aan bloed

en geweld begon te denken, aan wat het betekent om een leven te redden, wat het betekent om een leven te nemen. Daar
is dat boek uit ontstaan.

Fragment uit een interview met Octavia Frost in de Barnstable
Review, *februari 1998*

Omslagtekst van
DE REGEL VAN DE KELK
door Octavia Frost
(Farraday Books, 1995)

Nikki is een vrouw die geconfronteerd wordt met een enorme tragedie: haar zoontje Caleb is ontvoerd en vermoord door haar ex-vriend Gordie. In de nasleep daarvan zet Nikki een opmerkelijke stap: ze treedt in dienst van een bedrijf dat gespecialiseerd is in bioremediëring, het schoonmaken van plaatsen delict.

Naarmate Gordies proces vordert en Nikki aan dit nieuwe en zware werk gewend raakt, trekt ze zich steeds verder terug in haar verdriet. Dan ontmoet ze Scott, een homoseksuele man wiens partner onlangs vermoord is, en zijn dochter Daisy. Dankzij deze nieuwe vriendschap lukt het Nikki om om Caleb te rouwen en toch verder te gaan, en om zichzelf te vergeven voor die bitterzoete misdaad: doorleven.

De dag dat Gordie ter dood werd veroordeeld liep Nikki zonder iets te voelen de rechtbank uit, langs de verslaggevers en demonstranten, zowel voor- als tegenstanders van de doodstraf, naar haar auto. Pas een halfuur later, op de parkeerplaats van een supermarkt waar ze moest zijn voor melk en fris, begon ze te huilen. Ze zette de auto zomaar ergens scheef neer en sloeg haar handen voor haar gezicht. Ze jankte tot ze bijna zat te gillen, en ze wist niet of ze om zichzelf huilde of om Caleb, of zelfs om de vrouw die ze ooit als haar aanstaande schoonmoeder had gezien, en die zich er niet van had kunnen weerhouden hardop te kreunen toen het vonnis werd voorgelezen. Of misschien huilde ze omdat er vandaag iets had moeten worden afgesloten, terwijl er niets veranderd was, behalve dat er nu nog iemand anders dood zou gaan – en zelf had zij een onmiskenbare rol gespeeld in de hele keten van oorzaak en gevolg. De kreet 'bloed aan mijn handen' schoot door haar hoofd, maar dat leek voor haar geest alleen maar een aanleiding te zijn om al die beelden van letterlijk bloed naar boven te halen die ze gezien had op de dia's van de aanklager: het patroon van bloedspatten op Gordies broek, de vingerafdruk op het stuur van zijn auto, de bloedvlekken en sleepsporen die als een heilig visioen tevoorschijn waren gekomen toen de detectives Luminol op de vloer van zijn kelder spoten. Een hele tijd bleef ze in haar auto zitten, ook toen ze klaar was met huilen. Ze zat daar als verdoofd, blij en verdrietig tegelijk dat ze leefde in een tijd waarin geen mens op haar raampje zou kloppen om te vragen of het wel ging met haar.

Toen ze thuiskwam – ze had besloten de boodschappen maar te laten zitten, al zou ze haar koffie de volgende ochtend zwart moeten drinken – luisterde Nikki haar voicemail af. Er was een bericht van haar moeder, die het nieuws over Gordie gehoord had en 'dolgelukkig' was. 'Bel me,' zei ze, 'dan gaan we het vieren.' Haar toon was bijtend, en hoewel Nikki haar afgrondelijke woede begreep, en zelf ook lange tijd vanuit die put omhoog gekeken had, voelde zij die nu niet. Ze besloot het telefoontje tot morgen uit te stellen.

Scott had gebeld, en ook hij wist wat er in de rechtbank gebeurd was, maar zijn reactie was gematigder. 'Hoop dat het een beetje gaat met je,' zei hij. 'Bel maar als je wilt praten.' Verder herinnerde hij haar eraan dat zaterdag verhuisdag was, en als Nikki nog steeds wilde helpen, moest ze om een uur of negen komen.

Ten slotte was er een bericht van Jeremy, die zei dat ze een aantal nieuwe klussen hadden. Als ze het zag zitten om morgen te komen werken, zou hij haar naar een speedlab aan de westkant van de stad sturen. Uit een e-mail van Vera wist Nikki dat er ook een team aan het werk was op de plaats van een moord in Fairlawn Heights, een opvallende zaak die de afgelopen weken veel in het nieuws was geweest. Nikki vermoedde dat Jeremy had lopen dubben waar hij haar naartoe zou sturen, welke locatie deze week het minst traumatisch voor haar zou zijn, en besloten had dat chemicaliën beter waren dan bloed, fysieke gevaren beter dan emotionele.

Ik zou ontslag kunnen nemen, dacht ze, en ze wachtte op de uitwerking van die gedachte.

Jeremy had haar op de dag dat hij haar in dienst nam een uitweg geboden: 'Niet iedereen kan dit werk aan,' had hij gezegd. 'Sommige mensen worden 's ochtends wakker en kunnen het opeens niet meer opbrengen. Ik heb natuurlijk het liefst dat je twee weken van tevoren opzegt, maar ik begrijp ook wel dat je vooral aan jezelf moet denken.'

Caleb was nu negentien maanden dood, en het was ruim een jaar geleden dat ze de CNN-documentaire zag die haar op het spoor van dit werk had gezet. Ze was eraan begonnen met het idee... met welk idee eigenlijk? Dat het goed verdiende en belangrijk werk was, een manier om mensen te helpen, ja. Maar ook dat ze deze doden iets verschuldigd was, hun doodsangst en hun verwarring en hun rust. Want op een bepaalde, ondoorzichtige manier had zij zelf ook een leven genomen.

Oorzaak en gevolg, gebeurtenissen die als de schakels van een keten in elkaar haakten, waardoor ze duidelijk kon zien waar haar eigen handelingen die van anderen beïnvloed hadden. Caleb zou niet gestorven zijn:

- als zij niet naar Tara's kerstfeestje was gegaan;
- als zij, op dat feestje, haar telefoonnummer niet aan Gordie had gegeven;
- als zij het eerder uitgemaakt had met hem, of helemaal nooit;
- als ze eraan gedacht had Calebs school een nieuw lijstje te geven met mensen die hem mochten ophalen.

Hij zou niet gestorven zijn als zij die dag op tijd was geweest. Hij zou niet gestorven zijn als ze in plaats van de politie te bellen meteen naar Gordies huis was gegaan. Enzovoort, enzovoort, enzovoort.

Maar het punt was: ergens in die tien maanden dat ze nu voor dit schoonmaakbedrijf werkte, was er een nieuwe schakel aan de keten toegevoegd. Haar werk ging nog steeds over Caleb, dat zou altijd zo blijven, maar het ging nu ook over iets anders. Het had te maken met respect. Het had te maken met de wetenschap dat híér een hart geklopt had, en toen niet meer, híér uitgeademd was, en niet meer ingeademd.

Nikki was katholiek opgevoed, en ze herinnerde zich dat tijdens de communie een keer een hostie op de grond gevallen was. Hoewel Nikki haar eerste communie al gedaan had, zou ze het belang daarvan zonder de volwassenen om haar heen nooit begrepen hebben. Haar moeder, die achter haar in de rij stond, hield haar adem in en kneep hard in Nikki's schouders. De vrouw vooraan, die de hostie in ontvangst had zullen nemen, slaakte een kreetje. En toen de priester bukte om de hostie op te rapen, zag Nikki de ontzetting op zijn gezicht.

De priester raapte de hostie op en stopte hem in zijn eigen mond. Daarna veegde hij met zijn handen over de grond, misschien op zoek naar afgebroken stukjes. Toen gebeurde er iets wat Nikki veel schokkender vond dan het laten vallen van de hostie: de priester ging op handen en knieën zitten en likte de marmeren vloer af.

Nikki keek om zich heen, maar niemand leek zich zo te verbazen als zij. De priester pakte een wit lapje van het altaar en legde dat op de plek waar de hostie gelegen had. Toen haalde hij diep adem en ging door met de dienst, de volgende hostie, de volgende uitgestoken tong.

Later had Nikki haar moeder gevraagd wat er nu eigenlijk gebeurd was, en haar moeder vertelde dat als de heilige hostie, het lichaam van Christus, op ongewijde grond valt, de priester zelf er zo veel mogelijk van moet opeten. Later, na de mis, moet hij de plek drie keer met water schoonmaken en goed oppassen dat hij geen kruimels over het hoofd ziet. En naderhand, zei haar moeder, mag het water dat voor het schoonmaken gebruikt is niet gewoon door de gootsteen gespoeld worden, maar moet het buiten over de grond worden uitgegoten, of in een speciale afvoer waardoor het direct aan de aarde wordt teruggegeven. Als er wijn is gemorst uit de kelk, voegde ze eraan toe, dan moeten de doekjes waarmee het vocht wordt opgeveegd en alle kleding waar vlekken of spatten op zitten, verbrand worden. Nikki was onder de indruk geweest van het ritueel, de ernst waarmee een taak werd uitgevoerd die in haar ogen een simpel huishoudelijk klusje was.

Nu had Nikki, met haar sterke maag en haar wegwerpoverall, een baan die niet zo heel erg anders was. Ze ging kamers in waar lichamen gebroken waren, ruimtes vervuild door bloed en alle andere vloeistoffen die een levend mens bij zich draagt. Ze maakte schoon en ontsmette, en met haar zorgvuldige en systematische werkwijze eerde ze de doden door hun menselijkheid voor ogen te houden. En ze effende het pad voor hen die, net als zij, achterbleven in het land der levenden.

Nikki belde Jeremy en zei tegen zijn voicemail dat hij haar de volgende ochtend kon verwachten.

Drie dagen later, op zaterdagochtend, reed Nikki naar Scotts huis. Daisy deed open voor ze de kans kreeg om aan te kloppen.

'Ik zag je,' zei Daisy, terwijl ze haar armen om Nikki's bovenbenen sloeg. 'Ik zag je auto.'

'O ja?' Nikki bukte zich om het meisje op te tillen. Zo'n klein lijfje tegen je aan te voelen, die armpjes om je nek, voetjes die tegen je benen stootten... niets was ermee te vergelijken. 'En nu zie ik jou ook.'

Scott kwam de kamer in en gaf haar een kus op haar wang. 'Hoe gaat het met je?' vroeg hij, en zijn toon verraadde dat hij een echt antwoord wilde.

'Niet slecht,' zei ze. Ze dacht even na en zei het toen nog een keer. 'Echt, niet slecht.'

Scott knikte. 'Goed om te horen,' zei hij.

In de woonkamer stonden de dozen netjes op elkaar gestapeld langs de muren. Er was weinig meer te doen dan ze in het busje laden en aan de andere kant van de stad weer uitladen. Het huis leek kleiner, zoals alle huizen wanneer de spullen die erin stonden ingepakt zijn.

Nikki keek naar de nieuwe verf, de nieuwe vloerbedekking die ze zelf gelegd had, en dacht aan de kamer zoals die eruit gezien had toen zij er voor het eerst binnenstapte: de donkere vlek vlak achter de voordeur, de nevel van rode stippeltjes op de muur. Het huis was nog niet verkocht, en dat kon ook nog wel even duren. Scott zou er vast niet de prijs voor krijgen die hij in zijn hoofd had. Het was altijd moeilijk om een huis te verkopen waarin een moord gepleegd was, en in dit geval wierpen de bijzonderheden – het feit dat Ty op weg naar binnen een man met een pistool tegen het lijf gelopen was, die met een laptop en de sieraden van Scotts moeder op weg naar buiten was – vragen op omtrent de veiligheid in de buurt. Maar niemand kon zeggen dat deze kamer eruitzag alsof er een misdaad was gepleegd. Ze had goed werk geleverd.

Nikki wist dat Gordies huis een tijd geleden al was verkocht om de kosten van zijn rechtszaak te helpen dekken, maar ze wist nog steeds niet of haar eigen bedrijf het schoonmaakwerk gedaan had of een ander bedrijf, of zelfs Gordies moeder, op handen en knieën met huishoudhandschoenen en een fles bleekmiddel. Ze had het Jeremy nooit gevraagd en zou dat waarschijnlijk ook nooit doen.

Ze had wel eens gedacht dat ze misschien zou moeten verhuizen, een nieuw huis zou moeten zoeken, net als Scott en Daisy nu deden. Maar het was niet hetzelfde; Caleb was niet in haar huis vermoord. Ze kon Caleb met zijn speelgoedautootjes op de keukenvloer zien zitten zonder zijn bloed in een grillige plas onder hem te zien liggen. De plek waar hij gestorven was, was niet de plek waar hij geleefd had, dacht ze. Even leek dat betekenisvoller dan het in werkelijkheid was.

Er waren nog twee vrienden van Scott gekomen om te helpen. Met z'n allen brachten ze de dozen naar het busje, en hier en daar vonden ze iets kleins dat Daisy kon dragen. Toen het busje vol zat, deed Scott de laadruimte op slot, klaar voor de eerste rit naar het nieuwe huis.

'Nemen we papa ook mee?' vroeg Daisy opeens. Iedereen verstijfde.

'Het geeft niet,' zei Scott op fluistertoon, bedoeld voor de andere volwassenen. 'Op deze leeftijd snappen ze het nog niet echt. Het is te abstract.'

Hij tilde Daisy op en gaf haar een zoen op haar hoofd. 'We nemen onze gedachten en onze herinneringen en onze foto's van papa mee,' zei hij. 'Wat zeg je ervan? Wil je met het busje meerijden?'

'Ja!' zei Daisy, op en neer wippend in Scotts armen.

Scott wierp Nikki de huissleutels toe. 'Wil jij afsluiten?' vroeg hij. Ze knikte zonder iets te zeggen. Om de een of andere reden was ze de tranen nabij. Ze dacht aan Caleb, zijn eekhoornwangetjes, het blauw van zijn ogen. Haar jongetje.

Uiteindelijk houden alle kinderen op te bestaan. Nikki herinnerde zich dat Caleb op zijn vierde verjaardag had moeten huilen omdat hij nooit meer drie zou zijn, en drie zijn was alles wat hij kende. Als hij nog tien jaar geleefd had, of zeventig, dan zou dat jongetje net zo verdwenen zijn als hij nu was. Het was een logische vraag: als de uitkomst uiteindelijk hetzelfde is, waarom is de ene afloop dan zoveel erger dan de andere?

Scott tilde Daisy in het busje en maakte haar gordel vast. 'Rij je met ons mee, of kom je achter ons aan?' vroeg hij aan Nikki.

'Ik zie jullie daar,' antwoordde ze. Ze keek toe terwijl Scott en zijn vrienden in hun auto's stapten, startten en wegreden.

Toen ze weg waren, ging ze in het gras zitten. Zolang ze leefde – en dat kon nog heel lang zijn – zou voor haar alles draaien om het feit dat haar zoontje in eenzaamheid geleden had, dat hij haar geroepen had en zij niet gekomen was. Zolang dat waar was, zou ze boete doen. Ze zou achterblijven nadat anderen hun weg vervolgd hadden. Ze zou schoonmaken en afsluiten. Ze zou alleen zijn, op zichzelf, en aanbellen bij nabestaanden en over de drempels stappen van huizen waarin zich iets vreselijks had afgespeeld.

Fragment uit
DE REGEL VAN DE KELK
door Octavia Frost
HERSCHREVEN SLOT

Scott wierp Nikki de huissleutels toe. 'Wil jij afsluiten?' vroeg hij. Ze knikte zonder iets te zeggen. Om de een of andere reden was ze de tranen nabij. Ze dacht aan Caleb, zijn eekhoornwangetjes, het blauw van zijn ogen. Haar jongetje. Ze sloeg haar handen voor haar ogen, liet het even over zich heen komen en legde het toen weer opzij, in het vakje waar het vandaan kwam.

Ze draaide de voordeur op slot en liep het trapje van de veranda af. Daisy liep rondjes in het gras, zachtjes zingend in zichzelf. Zij was er; dat was iets. Dit kind was er.

Scott tilde Daisy in het busje en maakte haar gordel vast. 'Rij je met ons mee, of kom je achter ons aan?' vroeg hij aan Nikki.

'Ik rij mee,' antwoordde ze, tot haar eigen verbazing. Ze liep om het busje heen en stapte in. Daisy zat in het midden, tussen hen in.

'Wat zitten we hoog,' zei ze. Haar gezicht straalde als de zon.

Nikki deed haar raampje open. Met z'n drieën reden ze weg, met de wind om hun oren. Scott zette de radio aan en draaide aan de knop tot hij een zender gevonden had. Ze draaiden een oud nummer, iets waar haar eigen moeder als tiener misschien nog naar geluisterd had. Scott en zij kenden de tekst allebei uit hun hoofd.

Daisy legde haar hoofd op Nikki's arm. Nikki voelde het gewicht van het kind, rook de babyshampoo in haar haren. Er was muziek en zon, wind en het gehobbel van het busje. Ze reden een hoek om en gleden tegen elkaar aan.

HOOFDSTUK TWAALF

Een paar jaar geleden parkeerde ik mijn auto in een smal straatje in het centrum van Boston. Terwijl ik de portieren dichtklikte en weg begon te lopen, gebeurde er iets opmerkelijks. Er vielen kleine eendjes uit de lucht.

Eerst zag ik er een, toen een tweede naar beneden tuimelen en met een zacht plofje op de stoep neerkomen. Ze leefden nog, die twee, maar ze waren duidelijk gewond. Ze waren ongelukkig terechtgekomen en hadden de grootste moeite om overeind te komen. Toen ik bukte om er eentje te helpen, kwam er een stukje verderop een derde neer, en eindelijk keek ik op.

Ik stond naast een hotel, en ter hoogte van de eerste verdieping liep over de hele lengte van het gebouw een smalle richel. Een volwassen eend keek neer op haar gevallen kinderen. Ze begon schor te kwaken en deed een paar stappen van rechts naar links, en terwijl ze dat deed wierp een vierde eendje zich over de rand.

Inmiddels had zich een klein groepje toeschouwers verzameld, vijf of zes mensen zoals ik, die dachten dat ze naar iets belangrijks onderweg waren, tot het als in een Bijbelse plaag vogels begon te regenen. Toen het vierde eendje viel, staken we allemaal een hand uit om het op te vangen. We hadden geen succes, maar het gele bolletje kwam tegen iemands arm, wat voorkwam dat het beest in volle vaart de stoep raakte. Dit eendje stond onmiddellijk op – kennelijk mankeerde het niets – en zette zijn veertjes op terwijl het op de rest wachtte.

Wat deden ze daarboven? Ik heb geen idee. Er was geen wa-

238

ter in de buurt, en voor zover ik kon zien, was er geen nest. Maar als ze haar eieren niet op die betonnen richel, die nauwelijks breder was dan zijzelf, gelegd en uitgebroed had, dan snap ik niet hoe ze daar kwamen, want de jongen waren duidelijk nog te klein om te vliegen.

Er tuimelden nog drie eendjes over de rand, en nog drie keer braken we een val, waarmee we misschien niet eens hun leven redden, maar wel de pijn beperkten. En toen vloog de moeder omlaag – er was al iemand aan het bellen met wie je dan ook belt in zo'n situatie – en dreef haar jongen bijeen en leidde het hele stel weg richting onbekende gevaren. En wij, de vijf of zes mensen die getuige waren geweest van deze verontrustende gebeurtenis, vervolgden onze weg met het gevoel dat we iets belangrijks met elkaar gedeeld hadden, al ontging de betekenis ons totaal.

Nu ik mijn koffer het hotel uit rijd en de portier vraag een taxi voor me aan te houden, zit dit me weer dwars, want ik voel wel dat er een verband is tussen mijn huidige situatie en het tafereel dat ik die dag gadesloeg, maar ik kan mijn vinger er niet helemaal op leggen. Iets met moederschap en onheil, bescherming en gevaar. Of vertrouwen op het lot. Of loslaten.

Het is het soort beeld dat ik in een boek zou willen stoppen maar uiteindelijk links laat liggen. Het is te veelomvattend; er zijn te veel mogelijke betekenissen, en het is niet krachtig genoeg om al dat werk in één keer te doen. Misschien kan ik het op een dag ergens kwijt zonder er enige symbolische betekenis aan toe te kennen. Het beeld het beeld laten zijn, een visuele non sequitur. Het alleen maar beschrijven, als een haiku: *Moedereend loopt heen en weer/ Jongen vallen van de richel/ schampen uitgestoken handen.*

En misschien gebruik ik het wel nooit, blijft het hele voorval alleen bestaan in het hoofd van degenen die erbij waren, om van de lei van de menselijke ervaring gewist te worden zodra de laatste van ons doodgaat. Wat zou het uitmaken? Waarom voelt dat als zo'n groot verlies?

Als de taxi me voor het huis van Roland afgezet heeft, zeg ik goedemorgen tegen de fotografen en loop ik zonder op hun vragen te letten met mijn koffer naar het toetsenpaneel naast het hek. Ik toets het nummer in dat Milo me aan de telefoon gegeven heeft. Het hek door, de trap op, aanbellen. Roland zelf doet open.

'Goedemorgen,' zegt hij opgewekt. Hij draagt een korte broek en een T-shirt en loopt op blote voeten, wat me vreemd genoeg een ongemakkelijk gevoel bezorgt, alsof ik stoor bij iets intiems. 'Ik ben zo blij dat je besloten hebt mijn aanbod aan te nemen.'

'Nogmaals heel erg bedankt,' zeg ik bij het naar binnen gaan.

'Geen dank,' zegt hij. 'Kom maar mee, dan wijs ik je je kamer.'

Hij neemt mijn koffer van me over, waartegen ik voor de vorm laf protesteer. Hij loopt over de zwart-witgeblokte vloer naar de trap en ik ga extreem opgelaten achter hem aan. Het valt niet mee om een praatje te maken met een man wiens Wikipedialemma je twaalf uur geleden nog gelezen hebt.

'Waar is Milo?' vraag ik onderweg naar boven.

'Die is weer gaan slapen. Hij is net lang genoeg op geweest om te zeggen dat jij zou komen, daarna is hij weer in bed gekropen.' Hij draait zich glimlachend naar me om. 'Dat mis ik wel eens, weet je? Een gat in de dag slapen. Het domein van de jeugd.'

'Hmm,' zeg ik. 'Een flinke depressie doet anders ook wonderen.' Ik probeer geestig te zijn, maar ik vrees dat ik alleen maar raar overkom. Maar ach, ik heb ook nooit gezegd dat ik goed was met woorden. Niet met hardop uitgesproken woorden, in elk geval.

Maar Roland begint te lachen, en de blik die hij me toewerpt is oprecht geamuseerd. 'Of opium. Volgens mij had die Kublai Khan geen enkel probleem met vroeg wakker worden.'

'Literaire verwijzingen,' zeg ik spottend. 'Goed werk.'

'Hoort standaard bij de kamer.'

Boven aan de trap gaat hij naar links, dezelfde kant op als de bibliotheek waar ik twee dagen geleden met Milo zat, en begint de gang door te lopen, terwijl hij mijn koffer als een huisdier achter zich aan trekt. Voor de deur van de eerste kamer rechts blijft hij staan.

'Alsjeblieft, hier is het. Dan laat ik je maar even alleen, maak het je gemakkelijk. Ter oriëntatie: Milo zit aan de overkant, naast de bibliotheek, ik helemaal aan de andere kant van de gang. Mijn huishoudster zit beneden. Ze heet Danielle, en als je honger hebt maakt ze met alle plezier iets te eten voor je klaar.'

'Dank je,' zeg ik. 'Dit is allemaal prachtig materiaal voor als ik nog eens een boek over een rockster wil schrijven. "Lijkt veel te weten over opium... heeft sinds 1974 niet meer afgewassen..."'

'Ik kan maar beter op mijn woorden letten met jou,' zegt hij. Even kijkt hij me strak en ernstig aan. 'Luister, wat je ook doet, de deur onder aan de keldertrap mag je nooit maar dan ook nooit opendoen.'

Ik staar hem met iets te grote ogen aan, en hij barst in lachen uit. 'Geintje,' zegt hij. 'Tot straks. Geef maar een gil als je iets nodig hebt.' Hij draait zich om en loopt met kwieke tred weg.

Ik trek mijn koffer de kamer in en doe de deur dicht. Het is een mooie kamer, groot en licht, ingericht in blauw en wit, maar net als de keuken een tikkeltje anoniem. De kamer ligt aan de achterkant van het huis, en uit het raam zie ik een zwembad en een terras met een aantal ligstoelen. Even vind ik het jammer dat ik geen badpak bij me heb – de bekende, onwillekeurige reactie op het feit dat er een zwembad is –, maar dan realiseer ik me dat ik nooit ofte nimmer in een badpak door Roland Nysmiths huis zou willen lopen.

Ik ga op het bed zitten en sta mezelf een moment van paniek toe. Hier zit ik in het huis van een vrijwel vreemde, en ik heb geen idee wat ik nu moet doen. Ik had er niet op gerekend dat Milo nog zou slapen, maar ik ga hem in geen geval wakker maken.

Ik kijk de kamer rond, trek de laden open, kijk in de kasten, en vind niets interessants of ongebruikelijks. Omdat ik niets beters te doen heb, maak ik mijn koffer open en begin uit te pakken. We hebben niet besproken hoelang ik zal blijven. Ik heb een ticket terug naar Boston voor maandag, over twee dagen, maar ik weet niet of ik er gebruik van zal maken.

Terwijl ik potjes make-up en flesjes parfum op een rijtje voor de spiegel in de badkamer zet, hoor ik mijn telefoon zoemen in mijn tas. Ik vis hem eruit en kijk ernaar. Het is Lisette.

'Hallo,' zeg ik.

'Hoi, Octavia,' zegt ze. 'Met Lisette. Hoe gaat het?'

'Goed,' zeg ik. 'Of eigenlijk een beetje gek. Ik zit in een logeerkamer in het huis van Roland Nysmith.' Als iemand de surrealistische wending die mijn dag genomen heeft op waarde kan schatten, is het Lisette wel. Ze heeft altijd een groot ontzag voor beroemdheden gehad, en ik neem aan dat zoiets nooit meer overgaat, hoeveel rocksterren je ook in het echt ontmoet.

'Aaaaaah!' zegt ze met een quasi gil, wat me verrassend veel plezier doet. 'O, wat grappig. Was je een echte Mistersmeid?'

'Nee, niet echt. Maar ik vond ze best aardig, hoor, en ik hoor hun muziek nu al dertig jaar, dus... Nooit gedacht dat *Roland Nysmith* mijn koffer nog eens voor me zou dragen.'

Ik moet lachen om hoe dat klinkt, en zij lacht mee. Vanwege hun transformerende magie, de manier waarop ze je terugveranderen in wie je vroeger was, heb ik altijd mijn bedenkingen gehad tegen schoolreünies. Maar het heeft ook wel iets geruststellends om te praten met iemand die je tienerjaren heeft gedeeld.

'We kregen gisteren niet echt de kans om te praten,' zeg ik. 'Hoe gaat het met je? Wat doe je tegenwoordig?'

We praten een paar minuten bij. Ze vindt haar werk als makelaar leuk, ze heeft een relatie met een man die voor de 49ers heeft gespeeld. Ze heeft een idee voor een boek dat ze wel eens met me zou willen bespreken. We praten over mensen van de middelbare school met wie we nog contact hebben. Haar lijst is lang, bij mij is er eigenlijk geen sprake van een lijst.

'Hoe was de herdenking verder?' vraag ik.

'O, wel mooi. Verdrietig, maar mooi. Er waren een heleboel mensen die iets over Bettina te vertellen hadden. Kathy is natuurlijk een wrak. Maar ze is blij dat ze een project heeft om zich mee bezig te houden.'

'Een project?'

'Ja, je weet wel. Huiselijk geweld en zo. En, natuurlijk, de veroordeling van je zoon.' Ze lacht, wat naar ik hoop een nerveuze reactie is.

Ik geef geen antwoord. Ik moet weer aan die moedereend denken, hoe het er vanuit haar gezichtspunt moet hebben uitgezien. Die breekbare lijfjes op weg naar de stoep.

'Jezus, sorry,' zegt ze na een korte stilte. 'Dat was precies het verkeerde om te zeggen.'

'Geeft niet,' zeg ik. 'Niemand weet wat de etiquette is in zo'n situatie.'

Ik hoor het geluid van een aansteker, en ze wacht even terwijl ze de rook inhaleert. 'Vorige week vroeg ik aan de postbode of ze zwanger was.'

Lichtelijk verbijsterd schud ik mijn hoofd. Ik neem aan dat ze een voorbeeld geeft van een andere situatie waarin ze iets zei wat ongepast bleek, maar ik vraag haar niet waarom ze dit vertelt, of hoe pijnlijk het was, of hoeveel haar postbode aangekomen is. Liever probeer ik het gesprek een andere wending te geven. 'Trouwens, over Roland gesproken,' zeg ik uiteindelijk, hoewel we het eigenlijk al minutenlang over andere dingen hebben, 'toen ik gisteren wegging, zag ik dat hij probeerde binnen te komen. De bewaking vroeg hem te vertrekken.'

'Dat verbaast me niets,' zegt ze. 'Wel jammer, want volgens mij hield hij veel van Bettina.'

Ik denk aan de foto op het tafeltje beneden, van Roland die Bettina een duw geeft op de schommel, en ik krijg een... niet echt angstig, maar onbehaaglijk gevoel.

Lisette praat alweer door. 'Hij was absoluut een soort vader voor haar,' zegt ze. 'Ook al bleek hij niet haar echte vader te zijn.'

Even weet ik niet wat ik moet zeggen. Ik snap er niets meer van. 'Hoe bedoel je?'

'O, ken je dat verhaal niet?'

'Nee. Ik weet van niets.'

'Kathy heeft jarenlang gedacht dat Roland Bettina's vader was. En Roland geloofde het en droeg zijn steentje bij, hij gaf hun geld en zocht Bettina af en toe op. En toen Bettina een jaar of acht, negen was, deden ze een vaderschapstest en bleek hij het niet te zijn.'

Ik doe mijn best om dit tot me door te laten dringen. 'Tjonge,' zeg ik. 'Dus...'

Er wordt op mijn deur geklopt. 'Mam? Ben je daar?'

'Hoi,' roep ik. 'Ik kom er zo aan.'

'Oké,' zegt hij. 'Ik ben in de keuken.'

'Is dat Milo?' vraagt Lisette.

'Ja.'

'Je hebt daar rocksterren in alle soorten en maten,' zegt ze. 'Ik laat je met rust.' Ik heb het gevoel dat ik nog veel meer vragen voor haar heb, maar ik zou eigenlijk niet weten welke. 'Fijn om je gesproken te hebben. Hoelang blijf je nog in de stad?'

'Ik weet het niet,' zeg ik. 'Het is allemaal een beetje onduidelijk.'

'Snap ik. Nou... bel maar als je even pauze wilt.'

Pauze waarvan, vraag ik me af, maar ik vermoed dat ze op mijn eigen project doelt, mijn inspanningen om mijn zoon uit de gevangenis te houden. 'Oké,' zeg ik. 'Dank je. Het beste.'

Nadat we opgehangen hebben ga ik naar beneden. Ik stel me voor aan de huishoudster, die de hal aan het dweilen is, en loop door naar de keuken, waar Milo een kom cornflakes zit te eten en naar het scherm van een laptop staart.

'Goedemorgen,' zeg ik. 'Sorry dat ik je wakker maakte. Ik ben blij dat je weer in slaap kon komen.'

'Geeft niet,' zegt hij, terwijl hij heel even opkijkt. Hij wijst naar het aanrecht. 'Er staat koffie, als je wilt.'

'Dank je.' Ik doe kastjes open en dicht tot ik een kopje vind. Ik realiseer me dat ik nog niet ontbeten heb, dus behalve melk haal ik ook een pak yoghurt uit de ijskast. Het is een merk dat ik niet ken, Duits of Oostenrijks, met een plaatje van kersen op het foliedeksel.

Als ik aan tafel ga zitten klapt Milo zijn laptop dicht, wat ik opvat als beleefdheid, al kan het ook zijn dat ik niet mag zien wat hij aan het doen was.

'Nou... welkom,' zegt hij. Hij kijkt naar me alsof hij niet helemaal begrijpt wat ik kom doen.

Ik glimlach om de licht verlegen uitdrukking op zijn gezicht, zijn warrige slaaphaar. 'Dank je.' Ik trek het deksel van mijn yoghurt. 'Hoe gaat het met je? Plannen voor vandaag?'

'Ja, mijn advocaat komt om een uur of elf.'

Ik knik. Huisbezoek van een advocaat op zaterdagochtend. Mijn zoon is een belangrijk man. 'Heeft hij iets bijzonders met je te bespreken?' vraag ik.

Hij haalt zijn schouders op. 'Weet ik eigenlijk niet.' Hij neemt een hap cornflakes. 'En ik geloof dat de politie klaar is met mijn huis, dus daar moet ik... op de een of andere manier iets mee.'

'Daar moet je iets mee?'

'Weet ik veel, het laten schoonmaken, beslissen of ik het wil verkopen of wat dan ook. Hoe het ook afloopt, ik zie mezelf daar niet meer wonen.'

Dit is tenminste iets waarmee ik kan helpen. 'Waarom laat je dat niet aan mij over?' zeg ik. 'Ik zorg wel dat er schoongemaakt wordt, en ik kan... Bettina's spullen uitzoeken, als je wilt. En als je besluit te verkopen, kan ik dat ook afhandelen.'

Ik probeer zijn blik te doorgronden. Hij is opgelucht, maar ook op zijn hoede, alsof hij niet goed weet of hij mij dit wel kan toevertrouwen.

'Laat me helpen,' zeg ik. 'Ik zal blij zijn als ik iets concreets te doen heb.' Een project. Net als Kathy Moffett.

Hij zucht en begint dan zachtjes te lachen. 'Ik voel me net

veertien. Ik probeer te bedenken of er dingen zijn die je niet mag zien.'

Ik weet dat hij het over de gewone dingen heeft die een moeder zouden kunnen choqueren of ongerust maken, zoals drugsattributen of seksspeeltjes of iets in die richting. (Het kan ook zijn dat ik hóóp dat hij het daarover heeft. Ik zou niet graag een Ik-haat-Octavia-Frost-kamer tegenkomen die *Homeruns* overgeslagen heeft, vol voodoopoppen en verramsjte exemplaren van *Voorbij de horizon*.) Maar zijn opmerking roept grimmiger beelden op dan hij waarschijnlijk in gedachten heeft. Er zijn dingen in dat huis die híj niet mag zien. Dingen die ik bereid ben onder ogen te zien zodat hij dat niet hoeft.

'Jij hebt genoeg aan je hoofd,' zeg ik beslist. 'Ik beloof je dat ik niet zal neuzen. Niet al te grondig tenminste.' En omdat ik niet weet of ik zulke grapjes al mag maken, voeg ik eraan toe: 'Ik zal geen laden en kasten openmaken. Ik hou me aan de geen-huiszoekingsbevel-regel: ik mag niets bekijken wat niet in het zicht ligt.'

Hij glimlacht om mijn omzichtigheid. 'Oké, dankjewel. Als hij komt, kun je de sleutels aan Sam Zalakis vragen. Mijn advocaat.'

'Goed,' zeg ik. Ik eet het laatste restje yoghurt op en ga op zoek naar de prullenbak.

Milo is klaar met eten en zit onderuitgezakt op zijn stoel voor zich uit te staren. Hij is zo gelaten, hangt er zo hopeloos bij. Gezien de omstandigheden is dat natuurlijk normaal, maar toch vind ik het vreselijk.

'Kan ik nog iets te eten voor je pakken?' vraag ik. De universele oplossing van moeders in tijden van machteloosheid: eten aanbieden. Hij schudt zijn hoofd.

Ik ga achter hem staan en sla mijn armen om hem heen. Hij laat zich omhelzen en legt zijn hoofd met een zucht tegen mijn schouder. Roerloos zwijgend hou ik hem vast.

Toen Milo klein was, vond ik het vreemd genoeg bijna fijn als hij ziek was. Niet dat ik het leuk vond dat hij zich rot voelde, niet dat ik niet hoopte dat hij gauw weer beter zou zijn.

Maar dat waren wel de momenten waarop mijn relatie met hem het overzichtelijkst was, het minst ingewikkeld. Er zit, denk ik, een kern van waarheid in het idee dat ouders het hardst botsen met het kind dat het meest op hen lijkt. Milo en ik zijn allebei ongeduldig en doelgericht, creatief en hartstochtelijk en wispelturig. We zijn gevoelig voor afwijzing, we worden snel boos. En hoeveel boeken ik ook schrijf, hoeveel personages ik ook met elkaar verweef en weer uit elkaar haal, ik weet niet of ik ons beiden ooit helemaal zal begrijpen.

Hij trekt zich terug, en ik geef hem een kus op zijn voorhoofd voor ik hem laat gaan. 'Ik hou van je,' zeg ik. 'En wat er ook gebeurt, ik help je om hier doorheen te komen.'

Het zijn vertrouwde woorden, ritueel of cliché, wat je maar wilt. Maar ze zijn net als trouwbeloften of condoleances voor nabestaanden: elke keer dat ze uitgesproken worden, krijgen ze opnieuw betekenis.

Nadat Milo naar boven gegaan is om te douchen en zich aan te kleden, neem ik nog een kop koffie en ga op zoek naar een schoonmaakbedrijf voor het huis waarnaar in het nieuws afwisselend wordt verwezen met 'de plaats van de moord' en 'Sea Cliff 219'. Ik kan wel een telefoonboek gebruiken, maar ik weet niet waar ik moet zoeken; misschien gebruiken mensen niet eens telefoonboeken meer, al weet ik dat telefoonmaatschappijen ze nog wel uitgeven. Milo heeft zijn computer meegenomen, wat waarschijnlijk maar goed is ook. Ik zou nooit in zijn bestanden snuffelen, maar ik ken mezelf goed genoeg om te weten dat de verleiding groot zou zijn.

Ik loop naar boven om mijn laptop te halen. Onderweg naar beneden denk ik na over toeval en synchroniciteit, hoe veelbetekenend het lijkt als je iets hoort wat je nooit geweten hebt – de betekenis van het woord 'spelemeien', of dat een groep wilde zwijnen een rotte heet – en je het vervolgens schijnbaar voortdurend in gesprekken hoort noemen, zowel tegenkomt in een negentiende-eeuwse roman als in een krantenartikel over leuke uitstapjes in de omgeving. Lisette Freyn en het schoonmaken van een plaats delict – de wereld overlapt zichzelf, alsof je een laken opvouwt en dan pas ziet dat twee gaten in één keer ontstaan moeten zijn. Je hebt het idee dat het iets zou moeten betekenen, maar dat is bijna zeker niet het geval. We houden niet bij hoe vaak de dingen in ons leven níét met elkaar kloppen.

San Francisco telt verschillende bedrijven die sterfkamers schoonmaken. Een van de interessante dingen van research naar het onderwerp van een boek is dat je je de meest praktische zaken meestal vergeet af te vragen. Ik weet wat voor schoonmaakmiddelen deze bedrijven gebruiken en hoe de werknemers zich beschermen tegen contact met lichaamsvloeistoffen, maar ik heb geen idee hoeveel het zal gaan kosten en of er op zaterdag wel iemand is om de telefoon op te nemen.

Ik was van plan om twee of drie bedrijven te bellen en offertes te vergelijken, maar het eerste telefoontje is meteen al zo'n bezoeking – ik weet niet om hoeveel vierkante meters en wat voor materialen het gaat, ik weet niet of het bloed maar in één kamer ligt – dat ik gewoon maar afspreek dat ik op maandag met iemand in het huis ga kijken. Als de vrouw aan de telefoon het adres al herkent, als ze haar collega's een high five geeft omdat ze het huis van Milo Frost heeft binnengehaald, dan laat ze dat niet doorklinken in haar stem.

Ik pak mijn vliegticket erbij, en nadat ik een paar minuten heb geprobeerd uit te zoeken hoeveel het kost om naar later in de week om te boeken, annuleer ik mijn vlucht maar gewoon. Ik heb besloten het mezelf zo makkelijk mogelijk te maken.

Een paar minuten voor elf komt Milo naar beneden, gekleed in een spijkerbroek en t-shirt, met zijn haar in dikke, natte slierten. Zodra hij de keuken binnenkomt zie ik dat er iets aan zijn houding veranderd is; hij beweegt zich losser, loopt minder gebogen.

'Onder de douche herinnerde ik me opeens iets,' zegt hij. Hij gaat zitten en kijkt me gespannen aan. 'Over dat telefoontje van halfeen. Ik weet dat ik Bettina gesproken heb.'

'O ja?'

'Ja. Het is nog een beetje wazig, en ik weet de details niet precies, maar ik weet wel dat ik haar de hele avond aan het bellen was, al die tijd dat ik rondreed – jezus, het is een wonder dat ik mezelf niet doodgereden heb.' Hij schudt zijn hoofd. 'En ze nam maar niet op, en ze nam maar niet op, en eindelijk... Ik was buiten, op die plek waar ik mijn hoofd gestoten heb. En ik verging van de kou, en het was donker, en eindelijk nam ze op.'

'Wat weet je nog van het gesprek?'

'Niet veel. Flarden. Maar volgens mij hebben we het goedgemaakt. Nou ja, goedgemaakt... Ze was nog steeds pislink, en de problemen waren niet in één klap opgelost, maar ik weet heel zeker dat we ophingen met iets van "laten we er een nachtje over slapen voor we een beslissing nemen".'

Ik knik aarzelend. Ik weet niet hoeveel hoop ik hieruit mag putten. 'Denk je dat ze je vergeven had? Of jou in elk geval het idee gaf dat ze je zou kunnen vergeven?'

Hij haalt zijn schouders op. 'Zoals ik al zei, ik herinner het me niet precies. Maar ik weet wel dat ik dolgelukkig was toen ik de telefoon in mijn zak stak. Ik weet dat ik dacht dat het misschien wel weer goed zou komen.'

'Nou, dat is tenminste iets.'

'Ja.' Hij heeft een vurige blik in zijn ogen. 'Ik kan het niet bewijzen of zo. Maar ík weet het nu. Ík weet dat ik haar niet vermoord heb.'

Ik sla hem gade. Hij is opgelucht en... dankbaar bijna, lijkt het. Blij om een houvast te hebben. Ik weet niet of dit wel bewijst wat hij denkt dat het bewijst, en of Sam Zalakis in staat zal zijn om er een waterdichte verdediging van te smeden, maar het doet me deugd dat hij die zorg nu van zich af kan zetten.

'Ik heb geen moment geloofd dat je het wel gedaan had,' zeg ik.

De bel gaat, en ik loop achter Milo aan naar de hal. Hij doet de deur open, en opeens heb ik er spijt van dat ik hem niet gevraagd heb of hij wil dat ik een rol speel in deze bijeenkomst. Omdat ik zijn moeder ben en omdat ik hier ben, heb ik het gevoel dat ik erbij zou moeten zijn, voor het geval hij advies en hulp nodig heeft in het juridische doolhof. Maar ik vermoed dat dit niet langer mijn taak is. Ik was er ook niet bij toen hij zijn huis kocht of over zijn laatste twee opnamecontracten onderhandelde of onder het eten in een opwelling zijn vriendin ten huwelijk vroeg, en ik was er zeker niet bij toen de rechercheurs hem de aanklacht wegens moord voorlazen. Dan zal ik het nu ook maar aan hem overlaten.

Sam Zalakis komt binnen. Hij ziet er bijna hetzelfde uit als toen ik hem zag op CNN, een beetje minder formeel, maar niet minder verzorgd of duur gekleed. Hij en Milo geven elkaar een hand en wisselen begroetingen uit, en dan stelt Milo mij voor.

'Aangenaam kennis te maken,' zegt hij warm. 'Wat zal mijn dochter het spannend vinden om te horen dat ik u heb ontmoet. Ze studeert aan Stanford, en ze heeft een werkstuk over u geschreven. Nou, niet over u, denk ik, maar over uw boeken.'

'Dank u,' zeg ik, wat niet helemaal de goede reactie is, maar wel een eind in de buurt komt. Ik taxeer hem net zoals ik vroeger Milo's vriendinnetjes keurde: *Wie ben jij, en hoe ga jij mijn zoon behandelen?*

'Voor ik het vergeet,' zegt hij tegen Milo, terwijl hij zijn aktetas op een stoel zet en er een envelop uit haalt, 'hier zijn je huissleutels en de afstandsbediening van de garagedeur. De politie is helemaal klaar, dus je kunt terug wanneer je wilt.'

Milo wijst naar mij. 'Geef maar aan mijn moeder,' zegt hij. 'Zij zorgt voor het schoonmaken en zo.'

Sam geeft de envelop aan mij. 'Goed dat u er bent om hem te helpen,' zegt hij. 'In dit soort omstandigheden is familie het allerbelangrijkst.' We knikken allemaal plechtig, zoals het script lijkt voor te schrijven.

'Hoe staat de zaak er nu voor?' vraag ik. Ik weet dat dit geen vraag is die hij makkelijk kan beantwoorden, maar ik stel me zo voor dat het geruststellen van de familie bij zijn werk hoort.

En ik wil heel graag gerustgesteld worden.

Hij knikt, alsof ik een vraag gesteld heb die met ja of nee beantwoord kan worden. 'Ik ben optimistisch,' zegt hij. 'Sommige dingen kloppen niet, en dat weet de politie ook, en de aanklager ook. We hebben nog een heleboel te doen, maar dit is absoluut geen gelopen race.'

Ik glimlach naar hem, in de hoop dat ik er zo dankbaar genoeg uitzie, want mijn stem vertrouw ik niet. 'Optimistisch' is meer dan ik verwacht had.

Sam wendt zich tot Milo. 'Waar zullen we gaan zitten? Komt u er ook bij, mevrouw Frost?'

Ik kijk vragend naar Milo. 'Nee, dat hoeft niet,' zegt hij. 'Ik bedoel, als je wilt vind ik het best, maar ik denk niet dat het nodig is.' En dan tegen Sam: 'In de bibliotheek kunnen we rustig praten.'

'Prima,' zeg ik, als Milo en Sam naar boven lopen. Ik blijf even in de lege hal staan, niet goed wetend wat ik nu moet doen. Ik heb het huis nog niet helemaal gezien, en ik ben eigenlijk wel nieuwsgierig, maar ik wil niet vrijpostig zijn.

Doelloos slenter ik de woonkamer in, een grote, lichte ruimte die aan de hal grenst, met een raam aan de kant van het zwembad. De zwart-witte vloer loopt hier door, maar is voor het grootste gedeelte bedekt met een dik vloerkleed in zonnige, diepe tinten rood, geel en oranje.

In een van de muren zijn boekenplanken gebouwd, en zoals altijd word ik daarnaartoe getrokken. Ik had laatst geen gelegenheid om de boeken in de bibliotheek te bekijken, maar ik neem aan dat iemand, Roland of de binnenhuisarchitect, nagedacht heeft over welke boeken er in deze meer openbare ruimte terecht moesten komen. Dit zijn de boeken die je te zien krijgt als je Roland Nysmith maar oppervlakkig kent, als je niet verder komt dan deze woonkamer. Tientallen dikke, glossy pillen met foto's, verschillende planken over de geschiedenis van de popmuziek, boeken over zenboeddhisme en het milieu en het opknappen van antieke auto's. Het geheel afgewisseld met prijzenbeeldjes en platen ter ere van grote aantallen verkochte albums. Er staat zelfs een heuse Grammy; ik kan de verleiding om hem aan te raken niet weerstaan.

Ik zie vier boeken over Roland zelf, en ik pak er een met de titel *Man onder water*, alleen om het bijna onmiddellijk weer terug te zetten. Het heeft iets onbetamelijks om te bladeren in de biografie van een man die elk moment binnen kan komen.

Aan de andere kant van de kamer is naast het raam een doorgang, en ik loop door naar de volgende kamer, de eetkamer. Er staat een gigantische tafel met stoelen eromheen. Donker hout, strakke lijnen. Het ziet er allemaal zo onberispelijk uit dat ik me afvraag of Roland al deze kamers wel echt gebruikt. Ik ben al op weg naar de deur aan de andere kant, die zo te zien naar de keuken leidt, als iets mijn aandacht trekt. In een kast met glazen deurtjes staat een servies met gele rozen en ranken erop.

Het is hetzelfde servies als mijn moeder had. Waar ook die suikerpot deel van uitmaakte.

Opeens word ik bang, al weet ik niet waarom. Het is niet bepaald een zeldzaam patroon. Een paar jaar geleden heb ik het een keer opgezocht, in de hoop een aantal stukken te kunnen vervangen, en het blijkt eind jaren veertig en begin jaren vijftig heel populair te zijn geweest. Het servies werd in Engeland gemaakt, maar ook veel verkocht in de Verenigde Staten. Mijn ouders trouwden in 1952. Ik weet niet wanneer Rolands ouders trouwden, maar dat zal naar alle waarschijnlijkheid ergens in het begin van die periode geweest zijn.

Ik sta nog steeds naar het servies te kijken als ik achter me Rolands stem hoor. 'Hé hallo,' zegt hij.

Om redenen die mij nooit duidelijk zijn geweest – slechte reflexen? – komt mijn schrikreactie altijd ietwat laat, en pas als ik me omdraai en hem in de deuropening van de keuken zie staan deins ik met een verrast kreetje achteruit.

'Neem me niet kwalijk,' zegt hij bezorgd en geamuseerd tegelijk, 'ik wilde je niet aan het schrikken maken.'

'Geeft niet,' zeg ik. 'Het was hier ook zo stil.' Mijn hart

bonkt, en ik heb het gevoel dat ik op iets stiekems betrapt ben. Maar het is maar gewoon servies.

'Ik stond je servies te bekijken,' zeg ik. 'Dit hadden mijn ouders ook toen ik klein was. Ik heb er thuis een hele kast vol van staan.'

Ik let op zijn reactie, maar daar is niets vreemds aan. 'Grappig toeval,' zegt hij met een glimlach. Hij komt een beetje dichterbij, kijkt door het glas. 'Ik gebruik het niet zo vaak, maar ik vind het prettig dat het er is. Het doet me aan mijn moeder denken.'

Ik glimlach naar hem en maan mezelf tot kalmte. 'Ik gebruik het mijne eigenlijk ook niet. Maar het voelt ook niet goed om het dan maar weg te doen. Ik denk niet dat Milo het ooit zal willen hebben.'

Hij kijkt me peinzend aan. 'Je weet nooit. We hebben allemaal iets nodig wat ons aan onze moeder doet denken.' En dat werpt een heleboel vragen op waar ik nu nog niet over na wil denken.

Roland wijst naar de envelop in mijn hand. 'Moet dat op de post?' vraagt hij.

Ik kijk naar het pakje, het piepkleine gaatje op de plek waar de punt van een sleutel door het papier begint te komen. 'Nee. Dit zijn de sleutels van Milo's huis. Ik ga daar wat dingen voor hem regelen.' In een opwelling vraag ik: 'Is het ver? Ik wilde er vanmiddag misschien even heen gaan.' Ik was van plan geweest pas maandag te gaan, maar opeens ben ik zowel rusteloos als nieuwsgierig, en het ziet ernaar uit dat Milo wel een paar uur bezig is.

'Helemaal niet. Ik kan je er na de lunch wel even heen brengen, als je wilt.' Hij zwijgt abrupt en wijst naar de keuken. 'Juist, lunch. Dat kwam ik zeggen – god, mijn hersenen geven er de brui aan. Danielle heeft een en ander klaargezet, als je honger hebt. Kom binnen, dan eten we samen wat.'

'Dank je,' zeg ik. 'Ik kom er zo aan.'

Hij draait zich om en gaat terug naar de keuken. Als hij weg is kijk ik nog een keer naar de kast en maak snel de inventaris

op. Ik zie stapels borden, theekopjes, schoteltjes. Twee dek-
schalen, een botervloot. Een melkkannetje. Maar geen suikerpot.

HOOFDSTUK DERTIEN

Ik ga bij Roland in de keuken zitten. Danielle heeft een eenvoudige maar heerlijke lunch bereid: salade, koude gegrilde kip, verse broodjes, allemaal zo mooi en zorgvuldig gerangschikt dat het wel het werk lijkt van een cateraar. Ik vraag me af of het fijn is om dit elke dag voorgezet te krijgen, al die kunstig bereide maaltijden, of dat het op den duur begint te voelen als een etentje waar nooit een eind aan komt.

Ik ben gespannen, alsof ik een kans heb gekregen die ik ook per ongeluk weer zou kunnen verpesten. Ik denk aan de spelletjes die Milo en Rosemary vroeger speelden, Jenga en Dokter Bibber en Mikado, spelletjes waarbij alles ervan afhing hoe stil je je hand kon houden. Ik heb de aantrekkingskracht ervan nooit begrepen: bevrediging en zenuwen zo nauw met elkaar verbonden.

'Ik geloof dat wij een gemeenschappelijke bekende hebben,' zeg ik uiteindelijk. 'Buiten de voor de hand liggende, bedoel ik.'

Roland kijkt matig geïnteresseerd op van zijn bord. 'O ja? Wie dan?'

'Lisette Freyn.' Het is een gok. Lisette heeft niet met zoveel woorden gezegd dat ze Roland kent, maar het lijkt er in elk geval wel op dat ze een flinke tijd in dezelfde kringen vertoefd hebben.

'Lisette,' zegt hij, met zo'n tevreden, wolfachtige grijns dat ik op slag zeker weet dat ze met elkaar naar bed zijn geweest. 'Ik ken Lisette al sinds ze een jong ding was. Ze is een tijdje met ons meegereisd.' Even is hij vertrokken naar een ver rock-

'n-rollverleden, maar hij haalt zichzelf snel weer terug. 'Hoe ken jij haar?'

'We hebben op dezelfde school gezeten. Ik kwam haar laatst tegen.'

Zijn gezicht wordt ernstig. 'Aha. Dan heeft ze je vast verteld dat zij en Kathy Moffett vriendinnen zijn.'

'Ja. We hadden geen gelegenheid om uitgebreid te praten, maar het klonk alsof ze elkaar al heel lang kennen.' Ik maak er een vraag van, voor het geval hij zin heeft om antwoord te geven.

Hij neemt een hap kip en knikt terwijl hij doorslikt. 'Kathy is natuurlijk jonger, maar ze hebben elkaar overlapt.'

Overlapt. 'Dus Kathy was een...' Ik aarzel. Is 'groupie' een respectloze benaming? Bestaat er een geëmancipeerde nieuwtijdse term voor vrouwen die achter tourbussen aan reizen en de was doen en mannen pijpen? 'Zij reisde ook met de band mee,' besluit ik.

'Klopt,' zegt hij.

'Dan heb je Bettina dus haar hele leven gekend?'

Ik zie iets door zijn lichaam golven, een rilling van verdriet of spijt. Hij zucht. 'Ja. Ik heb het geluk te kunnen zeggen dat dit zo is.'

'Neem me niet kwalijk.' Ik steek mijn hand uit naar zijn arm, en aarzel even omdat... waarom? Omdat hij beroemd is, denk ik; omdat hij niet helemaal echt is voor me. Maar als ik zijn arm aanraak is die, natuurlijk, net zo solide als de mijne. 'Zo te horen hadden jullie een hechte band. Ze was vast een soort dochter voor je.' Ik wacht om te zien of ik te ver ben gegaan, of ik net één blokje te veel op de wankele toren heb gelegd.

Hij glimlacht flauw. 'Inderdaad. Ik heb zelfs jaren gedacht dat ze écht mijn dochter was. Maar dat is een verhaal dat we beter voor een andere keer kunnen bewaren.'

Hij legt zijn mes en vork op de rand van zijn bord en kijkt of ik ook klaar ben met eten. 'Klaar om te vertrekken?' vraagt hij.

'Ja hoor,' zeg ik. 'Ik moet alleen nog even mijn tas pakken.'

Er staan twee auto's in de garage: de zilverkleurige die Milo gisteravond pakte en een zwarte sedan van een merk waar ik nog nooit van gehoord heb, slank en gestroomlijnd als een moeraskat. Roland haalt de zwarte auto van het slot en we stappen in.

In stilte rijden we langs de fotografen. 'Dit wordt de eerste keer dat ik Milo's huis te zien krijg,' zeg ik als we de hoek om zijn. Ik weet niet hoeveel Milo hem over onze geschiedenis verteld heeft.

Roland rommelt wat boven zijn hoofd, haalt een zonnebril uit een hoesje dat aan de zonneklep vastzit. 'Kinderen moeten de kans krijgen om zich los te maken,' zegt hij. 'Om hun onafhankelijkheid te bewijzen.'

'Ja, dat is zo.' Dat is niet echt het punt. Maar het is aardig van hem om te zeggen.

'En, mogen we binnenkort nog een nieuw album verwachten?' vraag ik na een tijdje.

Hij kijkt me even geamuseerd aan. 'Ben je een fan?' vraagt hij.

Ik voel dat ik rood word. Ik weet niet wat ik moet zeggen. 'Ja hoor,' zeg ik. 'Wie niet?'

'Aha,' knikt hij. 'Een "wie niet?"-fan.' Hij stopt voor rood en draait zich half naar me om, grijnzend alsof hij dit allemaal heel vermakelijk vindt.

'Ik ken je muziek gewoon niet zo goed,' zeg ik. Het komt er stekeliger uit dan ik bedoelde. 'Met welk album moet ik beginnen?'

Hij legt zijn hoofd in zijn nek en barst in lachen uit. 'Touché.' Het licht springt op groen en hij geeft gas. 'Om antwoord te geven op je vraag: ik weet niet wanneer er een nieuw album komt. Ik heb met mijn oude bandgenoten over een nieuwe versie van *Underneath* gesproken, maar ik weet niet of we die ook echt gaan opnemen.' Hij kijkt me weifelend aan. 'Dat is een oud Mistersalbum uit de jaren zeventig,' voegt hij eraan toe.

'Dat weet ik ook nog wel,' zeg ik. Ik heb opeens het gevoel

dat ik moet oppassen, dat hij meer van me weet dan ik denk. Ik heb het in Californië nog met niemand over *Het fantoomalbum* gehad, en dit toeval maakt me onrustig. 'Hoe kwam je op het idee om het over te doen?' vraag ik.

Hij haalt zijn schouders op. 'Ach, wat zal ik zeggen. Ouder worden, terugkijken. Wat zou je anders doen als je de kans kreeg – zoiets.'

We komen boven aan een steile heuvel, en mijn adem stokt in mijn keel als we de top nemen.

'Ik heb overwogen iets soortgelijks te doen,' zeg ik, nog steeds op mijn hoede. 'Met mijn boeken.'

Hij kijkt me vriendelijk, belangstellend aan. 'Echt? Ik zie niet zo goed voor me hoe dat zou moeten met boeken, maar dat zal mijn gebrek aan fantasie zijn.'

Ik geef niet meteen antwoord. 'Ik dacht dat het interessant zou zijn om het slot van een boek te veranderen,' zeg ik dan. 'Om te kijken hoe het anders had kunnen aflopen voor de personages.'

'Hmm,' zegt hij. Hij remt af voor een overstekende hondenuitlaatster, die in een wirwar van riemen door vijf honden in verschillende kleuren en maten wordt voortgetrokken.

'Wat betekent "hmm"?' vraag ik.

'Ik weet niet. Ik lees niet zo veel als ik zou moeten, maar ik dacht altijd dat het aardige van boeken nou juist is dat ze altijd hetzelfde blijven. Dat ik *Grote verwachtingen* of wat dan ook kan lezen, en dat het dan nog precies hetzelfde verhaal is dat mensen honderd jaar geleden lazen. Dat is continuïteit.'

'Ik was ook niet van plan in het wilde weg de hele literatuur te gaan herschrijven,' zeg ik. 'Maar stel dat Dickens had gezegd: "Volgens mij kan dit op verschillende manieren aflopen. Zó had het bijvoorbeeld ook kunnen eindigen"?'

Roland schudt zijn hoofd. 'Ik vind het maar niks. Ik wil antwoorden. Krijgt de jongen het meisje, heeft de butler het gedaan, van die dingen. Dat is jouw werk: jij vertelt me een verhaal, ik wil een *verhaal* horen. Ik wil niet dat je mijn belangstelling wekt en dat ik er dan aan het eind achter kom dat je me niet gaat vertellen hoe het afloopt. Dat is net zoiets als wanneer mensen een mop vertellen en de clou vergeten zijn.'

Dit gesprek blijkt lastiger dan het hoort te zijn. 'Maar er zit ook een persoonlijke kant aan,' zeg ik. 'We zitten allemaal in ons werk gebakken, weet je? Ik zit in mijn boeken, jij in je muziek. En als ik veranderd ben sinds ik die boeken schreef, als ik anders tegen de gebeurtenissen in mijn leven aan kijk en anders met relaties omga...' Ik probeer te bedenken hoe ik het moet zeggen. Het is belangrijk, maar ik geloof niet dat ik het goed onder woorden breng. 'Als ik die boeken nu zou schrijven, zouden het niet dezelfde boeken worden. Ik wil de manier waarop ik mezelf erin gestopt heb veranderen.'

Hij haalt zijn schouders op. 'Nu maak je er een bizar soort *Dr. Who*-tijdreizen van. Je bent hier juist gekomen, op het punt waar je nu zit, door die boeken te schrijven zoals je ze geschreven hebt...' Hij wacht even, schudt dan zijn hoofd en glimlacht verontschuldigend. 'Ik weet niet, ik kan je niet goed volgen. Als je iets nieuws wilt doen, doe dan iets nieuws, zou ik zeggen. En wie je ook geworden bent, hoe je ook veranderd bent, het komt vanzelf in je nieuwe werk terecht, zonder dat je daar je best voor hoeft te doen.'

Ik kijk van opzij naar zijn gezicht. Nu al is hij me op een andere manier vertrouwd dan toen ik hem voor het eerst ontmoette. Het is net zoiets als het uitwerken van een personage in een roman; in het begin weet je het meest basale van hem, maar pas als je een tijd met hem doorgebracht hebt en in zijn hoofd hebt gezeten, kom je erachter wie hij echt is. 'Ja, oké,' zeg ik. 'Maar waarom is dat dan anders dan *Underneath* opnieuw opnemen?'

Met twee vingers tikkend op zijn stuur zit hij even na te denken, dan begint hij verbaasd te lachen. 'Ik had willen zeggen dat muziek gewoon een ander beestje is, en dat het altijd leuk is om te horen hoe een oud nummer klinkt in een nieuw jasje. Maar zal ik je eens wat zeggen? Ik geloof dat je het me zojuist uit mijn hoofd gepraat hebt.'

Mijn mond hangt al een paar seconden open voor ik eindelijk iets zeg. Als ik het zou moeten opschrijven, zou ik waarschijnlijk kiezen voor het woord 'stamel'. 'Hoe deed ik dat dan? Ik ben er juist vóór, weet je nog?'

'Ja, maar door jou denk ik er opeens anders over. De mensen kennen die nummers al dertig-en-nog-wat jaar, toch? Ze hebben ze meegezongen in de auto en gedraaid op feestjes en al die dingen. Als we ze opnieuw opnemen, lopen we het risico dat mensen zeggen: "Waarom sleutelen aan iets wat goed is?" Of zelfs: "Moet je die zielige ouwe zakken zien, moeten zo nodig nog een keer verdienen aan hun oude succesnummers."' Hij lacht. 'We hebben onze plek in de geschiedenis van de rock-'n-roll veroverd, en nu is het onze belangrijkste taak om onszelf niet voor schut te zetten voor we sterven.'

Roland slaat af, en ik besef dat we in Milo's straat zijn. Ik herken het van het filmpje in *Homeruns* en word opeens nerveus. Milo's huis valt op tussen dat van zijn buren, met dat gele politielint, gescheurd en fladderend in de wind, rond de voortuin. Er is op het moment niemand in de buurt, geen verslaggevers en moordgroupies, maar het gras en de stoep ervoor liggen bezaaid met afval en platgetrapte rommel, als het dorpsplein wanneer de kermis verdergetrokken is. Als we dichterbij komen, zie ik op de oprit een geïmproviseerd altaartje staan, waarop mensen een vreemde mix van spullen hebben achtergelaten: knuffelbeesten en flessen tequila, zwartkanten lingerie en kartonnetjes waarop staat GERECHTIGHEID VOOR BETTINA. Zo te zien bestaat er nog geen overeenstemming over Bettina's erfenis: gaat ze de geschiedenis in als rockicoon of slachtoffer van huiselijk geweld?

Roland parkeert de auto aan de stoeprand. 'Gaat het?' vraagt hij, en ik realiseer me dat ik alleen maar naar het tafereel buiten heb zitten staren, in plaats van het portier open te maken. 'Wil je dat ik met je mee naar binnen ga?'

Ik schud mijn hoofd. 'Dat hoeft niet. Bedankt voor de lift.'

Hij knikt. 'Ik heb wat dingen te doen, maar dat duurt niet lang. Bel maar als je klaar bent om te vertrekken.' Hij vraagt om mijn telefoon, zet zijn nummer erin – iets waar ik nooit op gekomen zou zijn – en kijkt me na als ik uitstap en naar de voordeur loop. Hij wacht om te zien of de sleutel het doet voor hij wegrijdt.

Bij het opengaan van de voordeur klinkt er een riedeltje, een functie van het alarmsysteem die de bewoners laat weten dat er iemand binnenkomt, ook als het alarm niet ingeschakeld is. Ik weet nog dat dit in een of ander krantenartikel genoemd werd, al klonk het niet alsof de politie het een relevant of verhelderend detail vond.

Ik ga naar binnen en sta in de turkooizen hal die ik me van het filmpje herinner. Er hangt een bedompte lucht, zoals wanneer je na een lange reis weer thuiskomt. De tegelvloer is vies, besmeurd met donkere voetafdrukken, en ik denk aan al die mensen die de afgelopen week in en uit gelopen moeten zijn, de rechercheurs en forensische experts en wie er verder maar toegang heeft tot de plek van een gewelddadig overlijden.

Ik voel me slecht op mijn gemak, misschien gewoon omdat ik in dit huis sta, of misschien door het gesprek met Roland, en als ik de deur achter me dichtdoe word ik bang. Niet omdat ik me bedreigd zou voelen – zo tastbaar is het niet. Ik ben bang om hier te zijn, bang om dit huis binnen te gaan, dat niet langer een evoluerend organisme is zoals de meeste ruimtes waarin mensen wonen. Het is op één bepaald moment in de tijd stil blijven staan, zijn symboliek verstard en monolithisch. En ik wil niet zo ver doorlopen dat ik onderdeel word van het tableau.

Ik laat het gevoel als een rilling door me heen gaan, en dan ben ik klaar om de volgende stap te zetten. Ik loop door de fluweelrode eetkamer naar de keuken, en mijn blik valt op het werkblad, waar Bettina's geest net zo goed nog bezig zou kunnen zijn met mango's snijden. Het is vreemd om deze ruimtes al gezien te hebben zonder er ooit eerder geweest te zijn; het is alsof ik door het lege decor van een droom loop.

Als ik behalve om rond te neuzen nog om een andere reden hier ben, dan is het om te zien hoe groot de schade in de slaapkamer is, maar ik heb even de tijd nodig om me daarop voor te bereiden. Ik loop een kamer binnen die ik het tv-hok zou noemen, maar Milo geloof ik als 'mediaruimte' betitelde. Toen *Homeruns* hier werd rondgeleid, lagen er kussens op de grond, quasi losjes gerangschikt in een gebaar dat leek te betekenen: waarom zou je op een bank gaan zitten als de hele kamer een bank kan zijn? Nu liggen de kussens op een onordelijke hoop, waardoor de saaie, gebroken witte vloerbedekking eronder zichtbaar is. In het scherm van de tv aan de muur zit een barst, en ik vraag me af of die tijdens het onderzoek ontstaan is.

Wie achteraf door het huis liep, denk ik, *kon in het cumulatieve verval onmogelijk de afzonderlijke lijnen herkennen: wat was het gevolg van de moord, wat was veroorzaakt door de politie, wat door het alledaagse reilen en zeilen in een relatie die, afhankelijk van wie je raadpleegde, liefdevol en warm was of gewelddadig en verraderlijk.* Dit is niet ongewoon voor mij, dit soort vertellen. Meestal merk ik niet eens echt dat ik het doe. Maar nu ik even inhoud om naar mezelf te luisteren, blijf ik verbaasd stilstaan. Ik besef wat ik aan het doen ben: ik maak zinnen die in een autobiografisch boek zouden kunnen komen.

'Schrijven wat je weet' heeft me altijd onnodig beperkend geleken. Ik geef de voorkeur aan 'weten wat je schrijft'. Wil je in de huid van een heks kruipen, of een bodemkundige of een Mesopotamische slavin? Prima. Zorg dat alles klopt. Zorg dat het echt is, zorg dat het waar is, kom met details die me overtuigen.

Maar het is onmogelijk, nietwaar, om niet te schrijven wat je weet? Die slavin weet misschien hoe je sprinkhanen inlegt en uit de darmen van dieren de toekomst voorspelt, maar ze weet ook hoe het voelt om in het donker jouw man te kussen. Als haar haar wordt afgeschoren en haar voorhoofd gebrandmerkt, huilt ze jouw eenentwintigste-eeuwse tranen. En als ze een kind krijgt, heeft het de ogen en de hartverscheurende neiging om te tobben van jouw zoon.

Ik kan er niet omheen, wil ik maar zeggen. Ik kan niet níét over Milo schrijven, want hij is er nu eenmaal, in elk verhaal dat ik probeer te vertellen. Wat ik wel kan doen, is zo eerlijk mogelijk naar ons tweeën kijken. Mezelf de tijd geven om te schiften en afstand te scheppen en te vermommen. Mezelf mijn eigen privacyregels opleggen, beslissen wat ik voor me hou.

Langs een badkamer die niet in het filmpje voorkwam – hij is mooi ingericht, maar als er een thema aan verbonden is, is het zo subtiel dat ik het niet zie – loop ik naar Milo's oefenruimte. Het is er kaal en vrij leeg, met een podium waarop allerlei apparatuur staat: versterkers, microfoons, gitaren op standaards. Er zitten geen ramen in, en de muren zijn bekleed met stoffen platen, waarschijnlijk geluiddempende panelen. Als de moord op Bettina door een schrijver beraamd was, zou ze vast hier gestorven zijn.

Een tweede deur leidt naar Milo's kantoor. Van het filmpje in *Homeruns* had ik de indruk gekregen dat de hele kamer behangen was met fanmail, maar nu zie ik dat het alleen de achtermuur is. Wonderlijk om te zien, al die dingen die vreemden mijn zoon toesturen. Er hangen gedichten en tekeningen, foto's van topless meisjes die nog niet eens oud genoeg lijken voor de middelbare school. Liefdesbrieven en hatemail. Een e-mail van een vader wiens zoon is omgekomen bij een auto-ongeluk, die vertelt dat ze op de begrafenis nummers van Pareidolia hebben gedraaid. Een brief van een kind, geschreven met kleurpotlood, met de vraag of Milo op zijn verjaardag wil komen.

Er zijn zeker tijden geweest dat ik wenste dat het schrijverschap meer publieke erkenning zou opleveren, meer kans op roem. Maar ik denk dat ik altijd geweten heb dat ik dat in mijn hart niet echt wilde. Een aantal jaar geleden bezocht ik, op een reis naar Key West, het huis van Hemingway en zag daar in de tuin, waar Hemingway zwom en dronk en god weet wat nog meer deed met vrouwen en vrienden en gasten, een machine waarmee je centen met het gezicht van de auteur erop kon maken. Ik vond het grappig, dat op één lijn plaatsen van kunst en kitsch, het opportunisme van een toeristenindustrie die bereid was om het even welk gezicht op een munt te zetten zolang ze dachten dat mensen het zouden kopen. Maar het maakte ook duidelijk dat de toeristen die ze het geld uit de zak probeerden te kloppen, ik incluis – en ja, ik heb ook een muntje gemaakt, wat me eenenvijftig cent kostte –, niet anders waren dan de toeristen die, laten we zeggen, een rariteitenkabinet bezoeken. We lopen met z'n allen achter de gids aan, griezelend van katten met zes klauwen en denkend dat we in de kamers waar Hemingway ooit doorheen liep inzicht zullen krijgen in iets anders dan op wat voor soort kussen hij het liefst sliep. Denkend dat we ons met literatuur bezighouden, terwijl we eigenlijk gewoon de tijd doden tot de bars opengaan, in een stadje waar Ernest Hemingway dezelfde status heeft als singer-songwriter Jimmy Buffett.

Langzaam loop ik door de kamer. Er is één plank met boeken, geen ervan van mij, en ik zie Milo's jaarboek van school tussen een rijmwoordenboek en de meest recente uitgave van *This Business of Music* in staan. Op een tafeltje naast de bank staan foto's. Alweer geen spoor van mij, maar er zijn er wel een paar van Milo met Rosemary en Mitch. Ik neem ze een voor een in mijn handen, maar eigenlijk niet om ernaar te kijken. Het zijn foto's die ik thuis ook heb: Milo met de pasgeboren Rosemary in zijn armen (de volwassenen staan net buiten beeld, bedacht op elke plotselinge beweging van de peuter), Mitch voor een auto die hij net gekocht heeft. Wat ik wil is die voorwerpen aanraken – tastbaar gewicht, heldere kleuren achter glas –, iets in mijn handen houden wat van Milo en mij samen is.

Het laatste wat ik bekijk is een rij lijsten aan de muur, maar hier zitten geen foto's in. Als ik er dicht genoeg bij ben, zie ik dat het vellen papier zijn, vol songteksten in Milo's compacte, kriebelige handschrift. Het zijn allemaal teksten die ik ken, van nummers op zijn albums, maar nu zie ik voor het eerst hoe ze tot stand gekomen zijn. Ik zie doorgestreepte woorden en afgekeurde coupletten. Dat 'Your Brain on Drugs' zijn leven begon onder de titel 'Cracking the Shell', en dat het stel in

'Atomic Mass' elkaar oorspronkelijk leerde kennen op een feestje, en niet in een stripclub. Het is de creatieve impuls zichtbaar gemaakt, en het brengt me op de gedachte dat het altijd iets willekeurigs heeft wanneer we een nummer of een roman laten eindigen, wanneer we besluiten dat we 'klaar' zijn.

Ik zucht en ga terug naar de trap in de hal. Vroeg of laat moet ik toch een keer naar boven, het heeft geen zin er omheen te draaien. Ik loop de trap op en denk aan Milo, aan zijn voetstappen op die avond, maar het terugvolgen van zijn spoor levert me geen nieuwe inzichten op.

Onderweg naar boven probeer ik me te oriënteren, te bedenken aan welke kant van het huis de slaapkamer ligt. Ik weet dat het raam over de baai uitkijkt, ik herinner me water en het reepje rood van de Golden Gate toen de camera vanuit een bepaalde hoek filmde. Maar als ik boven ben, blijkt dat het geen probleem zal zijn om de kamer te vinden. Ik hoef alleen maar de vlekken op de grond te volgen, het spoor van voetafdrukken en vuil en donkere bloeddruppels.

Ik loop naar de kamer aan het eind van de gang. Op de deurpost zit een bloedige handafdruk, die naar ik weet van Milo is; het is een van de meer lugubere details die bekendgemaakt zijn. Het ziet eruit alsof hij op weg naar buiten steun heeft gezocht bij de deurpost. Mijn gedachten maken een ongepaste sprong naar de schoolwerkjes die ik nog ergens op zolder heb liggen, afdrukken van dezelfde hand, maar dan kleiner, gedoopt in bruine verf en verwerkt in Thanksgivingkalkoenen.

Ik ga naar binnen en dwing mezelf om langzaam rond te kijken. Wit beddengoed en een houten vloer, een rorschachtest in zwart en donkerrood. Het is veel bloed, maar misschien niet zoveel als ik me voorgesteld had. De grootste vlek loopt van het bed langs de zijkant op een donzig wit kleedje, dat vast uitgekozen is vanwege zijn zachtheid onder blote voeten. Ze stond naast het bed, zeiden ze, toen de eerste klap viel. De aanvaller stond links van haar, en door de klap viel ze opzij op het bed, waar ze lag toen de halterschijf voor de tweede keer haar hoofd raakte. Het is een wonder dat ze dit allemaal weten, dat ze aan de hand van een dood lichaam en bevlekte lakens raak-hoeken en de volgorde van gebeurtenissen kunnen bepalen. Dat ze antwoorden kunnen vinden door in kaart te brengen waar het bloed neerkwam terwijl het wapen weer opgetild werd. Een verhaal geschreven met druppeltjes. Wichelen met spetters.

Ik probeer mezelf te choqueren door mijn hersenen deze informatie te voeren: wie er ook met die halterschijf geheven in deze slaapkamer stond, wie hem ook willens en wetens liet neerkomen, het is bijna zeker iemand die ik al ontmoet heb. Misschien – en met deze mogelijkheid moet ik rekening houden – zelfs iemand die ik goed ken.

Als dit een film was, zou de montage er zo uitzien: alle verdachten pakken, een voor een, het moordwapen op. Verschillende paden die, onvermijdelijk, naar deze ene uitkomst zullen leiden. Op dit punt zou ik aanwijzingen uit de doeken doen, in de weer gaan met tijdschema's van persoonlijk verraad en algebraïsche formules van romantische relaties, bekende en mogelijke. Het terrein afspeuren naar plekken waar woede en jaloezie wellicht wortel hebben geschoten.

Ik merk dat ik al een tijdje mijn adem inhoud. Dit, wat ik voor me zie... het is niet angstaanjagend, zoals ik verwacht had. Dit is geen horrorfilm of een griezelattractie in een pretpark. Het is de kern van een menselijke tragedie. Hier is een einde gekomen aan een leven, en de omstandigheden waaronder dat gebeurde mogen, hoe betreurenswaardig, hoe wanstaltig ook, niet het uitgangspunt zijn. Deze plek markeert een grens, een eindpunt, en ik word bevangen door een onverwacht plechtig gevoel. Ik krijg de aanvechting om te knielen, om mijn hand op de vlek op het kleedje te leggen, en voor ik kan bedenken waarom ik dat niet zou moeten doen, heb ik het al gedaan. Ik voel waar de haren van zacht overgaan in hard, en in stilte hou ik mijn eigen grafrede.

Ik blijf nog een paar minuten zitten, en dan hoor ik het geklingel dat aangeeft dat de voordeur opengaat. Ik kom overeind, mijn hart bonkt zelfs bij de gedachte aan de meer voor de hand liggende verklaringen. Zei ik dat ik het niet griezelig vond om in deze kamer te zijn, waar een moord gepleegd is? Dat was dus duidelijk geklets.

Ik ga zo zachtjes mogelijk de kamer uit en sluip naar de trap. Als ik over de reling kijk, zie ik eerst alleen de half openstaande deur, die de persoon erachter aan het oog onttrekt. Dan gaat de deur dicht. Ik hoor hem in het slot vallen. En daar is Kathy Moffett.

Omslagtekst van
CRYBABY BRIDGE
door Octavia Frost
(Farraday Books, 1994)

Alannah Ringgold stierf boos. Nadat ze ontdekt had dat haar man vreemdging, stapte ze in de regen in haar auto om hem de les te lezen, om even later op een brug in een slip te raken en door de vangrail heen het water in te rijden.

Verpletterd door de scheiding van haar twaalf jaar oude zoon, en niet bereid hem toe te vertrouwen aan de man die haar bedrogen heeft, zit Alannah vast in de stoffelijke wereld, niet in staat om over te gaan naar wat daarna komt. Ze spookt rond in het gezin dat in haar afwezigheid ontstaan is en maakt haar zoon tot inzet van een voogdijstrijd tussen de levenden en de doden.

Ik weet niet hoelang we zo door zouden zijn gegaan – ik van buitenaf kijkend naar jou, als een zenuwachtige moeder op de eerste schooldag, mijn aanwezigheid alleen merkbaar aan een incidentele onverklaarbare bons of het flikkeren van de lampen. Jaren misschien wel, als ik die ene zin niet over je lippen had horen komen. Als ik niet had gehoord hoe je haar 'mijn stiefmoeder' noemde.

Een moeder die ziet dat haar kind in gevaar is, hoor je wel eens beweren, is tot wonderbaarlijke dingen in staat. Als het nodig is zijn we meedogenloos: we gaan de aanvaller te lijf met een honkbalknuppel, ergens halen we de kracht vandaan om de auto van een zwaargewond lichaam te tillen. Jij noemde haar 'mijn stiefmoeder', en de razernij die door me heen sloeg gaf me vleugels. Als ik wilde, wist ik opeens, kon ik met mijn pijn en mijn nood dit hele huis neerhalen. Ik kon zijn bewoners wegblazen.

Het is inmiddels herfst, een paar dagen voor Halloween. De laatste keer – mijn *laatste* keer – ging je verkleed als Charlie Chaplin. Je vrienden wisten niet eens wie dat was. Maar deze keer is alles anders, en de jongens met wie je omgaat hebben besloten dat ze te oud zijn om langs de deuren te gaan. In plaats daarvan willen ze zichzelf en elkaar de stuipen op het lijf jagen. Ons stadje is een beetje te steriel, een beetje te keurig; hier zijn geen leegstaande huizen waarin kinderen zichzelf het bestaan van geesten kunnen aanpraten. Maar we hebben één plek die heel geschikt is voor een donkere Halloweenavond, en het is een gelukkig toeval dat moderne legende en persoonlijke geschiedenis er zo mooi samenkomen. Jullie zijn van plan de avond door te brengen op Crybaby Bridge.

Volgens de verhalen, die al veel langer in deze streek rondwaren dan mijn armzalige geest, was ik niet de eerste die in haar laatste seconden aan de andere kant van die ijzeren reling omlaag tolde. De details zijn telkens anders, afhankelijk van wie je het vraagt en welke les ze willen dat je eruit trekt, maar de meeste mensen zijn het erover eens dat het verhaal begint met een moeder en een kind. Was de vrouw een ontrouwe echtgenote? Een ongehuwd schoolmeisje? Niemand weet het precies. Maar ze had iets verkeerd gedaan, dat is wel duidelijk, en ze wilde schoon schip maken. Ze kwam met haar pasgeboren baby naar deze brug, en ze liet hem over de rand vallen. Sommigen zeggen dat ze daarna zelf sprong, en anderen zeggen dat ze haar straf onder ogen zag. Maar sindsdien hoor je als de maan schijnt iets vreemds op die brug. Een baby. Het gehuil van een baby.

Er bestaat een daarmee samenhangend verhaal over een afgeslagen auto. Als je naar het midden van de brug rijdt en de motor afzet, schijnt het, rolt de auto vanzelf verder, en later vind je in het vuil op je bumper piepkleine handafdrukjes. Maar jij bent nog niet oud genoeg om auto te rijden, en je vrienden ook niet. Jullie kiezen voor optie A, het eenvoudigste en onschuldigste experiment. Jullie gaan luisteren of jullie de baby horen huilen.

Je vrienden zijn niet meer dezelfde jongens die ik een paar maanden geleden nog over de vloer had. Er heeft een reorganisatie plaatsgevonden, een herindeling van vriendengroepen die in de puberteit zo vaak voorkomt. Omdat jij een verdriet te verwerken hebt dat zij zich niet eens kunnen voorstellen, ben jij een soort sjamaan voor hen geworden, een functie die op de avond van 31 oktober zijn nut zal bewijzen. Ze willen een geest, en als iemand die kan oproepen, dan ben jij het.

Ik volg je door de kamers terwijl je je klaarmaakt voor vertrek. Je scharrelt wat verkleedkleren bij elkaar bij wijze van alibi, want welke ouder zou toestemming geven voor deze antropologische expeditie? Je trekt een lange onderbroek aan, met daarover een zwarte broek – die nette die ik vorig jaar voor de feestdagen voor je gekocht heb en nu alweer te kort is. Je rolt hem tot aan je knieën op, stopt er een groot, wit overhemd uit de kast van je vader in en bindt een lange wintersjaal om je middel als sjerp. Zwarte sneakers, want de enige laarzen die je hebt zijn snowboots, en die zijn blauw. Je zet de driekante steek op die we in openluchtmuseum Williamsburg gekocht hebben, en je bent een piraat, of iets wat erop lijkt. Als ik er was, er echt wás, zou ik op zoek gaan naar die oude stoffen papegaai waar je vroeger altijd mee rondliep. Die zou ik op je schouder kunnen vastspelden. Maar ik ben er niet, en deze hele verkleedpartij interesseert jou toch niet echt.

Je pakt een oude canvas schoudertas die ik een keer bij een reisbureau heb gekregen. Die is zogenaamd voor het snoep dat je gaat ophalen. In werkelijkheid zit er een thermosfles in – je oude Ninja Turtlesfles, verdorie. Waarom letten die volwassenen niet een beetje op? – met een mix van cola en een paar druppels sterkedrank uit elke fles die je kon vinden. Dit maakt deel uit van het plan, en ik wil wedden dat er ook iemand met hoestdrank aankomt.

Je gaat naar beneden, naar de woonkamer, waar zíj o zo knus op de bank tv zitten te kijken. Ze bejubelen je outfit, je treurige, bij elkaar geraapte outfit die overduidelijk niet meer is dan een excuus. Ik concentreer me en zwiep een tijdschrift van de salontafel. De trut heeft een nieuwe tactiek om op mijn uitbarstingen te reageren: ze negeert me. Kalm raapt ze het tijdschrift op en legt het terug op tafel, met haar gezicht nadrukkelijk in de plooi. Ze loopt naar je toe, zet je steek recht, en dan heeft ze het gore lef om zich voorover te buigen en je een zoen op je wang te geven. En jouw reactie, je verlegen, behoeftige glimlach, snijdt als een mes door mijn ziel. Ik wacht tot ze een stap bij je vandaan doet, tot ze recht onder die spuuglelijke lamp van haar staat. Dan bundel ik al mijn woede, kneed er een harde bal van, net zolang tot een van de peertjes uit elkaar spat en het tinkelende scherfjes regent op haar hoofd. Nu reageert ze wel. Ze krimpt in elkaar, en tot mijn intense tevredenheid zie ik de angst in haar ogen flitsen. Het duurt maar heel even. Dan heeft ze zichzelf weer in de hand en begint je te vertellen waar je allemaal op moet letten als je de straat op gaat.

Je neemt afscheid. En ze laten je gaan. Later zullen ze steeds weer aan dit moment terugdenken, en ze zullen het er nooit over eens worden wat ze anders hadden moeten doen. Misschien zullen ze de pijn die hun te wachten staat niet eens overleven – hun relatie is nog niet gehard genoeg om een zware slag te boven te komen –, maar tot mijn eigen verbazing is dat me om het even. Het gaat mij alleen om jou. Zij kunnen de pest krijgen.

Je gaat zonder jas de deur uit. Je zult het koud krijgen, maar ik verwacht niet dat ik me daar nog lang zorgen om zal hoeven maken. En je gaat op weg naar je vrienden en de plek waar je moeder gestorven is.

Ik kan je nu al vertellen dat er geen geesten zijn bij Crybaby Bridge. Totdat ik straks kom in elk geval niet. Best mogelijk dat hier ooit iets vreselijks gebeurd is – of een heleboel vreselijke dingen, wie zal het zeggen – maar er is geen spookbaby die om zijn moeder roept, geen jammerende vrouw op zoek naar het kind dat ze in de steek liet. Wat je er wel vindt, als je een verklaring wilt, zijn kale takken en wind, ruisend water en af en toe een uil die roept. En de overspannen fantasie van vele generaties.

Toch voel ik me verwant met die naamloze moeder, die ingebeelde moordenares wier verhaal zoveel macht uitoefent op kinderen op weg naar volwassenheid. Al die nachtmerrieachtige figuren, echt en verzonnen, die hun kinderen verdrinken in badkuipen en rivieren: wij zijn geen monsters. We zijn mensen. Niets minder, en zeker niets meer. Heel gewone vrouwen tot jullie kwamen, onze kinderen, die ons in iets anders veranderden. Jullie, drijvende kiemen. Jullie kwamen binnen in ons tot leven; geen wonder dat we denken dat we jullie in ons moeten opnemen om jullie te beschermen.

Onderweg draai ik om je heen. Ik vraag me af hoe je je zou voelen als je wist dat ik hier was, als je wist tot welke klus ik vanavond bereid ben. Ik herinner me die keer toen je nog klein was en je net geleerd had wat 'dood' betekende. Je was bang, en het was te veel voor mij om uit te leggen, en ik zocht naar woorden om het minder afschrikwekkend te maken. 'Het is niet iets om bang voor te zijn,' zei ik. 'Als je doodgaat krijg je het antwoord op het grootste raadsel dat er bestaat.'

Maar dat had ik mis, want wat er doorgaans met de doden gebeurt weet ik nog steeds niet. Hier zijn ze niet, dat weet ik wel. Wij, de achterblijvers, zijn maar met weinigen. Wij zijn degenen die in de Aziatische folklore 'hongerige geesten' worden genoemd. Hunkerend waren we rond, op zoek naar iets om de leegte binnen in ons op te vullen. Maar niets helpt. Onze monden zijn net speldengaatjes, onze magen zo groot als de maan.

Ik weet niet waar de andere doden heen gaan, en ik weet niet of ik voorbestemd ben om me op een dag bij hen te voegen. Als er nog een andere wereld is, dan wil ik er niet heen, tenzij ik jou kan meenemen. Ik ben hier omdat ik hier nodig ben, voor jou. Ik moet wel geloven dat ik de juiste keuzes heb gemaakt. Ik moet wel geloven dat ik altijd uit liefde gehandeld heb.

De tijd vervloeit zoals dat soms gebeurt waar ik me bevind, en ik vrees al dat ik mijn kans gemist heb, maar als ik weer in evenwicht ben, zie ik je met je vrienden midden op de brug zitten. Ik wist niet dat ze dit deel van de weg voor auto's gesloten hadden, en ik vraag me af of dit iets met mijn ongeluk te maken heeft of gewoon deel uitmaakt van een allang bestaand plan om de verkeersstroom efficiënter te maken.

Je hebt zitten drinken van het walgelijke brouwsel uit de thermosfles, waar ik vroeger chocolademelk in deed, en je begint een beetje draaierig te worden. Des te beter. Jullie vertellen om de beurt een eng verhaal; zo te horen kennen jullie allemaal wel iemand die iemand kent die in een hotel in zijn matras een lijk vond of een onschuldige pukkel op haar wang had waar opeens spinnen uit kropen. Als er een stilte valt, begint er altijd wel iemand zogenaamd te huilen – waahhh! – en dan schateren jullie van opluchting.

De vangrail is nog niet gerepareerd sinds ik er met mijn auto doorheen reed, het gat is alleen gedicht met plastic en waarschuwingstape. Ik zie jou er af en toe naar kijken. Opeens word ik boos op deze jongens, die jou hier mee naartoe namen zonder erbij stil te staan dat het je pijn zou kunnen doen, en dat gevoel geeft me kracht.

Ik laat jullie alleen en zweef omlaag tot vlak boven het wateroppervlak, precies op de plek waar ik voor het laatst angst voelde, waar mijn auto volliep met water en ik aan het eind kwam van mijn aardse reis. En met de samengebalde woede van alle moeders die ooit een kind zijn kwijtgeraakt, laat ik twee dingen tegelijk gebeuren: ik maak mezelf zichtbaar, een jammerlijke gestalte flakkerend tegen de avondhemel, en ik maak een geluid dat klinkt als jouw naam.

Het duurt maar een paar seconden, en als je te laat naar beneden kijkt, zul je niets anders zien dan graspollen en zwart water. Maar je kijkt precies op het goede moment. Je schreeuwt niet mijn naam, daarvoor ben je je te zeer bewust van de andere jongens en wat zij daarvan zouden vinden, maar je staat op alsof je een schok gekregen hebt, en je wankelt naar het kapotte stuk vangrail.

Je vrienden reageren voorspelbaar: eerst denken ze dat je een grap maakt, en dan beginnen ze bezorgd te roepen dat je terug moet komen. Je staat nu op de rand naar beneden te kijken, met alleen wat laagjes plastic tussen jou en de diepte. Ik kan je gezicht niet zien, alleen je gebogen hoofd. We zijn zo dicht bij een hereniging, zo dichtbij, en ik raap mijn hoop en mijn angst bij elkaar en laat mezelf nog een keer aan je zien.

Je maakt een verdrietig geluid, een gepijnigd geluid, en leunt verder voorover. Een van de jongens komt op je af, en hij schreeuwt tegen je en probeert je bij een arm te pakken, en je doet een stap opzij en struikelt. En je valt.

Ik zie je omlaagduiken, zie je spartelen in de lucht, en even ben ik bang. Het deel van mij dat zich het leven herinnert, dat het ritme van inademen en uitademen nog kent, vraagt zich af of ik misschien iets onvergeeflijks heb gedaan. Maar ik neem het gevoel waar en laat het voorbijgaan. Ik ben je moeder, en jij hoort bij mij. Aan sommige dingen valt niet te tornen.

Je raakt het water en ik laat me naast je vallen. Ik blijf bij je, mijn kind, zolang je in nood bent, en ik zal bij je zijn als je overgaat naar de andere kant. Eindelijk zal ik je tegen me aan kunnen drukken, en samen zullen we drijven, en na al die tijd houd ik je dan weer stevig vast.

Ik zou dit graag van je willen overnemen, maar dat kan niet, dus blijf ik gewoon dicht bij je. Algauw is er alleen nog de gloed om je heen en je brekende stem en mijn vreugde die schijnt op het water. We zinken samen naar de modder en het slib, en het stopt en het stopt en het stopt.

Fragment uit
CRYBABY BRIDGE
door Octavia Frost
HERSCHREVEN SLOT

Ik zie je omlaagduiken, zie je spartelen in de lucht, en even ben ik bang. Het deel van mij dat zich het leven herinnert, dat het ritme van inademen en uitademen nog kent, vraagt zich af of ik misschien iets onvergeeflijks heb gedaan.

Als je dichterbij komt, word ik me bewust van een afwezigheid van geluid, zoals wanneer een ijskast afslaat. Ik heb het me niet eerder gerealiseerd, maar al die tijd dat ik bij je was hoorde ik iets, het zoemen van een insect, een ruis op de radio. Iets wat makkelijk naar de achtergrond verdwijnt. Maar nu zoek ik ernaar, en ik vind het ook; het is zwakker, maar het is er nog. Ik luister zo geconcentreerd als ik maar kan.

Op dit moment voel ik wat jij voelt. Paniek. Doodsangst. En het hevige verlangen om lucht in je longen te zuigen, sterker nog dan mijn hunkering om je tegen me aan te drukken. Opeens begrijp ik hoe het voor jou geweest is. Je bent in de war en bang en gekwetst, en niet alleen omdat ik er niet meer ben. En ik probeer te bedenken hoe ik je pijn kan verlichten.

Vlak voor je het water raakt, denk je aan je vader, en ik zie hem zoals jij hem ziet: een mens, een levend mens, die jou op handen draagt en het geluk heeft op zijn beurt door jou op handen gedragen te worden. Mijn woede lost op, en mijn liefde voor jou balt zich samen als een donderwolk. Die adrenaline, die bovenmenselijke moederkracht, begint te stromen. En ik vang je op.

Op de een of andere manier heb ik je te pakken, en je begint te zwemmen en je kruipt op de oever. Je vrienden komen de heuvel af gerend, en ik voel wat jij voelt: opluchting. Troost. Iets wat in de buurt komt van geluk.

De aarde verlost me uit zijn greep, en het laatste wat ik zie voor ik wegglijd ben jij, zittend op de kant, in leven. Ik heb je gered; dat is altijd mijn taak geweest. En misschien is dat de reden dat ik gestorven ben. Of misschien is het de reden dat ik geleefd heb.

HOOFDSTUK VEERTIEN

Ik heb het nog niet uitgesproken, maar natuurlijk vraag ik me af of het mogelijk is dat Kathy Moffett haar eigen dochter vermoord heeft.

Laat ik meteen toegeven dat ik van niets weet. We hebben hier te maken met hele mensenlevens, met elkaar verbonden door overlappende verhalen over liefde en haat die ik onmogelijk kan blootleggen. Er kunnen nog ontelbare geheimen aan de oppervlakte komen – liefdesavonturen en banden met de maffia, gokschulden en paranoïde wanen. Het zou kunnen zijn dat Roland reden had om Bettina te vermoorden, of Joe, of Chloe, of misschien zelfs Lisette Freyn.

Maar als de politie de jokers uit het spel heeft gehaald – de betrapte inbreker, de gestoorde fan – en als mensen zo gecompliceerd en zo doorzichtig zijn als ik geleerd heb dat ze meestal zijn, dan blijven de twee mensen die het meest van Bettina hielden over: Kathy en Milo.

Beide mogelijkheden zijn ondenkbaar, en beide zijn makkelijk voor te stellen. Een afgewezen minnaar: *als ik je niet kan krijgen, krijgt niemand je.* Een moeder die de grens tussen ouder en kind uit het oog verliest: *ik heb je op de wereld gezet. Je bent van mij.*

In beide gevallen waren de laatste momenten van haar leven een verschrikkelijke openbaring voor Bettina, in beide gevallen was haar dood een les in de grenzen van de liefde en de spankracht van het verraad tussen mensen. Als je huis afbrandt en je kinderen om het leven komen, maakt het dan uit of het met kerst gebeurt of op 9 november?

Nadat ze de voordeur achter zich dicht heeft gedaan, blijft Kathy Moffett, net als ik een halfuur geleden, even in de hal staan om de zware roerloosheid in zich op te nemen, de postmortale stilte. Ze ziet er belabberd uit, of misschien is dat te sterk uitgedrukt. Haar kleding en make-up zien er net zo onberispelijk uit als op de begrafenis, maar ze staat er in elkaar gezakt bij, alsof ze niet de energie heeft om haar spieren en botten opdracht te geven haar overeind te houden.

Ik bekijk haar maar een paar seconden voor ik naar beneden ga. Ik kan niet doen alsof ik er niet ben. Ik moet hier op een volwassen manier mee omgaan.

'Hallo,' roep ik. Het is onmogelijk om haar niet aan het schrikken te maken, en ze trekt haar schouders op terwijl ze zich met een ruk omdraait. Bang, bijna paniekerig kijkt ze naar me op, maar als ze me herkent verschijnt er een harde blik in haar ogen.

'Neem me niet kwalijk,' zeg ik als ik beneden ben. 'Ik wilde je niet overvallen.' Ik steek mijn hand uit, al verwacht ik niet dat ze die zal aannemen, zoals zij naar me kijkt. 'Ik ben Octavia Frost. De moeder van Milo.'

'Ik weet wie je bent. Ik geef je geen hand.' Haar toon is vreemd, gemeenzaam bijna. 'Ik zou je in je gezicht moeten spugen.'

Ik ben zo geschokt dat ik bijna begin te lachen – wie schrijft haar dialogen? Maar ik hou me in. En omdat zij besloten heeft dat we de regels van het beschaafde gesprek niet hoeven op te volgen, en omdat ik soms impulsief en ongepast reageer als ik geconfronteerd word met woede, lach ik lief naar haar. 'Ik jou ook,' zeg ik.

Ik heb er onmiddellijk spijt van, want met valsheid schieten we niets op. Kathy trekt haar wenkbrauwen op en schudt langzaam haar hoofd, met een glimlach die lijkt te zeggen dat ze al verwacht had dat ik me zo zou gedragen, alsof ik hier de enige ben die kinderachtig doet.

Ik zucht. 'Oké. Laten we opnieuw beginnen. Ik ben Octavia. Ik zal niet proberen je een hand te geven.'

Er komt een gedachte bij haar op, en ze kijkt een beetje verwilderd om zich heen. 'Is hij er ook?'

'Nee. Ik ben alleen.' Ik wacht even voor ik verderga. 'Luister, ik weet dat dit moeilijk is, maar ik wil je toch zeggen hoe vreselijk ik het voor je vind.'

Weer schudt ze haar hoofd, maar ze lijkt eerder afgetobd dan boos. 'Ja, laten we daar maar niet...' zegt ze, kijkend naar de grond.

'Ik kwam langs om...' zeg ik, maar verder ga ik niet. Wie moet hier nu eigenlijk uitleggen wat ze komt doen? En wil ik echt zeggen dat ik langskwam om te kijken hoeveel werk het zal zijn om de schade te herstellen die de moord op haar dochter heeft aangericht?

'Je hebt een sleutel,' zeg ik uiteindelijk. Ik probeer te bedenken wat gezegd moet worden, en de sleutel lijkt me een praktisch onderwerp. Als zij hem niet afgeeft, moet ik de sloten laten vervangen.

Ze staart me aan. 'Niet te geloven,' zegt ze zacht. 'Ja, ik heb een sleutel. Ik ben hier altijd welkom geweest.'

Ik incasseer de tik, recht op de zere plek.

'Ik wilde al contact met je opnemen,' zeg ik. 'Om te vragen wat ik met Bettina's spullen zal doen.'

De woede die haar gezicht al sinds ik de trap af kwam strak doet staan lijkt uit haar weg te vloeien, en ze zoekt steun bij de muur. Ze maakt opeens een hulpeloze indruk. 'O god,' zegt ze. Ze klinkt alsof ze geen lucht krijgt. 'Ik weet het niet.'

Haar reactie overvalt me een beetje. Ik ging ervan uit dat ze wel nagedacht zou hebben over de noodzaak om Bettina's spullen uit te zoeken. Eigenlijk dacht ik dat ze daarvoor kwam.

Ze haalt gejaagd adem, en ik ben bang dat ze zal gaan hyperventileren. 'Oké,' zeg ik, 'het komt wel goed.' Ik aarzel even, maar dan leid ik haar naar de eetkamer en zet haar op de lange fluwelen bank.

'Ga maar even zitten,' zeg ik. 'Ik haal water voor je.'

In de keuken maak ik kastjes open op zoek naar een glas.

Wie heeft deze uitgezocht, denk ik als ik het juiste kastje te pakken heb en er een smal blauw glas uit haal, Milo of Bettina? Wie heeft die vaatdoeken uitgezocht, en dat broodrooster en die zware steelpannen die er zo duur uitzien? Zijn ze samen uit winkelen gegaan, als een pasgetrouwd stel dat een nestje bouwt? Maar misschien waren ze het geen van beiden. Als je rijk en drukbezet bent, neem je misschien iemand in de arm om je keuken voor je in te richten.

Ik doe de ijskast open om water te pakken. Water is er niet, maar de geur van beginnende verrotting maakt me duidelijk dat ik nog een klusje op mijn lijstje kan zetten. Even bekijk ik de inhoud van de ijskast, de dingen die Milo en Bettina voor hen samen in huis gehaald hebben. Sojamelk, verschillende soorten mosterd, een of andere sla in de groentela. Een halve avocado, bruin geworden. Het is net dat eisenpakket van Pareidolia dat ik op internet las: ruw materiaal waaruit met geen mogelijkheid een verhaal te peuren valt.

In de vriezer vind ik ijsblokjes, en ik hou het glas onder de kraan. Kathy zit nog waar ik haar heb achtergelaten, in elkaar gedoken en klein. Ik zet het glas voor haar neer en ga tegenover haar in een zware houten stoel zitten.

'Het is bijna een week geleden,' zegt ze. Ze pakt het glas vast maar tilt het niet op. Ze klinkt ongelovig, al kan ik niet uitmaken of een week haar te kort of te lang lijkt voor wat zij heeft meegemaakt. 'Een week geleden zat ik hier en zat zij hier.'

Ik knik, al kijkt ze helemaal niet naar mij; ze kijkt nergens naar, of anders naar haar hand om het blauwe glas.

'Ze was zo'n schatje toen ze klein was,' zegt ze. Dit is het moment waarop de interactie wat mij betreft een nieuwe weg in slaat. Als ik dit verhaal later navertel, zal ik zeggen dat dit het moment was waarop het 'raar begon te worden'. Maar het is niet zozeer dat ze nu echt iets vreemds zegt, het is meer dat ze mij een nieuwe rol geeft, zonder mijn instemming. Ze verandert de regels: van nu af aan praat zij en luister ik, en ikzelf heb daar verder niet veel over te zeggen. Als ik eerder wel eens in zo'n situatie terechtkwam, gegijzeld werd door een gesprek in een vliegtuig of ergens anders waar ontsnappen onmogelijk was, trok ik me altijd net ver genoeg terug om toeschouwer te kunnen zijn. Materiaal, dacht ik dan altijd. Blijf luisteren. Misschien krijg je iets bruikbaars te horen.

'Ik zie haar nog voor me op haar eerste schooldag,' zegt ze. 'Ze droeg een wit jurkje met bloemetjes erop geborduurd. Ik had het voor haar meegenomen uit Mexico. Als ik ergens naartoe ging, logeerde zij altijd bij haar vader, en als ik thuiskwam rende ze op me af en sloeg ze haar armen om me heen en zei: '"Mama, ik heb je zo gemist."'

Ik val haar in de rede. 'Haar vader?' vraag ik.

'Roland. Ze heeft hem altijd gezien als haar vader.' Haar stem krijgt een verbeten klank. 'Ik denk nog steeds dat hij het is.'

En dit is ongeveer wat ik bedoel als ik zeg dat ik naar materiaal zoek: ik wacht op het moment dat de spreker iets over zichzelf onthult dat hij of zij niet van plan was te onthullen. Een kijkje onder de oppervlakte, alsof je een hoekje van een pas gelegde graszode optilt. Het is een kleinigheid die daar omhoogkruipt: Kathy vertrouwt de uitslag van de vaderschapstest niet. Niet zo vreemd misschien. We hebben allemaal onze kronkels en onuitgesproken samenzweringstheorieën, en laboranten maken natuurlijk net zo goed fouten als ieder ander. Roland is een rijk man met veel invloed, die misschien wel in staat is de dingen naar zijn hand te zetten, en Kathy weet zelf het best waar en met wie ze haar kind verwekt heeft.

Maar. Het is genoeg om mij duidelijk te maken dat ze, als het haar uitkomt, soepel omgaat met dingen die de meeste mensen voor waar aannemen. Het is genoeg om mij duidelijk te maken dat de waarheid voor haar op zijn minst een klein beetje plooibaar is.

'Het was altijd zo'n keurig kind,' zegt Kathy, terwijl ze de condens van het glas wrijft. 'Zo'n lief meisje.'

Het blijft een tijdje stil. 'Als ik het zo hoor, is ze ook een fantastische vrouw geworden,' zeg ik. Hou haar aan de praat. Je weet nooit wat je te horen krijgt.

Ze kijkt me bijna uitdagend aan. 'We waren hartsvriendinnen,' zegt ze. 'We belden elkaar elke dag twee keer, minstens. Ze nam nooit een beslissing zonder mij om mijn mening te vragen.'

Ik knik. 'Dat zie je niet vaak.'

'Inderdaad. Helemaal niet vaak. Je hebt er geen idee van. Met zoons is het anders.'

Jij hebt geen idee van zoons, wil ik zeggen, maar ik doe het niet. 'Ik had ook een dochter. Maar die heb ik niet als volwassene mogen kennen.'

Ze neemt me op. 'Dat is ook zo,' zegt ze. 'Dat was ik vergeten.' Ik wacht om te horen of ze er nog zo'n in deze situatie gebruikelijk zinnetje aan toevoegt – 'Wat erg', of 'Wat een vreselijk gemis' – en het fascineert me dat ze dat niet doet.

'Wat is erger?' zegt ze. 'Een kind verliezen aan een ongeluk en nog een kind overhebben, of een kind verliezen aan geweld en alleen achterblijven?'

Ik staar haar geschokt aan. Ik weet het niet zeker, maar ik denk dat ze echt een antwoord van me verwacht, en even heb ik de aanvechting om haar vergelijking bij te stellen, om een dode echtgenoot als variabele in te brengen en haar te vragen welke invloed dat op de uitkomst heeft. 'Het is altijd een drama,' zeg ik uiteindelijk. Mijn stem trilt een beetje, en ik moet even wachten voor ik verderga. 'Er is geen erger of minder erg.'

Ze schenkt me een eigenaardig lachje. Als ze weer iets zegt, klinkt het zangerig, alsof ze tegen een klein kind praat. 'Iemand liegt,' zegt ze.

Het effect dat die woorden op me hebben is bijna fysiek, een schok, zoals wanneer je met een auto heel plotseling tot stilstand komt. Ik zie het papiertje weer voor me, de woorden met zoveel kracht neergeschreven dat ze er bijna doorheen drukken. Ik kijk naar haar gezicht, maar dat verraadt niets.

Ze staat op en pakt haar glas, loopt ermee naar de keuken. En omdat ik het zie aankomen, omdat het de onvermijdelijke uitkomst is van al die vliegtuigmonologen aan de andere kant van de armsteun, zeg ik dit, zo zacht dat mijn stem uit haar eigen geest voort lijkt te komen: 'Je zou een boek moeten schrijven.'

Ze glimlacht bijna teder. 'Dat denk ik ook. Ik wed dat er een miljoen van verkocht zouden worden.'

Ze laat het water in de gootsteen lopen. De ijsklontjes tingelen tegen het metaal.

'Ik begrijp niet goed wat je komt doen,' zeg ik. Het klinkt vinnig, lomp, maar ik voel de behoefte om de situatie weer in de hand te krijgen. 'Hier, bedoel ik, nu. Heb je hier nog dingen liggen die je kwam ophalen?'

Ze kijkt omlaag, zet het glas voorzichtig in de gootsteen. 'Ik weet het niet,' zegt ze langzaam. 'Ik wilde hier gewoon nog één keer zijn, denk ik. Ik wist niet of ik nog een kans zou krijgen.' Ze kijkt me aan. 'Ik wil eigenlijk even naar boven. Voor ik ga. Als jij dat goedvindt.'

Aan haar gezicht kan ik nog steeds niets aflezen. 'Goed. Maar voor alle duidelijkheid, er is niets... opgeruimd.'

Ze knikt. Ik loop achter haar aan naar de hal en de trap op. Ik word heen en weer geslingerd tussen de gedachte dat ik haar enige privacy zou moeten gunnen en de behoefte haar te laten merken dat ze hier niet meer zomaar haar gang kan gaan. Als ze de slaapkamer in gaat, blijf ik op de drempel staan. Ik keer me van haar af, zodat ze niet denkt dat ik haar gadesla, maar ik kan haar nog zien in de spiegel boven de kaptafel.

Ze loopt langzaam door de kamer, langs de rand, laat een hand langs de muur gaan, over een lampenkap, een boek op het nachtkastje. Misschien prent ze zich alles in, schept ze een zintuiglijke herinnering. Ik zou het niet weten.

Als ze de hele kamer door gelopen is, blijft ze in het midden bij de grootste bloedvlek staan. Ze kijkt er even met een grimmig soort nieuwsgierigheid naar en gaat er dan met de punt van haar schoen overheen.

'Ik weet dat je me in de gaten houdt,' zegt ze, zonder op te kijken.

'Sorry,' zeg ik. Ik wend mijn blik niet af.

Ze staat een hele tijd naar het vloerkleed te kijken, misschien wel een minuut of langer. Als ze eindelijk opkijkt, kan ik de trek op haar gezicht niet goed plaatsen. Is het irritatie? Weerzin?

'Ik ben klaar, denk ik,' zegt ze. Ze loopt over de bloedvlek en gaat zonder om te kijken de kamer uit.

Ik volg Kathy naar beneden en loop met haar mee naar de voordeur. Daar blijft ze staan en kijkt een beetje verbouwereerd om zich heen.

'Ik kan het niet ongedaan maken,' zegt ze verwonderd. Ze schudt haar hoofd. 'Ik streek het haar uit haar gezicht. Dat was het laatste dat ik deed.'

Ik knik. Dat zei ze op de begrafenis ook al. Ik weet hoe sterk die aanvechting kan zijn, om je zulke details voor de geest te halen, om die kleinigheden een voor een de revue te laten passeren. De hoop bestaat dat als we de loop van de gebeurtenissen zorgvuldig onder de loep nemen, we misschien toch nog een achterdeurtje vinden.

Zo staan we in de hal, zonder dat een van ons een stap richting deur zet. 'Ze zou naar bed gaan als jij weg was?' vraag ik.

Ze knikt. 'Ze was moe. Ze zei dat ze van me hield. Ik heb het met de politie eindeloos doorgenomen.'

Ik heb het gevoel dat er iets niet klopt aan al die versies die ik van het verhaal gehoord heb. Niet met een moeder die binnen een week een stichting tegen huiselijk geweld heeft opgericht.

'Waarom liet je haar alleen achter?' vraag ik. 'Was je niet bang dat Milo terug zou komen?'

Ze kijkt me vernietigend aan, alsof ik haar expres een trap na geef. 'Ze was niet alleen,' zegt ze fel.

Ik staar haar aan. 'O nee?'

'Nee.' Ze klinkt kwaad en vermoeid en ziek van de hele toestand. 'En dat heb ik ook tegen de politie gezegd. Haar vriendin was er. Chloe.'

Als mensen me vragen wanneer ik besloot om schrijver te worden, zeg ik altijd dat het zo lang geleden is dat ik het niet eens meer weet. Ik heb de gedroomde literaire oorsprongsmythe tot mijn beschikking: ik verzon al verhalen voor ik ze kon opschrijven. Maar het heeft heel, heel lang geduurd voor ik wist wat ik wilde zeggen.

In zekere zin zat Sara Ferdinand er niet zover naast toen ze zei dat de dood van mijn man en dochter mij voor het leven van materiaal zou voorzien. Ik was vierendertig toen ze stierven en werkte al ruim tien jaar aan mijn eerste roman. De omstandigheden maakten het moeilijk – ik had kinderen, ik had baantjes –, maar ik weet nu wel dat gebrek aan tijd en energie niet het echte probleem was. Het was gebrek aan overzicht. Te veel om over te schrijven, te veel mogelijke richtingen om in te slaan. En toen volgde onheil en shock en de ineenstorting van alles wat gewoon was. En in de helderheid van mijn kleiner geworden wereld schreef ik *Crybaby Bridge*.

Ik weet nooit zo goed hoe ik moet praten over de dag dat ze overleden. Ik bedoel niet dat ik het pijnlijk vind, al is het dat natuurlijk wel; ik bedoel dat ik het moeilijk vind om te bepalen waar ik moet beginnen. Er zijn te veel verschillende ingangen. Denk aan een sportpark, een honkbalstadion, bijvoorbeeld. Je gaat naar een wedstrijd die buiten gespeeld zal worden, maar om bij je zitplaats te komen, moet je door een labyrint van betonnen gangen en trappen. Je moet naar binnen om weer buiten te komen. Het is er donker en krap en benauwd, maar je vindt je uitgang en daar heb je het: daglicht, het veld, de wedstrijd net begonnen. Het is overweldigend. Het gras is zo groen als in een prentenboek, het drama in de diepte wordt opgevoerd door figuren die je alleen uit elkaar kunt houden aan de kleur van hun shirt. Het is intens, dat bedoel ik: je ogen moeten er even aan wennen. Stel je nu voor dat je weer naar binnen gaat en een stukje verder loopt, om bij een andere uitgang weer naar buiten te stappen. Je gezichtshoek is maar een paar graden verschoven ten opzichte van daarnet, maar toch is alles anders. Er vallen je andere dingen op, andere stemmen die juichen of boe roepen, andere bekers en bakjes op de grond, andere jongens die bier verkopen. De gebeurtenissen op het veld zijn de gebeurtenissen die je in het vorige vak ook gezien zou hebben, maar nu zie je ze vanuit een ander perspectief. Kun je echt zeggen dat je naar dezelfde wedstrijd zit te kijken?

Wat ik bedoel te zeggen is dit: waar begin ik als ik die verschrikkelijke, allesomvattende dag wil omtrekken? Begin ik bij het moment waarop wij, een gezin van vier in een hotelkamer in Fish Camp, Californië, die ochtend wakker werden en ga ik door tot ik aan het punt kom waarop Milo en ik om middernacht met z'n tweeën op onze kamer terugkwamen? Het is belangrijk om te weten dat we op vakantie waren, dat we naar Los Angeles gevlogen waren, een auto hadden gehuurd en langs de kust naar het noorden waren gereden. Maar ga ik helemaal terug naar het moment dat Milo en ik met kaarten en reisgidsen op de bank zaten? Het telefoongesprek met het reisbureau, het geklier van de kinderen in het vliegtuig? Als je het hebt over een gebeurtenis die de samenstelling van een gezin veranderd heeft, hoe kun je dan ooit zeggen dat dit of dat detail onbelangrijk was?

Oké, stop. Begin met de feiten. Het was 13 juli 1992. Milo was negen, Rosemary was zes. We hadden tien dagen vakantie gepland, en dit was dag zeven. We kleedden ons aan en gingen ontbijten, en daarna vertrokken we naar Yosemite.

We waren geen echt buitengezin, en onze plannen waren bescheiden. De reuzenbomen bekijken, een wandeling maken, picknicken. We volgden een gemakkelijke route en spreidden onze deken uit op de oever van de Merced, iets ten noorden van een rotspartij die Table Rock heet. We aten broodjes die we uit het hotel meegenomen hadden, en de kinderen trokken hun schoenen uit om pootje te baden. Mitch en ik lagen op de deken en voerden ons eerste ongestoorde gesprek van die dag.

Ik weet nog dat er rosbief op mijn broodje zat, en ham en kaas op dat van Mitch. Ik weet nog dat het warm was en er een zacht briesje stond en dat ik het gevoel had zo in slaap te kunnen vallen. Ik weet nog dat Mitch en ik ontspannen tegen elkaar aan lagen: hij met zijn hoofd schuin tegen het mijne, ik met mijn arm over zijn borst. Ik weet nog dat ik me, één keer, oprichtte om hem een kus in zijn hals te geven.

Je zou misschien denken dat het zo'n idyllisch moment was dat ik niet goed oplette. Maar op plaatsen waar de natuur nog de baas is, ben ik altijd meer op gevaar gespitst geweest dan elders. Ik weet hoe makkelijk een voet kan wegglijden, hoe makkelijk een tak breekt. Deze wildernis, deze pracht is er niet voor ons plezier. We zijn klein en zo verschrikkelijk kwetsbaar. Ik ken de regels: niet over een randje leunen om een spectaculaire foto te maken. Geen dieren naar je toe lokken om ze chips te voeren. Als je je zonnebril in een kloof laat vallen, accepteer dan dat je hem kwijt bent.

Maar het water stond laag, en het was kalm. Zo zag het er tenminste uit. Op andere plaatsen langs de route hadden we borden met waarschuwingen gezien, maar hier niet. De kinderen wilden alleen even met hun voeten in het water, ze waren geen moment buiten ons blikveld. Ik dacht dat ik verstandige keuzes maakte. Dat dachten we allebei. En pas minuten later zag ik dat Rosemary Milo's verrekijker bij zich had.

Die lente en zomer was Milo, in bescheiden mate, geïnteresseerd geraakt in vogels kijken, en Mitch had zijn best gedaan om die belangstelling aan te moedigen. In het vliegtuig hadden ze met z'n tweeën een groot deel van de tijd in vogelgidsen zitten bladeren, en Mitch had Milo die ochtend bij wijze van verrassing een verrekijker cadeau gedaan. Dat was nog maar drie uur geleden. En nu, midden in een kibbelpartij die min of meer langs me heen was gegaan, stond Rosemary een paar meter buiten de oever met de verrekijker boven haar hoofd te wiebelen op een kei. Milo, naast haar, stond op het punt haar bij haar enkels te pakken en naar beneden te trekken. Ik stond op en riep eerst, streng, zijn naam en toen de hare, en een tel later waadde Mitch door het water naar hen toe. Ik stond erbij te kijken. Ik begrijp nog steeds niet helemaal waarom, maar ik verroerde geen vin. Ik leefde al in de wereld van het ingebeelde verlies, mijn bestaan voor het moment zwevend tussen de zekerheid dat er nog tijd was om de ramp af te wenden en de even grote zekerheid dat er iets vreselijks en onomkeerbaars te gebeuren stond. In die wereld had ik me al veel vaker bevonden, als ik een van mijn kinderen achter een frisbee aan de straat op zag rennen of een hand zag uitsteken naar een pan kokend water op het gasfornuis, maar altijd was ik er zonder kleerscheuren weer uit gekomen, met het armpje van de een of de ander in een iets te stevige greep, knijpend en foeterend tegelijk. Maar deze keer kwam er een plons, en Rosemary verdween uit het zicht.

Elk studieterrein heeft zijn eigen vocabulaire, en in sommige gevallen blijkt het jargon rijk, vruchtbaar, onverwacht mooi. In de uren en maanden die volgden, in gesprekken met parkwachters en politiemensen en, uiteindelijk, uit de verslagen over het ongeval, zou ik een heel nieuwe taal leren. Woorden en uitdrukkingen die eerder onschadelijk leken, lieten hun ware gezicht zien en bleken iets afschuwelijks te betekenen. Stroomversnellingen. Wortelkluiten. Snelstromend water. Watervallen, in al hun varianten: cataract, cascade, waaier, paardenstaart. Als ik aan die dag denk, zit er voor mij, aan taal gebonden als ik ben, een duister soort poëzie aan vast. Woorden die terugkeren, zoals in een sestina of een villanella. Sterke stroming, uitstekende stenen. Rotstreden. Cascade.

Dat deel van de rivier wás kalm, dat had ik goed gezien. Maar als water tussen grote brokken steen door geperst wordt, ontstaat er een corridor die veel sneller stroomt dan het water eromheen. Een parkwachter die Mike heette legde het me uit, op een toon die het midden hield tussen meelevend en net-niet-verontwaardigd. Ze waren geschokt en verdrietig, de wachters en reddingswerkers, en ik wed dat sommigen er nog steeds wel eens aan denken. Maar verbaasd waren ze absoluut niet.

Sterke stroming, uitstekende stenen. Rosemary droeg een blauw zomerjurkje, en binnen een paar seconden vonden mijn ogen geen kleurig punt meer om zich aan te hechten. Mitch klom op de kei waar ze vanaf gevallen was en stond even wild om zich heen te kijken.

Wortelkluiten, stroomversnellingen. Snelstromend water.

Ik weet niet of Mitch haar ontdekte of niet, maar ik zag hem besluiten achter haar aan te gaan. Hij sprong in het water en werd meegevoerd door de stroom.

Een drenkeling schreeuwt niet. Een drenkeling draait zijn gezicht naar boven en probeert adem te halen. Tegen de tijd dat ik, hoog en droog op de kant, genoeg lucht had om het op een schreeuwen te zetten, was er geen spoor meer van hen te bekennen.

En nu komen de naakte feiten, de van elke schoonheid gespeende woorden. De vijf uur die nodig waren om de lichamen te vinden. De geïmproviseerde dam van triplex die de reddingswerkers bouwden om het water weg te leiden zodat ze bij hen konden komen. Rosemary's kleren door de stroom van haar lijf gerukt. Mitch' voet vast in de wortels van een omgevallen boom. Allebei nog geen dertig meter verwijderd van waar ze het water in gingen. Milo hysterisch, ik een stille huls. Drie dagen later vlogen we met z'n tweeën naar huis, wetend dat hun lichamen onder ons in het ruim van het vliegtuig lagen.

Die dag en alle dagen die volgden werd het een natuurlijk onderdeel van mijn werk. Ik had niet het gevoel dat ik een keus had. Het profane van de dood en het sacrale van verdriet: bestaat er belangrijker materiaal? Als ik, in al mijn boeken daarna, de tijd nam om stil te staan bij wat we gehad hadden en wat we kwijt waren, dan was dat zoiets als de oproep tot gebed voor moslims. Zo'n veelbetekenende handeling. Stel je voor dat je je gewone doen en laten vijf keer per dag onderbreekt om je aan iets heiligs te wijden. Een smeekbede, een geheugensteun. Een getuigenis. Een opsomming van waar je in gelooft. En al ging ik in mijn eigen leven en in mijn eigen werk niet direct op mijn knieën om met mijn voorhoofd de grond aan te raken, inwendig boog ik. Ik hou jullie in ere. Ik denk nergens anders aan. Ik getuig dat Mitchell en Rosemary op deze aarde geleefd hebben. Ik getuig dat er van ze gehouden werd. Ik getuig dat ze niet uit mijn lichaam, uit mijn leven verdwenen zijn. Haast je. Denk aan hen. Haast je naar het gebed.

'Het is tien jaar geleden dat onze kinderen weggingen.'

Uit de stadskroniek van Hamelen, Duitsland,
dertiende eeuw

HOOFDSTUK VIJFTIEN

Terwijl ik buiten op Roland sta te wachten, denk ik aan doodsangst en bloedvergieten, het doelbewust breken van mensenbotten. Ik bedenk dat ik vergeten ben om naar de spetters op het plafond te kijken.

Roland komt aangereden en stopt voor het huis. 'Gaat het?' vraag hij vriendelijk als ik instap.

'Min of meer. Je bent Kathy Moffett net misgelopen.'

'Was ze híér?' Hij kijkt me aan, en ik knik. 'Wat kwam ze doen?'

'Dat was niet helemaal duidelijk. Ze dacht waarschijnlijk dat er niemand zou zijn. Ze zei dat ze nog één keer in dat huis wilde zijn. Omdat het haar aan Bettina herinnert.'

Het kan natuurlijk waar zijn. Mensen rouwen op verschillende manieren, al weet ik zeker dat ik zolang als ik leef nooit meer langs de oevers van de Merced zal lopen.

Hij schudt langzaam zijn hoofd. 'Het is een rare vogel.'

'Je kent haar zeker wel goed?' zeg ik.

Hij denkt even na. 'Ja en nee. Zoals ik al zei, ik zag Bettina vrij veel toen ze klein was, maar Kathy minder. Kathy aanbad Bettina, maar ze was niet echt het soort moeder dat met de kindertjes thuis ging zitten. Het gebeurde nogal eens dat zij met een vriendje op vakantie ging en Bettina voor een paar weken bij mij onderbracht. Maar later kregen we ruzie – Kathy en ik, bedoel ik – en maakte ze het me moeilijk om Bettina te zien. Haar tienerjaren heb ik voor het grootste deel gemist, vrees ik.'

'Wat jammer,' zeg ik. 'Dat moet een flinke ruzie geweest

zijn.' Hij geeft niet meteen antwoord, en ik maak een terugtrekkende beweging. 'Sorry. Dat zijn mijn zaken niet.'

Hij haalt zijn schouders op. 'Het is geen geheim. Dit is wat ik eerder bedoelde toen ik zei dat het een heel verhaal was. Kathy heeft altijd gezegd dat Bettina mijn dochter was, en ik geloofde haar op haar woord. Qua tijd klopte het, enzovoort.' Het begint te druppelen op de voorruit; hij zet de ruitenwissers aan. 'Maar op een gegeven moment trouwde ik, en mijn vrouw vond dat we het moesten laten onderzoeken. We wilden misschien kinderen, en ze dacht aan de erfenis en dat soort dingen. Ze wilde niet dat onze kinderen met Bettina zouden moeten delen als Bettina niet echt van mij was.'

'En toen kwam je erachter dat ze niet van jou was.'

'Ja. Om een lang verhaal kort te maken. Tussendoor was het een groot drama. Kathy wilde geen toestemming geven voor de test, en uiteindelijk hebben we het voor de rechter uitgevochten. Nu zou ik willen... ach, op dit moment weet ik niet eens wat ik zou willen.'

Hij maakt een afgematte indruk, en ik besef dat hij Bettina eigenlijk twee keer kwijtgeraakt is. In die termen heb ik ook wel eens over mijn relatie met Milo gedacht. Vóór onze huidige verwijdering was ik mijn greep op hem al eens kwijtgeraakt. Werd hij meegesleurd door de onderstroom omdat ik het te druk had met voorkomen dat mijn eigen longen vol liepen met water. Maar het is niet waar, niet zoals het voor Roland waar is. Het is niet afgelopen. Ik ben Milo nog niet kwijt.

'Ik had graag bij de begrafenis willen zijn,' zegt hij. 'Dat zou veel voor me betekend hebben.'

Zijn gezicht raakt even uit de plooi, en hij ziet er moe en ongelukkig uit. Ik word overmand door een tederheid die me verrast. Bijna, maar niet helemaal, leg ik een hand op zijn schouder. Ik weet niet wat er in zijn hoofd omgaat, maar ik stel me voor dat hij de gebeurtenissen in zijn leven aan het rangschikken is, dat hij ze op een rijtje zet zodat hij alles in één keer kan overzien. Hij volgt het spoor terug, zoals wanneer je met een vinger op een kaart de slingerende lijn van een rivier volgt. De beslissingen en toevalligheden van jaren – had hij op enig moment een keuze kunnen maken die hem ergens anders had gebracht dan hier?

Het is laat in de middag, en als we thuiskomen staat de auto van Sam Zalakis er niet meer. Roland excuseert zich – hij heeft vanavond een etentje en moet zich omkleden – en ik haal een fles water uit de ijskast en ga naar boven om Milo te zoeken.

Hij ijsbeert door de bibliotheek, kennelijk diep in gedachten. Ik klop op de deurpost om te laten merken dat ik er ben. Hij kijkt op, maar het lijkt even te duren voor hij me ook echt ziet.

'Hoi,' zeg ik. 'Hoe was je gesprek?'

'Goed.' Hij blijft staan bij de tafel en roffelt met zijn vingers op het blad. 'Denk ik.'

Ik ga in een van de grote fauteuils zitten. 'Had Sam nog nieuws?'

'Ja, een paar dingen.' Hij begint weer heen en weer te lopen. Ik kan niet echt zeggen dat hij opgewonden is, maar hij straalt een nerveuze energie uit, alsof er zenuwuiteinden blootliggen. 'Het grote nieuws is dat het bloed dat op mij zat... Volgens het onderzoek had ik niet het patroon op mijn kleren dat je zou verwachten als ik op het moment van de klap naast haar had gestaan.' Hij pakt een geopend blikje van een boekenplank, neemt een slok en zet het op een andere plank weer terug. 'Dat is dus in ons voordeel. En de aanklager kan niet beweren dat ik tijd had om me om te kleden en de oude kleren weg te gooien of zoiets, want er zijn getuigen die me eerder op de avond gezien hebben in de kleren die ik ook aanhad toen ze me arresteerden.'

'Dat klinkt goed,' zeg ik voorzichtig.

'Misschien. Sam denkt dat als we er een deskundige bij halen die dat kan getuigen, dat hij dan kan aanvoeren dat ik naar boven gegaan ben en haar dood aantrof. En dat het bloed op mijn kleren kwam... doordat ik haar aanraakte. En door het bloed liep dat al op de grond lag.' Hij laat zich slap op de bank vallen, kennelijk uitgewrongen door dit laatste detail. Ik ga naast hem zitten, knijp zachtjes in zijn schouder.

'En daar herinner je je niets van?'

'Nee.'

Ik denk erover na, probeer het voor me te zien. 'Denk je dat het kan? Hoever je ook heen was, als je had gezien dat er iets mis was, als je had gezien dat ze bloedde, dan had je toch wel iets gedaan, denk je ook niet?'

'Dat is niet... dat is niet Sams theorie. Niet dat ik naar boven ging en zag dat ze dood was en toen beneden op de bank ging liggen slapen. Hij denkt dat ik naar boven ging om dat speeltje voor haar neer te leggen – als een soort zoenoffer of zo, zoals ik het vast ook bedoelde toen ik het kocht – en dat het donker was, en dat ik dacht dat ze sliep. Dat was trouwens het andere. Haar bloed... Het blijkt ook op mijn gezicht gezeten te hebben, vlak bij mijn mond. Alsof ik haar gekust heb. Alsof ik in het donker naar boven gegaan ben, straalbezopen, en haar een zoen gaf zonder te merken dat ze dood was.'

Hij doet zijn ogen dicht en wacht even voor hij verdergaat. 'En weet je wat, dat had ik echt zó kunnen doen. Ik bleef altijd later op dan zij, en ik heb haar ik weet niet hoe vaak een zoen gegeven terwijl ze lag te slapen. Maar het idee dat ze dóód was, en dat ik het niet eens merkte omdat ik zat was en zij... nog wárm...'

Zijn stem breekt, en ik zie hem vechten om zichzelf weer in de hand te krijgen. Ik sla mijn arm om hem heen, maar hij zit zo ver onderuitgezakt dat ik me moet bukken om een kus op zijn hoofd te drukken.

'Afschuwelijk,' zeg ik. 'Echt afschuwelijk. Maar het spreekt wel voor je, toch, vanuit de verdediging gezien? Dit en het feit dat het bloed op je kleren niet klopte?'

Het duurt even voor hij antwoord geeft. Hij zit diep in zijn eigen hoofd, maar hij sleurt zichzelf terug naar het gesprek. 'Geen idee. Het hangt allemaal van de jury af, weet je? Die zal foto's van mij te zien krijgen met haar bloed aan mijn handen

– letterlijk bloed aan mijn letterlijke handen. Dat maakt vast wel indruk.'

Ik knik, brom iets bevestigends. Ik weet niet waarom het niet eerder bij me opgekomen is dat het belangrijkste nu is dat er een geloofwaardig verhaal bedacht wordt. Geen onwaar verhaal, maar een mogelijk scenario, dat net zo sterk en overtuigend overkomt als dat wat de aanklager de jury zal voortoveren.

Ik mompel nog iets en aai hem over zijn haar. Als ik begin te praten, knalt mijn stem hard de stille kamer in. 'Wist jij dat Chloe die avond bij haar was?'

Hij kijkt me aan en knikt. Hij weet wat ik bedoel. 'Ja. Dat zei Kathy in haar verklaring.' Hij staat op en loopt naar de tafel, begint te rommelen in de papieren die daar liggen. 'Denk je dat zij Bettina vermoord heeft?'

Ik wil dit voorzichtig aanpakken. 'Ik zou het niet weten. Wat denk jij?'

Hij lacht vreugdeloos. 'Jezus, geen idee. Voor zover we weten, waren er die avond drie mensen: ik, Kathy en Chloe. Als je me een paar weken geleden gevraagd had wie van ons in staat zou zijn om iemand te vermoorden, had ik gezegd niemand.'

Hij heeft de verklaring die hij zocht gevonden en leest hem vlug door. 'Kathy zegt dat Chloe ons kwam feliciteren met onze verloving. Dat zal Chloe wel van Joe gehoord hebben, als ze bij hem was toen ik belde vanuit het restaurant.'

'Wat zegt ze nog meer?'

'Alleen dat ze met z'n drieën een uur of twee bezig zijn geweest Bettina's spullen in te pakken, en dat Chloe er nog was toen zij rond kwart voor twaalf wegging.'

'En heeft de politie Chloe ook verhoord?'

'Ja.' Hij bladert in de papieren, haalt een ander vel tevoorschijn. 'Ze zegt min of meer hetzelfde. Ze zegt dat ze niet meer lang gebleven is. Ze vertrok tien minuten of een kwartier na Kathy, want Bettina was op weg naar bed.'

Ik denk hierover na. 'Dat klinkt niet erg waarschijnlijk. Dat Chloe jullie kwam feliciteren en toen bleef om Bettina te helpen pakken, bedoel ik.'

Milo haalt zijn schouders op. 'Hoezo? Ze waren inderdaad niet zo dik met elkaar, maar het is ook weer niet helemaal onmogelijk. Vrouwen scharen zich toch altijd meteen rond een bedrogen zuster?'

'Ja, goed, maar bedenk eens wat er gebeurd moet zijn toen Chloe daar aankwam. Ze kreeg niet alleen te horen dat de verloving verbroken was, maar ook dat Bettina het wist van Lia.'

Milo tilt met een ruk zijn hoofd op en ik hoor hem geschrokken inademen. 'God,' zegt hij. 'Daar had ik nog niet aan gedacht.'

'Ik weet het natuurlijk niet zeker,' zeg ik. 'Maar ik denk niet dat Bettina blij was om Chloe te zien. En Chloe moet totaal overdonderd zijn geweest.'

Milo begint weer te ijsberen. Hij gaat met een hand door zijn haar. 'Ja,' zegt hij. 'Shit.'

'Ze zullen ruzie gekregen hebben, denk je ook niet?'

'Ja, vast wel. Maar Kathy zou hen nooit alleen hebben gelaten terwijl ze nog aan het ruziën waren, dat weet ik zeker.'

'Zegt Kathy... staat er iets over in haar verklaring?'

Hij schudt zijn hoofd. 'Toen de politie met haar ging praten was ik al gearresteerd, en het leek iedereen een duidelijke zaak dat ik het gedaan had.'

Ik zucht. 'En wat denk jij? Denk je dat Chloe verliefd op je is? Zag ze Bettina als rivale?'

'Jezus, mam, weet ik veel.' Hij klinkt geïrriteerd.

'Denk er eens over na. We moeten uitvinden hoe dit zit.'

'Ja natuurlijk,' zegt hij. Hij begint steeds harder te praten. Hij is boos en bang en moet het ergens kwijt. 'Want jij bent de speurneus die deze hele zaak wel eens even gaat oplossen.'

'Weg daarmee, oké?' zeg ik. Dat zeiden we vroeger altijd tegen de kinderen als ze een woord gebruikten dat we niet horen wilden of een toon aansloegen die ons niet beviel. *Weg daarmee, alsjeblieft.* Ik adem diep in, adem weer uit.

Hij blijft even stil, doet zijn ogen dicht, slaakt een zucht. 'Helemaal in het begin wilde ze zeker iets met me, maar toen zij en Joe een relatie kregen, dacht ik dat ze eroverheen was.'

Hij haalt zijn schouders op. 'Ik ken haar eigenlijk niet zo goed. Ze is natuurlijk de vriendin van mijn beste vriend, maar daarbuiten spreek ik haar eerlijk gezegd bijna nooit.'

'Ze is niet alleen de vriendin van je beste vriend.' Ik spuug de woorden bijna uit. 'Ze is ook de moeder van je kind, en daar zul je iets mee moeten, of je het nu leuk vindt of niet.' Ik wist zelf niet dat ik hier zo kwaad over was.

Hij kijkt me hard aan. Dit is de eerste keer sinds ik hier ben dat ik niet mijn beste beentje voorzet. Hoelang dacht ik eigenlijk dat het zou duren?

Na een lange stilte vraagt Milo: 'Wat kom je hier eigenlijk doen?' Hij klinkt niet boos. Alleen vermoeid.

Het lijkt een strikvraag, alsof er maar één antwoord mogelijk is en ik dat nooit zal kunnen raden. 'Omdat ik van je hou. En omdat je in de problemen zit en ik je wil helpen.' Het klinkt hol, alsof ik het oplees van een script.

Milo raapt zijn papieren bij elkaar en loopt naar de deur.

'Wacht,' zeg ik. 'Niet weggaan.' Ik krijg een drukkend gevoel op mijn borst, en ik ben bang dat ik zal gaan huilen. Hier heb ik vier jaar naar verlangd. *Vier jaar* waarin ik mijn zoon alleen kende uit roddelbladen en van ranzige websites. En nu ik eindelijk bij hem ben doe ik keihard mijn best om het te verzieken.

Hij blijft staan en draait zich naar me om. 'Wat? Wat wou je zeggen?'

'Het spijt me.' Het komt er huilerig en lelijk uit. Ik leg zoveel emotie in de woorden als ik kan, al mijn berouw en boetvaardigheid en angst om hem kwijt te raken. 'Het spijt me zo. Van alles.'

Milo glimlacht, maar hij is niet blij. 'Mooi, het spijt je van alles. Zo dek je je lekker aan alle kanten in, zonder erover na te hoeven denken of je misschien van iets bepaalds spijt zou moeten hebben.'

Ik weet niet wat ik moet zeggen. Moet ik soms een lijst samenstellen van alles wat ik in zevenentwintig jaar fout gedaan heb? Ik doe het nog ook, ik doe het met plezier. Als hij me de tijd maar geeft. 'Dat is niet waar,' zeg ik. 'Helemaal niet. Ik heb van zoveel dingen spijt. Ik heb spijt van die keer dat ik...'

'Als je zegt dat je spijt hebt van die keer dat ik nog op school zat en jij op tournee was en niet op tijd terug was voor mijn concert, beuk ik een gat in de muur.'

Ik verstijf. Zo'n enorme woede in zijn stem. En ja, dat was het verhaal dat ik vertellen wilde.

'Je hebt gewoon geen idee,' zegt hij. 'De dingen waar jij spijt van hebt komen niet eens in de buurt van waar je spijt van zou moeten hebben.'

En nu is de kans groot dat ik me in de nesten werk. Want ik begin boos te worden. Ik voel me aangevallen. Het liefst zou ik hem toeschreeuwen dat ik mijn best gedaan heb. Het liefst zou ik tegen hem schreeuwen tot ik in tranen ben en hij zich schuldig voelt omdat hij me zo van streek gemaakt heeft.

Maar ik doe het niet. Ik dwing mezelf kalm te blijven. 'Goed dan. Laten we erover praten. Ik kan geen gedachten lezen. Vertel me waar ik spijt van zou moeten hebben.'

Hij kijkt me strak aan en spreekt de woorden langzaam en duidelijk uit, alsof hij ze voorleest. '"Het waren precies de verkeerde twee die stierven."'

Ik kijk omlaag naar de tafel, weersta de aanvechting om mijn handen voor mijn gezicht te slaan. Het is me maar een paar keer gebeurd dat iemand in een gesprek mijn eigen schrijfsels citeerde, maar mijn reactie verrast me elke keer weer. Er schokt iets door me heen wat veel weg heeft van schaamte, of misschien kan ik beter zeggen dat ik me ontmaskerd voel. De balans raakt verstoord, wat privé is wordt openbaar, maar slechts voor een van de gesprekspartners. Het is alsof je betrapt wordt op stelen, of op zoenen met iemand die je niet hoort te zoenen. En direct geconfronteerd met mijn eigen keuzes op het gebied van woordkeuze en intonatie, vraag ik me altijd af of ik het niet beter had kunnen formuleren.

Dus als Milo me die zin uit *Voorbij de horizon* voorhoudt, het zorgvuldige stiksel loshaalt dat het geheel bij elkaar had moeten houden, betreft de spijt die ik voel in eerste instantie niet het verdriet dat ik hem gedaan heb, maar de onnauwkeurigheid van mijn eigen woorden.

Want het is... Goed, het is een onaangename zin. Hij is schokkend bedoeld, als iets wat een ouder misschien denkt maar nooit hardop zou zeggen. Maar het is niet zo akelig als het klinkt. Wat ik, als we het mom van fictie even afwerpen en erkennen dat ik het over mijn eigen gezin had, bedoelde was dat ik me er niet toe in staat voelde dít kind in mijn eentje op te voeden. Ik bedoelde dat hij beter verdiende, en als Mitch was blijven leven en niet ik, dan had hij ook beter gekregen.

Mijn werk als docent was sporadisch en is voor mij noch mijn studenten erg verhelderend geweest. Maar ik heb er wel iets van geleerd over talent en ruw potentieel, en ik weet nu dat het meest vernietigende label dat ik een schrijver (in mijn hoofd dan; op papier en in discussies ben ik diplomatieker) kan opplakken 'capabel' is. Het betekent dat de auteur niet helemaal talentloos is, het schrijfwerk niet zo belachelijk slecht dat het meteen de prullenbak in kan, maar er zit geen leven in, geen ziel. Alle ingrediënten zijn aanwezig – karakteropbouw, plotontwikkeling, en kijk, daar is de ontknoping – maar er ontbreekt iets essentieels. Een capabele schrijver heeft iets hopeloos. Ik heb slechte schrijvers gekend die later goed werden, maar ik ben nog nooit een capabele schrijver tegengekomen die in staat bleek zichzelf boven dat label uit te tillen.

Ik was een goede moeder voor Rosemary. Voor Milo, denk ik vaak, ben ik nooit meer geweest dan capabel.

De vraag is nooit geweest of ik van Milo hield, of ik de jongen die hij was aardig vond, of ik hem respecteerde en bewonderde en alle succes van de wereld wenste. En als ik zo'n test zou doen in een tijdschrift, door aan te kruisen aan welke criteria voor goed moederschap ik allemaal voldaan heb, zou ik waarschijnlijk heel behoorlijk scoren. Heb ik hem gevoed en gekleed, getroost na een nachtmerrie, in gezondheid laten opgroeien? Jawel. Heb ik zijn geheimen serieus genomen, het opgenomen tegen leraren die geen oog hadden voor zijn talenten? Eten gemaakt dat hij lekker vond, verhalen verzonnen die hem aan het lachen maakten? Ja. Dat heb ik allemaal gedaan. Ik zou mijn leven voor hem geven, ik zou hongerlijden als hij daardoor te eten had, ik zou alle fysieke pijn van hem overnemen.

Maar kinderen zijn mensen, al vanaf het moment dat ze geboren worden, en in elke relatie tussen mensen speelt de kwestie van verenigbaarheid. Die staat los van de liefde. Het heeft te maken met raakvlak en wrijving, het timmerwerk van de dagelijkse omgang. Sommige verbindingen passen precies, terwijl andere bij elk contact wringen.

Maar dit is wat ik niet heb weten over te brengen met die zin in *Voorbij de horizon*, dit is wat sneuvelde door mijn provocatieve formulering en mijn zuinige woordgebruik: door zijn moeder te zijn ben ik gegroeid en veranderd, en ik zou het niet anders willen. Hij was niet het kind dat ik verwachtte. Maar – en ik heb er jaren over gedaan om dit in te zien, misschien zelfs tot hij bijna uit mijn leven verdwenen was – hij was het kind dat ik moest krijgen.

Milo staat te wachten tot ik antwoord geef, en als ik het pad dat ik net in mijn hoofd heb afgelegd terug probeer te volgen, kom ik niet verder dan: 'Het spijt me zo.' Ik blijf een hele tijd stil. 'Als ik het kon herschrijven, deed ik het.' Ik sta op het punt hem de rest te vertellen, maar zijn gezichtsuitdrukking weerhoudt me ervan.

Hij staat tegen de boekenkast geleund, moedeloos maar niet meer zo boos. Hij kijkt me aan alsof hij iets zoekt maar niet verwacht het te zullen vinden. 'Dat zou niets uitmaken,' zegt hij hoofdschuddend. 'Het zou niets veranderen.'

Hij loopt de kamer uit en laat mij alleen achter.

En ik weet het. Ik weet dat hij gelijk heeft.

Mijn eerste roman, het boek waaraan ik tien jaar gewerkt heb, het boek dat nooit uitgegeven is, zelfs niet toen ik eenmaal succes had met andere boeken, heette *Hamelen* en was geïnspireerd op het verhaal van de rattenvanger. Er zijn aanwijzingen dat de legende gebaseerd is op historische gebeurtenissen.

Die werden al in de dertiende eeuw in de stadskroniek vermeld, en op een glas-in-loodraam, dat verloren is gegaan, stond naar verluidt een man in kleurige kleding fluit te spelen, omringd door kinderen die in het wit gekleed waren, als engeltjes. Van deze afstand kan niemand met zekerheid zeggen of er echt een man is geweest die de kinderen van het stadje wegvoerde, die hen meenam op een kruistocht of afslachtte in de schaduw van een berg, maar de geleerden achten het niet waarschijnlijk. Het kan zijn dat de rattenvanger een symbolische figuur is die staat voor een plaag of een aardverschuiving of een van de vele andere rampen die kinderstemmetjes uit de lucht kunnen halen. Het is ook mogelijk dat in tijden van honger of oorlog besloten is de kwetsbaarste inwoners elders heen te sturen. Of het is zo dat met 'kinderen' helemaal geen kinderen bedoeld worden, maar gewoon een groep burgers – kinderen van Hamelen – die vertrokken om elders het geluk te zoeken. Het enige waar de historici het over eens zijn, is dat de gebeurtenissen waarschijnlijk weinig met pestbestrijding te maken hadden; de ratten doken pas driehonderd jaar later op in het verhaal.

Wat me destijds fascineerde – ik begon met schrijven toen ik net getrouwd was, kort voordat ik zwanger werd van Milo – waren niet de witte plekken in het verhaal, maar juist de scherpte van de details die wel bekend zijn. De straat waar de kinderen voor het laatst gezien werden, waar bezoekers zelfs zevenhonderd jaar later gevraagd wordt niet te zingen of muziek te maken. De ouders in de kerk, niet wetend dat dit de laatste minuten van hun leven ervóór zijn. Het aantal vermiste kinderen: honderddertig. De datum: 26 juni.

Wat een rijk materiaal. En ik had geen idee wat ik ermee moest. Ik heb het vaker herschreven dan ik me kan herinneren, steeds met andere stemmen, in een andere stijl. Maar ik kon geen goede ingang vinden.

Denkend aan Milo en mij, balancerend op de rand van berouw en vergiffenis, schiet me te binnen dat ik in al die tijd nauwelijks aandacht heb besteed aan een detail dat juist in het hart van het verhaal thuishoort. In veel versies is er sprake van één kind dat na de verdwijning van de anderen in Hamelen achterblijft. De ene keer is hij doof en hoort hij de muziek niet, de andere keer is hij kreupel en kan hij de stoet niet bijhouden. Hij is degene die de volwassenen vertelt wat er gebeurd is, en hij is degene die hun verdriet complex maakt. Hij is de anomalie. Degene die een leugen maakt van hun *Er kwam een man in bonte kleren en die heeft al onze kinderen meegenomen.*

Hoe verging het die jongen na die zesentwintigste juni? Werd hij gekoesterd? Werd hij beschouwd als een zegen? Door zijn ouders misschien, al hadden die waarschijnlijk ook andere kinderen verloren; het zou mij niet verbazen als zij soms gewenst hadden dat ze in plaats van hem een van de sterkeren hadden mogen houden. Een zoon die kon helpen met zwaar werk, een dochter die het huishouden kon doen. En in de orgie van rouw die op die dag gevolgd moet zijn, hebben die ouders zich wellicht buitengesloten gevoeld, gehaat. Hoe durfden zij te huilen, terwijl zij de enigen waren in heel Hamelen bij wie 's avonds thuis een jongen lag te slapen?

Maar over de ouders wilde ik het niet hebben. Ik dacht aan die jongen, zo verschrikkelijk alleen. Geschokt, veronachtzaamd, schuldig. En misschien zelfs jaloers.

In de afgelopen achttien jaar zijn er momenten geweest dat de overeenkomsten me niet losslieten: de lege straten van Hamelen en de lege kamers van mijn huis. Er zijn momenten geweest dat ik, in het volle besef dat het hysterisch en bijgelovig was, maar niet in staat het van me af te zetten, me afvroeg of het mogelijk was dat ik het een had uitgelokt door over het ander te schrijven.

In *Het fantoomalbum* zit geen *Hamelen*, geen oorspronkelijk slot en geen nieuw slot. Omdat de roman nooit verschenen is, leek het me niet nuttig om het op te nemen. Maar nu begin ik me af te vragen of ik niet juist dit boek opnieuw zou moeten bekijken. En dan alleen door mijn eigen ogen.

Fragment uit
HAMELEN
door Octavia Frost
Niet gepubliceerd, 1983-1992; één mogelijk slot, van de vele

NADERHAND

DE MOEDERS

Frau Körtig gilde omdat ze de stilte in huis onverdraaglijk vond. Frau Vogel was het niet gewend om de was te doen zonder dat iemand aan haar rokken trok of zijn handjes in het water liet plonzen. Frau Arbogast maakte steeds te veel eten klaar. Frau Millich bleef koppig linnengoed naaien voor de uitzet van haar dochter.

Frau Braun vergat suiker bij de pruimentaart te doen. Frau Schmitt werd zo mager dat haar man bang was om haar in zijn slaap te verpletteren. Frau Koch had nachtmerries. Frau Finzel kreeg visioenen van God.

Frau Maier baarde drie weken na de verdwijning van de kinderen een zoon en begon te huilen zodra ze hem aan de borst legde. Frau Guss bad elke avond om een nieuw kindje. Frau Schonberg wilde niet dat haar man haar aanraakte. Frau Weiss was blij dat de kinderen haar man niet meer voor de voeten konden lopen als hij een driftbui had.

Frau Hoster bleef altijd op hen wachten. Frau Jagels kwam haar bed niet meer uit.

Frau Kollmeyer zou het nooit toegeven, maar ergens diep vanbinnen vond ze het een opluchting.

DE VADERS

Herr Finzel had een pijn in zijn buik die de kruiden van de apoticaris niet konden verlichten. Herr Arbogast had het zelfs koud als de zon scheen. Herr Bauer had voor het eerst van zijn leven geen trek in eten.

Herr Hoster verbood zijn vrouw hun namen uit te spreken. Herr

Smith was een maand lang dronken en sneed onder het scheren bijna Herr Brauns keel door. Herr Schonberg schaafde avond aan avond aan houten poppetjes waar geen meisje ooit mee zou spelen.

Herr Weiss schreeuwde tegen de huisvrouwen die draalden bij zijn stal en in de kippen en ganzen knepen om de dikste uit te zoeken. Herr Jagels stopte zaagsel in zijn brooddeeg om graan te sparen en werd met een van zijn eigen broden om zijn nek in de schandpaal gezet. Herr Kollmeyer ging niet meer in bad, tot zijn vrouw hem in zijn slaap probeerde af te sponzen.

Herr Maier hield zijn nieuwe zoontje – pasgeboren, fris gewassen en ingewreven met zout – vast en kon zijn handen maar niet stilhouden.

DE DIEREN

De paarden waren schichtig. De honden liepen jankend en snuffelend rond. De katten sliepen zonder dat iemand ze aan hun staart trok. De vogels zongen. De varkens scharrelden in de straten.

En langzamerhand begonnen de ratten terug te komen.

DE RATTENVANGER

De Rattenvanger koesterde geen wrok. Wat hem betrof had hij gewoon genomen waar hij recht op had.

DE KINDEREN

Johannes huppelde. Ursula draaide rondjes. Alfons stapte gauw even van het pad af om te plassen.

Franziska werd moe en vroeg zich af wanneer de volwassenen zouden komen om hen naar huis te brengen. Emmerich was benieuwd of ze straks snoep zouden krijgen.

Gabi was blij dat ze vandaag geen klusjes in huis hoefde te doen. Ingo zag een wolk in de vorm van een lammetje.

Heiner was nog nooit buiten de stadspoorten geweest. Jutta tilde Harald op, die liep te huilen. Rudi dacht dat hij deze muziek eerder gehoord had, misschien in een droom.

Ebba glimlachte verlegen toen Thomas naast haar kwam lopen. Leonhard hoopte dat Mutti en Papi niet boos waren dat hij meegegaan was.

Ze liepen door het dal en beklommen de steile rotsen, en toen ze bijna boven waren, bleven ze staan en namen ze elkaar bij de hand. De man met de fluit begon te spelen, de berg barstte open en de kinderen dansten naar binnen.

Aantekeningen bij
HAMELEN
uit het notitieboek van Octavia Frost,
november 2010

Begin bij het eind: de lange rij kinderen die uit het zicht verdwijnt. De jongen op zijn ruwe krukken, met lappen om het hout gebonden op de plekken die onder zijn armen langs zijn huid schuren. Hoelang probeert hij de stoet nog bij te houden? Geef hem een naam. Laten we hem Theodor noemen. Negen jaar. Hij moet negen jaar zijn.

Roep eerst de beelden op. Milo, lang voor zijn leeftijd, die al tot aan mijn kin komt. Milo op de achterbank van een huurauto met een boek op schoot, terwijl Rosemary zijn aandacht probeert te trekken. Milo, lachend omdat Mitch stiekem een lik van zijn ijsje neemt.

Nee, ga nog verder terug: Milo met blote voetjes, in een kort broekje en met een pet op tegen de zon, tevreden in zijn wagentje. Milo als hij nog maar net kan staan, met zijn armen om een hond die groter is dan hijzelf. Milo als baby in mijn armen.

Hij doet er lang over om weer bij de kerk te komen. Het kost zelfs moeite om zonder zijn evenwicht te verliezen de deur open te krijgen. De volwassenen, de ouders, draaien zich om bij het lawaai. Hij moet de woorden snel uitspreken, vóór ze hem aankijken alsof hij iets verkeerd heeft gedaan. Vóór hij ziet dat ze niet anders van hem verwacht hadden.

Milo riep altijd Mitch als hij een nachtmerrie had gehad, als hij ergens hulp bij nodig had. Nadat we met z'n tweeën overgebleven waren, riep Milo nog een hele tijd een paar keer per dag zonder na te denken: 'Papa!' Vóór hij zich herinnerde dat hij alleen mij nog had.

Theodors eerste herinnering: hij probeert te lopen, al is hij allang voorbij de leeftijd waarop hij het had moeten kunnen, en hij is bang dat dit betekent dat hij iets verkeerd heeft gedaan. Hij trekt zich op aan de houten kist in hun slaapkamer, en even ziet hij de wereld op een nieuwe manier. Maar dan valt hij om, en hij stoot zijn kin aan de hoek van de kist. Hij begint te gillen, zowel van pijn als om de vernedering. Zijn broer, Erhard, roept hard tegen de kist: 'Stomkop die je bent! Door jou is Theodor gevallen!' En hij slaat de kist net zo lang tot Theodor stopt met huilen omdat hij zo hard moet lachen.

'Papa en Rosemary zijn dood.' Bijna een jaar lang zei Milo dit te pas en te onpas, tegen iedereen, honderd keer per dag. Hij begon erover tegen de vrouw die hem bij de bakker gebroken koekjes gaf en tegen de man die bij de bank achter ons in de rij stond. Aan de muur van de spreekkamer van zijn therapeut hing een vel papier, fanatiek volgeschreven met deze woorden, dwars door en over elkaar heen: 'Papa en Rosemary zijn dood Papa en Rosemary zijn dood Papa en Rosemary zijn dood.' Het was zijn begroeting en zijn gebed voor het slapengaan. Een versje. Een bezwering. Een sneer.

Het zorgde voor de nodige pijnlijke momenten; er zijn verhalen die niemand wil horen. Maar ik begreep het wel. Het was een manier om zijn verdriet terug te brengen tot iets wat hij de baas kon. Iets wat hij kon hanteren.

Maak geen heilige van hem. Hij is een kind, en hij heeft net zoveel verloren als de anderen. Hij is boos en hij is eenzaam. Hij zet het op een krijsen als zijn moeder hem soep geeft waaraan hij zijn tong verbrandt. Hij begint te lachen als zijn vader zijn teen openhaalt aan een uitstekende spijker in de vloer. Soms gaat het per ongeluk, en soms doet hij het expres, om te zien of ze hem dan wéér zo aankijken, met die blik die betekent dat ze liever hadden dat hun huis net zo leeg was als dat van ieder ander.

We waren nog maar een half gezin, en we gleden voort over sporen die net niet bij elkaar kwamen. Als het Rosemary was geweest, had ik geweten wat ze nodig had. Haar pijn zou ondubbelzinnig zijn geweest, haar verdriet en haar schuldgevoel een open boek.

Maar Milo was een tornado van woede en terreur. Zijn pijn was een last waar hij zich tegen moest verzetten. Hij wilde niet vastgehouden worden, wilde niet dat iemand lieve woordjes mompelde in zijn haar. Hij wilde vechten en brullen en slopen. Hij wilde weten hoeveel macht hij had. Of hij anderen net zo'n rotgevoel kon bezorgen als hijzelf had.

Hij is beter af, denkt Theodor, dan sommige andere kinderen zouden zijn geweest als zij alleen achtergebleven waren. De meeste kinderen weten zich geen raad in hun eentje. Zou Ursula Schmitt aan haar eigen haar trekken als Rudi Hoster er niet was om het te doen? Zou Heiner Weiss de staart van een hond afknippen als hij niemand anders had om te pesten?

Kinderen hebben hun eigen logica, zoals primitieve culturen hun eigen kosmologie hebben. Voor ons buitenstaanders ziet het er misschien gebrekkig uit; wij vinden dat we het ontstegen zijn. Wij zijn ontwikkeld genoeg om te weten dat de wereld niet rust op de rug van een schildpad. Maar voor een kind is het waterdicht in zijn innerlijke samenhang. Er valt niets tegenin te brengen.

Als Theodor terugdenkt aan die dag, weet hij dat hij het had moeten zien aankomen. Hij weet dat hij het had moeten voorkomen. Het was geen gewone dag, al had het toen wel zo geleken. Hij had moeten zien dat de hemel een vreemde kleur blauw had. Moeten merken dat er iets anders was doordat er zo'n stilte in de lucht hing.

Zoveel tekenen: hij had jeuk aan zijn voet gehad; hij had een hond gezien met een dode gans in zijn bek, gestolen van de stal van de poelier; toen hij met zijn broer en zijn zusjes naar het plein liep, zag hij dat hun schaduwen elkaar overlapten, terwijl die van hem geen van de andere raakte. Het is een schrale troost, maar als het weer gebeurt, weet hij waar hij op moet letten.

Hoe moet je reageren op een kind dat de bladzijden uit een vogelgids scheurt, omdat als die vogels en die verrekijker er niet waren geweest, hij geen ruzie met zijn zusje zou hebben gehad op het moment dat ze haar evenwicht verloor?

Veel keuzes waren er niet. Ik wist dat ik hem niet op zijn kop moest geven of zeggen dat hij ermee op moest houden. Ik deed een van de volgende dingen, één maar. Besloot ik (a) weg te lopen en hem het boek zonder pottenkijkers erbij aan flarden te laten scheuren? Bleef ik (b) met mijn handen voor mijn gezicht in zijn deuropening staan, niet wetend of ik hem wel of niet mijn tranen moest laten zien? Of ging ik (c) op de rand van zijn bed zitten en zei: 'Laten we dat ding wegdoen. Wat denk je ervan om het te verbranden?'

Het maakt niet uit wat ik deed. Zeg me welke van de drie mogelijkheden iets aan de zaak zou hebben veranderd. Zeg me wat ons, onvermijdelijk, een andere afloop zou hebben opgeleverd.

Ik krijg het nog steeds niet goed. Probeer dit eens:
De dag waarop ze verdwenen was dood en geboorte tegelijk. Dat klinkt anders dan hij het bedoelt; hij wil het niet terugbrengen tot iets zo ondubbelzinnigs als vreugde of verdriet. Hij weet dat geboorte en dood niet de pure ervaringen zijn waar mensen ze voor houden. Hij herinnert zich nog dat zijn zusje Lena geboren werd, hoe boos ze was dat ze op de wereld gezet was. En hij herinnert zich de vredige uitdrukking op het gezicht van zijn grootvader op de ochtend dat hij eindelijk niet meer wakker werd.

Ik heb mijn best gedaan, maar dat is niet wat je wilt horen.
Er zijn geen foto's waarop Milo lacht van tussen 1992 en 1994.

Als hij een emmer water omstoot, als hij schreeuwend wakker wordt omdat hij naar gedroomd heeft, ziet hij het in zijn moeders ogen: zij is de enige in heel Hamelen die zo op de proef gesteld wordt.

Hij twijfelt er niet aan dat ze met liefde aan hem zouden denken als hij weg was. Dat heeft hij met de anderen ook zien gebeuren. Met geen woord wordt er gesproken over Erhards koppigheid of Hannelores driftbuien. Over hoe zelfzuchtig Ingo was en dat Ebba altijd verhaaltjes ophing. Hier waren ze net zo lastig als Theodor. Nu ze weg zijn, zijn ze braaf en lief en... geliefd.

Als je er middenin zit, weet je niet wat belangrijk zal blijken te zijn. Je weet niet wat ze zich zullen herinneren. Wat weegt zwaarder: dat ik hem thuishield van school omdat hij slecht geslapen had door de nachtmerries, en dat ik pannenkoeken bakte en hem meenam naar de film? Of dat ik in het bijzijn van twee van zijn vrienden tegen hem uitviel omdat hij drinken op mijn aantekeningen had gemorst? Dat ik die eerste kerst meer geld uitgaf aan cadeautjes voor hem dan het jaar daarvoor aan die voor het hele gezin? Of dat ik aan hem vroeg of hij verdomme wel goed bij zijn hoofd was toen hij alle aarde uit een bloempot op de grond had gegooid?

De volwassenen rouwen om de verdwenen kinderen. Theodor hunkert ernaar om te weten wat er met hen gebeurd is. Zijn ouders zeggen dingen waar hij geen wijs uit wordt: ze zitten in de berg, de Rattenvanger heeft ze naar een prachtige plek gebracht. Een tijdje gelooft hij het.

Hij vraagt zich af hoe het daar is. Zouden ze daar de hele tijd die muziek horen? Misschien hebben ze een eigen stad gesticht, een heel nieuwe stad vol kinderen. Hij stelt ze zich ernstig voor: Elke, die vuil over een drempel naar buiten veegt; Rudi en Georg, die een ambacht leren. Ze zouden samen moeten werken, allemaal hun steentje moeten bijdragen. Ze zouden allemaal een nieuwe rol krijgen, veel belangrijker worden dan de kinderen die ze waren toen ze nog in Hamelen woonden en poppen in bed stopten en met stokjes in het zand tekenden.

Ik knutselde haastig een geloof in elkaar, in de hoop dat het hem troost zou geven. Ik sprak over de hemel alsof ik echt dacht dat die bestond. Maar hij wist me altijd van mijn à propos te brengen. Hij accepteerde geen hemel zonder hel, geen god zonder duivel. Hoe zorgvuldig ik er ook over nadacht, het lukte me niet een verhaal te verzinnen dat hij kon geloven.

Als hij had gekund, was hij met hen meegegaan. Die muziek... Als de volwassenen die hadden kunnen horen, zouden ze het begrijpen. Het was iets van een andere wereld.

In zijn dromen komt de Rattenvanger speciaal terug om hem te halen. 'Kom maar mee,' zegt hij. 'We lopen zo langzaam als je wilt.' Wat er ook met de andere kinderen gebeurd is – of het binnen in de berg nu mooi is of afschuwelijk, of iets daartussenin – hij wil dat het ook met hem gebeurt.

De Rattenvanger neemt hem mee de stad uit. De berg scheurt open. Maar hij kan er nooit in kijken.

Voor Milo was het zo klaar als een klontje. Alles was veranderd, en als wij dat met z'n allen niet snapten, dan kwam dat door ons gebrek aan inzicht. Als de wereld zo'n enorme schending kon accepteren – als een zo complex organisme als een gezin in tweeën gehakt kon worden en toch geacht werd door te leven – waarom zou je je dan aan de minder belangrijke regeltjes houden?

Een van de vele keren dat ik naar school moest komen om hem vóór tijd op te halen, zag ik hem op een bankje vlak bij de ingang bij een onderwijzeres op schoot zitten. Hij hield zijn armen gekruist voor zijn borst, en zij hield zijn polsen vast. Het zag eruit alsof ze hem in haar armen hield, en ik was blij dat iemand hem troostte, dat iemand hem een hart onder de riem stak, mijn arme wanhopige ventje. Tot ik dichterbij kwam en besefte dat ze hem in bedwang hield. Ze hield hem tegen.

Hij gaat gebukt onder de dubbele schaamte: dat hij ze heeft laten gaan, en dat hij niet meegegaan is.

Zijn bord, elke dag vol. Zijn moeder, verbaasd om hem te zien.

Kijkend naar een dode vogel op straat, lukt het hem niet het dier te zien als iets anders dan wat het geworden is: een voorwerp, leeg, roerloos.

Op sommige dagen wéét hij gewoon dat ze helemaal niet in die berg zitten.

Ik zal nooit precies weten wat Milo kwijt is. Er waren spelletjes die hij en Rosemary samen speelden, spelletjes waarvan niemand anders de regels kende. Grappen tussen hem en Mitch, gesprekken waar ik niet aan deelnam.

En nu is er muziek die anders niemand zou hebben gehoord. Boeken die niemand zou hebben gelezen. Dat maakt niets goed – natuurlijk niet. Nooit. Maar het is wel ergens goed voor. Je moet een harde ondergrond hebben om je papier op te leggen. Anders schrijf je in het luchtledige.

Hij herinnert zich iets van toen hij kleiner was. Een buurman van het gezin was ziek geworden, en het leek onvermijdelijk dat hij zou sterven. De priester ging naar het huis van de man om plechtige woorden te spreken, om zijn lichaam in te smeren met olie. De mensen wachtten. Maar de man ging niet dood; hij werd weer beter. Omdat hij de laatste sacramenten had ontvangen, mocht hij echter geen deel meer uitmaken van de wereld van de levenden. Hij mocht niet bij zijn familie aan tafel zitten, hij mocht niet eten of drinken. Hij mocht alleen op blote voeten lopen. En Theodor hoorde zijn ouders zeggen dat hij en zijn vrouw het bed niet meer mochten delen. Hij leefde niet lang meer, maar een tijdje was hij een bezienswaardigheid in het stadje. De levende geest. De bijna-dode. Net zoiets als Theodor nu.

Toen ik een keer door een drukke straat reed, zag ik dit kleine tafereeltje: een vrouw achter een kinderwagen bleef abrupt midden op de stoep staan. Uit haar houding sprak spanning en frustratie. Terwijl de mensen om haar heen doorliepen, pakte ze met de ene hand de baby, trok met de andere ruw haar truitje omhoog en legde het kind aan de borst. In haar bewegingen zag ik geschreven: *Prima. Jij wint. Ik kleed me wel weer midden op straat uit als jij dat zo graag wilt.*

Het is moeilijk om de balans te vinden tussen de behoeften van het kind en de behoeften van de moeder, ruimhartigheid en zelfbehoud. 'Moederschap' is niet synoniem aan 'opoffering', maar 'opoffering' is evenmin synoniem aan 'onderwerping'. Het is iets wat moeder en kind samen moeten uitvinden. Het is iets wat je met z'n tweeën moet leren.

Hij kan niet alle kinderen zijn. Hij is niet genoeg. Zelfs voorheen, toen hij alleen maar zichzelf hoefde te zijn – zelfs toen was hij niet genoeg.
Maar of het nu te maken heeft met kracht of zwakte of het lot of dom geluk, híj is er nog, en hij is de enige die dat kan zeggen. Hij ís er nog.

Hij is er nog. Hij zou met hen meegegaan zijn als hij had gekund, maar zo is het niet gelopen. De dag dat ze verdwenen was dood en geboorte tegelijk.

Er zijn verhalen die niemand wil horen.

HOOFDSTUK ZESTIEN

Een paar uur later, als Milo de tijd heeft gehad om af te koelen en ik om alles wat ik over hem weet af te breken en weer in elkaar te zetten, ga ik op zoek naar mijn zoon.

Ik tref hem beneden aan, voor een film in een knus soort tv-kamer waar ik nog niet eerder ben geweest. Als hij me in de deuropening ziet staan, pakt hij de afstandsbediening en drukt op pauze, waardoor op het scherm een joch dat met een honkbalknuppel zwaait doodstil blijft staan.

'Hoi,' zeg ik.

'Hoi.'

Ik waag me verder de kamer in, ga aan de andere kant van de bank zitten. Een minuut lang zeggen we geen van beiden iets.

'Weet je,' zeg ik uiteindelijk zacht, 'laatst hoorde ik voor het eerst "Traitor in the Backseat". Ik dacht dat ik al je nummers kende, maar dat had ik nog nooit gehoord.' Aarzelend leg ik mijn hand op zijn achterhoofd. Ik woel teder door zijn haar, zoals ik altijd deed toen hij nog klein was. 'Ik vond het prachtig.'

Hij geeft geen antwoord, kijkt me alleen maar aan. Hij is op zijn hoede.

'Ik vind het mooi zoals je over de relatie tussen broer en zus schrijft. Dat dubbele, omdat ze elkaar de hele tijd dwarszitten, maar toch met elkaar verbonden zijn op een manier die niemand anders echt begrijpt.' Ik geloof niet dat ik ooit eerder zo tegen hem over zijn werk gesproken heb. Alsof ik erover nagedacht heb en niet alleen maar aardige dingen zeg omdat hij nu eenmaal mijn zoon is. 'En al die heerlijke details, over de zee aan de andere kant van de vangrail en de kinderen die grappen maken over iemand die ze zien lopen, die vent met zijn rare bruine kleur.' Ik kijk hem met een voorzichtige glimlach aan. 'Heel beeldend. Ik moest er bijna van huilen.'

Hij knikt. Hij kijkt naar zijn handen in zijn schoot, maar ik zie dat hij er blij mee is. 'Dank je,' zegt hij.

'Het is denk ik het enige nummer dat ik ken dat zo duidelijk over Rosemary gaat. Zijn er daar nog meer van?'

Hij haalt zijn schouders op. 'Niet echt. In "Every Other Day" zit een regel over homemovies waarbij ik aan haar dacht.'

'O ja.' Ik knik en denk even na voor ik de regel citeer: '"Onder de tuinslang, in een cirkel van tijd/ Nooit word je ouder, niemand heeft spijt."'

Milo knikt.

'En ik heb altijd gedacht dat "Life as We Know It" over papa ging, voor een deel in elk geval. Klopt dat?'

'Ja. Niet helemaal, alleen dat stuk over autorijles. Ik weet nog dat toen ik heel klein was, vijf of zes of zo, dat ik het toen zo cool vond dat ik op een dag eindelijk oud genoeg zou zijn om auto te rijden. En als ik het voor me zag, stelde ik me altijd voor dat hij het me zou leren.'

Ik glimlach. 'Hij had het vast beter aangepakt. Ik was niet de geduldigste rijinstructeur van de wereld.'

Milo glimlacht ook. 'Ik was zo kwaad toen je die keer op die parkeerplaats het stuur greep. Je zette ons bijna tegen een lantaarnpaal. Ik zou dat oude vrouwtje níet aangereden hebben.'

'Nee, vast niet. Ik reageerde misschien een beetje overspannen. Ik was het niet gewend om afstanden in te schatten vanaf de passagiersstoel, weet je? Voor mij leek het alsof het maar een haar scheelde.' Ik moet even nadenken, want ik vertrouw mijn eigen geheugen niet helemaal. 'Stak je echt je middelvinger naar haar op? Nadat we eerst praktisch over haar heen gereden waren?'

Hij kijkt schaapachtig. 'Ja, dat was niet mijn beste moment. Ik was kwaad op jou, en ik zat een beetje te shaken omdat ze inderdaad dichterbij was dan ik dacht. Maar nou ja. Dat was haar schuld niet.'

Ik glimlach. 'Nee.' Ik kijk naar de tv, de blauwe pet van de jongen, het waas van de zwiepende honkbalknuppel. 'Ik vind het mooi dat je hun op die manier eer bewijst. Papa en Rosemary. Als ze je nummers konden horen, zouden ze ze vast mooi vinden.'

Hij wimpelt het compliment schokschouderend af. 'Wie weet. Ga je nu niet zeggen dat ze ze waarschijnlijk ook ergens kúnnen horen?'

Ik schud mijn hoofd. 'Nee. Ik zou het graag geloven, maar ik denk niet dat het waar is.'

'Jij hebt ook over hen geschreven,' zegt hij. 'Duidelijk.'

Hij kijkt er onzeker bij, verre van boos, maar ik formuleer mijn antwoord zorgvuldig. 'Ja,' zeg ik. 'Ik doe niet anders. Ook als ik het niet van plan ben.'

Hij knikt. 'Ook als je denkt dat je met iets heel anders bezig bent.'

De bank is bekleed met een zachte stof, iets als suède maar dan degelijker. Ik teken met een vinger vage rondjes op het kussen.

'"Sorry" gaat hier duidelijk niet werken,' zeg ik. 'Er zijn veel dingen die ik heel graag anders had willen doen, maar ik hou meer van je dan van wat ook ter wereld, en ik hoop ontzettend dat ik weer deel kan zijn van jouw leven, op de manier die jijzelf prettig vindt.'

Mijn woorden klinken me onbeholpen in de oren, en ik heb meteen spijt van dat 'wat ook ter wereld', bang als ik ben dat hij zal denken dat ik eigenlijk bedoel dat ik, als Mitch en Rosemary nog op deze wereld waren, meer van hén zou houden. Maar als ik naar hem kijk, zit hij ongeduldig en tegelijk geamuseerd te grijnzen.

'Godsamme, mam,' zegt hij. 'Hier zít ik, een halve meter bij je vandaan. Hoezo maak je geen deel uit van mijn leven?'

Even ben ik niet in staat iets te zeggen. Ik ben dankbaar en overweldigd, omdat hij zo ruimhartig is en zo onderkoeld en zo helemaal *Milo*. En hij ziet dat ik mijn best doe om me in te houden, dat ik bijna tot tranen geroerd ben door iets wat hij gezegd heeft om me aan het lachen te maken, en hij rolt met zijn ogen, maar ik weet dat het hartelijk bedoeld is. En dan lach ik met hem mee.

'Ik dacht eigenlijk dat het wel duidelijk was,' zegt hij droog. 'Ik bedoel, oké, het is niet opeens allemaal rozengeur en maneschijn, maar als ik je eruit had willen schoppen, had ik het allang gedaan.'

'Dank je,' zeg ik met verstikte stem. Ik buig me naar hem toe en geef hem een kus op zijn voorhoofd.

'Dat ik je er niet uit geschopt heb.' Zijn toon is sardonisch. 'Graag gedaan. Dat zou een geweldige moederdagkaart zijn: "Je hebt me verzorgd en grootgebracht, en in ruil daarvoor zal ik je niet tussen de vuilniszakken in de steeg laten slapen."'

Ik lach weer en weet me eindelijk te vermannen, wrijf mijn ogen droog. Ik weet niet of ik het wel verdien, en ik weet niet of ik het niet weer zal verpesten, maar voorlopig prijs ik me gelukkig. Voel ik me gezegend.

'Heb je gegeten?' vraagt Milo. 'Ik verga opeens van de honger.'

Hij zet de tv uit – de jongen op het scherm blijft een tel verwijderd van raak slaan of missen – en samen gaan we naar de keuken om iets te eten te zoeken.

Toen Milo klein was, hadden we op een keer een discussie over het verschil tussen DNA en de ziel. Beide had ik wel eens, zonder me ervan bewust te zijn en op verschillende momenten, gedefinieerd als 'dat wat maakt dat jij jíj bent'. Ik denk niet dat mijn antwoord erg verhelderend was; het kan zowel alarmerend als nederig stemmend zijn om je te realiseren hoezeer je kind vertrouwt op jouw vermogen de wereld aan hem uit te leggen. Ver verwijderd als ik was van de dingen die ik geleerd had toen ik jong was, worstelde ik met halfvergeten noties over stof en adem, spiralen en nucleotiden. Ik zei dat het allemaal duidelijker zou worden als hij groot was.

Maar hier, aan de andere kant van 'als je groot bent', trekken we de grenzen soms wat al te scherp. Als ik het nu aan Milo zou vragen, zou hij waarschijnlijk zeggen wat ik toen zei: dat de ziel en DNA twee heel verschillende dingen zijn, en dat ze niets met elkaar te maken hebben.

Van de vele geschenken die ouders van hun kinderen krijgen, is dit een van de mooiste: een andere kijk op de dingen, ook al zijn ze die kijk zelf allang kwijtgeraakt. Op eigen kracht was ik nooit op het idee gekomen van een album met nummers die niet bestaan. Ik zou vergeten zijn dat we iets in ons hebben wat, hoe we het ook noemen, wezenlijk en eeuwig is, wat ons over generaties en Elysese velden heen met elkaar verbindt. Wat ons maakt tot wie we zijn.

Onder het eten en nog lang daarna zitten Milo en ik over allerlei onderwerpen te praten, van reisjes die Milo met Bettina gemaakt heeft en de intriges binnen de muziekindustrie tot het temperament van de hond die we vroeger hadden. We hebben het niet over de ins en outs van de moordzaak of de boeken die ik geschreven heb of andere dingen die ons uit ons evenwicht zouden kunnen brengen. Ik wil de lastige onderwerpen niet voor eeuwig uit de weg gaan, maar vanavond gun ik ons rust.

Uiteindelijk, als het gesprek een aangenaam en rustig tempo heeft aangenomen, vind ik dat ik dit wel kan zeggen: 'Vertel eens wat over Lia.'

We hebben ons van de keuken verplaatst naar de woonkamer, of hoe het ook mag heten – de kamer waar Roland zijn Grammy en zijn koffietafelboeken heeft ondergebracht. De banken hier zijn mooier dan die in de tv-kamer, maar ze zitten minder lekker.

Milo werpt me een blik toe die ik goed ken en die betekent dat hij het niet erg vindt dat ik het vraag, maar niet van plan is er uitgebreid op in te gaan.

'Lia is leuk,' zegt hij, opzettelijk vaag. 'Ik mag haar wel.'

Ik glimlach. 'Oké,' zeg ik. 'Ik zal verder niet aandringen.'

Hij haalt zijn schouders op. 'Het is ook geen... het is gewoon zoals het is.'

'Oké.' Ik kijk naar hem. Ik zal hem niet pushen om meer te zeggen, maar ik wil het hem ook niet makkelijk maken door van onderwerp te veranderen.

'Ze is een prachtige meid,' zegt hij, na zo'n twee minuten stilte. 'Soms kijk ik naar haar en dan verbaas ik me erover dat ik daar een rol in gespeeld heb. Dus als ik toevallig níét voor de rest van mijn leven naar de gevangenis moet, ja, dan wil ik haar graag beter leren kennen en misschien meer worden dan alleen maar oom Milo. Maar het lijkt me duidelijk dat dit niet het moment is.'

Ik knik en wend mijn blik af. Ik schaam me dat ik erover begonnen ben, dat ik ook maar even de indruk gewekt heb dat ik vergeten was hoe onzeker Milo's toekomst is. Wat ik eigenlijk wil weten is, denk ik, niet hoe het nu verdergaat, maar waarom Milo meteen in het begin besloten heeft niet haar vader te worden. Of nee – wat ik écht wil weten is, heel eerlijk gezegd, of we de zaak zo kunnen versimpelen dat ik de schuld op me kan nemen. Vanuit een of ander pervers verlangen wil ik dat hij zegt dat het kwam doordat Chloe zo snel na onze breuk zwanger werd dat hij op dat moment geen deel wilde zijn van een gezin. Of doordat ik hem het idee had gegeven dat kinderen opvoeden een last was. Of doordat Rosemary's dood zoveel pijn had gedaan dat hij niet meer van zo'n klein meisje durfde te houden.

Maar niets is simpel, en het gaat niet altijd over mij. En Milo heeft gelijk; op dit moment zijn er belangrijker dingen om over na te denken.

Ik sta op om naar de wc te gaan, en op de terugweg blijf ik staan bij het tafeltje met foto's in de hal. Weer wordt mijn aandacht getrokken door die ene van Milo en Bettina aan het water, te midden van die vreemde artistieke puinhoop. Ik kijk naar Bettina, die lachend Milo's hand vasthoudt en haar hoofd op zijn schouder laat rusten. Het is een gemis dat ik nu pas begin te begrijpen; hoe het had kunnen zijn als ik deze vrouw, die Milo zo teder vasthoudt, gekend had. Deze vrouw die net zoveel van hem hield als ik.

Ik laat mijn blik nog een keer over de omgeving gaan en bedenk dat ik Milo moet vragen waar ze waren die dag. Water en losse buizen, pilaren en rommelige hopen stenen. En dan zie ik iets wat me nog niet eerder opgevallen was: een aantal van die zware marmeren en granieten platen draagt een inscriptie. Zoals bij grafstenen.

'Milo,' roep ik gespannen. Ik neem de foto mee naar de woonkamer. 'Waar is deze genomen?'

Hij kijkt ernaar en gaat rechtop zitten. 'Dat is het Waterorgel,' zegt hij.

'Wat is dat?'

Hij geeft geen antwoord. Hij staart naar de foto. 'Dat is het. Daar was ik die avond.'

'Wat is het?' vraag ik nog een keer.

'Het...' Hij kijkt naar me op. Er ligt een dringende, bijna wilde blik in zijn ogen. 'Het ligt aan de baai, bij het Exploratorium. Het is een enorme installatie die muziek maakt als het water bij vloed tot aan die pijpen komt. Het is omgevingskunst, of hoe ze het ook noemen. Het is helemaal gemaakt van grafstenen, van een of andere begraafplaats uit de tijd van de Goudkoorts die ze geruimd hebben of zo.'

'En daar ben je met Bettina geweest. Ja, dat blijkt.'

'Ja, één keer.'

'Was het... een belangrijke dag? Jullie eerste afspraakje of zo?'

Hij rolt nog net niet met zijn ogen. 'Jezus, mam. Ik heb nog nooit van mijn leven een "afspraakje" gehad.' Hij kijkt weer naar de foto, en zijn gezicht ontspant zich. 'Maar inderdaad. Het was... het was de dag waarop ik erachter kwam dat ik van haar hield.'

'En daar ben je op de avond van de moord naartoe gegaan? Waar je viel en je hoofd stootte nadat Kathy je weggestuurd had?'

Hij knikt. 'Geen idee hoe ik daar terechtkwam. Ik was niet van plan om speciaal daarnaartoe te gaan, ik reed zomaar wat rond. Maar het is niet ver van ons huis, en ik zal de afslag naar de jachthaven wel gezien hebben – zo kom je daar namelijk...'

'Herinner je je nog meer?'

'Misschien. Even denken.' Hij bestudeert de foto. 'Ik zat daar,' zegt hij, wijzend naar een brede marmeren verhoging. 'En ik had mijn telefoon in mijn hand en drukte de hele tijd op herhalen. En ik zat naar de zee te kijken, die heel ruw was en op de rotsen sloeg. Het moet bijna hoogwater geweest zijn, want ik hoorde af en toe dat geluid uit die pijpen komen, een soort zacht janken... of nee, dat is te sterk uitgedrukt. Het klinkt meer als een schelp die je tegen je oor houdt, maar dan harder.'

Ik knik en wacht tot hij verdergaat.

'Jezus, ik had het gevoel dat mijn leven voorbij was. Als ik Bettina niet terug kon krijgen, wat had het dan allemaal nog voor zin?' Hij krabt in zijn nek. 'Niet dat ik in het water wilde springen, helemaal niet, maar ik weet wel dat ik naar de baai keek en me afvroeg hoe het zou voelen om erin te vallen en gewoon meegevoerd te worden. Waar ik dan zou uitkomen.'

Ik buig mijn hoofd, zodat hij mijn gezicht niet kan zien. Ik doe mijn ogen dicht en concentreer me op mijn ademhaling.

'En toen nam Bettina eindelijk op. En we praatten met elkaar.'

Ik voel weer vaste grond onder mijn voeten en kijk naar hem op. 'Weet je daar nog iets van?'

Hij denkt even na. 'Niet zoveel. Ze was over haar toeren, maar dat wist ik al. Ik heb een miljoen keer sorry gezegd en smeekte haar me nog een kans te geven. En ik weet ook nog dat ik vlak nadat ik opgehangen had viel en mijn hoofd stootte. Ik denk dat ik ook even bewusteloos ben geweest. Ik weet het niet precies.'

Achter ons gaat de voordeur open, en we horen de stem van Roland. 'Hallo allemaal! Kijk eens wie ik tegenkwam bij dat rottige etentje en nog even meegenomen heb voor een drankje?'

Milo en ik staan op, en als we ons omdraaien zien we Roland binnenkomen met Joe. Ze zijn allebei keurig in pak: dat van Roland is donker en chic, met een wit overhemd waarvan de bovenste knoopjes openstaan, en dat van Joe is een beetje retro, geaccentueerd met een kleurige das. Ik ben niet voorbereid op de plotselinge wending die de avond neemt, en hun opgewekte aanwezigheid, met al hun glitter en glamour, brengt me van mijn stuk.

'Hallo,' zeg ik een beetje te hard. 'Is Chloe er niet?'

Joe trekt zijn jasje uit en gooit het over een stoelleuning. 'Nee, we konden geen oppas krijgen. Ze heeft trouwens toch een hekel aan die feestjes in het wereldje.'

Joe gaat op een stoel naast de bank zitten, en Roland loopt naar de bar aan de andere kant van de kamer. 'Wat kan ik voor jullie inschenken?' vraagt hij.

In mijn hoofd beraam ik een moord. Ik heb geen idee of het de goede is, de moord die echt heeft plaatsgevonden, maar in de beginfase van het scheppingsproces is het belangrijk om je oordeel op te schorten en je door het verhaal bij de hand te laten nemen.

Chloe hoort van Joe dat Milo en Bettina gaan trouwen. Ze is van slag door het nieuws, want ze houdt van Milo of ze haat Milo of ze wil niet dat een andere vrouw beslag kan leggen op haar dochter... of zoiets. Ze gaat naar het huis met de bedoeling een spaak in het wiel te steken, Milo de oren te wassen of Bettina over Lia te vertellen. Maar Milo blijkt niet thuis te zijn, de verloving is verbroken en Bettina weet al hoe de vork in de steel zit. Bettina is woedend op Chloe, Kathy kiest Bettina's kant en... wat dan? Als Chloe eropuit is om een wig te drijven tussen Milo en Bettina, wat is dan nog haar motief om een moord te plegen, als ze toch al weet dat Milo en Bettina uit elkaar zijn?

Nee, ik krijg het niet helemaal rond. Nog niet. Maar ik ben niet bereid het idee al helemaal overboord te gooien. Ik moet gewoon op zoek naar de details die het kloppend maken.

Roland komt eraan met de glazen en geeft iedereen zijn drankje. 'Dus jullie twee hadden een rustig avondje op de bank?' vraagt hij.

Terwijl ik antwoord geef, staat Joe abrupt op. 'Hé, Milo,' zegt hij, 'kan ik je even spreken?' Ze gaan de kamer uit, en ik kijk hen met een onbehaaglijk gevoel na. Ik geloof niet dat Joe me sinds hij binnengekomen is me ook maar één keer aangekeken heeft.

'Ik ben benieuwd waar dat over gaat,' zeg ik.

Roland schudt zijn hoofd. 'Geen flauw benul.'

'Het etentje was dus niet zo leuk?' vraag ik.

Hij trekt een gezicht. 'Mwah, dat is het eigenlijk nooit.' Hij neemt een slok van zijn drankje. 'Ik heb wel over jou opgeschept.'

Ik kijk hem verward aan. 'Hoe bedoel je?'

Hij glimlacht. 'Ik heb iedereen verteld dat er een bestsellerschrijfster bij me logeert. Ze waren erg onder de indruk.'

Ik lach opgelaten; ik geloof zelfs dat ik bloos. 'En terecht. Ik ben ook erg indrukwekkend.'

Hij lacht. 'Dat ben je zeker. Het hoofd marketing van mijn platenlabel had van je gehoord, en dat wil wat zeggen.'

Ik overweeg verschillende antwoorden, geen ervan zo ad rem als ik graag zou willen, als de jongens weer binnenkomen. Ze kijken allebei ernstig. Mijn glimlach verflauwt.

'Hé, ik vraag het haar gewoon, goed?' zegt Milo tegen Joe.

'Wat is er?' vraag ik.

Milo geeft me een paar vellen papier. 'Dit heeft Joe thuis gevonden. Chloe zegt dat ze het geprint heeft van een website die FreeMilo.com heet.'

Het is dat nepinterview. 'Ik ken het,' zeg ik. 'Het is niet echt. Ik heb al die dingen nooit gezegd. Ik heb op mijn eigen website al verklaard dat ik er niets mee te maken heb.'

Joe en Milo wisselen een blik. 'Dat dacht ik al,' zegt Joe. 'Maar toen vertelde Chloe dat jullie veel tijd hadden gehad om te praten, en dat u haar had toevertrouwd...' Hij maakt zijn zin niet af.

'Wat had toevertrouwd? Dat ik me door die website heb laten interviewen?'

'Nee.' Hij kijkt naar de grond. 'Ze zei dat ze u "Traitor in the

Backseat" had laten horen, en dat het u heel erg geraakt had. En dat u haar allerlei dingen vertelde die hier ook in staan: dat Milo een duistere kant heeft, dat hij heel erg veranderd is sinds zijn vader en Rosemary dood zijn. En ook dat u boos was omdat Milo Lia voor u geheimgehouden had. En dat als hij over zoiets kon liegen, dat hij dan misschien ook wel loog over Bettina.'

'Nee.' Ik praat te hard; het woord komt eruit als een explosie. 'Dat heb ik helemaal niet gezegd.' Joe staart recht vooruit, naar een punt in de lege ruimte. Milo zit naar me te kijken, maar ik kan niet uitmaken wat hij denkt.

Ik probeer mijn kalmte te hervinden. 'Joe,' zeg ik, zachter. 'Ik weet niet waarom ze zou liegen, maar het is niet waar. Ze heeft dat nummer inderdaad in de auto voor me gedraaid – ik vertelde Milo net hoe mooi ik het vond – maar ik heb nooit gezegd dat ik dacht dat Milo het gedaan had.'

Joe knikt, nog steeds zonder me aan te kijken. 'Oké,' zegt hij. 'Dan was het misschien een misverstand.' Het klinkt sceptisch.

'Ja, dat denk ik ook,' zeg ik zo warm als ik kan. Hij houdt van Chloe; natuurlijk gelooft hij haar eerder dan mij. Ik kan Milo's gezichtsuitdrukking nog steeds niet helemaal plaatsen, maar hij kijkt me strak aan, en zo te zien is hij niet kwaad. Hij knijpt zijn ogen halfdicht, alsof hij ergens diep over nadenkt.

'Toen ik Bettina aan de telefoon had,' zegt hij langzaam, 'die laatste keer. Ze was heel erg overstuur, en ze zei dat Chloe een ander verhaal had dan ik. Chloe had tegen Bettina gezegd dat zij haar altijd al de waarheid had willen vertellen, maar dat ik dat niet goedvond.'

Ik aarzel. 'Dat is min of meer hetzelfde als wat ze tegen mij zei. Klopt dat niet?'

Hij schudt zijn hoofd. 'Ik zeg niet dat ik Bettina dolgraag wilde vertellen dat ik vreemdgegaan was, maar Chloe was wel degene die het me uit mijn hoofd praatte. Toen zij en Joe eenmaal iets met elkaar hadden, zei ze dat we allemaal met elkaar moesten kunnen omgaan zonder dat Bettina de hele tijd het gevoel had dat ze Chloe en mij bij elkaar vandaan moest houden.'

Ik werp een blik op Joe. Zijn ogen schieten heen en weer tussen Milo en mij. Hij kijkt ongerust, een beetje bang zelfs.

'Maar moet je horen,' zegt Milo. 'Toen we aan de telefoon zaten, vlak nadat ze verteld had wat Chloe gezegd had en ik zei dat het niet waar was, zei Bettina: "Wacht even, ik loop even de kamer uit." En ik hoorde iemand praten op de achtergrond. Ik weet bijna zeker dat het Chloe was.'

'Ze was er nog,' zeg ik. 'Om halfeen. Veel later dan ze tegen de politie gezegd heeft.'

'En als ze ons gesprek gehoord heeft, wist ze dat we weer bij elkaar zouden komen.'

'Wacht,' zegt Joe op scherpe toon. 'Waar hebben jullie het over?'

'Chloe is met Kathy bij Bettina thuis geweest, toch? Hoe laat was ze terug?'

'Nee.' Joe schudt zijn hoofd. 'Ze is helemaal niet bij Bettina geweest.'

'Jawel. Ze zei tegen de politie dat ze ons had willen feliciteren. Ik heb boven een kopie van haar verklaring. Ik belde jou rond elf uur, weet je nog, en je kon toch niet komen omdat Lia sliep en jij alleen thuis was?'

'Ja,' zegt Joe. 'Maar daar was ze niet. Ze had een afspraak met een potentiële klant. Een winkeleigenaar die haar sieraden misschien wilde verkopen. Het kwam er opeens tussen; om negen uur keek ze op haar telefoon en zag ze dat die vrouw een boodschap had achtergelaten...' Hij denkt even na, en ik zie zijn gezicht betrekken. 'Dat was vlak nadat jij gebeld had om te zeggen dat jullie gingen trouwen.'

Dit is het punt waarop alles verandert. Milo en ik kijken elkaar aan. Ik haal bijna geen adem. Daar is het eerste detail.

HOOFDSTUK ZEVENTIEN

Een boek afronden is een zenuwslopende aangelegenheid, tenminste, als je ervan uitgaat dat je maar één kans krijgt. Zoveel momenten die als laatste kunnen komen, maar slechts één daarvan is het juiste.

Het volgende boek dat ik voltooi, tweeënhalf jaar na deze zaterdagavond in Rolands woonkamer, zal geen autobiografie zijn, en geen aanvulling op iets wat ik eerder geschreven heb. Tegen die tijd heb ik *Het fantoomalbum* stilletjes in een la gestopt en voor altijd aan het oog van de wereld onttrokken, en heb ik me verzoend met al mijn eindes, hoe gebrekkig ze misschien ook zijn.

Tegen die tijd is Milo's rechtszaak voorbij, al zal het bijna een jaar duren voor de aanklacht wordt ingetrokken. Het is niet zo makkelijk om iemand die van moord beschuldigd is van alle blaam te zuiveren en een andere verdachte te arresteren. Het jaar daarop en de twee jaar waarin Chloe haar rechtszaak afwacht, wanneer de twee tegenstrijdige verhalen over hetgeen er op de avond van Bettina's dood gebeurd zou kunnen zijn verder uitgewerkt worden, zullen een interessante les in vertelstructuren blijken.

Het huis van Joe en Chloe zal op zondagochtend doorzocht worden. Terwijl Milo en ik ons uitputten door in Rolands tuin eindeloos achter Lia aan te rennen, nemen de rechercheurs verschillende dingen in beslag, waaronder Chloe's laptop. Een speurtocht in de geschiedenis van de computer zal uiteindelijk leiden naar een met een wachtwoord beveiligd blog met fragmenten van een roman in wording – onderwerp fantasieloos, proza niet meer dan capabel – over een vrouw die verliefd is op een succesvolle rockzanger, die toevallig ook de beste vriend is van haar vriendje. De politie ontdekt verder dat er op de computer drie dagen na de moord een nieuw e-mailaccount is aangemaakt (octavfrost@gmail.com), waarop iemand die beweerde mij te zijn correspondeerde met de webmaster van FreeMilo.com. De kleren die Chloe die avond volgens Joe en Kathy droeg, zullen nooit gevonden worden, maar hoewel ze duidelijk een poging heeft gedaan hem grondig schoon te maken, worden er in haar auto sporen van Bettina's bloed gevonden.

Zondagmiddag gaan Milo en ik samen naar het Waterorgel, waar de politie later op een steen Milo's bloed zal aantreffen, en van daaruit volgen we het spoor terug naar Milo's huis, tot we op een buurtwinkel stuiten met een gebutste speelgoedautomaat voor de deur. Door het stoffige, gebobbelde glas zien we de speeltjes die voor vijfentwintig cent te koop zijn: glinsterende roze sieraden in kleine plastic bolletjes. Ook zien we tegenover de buurtwinkel een geldautomaat – een geldautomaat met een beveiligingscamera erboven, die een band bevat waarop een wazige Milo zich om 2.09 uur als een zoutzak voor de automaat op zijn knieën laat vallen en in zijn zakken naar kleingeld graait, waarmee zijn thuiskomst buiten de tijdspanne valt die de lijkschouwer voor Bettina's dood heeft vastgesteld.

In die drie jaar zal ik vaak heen en weer reizen tussen Boston en San Francisco. Tijdens een van mijn bezoekjes rijden Milo en ik op een middag naar San Jose voor het Winchester Mystery House, waar we al die jaren geleden op de dag ná Yosemite naartoe hadden zullen gaan. Het is een buitengewoon bizar huis, een kunstwerk in uitvoering, nooit voltooid, nooit bedoeld om af te komen, en de plek waar ik het idee voor mijn volgende roman zal opdoen. Het is denk ik niet zo moeilijk te begrijpen waarom juist dit verhaal mij zo aanspreekt; soms ben ik doorzichtiger dan ik zou willen.

De geschiedenis van het huis is als volgt: een vrouw, erfgename van een fortuin dat vergaard is met de fabricage van geweren, raakt geheel van slag na de dood van haar man en dochter. Ze is ervan overtuigd dat ze het slachtoffer is van een vloek, dat ze geplaagd wordt door geesten. Dat zij verantwoordelijk wordt gehouden voor het leed veroorzaakt door de uitvinding waar zij profijt van heeft. Ze gelooft dat ze zal sterven als het huis dat ze aan het bouwen is ooit afkomt.

Ze huurt werklui in die achtendertig jaar lang het klokje rond doorwerken. Een weduwe die leeft als een kluizenaar, de ene kamer na de andere laat aanbouwen en elke nacht in een ander bed slaapt om de demonen op een dwaalspoor te brengen. De opdrachten die ze de werklui geeft slaan vaak nergens op; het maakt niet uit wat ze bouwen, als ze maar bouwen. Bij haar dood telt het huis negenhonderd deuropeningen. Er is een trap die nergens heen gaat. Een raam in een vloer.

Ik zeg niet hoe het boek afloopt, maar het begint zo:

De mensen in de stad hadden zich jarenlang afgevraagd wat Mrs. Winchester wel in haar kluis mocht bewaren: juwelen, stapels met geld, in goud gedoopt servies. Op de dag dat ze stierf, op de dag dat de werklui hun gereedschap neerlegden om de klussen waar ze mee bezig waren nooit meer af te maken, kwamen haar buren er tot hun teleurstelling achter dat er niets van waarde in lag. Wat kleren. Krantenknipsels. En een fluwelen doosje met een lokje babyhaar.

Het worden drie moeilijke jaren voor Milo en Joe, die lijden onder hun onderling verbonden maar ook onverenigbare verlies. Milo, die zich altijd afvraagt of hij zich dat ene moment dat hem nog steeds ontglipt ooit zal kunnen herinneren – het moment waarop hij in het donker naar boven loopt om de vrouw die volgens hem ligt te slapen welterusten te zeggen, om haar op haar voorhoofd te kussen en een plastic bolletje naast haar bed te leggen – weet niet of hij Joe zijn liefde voor Bettina's moordenares zal kunnen vergeven. En Joe wenst, begrijpelijkerwijs, wel eens dat Milo achter de tralies was beland.

Bij tijd en wijle lijkt het onmogelijk dat er nog iets van vriendschap tussen hen zal blijven bestaan, dus is het misschien een geluk bij een ongeluk dat ze Lia nog hebben om hen bij elkaar te houden. Lia, diepbedroefd en doodsbang; Lia, die ruim een jaar last zal hebben van nachtmerries en kerstavond in een bezoekkamer in de gevangenis zal doorbrengen. Lia, het weefsel dat hen bindt en voorkomt dat ze elkaar helemaal loslaten.

Maar drie jaar is een lange tijd, en als er eindelijk een uitspraak komt in Chloe's zaak, zal er uit alle ellende ook goeds zijn voortgekomen. Tegen die tijd heeft Pareidolia een nieuw album opgenomen, volgens mij het beste dat ze ooit gemaakt hebben, maar ik ben misschien niet helemaal objectief. Ondanks het feit dat ze al een indrukwekkende hoeveelheid liefhebbende grootmoeders had – naast Joe's moeder ook Chloe's moeder en stiefmoeder, met wie we allemaal goed proberen op te schieten –, noemt Lia mij oma. En op het feestje ter ere van Milo's vrijspraak belanden Roland en ik samen in de keuken. Daar bekijk ik hem eens goed, en ik vraag me af wat we voor elkaar betekenen. Het zal heel anders worden dan het was met Mitch; er kan geen sprake zijn van de intieme vervlechting van geliefden die samen volwassen aan het worden zijn. We zijn twee mensen die elkaar leerden kennen toen ze al wisten wie ze waren, en dat maakt het tot iets heel nieuws. Daar in de keuken kus ik hem, en ik wacht af hoe het verdergaat.

Terug naar deze avond in november van het jaar 2010, nog geen week na Bettina's dood, het moment dat ik als slot gekozen heb: als Joe gestopt is met praten en het gruwelijke besef zijn gezicht tekent, zal Milo Sam Zalakis bellen, die belooft te komen, al is het nog zo laat. Met z'n vijven – Milo, Sam, Roland, Joe en ik – zullen we tot diep in de nacht bezig zijn onze versie van de gebeurtenissen vorm te geven.

Het is geen harmonieus proces. Het is vooral moeilijk voor Joe, die het eerste deel van de nacht onderuitgezakt in zijn stoel hangt, verdoofd en ziek van ellende. Als hij wat tijd heeft gehad om zijn evenwicht te hervinden, stort hij zich met een koortsachtig fanatisme in het gesprek: hij praat op ons in, hij spreekt zichzelf tegen en gaat tegen ons tekeer omdat wij geloven wat hij nog niet wil geloven. Maar hij blijft wel. En wij doen ons best om voor hem te zorgen.

Rond een uur of twee zal Roland thee zetten en zal ik eindelijk op het idee komen om de suikerpot die ik van Joe gekregen heb van boven te halen. We komen tot de conclusie dat Chloe die na de moord uit Rolands kast moet hebben gepikt, toen ze vermoedde dat ik naar San Francisco zou komen. We kijken met z'n allen toe als Milo het briefje uit mijn handen pakt en ernaar staart alsof het iets kostbaars is. Hij gaat met zijn vingers over de woorden, alsof hij braille leest. Met verstikte, schorre stem zal hij vragen: 'Waar heb je dit vandaan? Dit is Bettina's handschrift.'

Wat voor belang ik ook aan dat briefje hechtte, het had geen belang – tenminste niet dat wij weten. We zullen er nooit achter komen wanneer Bettina die woorden opschreef of waar het over ging of wie ze dacht dat er loog. Maar deze aanwijzing die geen aanwijzing is, dit stukje papier dat niets met de moord zelf te maken blijkt te hebben, zal bepalen hoe we Bettina's verhaal gaan vertellen. Het is het uitgangspunt voor het gesprek waarin Milo en Roland Bettina opbouwen uit de losse stukjes die ze samen bezitten.

Roland zal herinneringen ophalen aan een klein meisje, grappig maar eenzaam, dat altijd briefjes voor hem neerlegde. Soms mopjes, soms gedichtjes. Soms dingen die ze niet hardop wilde zeggen. Hij zal zich herinneren hoe ze van stokjes en gras huisjes bouwde voor de elfjes, en hij zal zich herinneren hoe verdrietig ze naar hem zwaaide toen haar moeder haar de rechtbank uit trok nadat de rechter toestemming had gegeven voor de vaderschapstest. Hij zal zich herinneren dat ze vroeger hints speelden en het ja-nee-spel en spelletjes die Bettina zelf verzon, en hij zal zich herinneren dat als er bij een bepaald spel lootjes moesten worden getrokken, er een beroep werd gedaan op de suikerpot.

Milo zal herinneringen ophalen aan een oudejaarsavond waarop hij een mooi meisje leerde kennen en het middernachtelijk uur meer belofte inhield dan ooit tevoren. Hij zal zich herinneren dat ze geen van beiden vertrouwen hadden in het concept 'gezin', maar dat ze elkaar uiteindelijk een thuis gaven. Hij zal zich vastklampen aan de zwaarbevochten herinnering aan de laatste woorden die ze tegen elkaar zeiden, die lieve woorden waren.

Samen zullen ze zich herinneren dat Bettina nooit loog, en dat ze er een hekel aan had als anderen dat wel deden. Ze zullen zich herinneren dat 'Iemand liegt' iets was wat Kathy zei als ze niet wilde horen wat Bettina te zeggen had.

Door dat briefje in de suikerpot zal ik eindelijk het gevoel krijgen dat ik Bettina ken. Door dat briefje ontdek ik dat ik haar heel graag zou hebben gemogen.

En nu weer terug naar dit moment in de woonkamer, met Roland en Joe. We weten nog niet hoe het allemaal zal aflopen. Maar Joe zegt iets, en Milo en ik kijken elkaar aan. Voor het eerst lijkt het mogelijk dat het verhaal een andere wending neemt.

DANKWOORD

Als eerste bedank ik, zoals altijd, mijn buitengewone agent, Douglas Stewart, voor zijn voortdurende enthousiasme, niet-aflatende steun en onberispelijke inzicht. Ik sta ook diep in het krijt bij William Thomas van Doubleday, voor zijn bereidheid te geloven dat ik wist wat ik deed, en bij mijn briljante en vindingrijke redacteur, Alison Callahan, wier geweldige instincten, creativiteit, en flexibiliteit dit een beter boek gemaakt hebben dan het zonder haar zou zijn geweest.

Heel veel dank aan Liz Duvall, Seth Fishman, Coralie Hunter, Judy Jacoby, Marcy Posner, Nora Reichard, Alison Rich, Shari Smiley en Adrienne Sparks, voor hun bijzondere werk achter de schermen.

Ik ben dankbaar voor meerdere geweldige vrienden en collega's, onder wie Jennifer Allison, Susan Coll, Katharine Davis, E.J. Levy, Ann McLaughlin, Leslie Pietrzyk, Dana Scarton, Amy Stolls, Paula Whyman, en Mary Kay Zuravleff, voor hun vroege lezingen, suggesties en steun.

Mijn dank gaat uit naar het Virginia Center for the Creative Arts, waar ik een geweldige en uiterst productieve twee weken heb doorgebracht; D. P. Lyle voor zijn adviezen over forensisch onderzoek; en Garrison Keillors *Writer's Almanac*, dat, precies op tijd, mijn aandacht vestigde op interessante informatie over de Rattenvanger van Hamelen.

Mijn hartelijke dank aan mijn familie, waaronder Doreen C. Parkhurst, M.D., William Parkhurst, Claire T. Carney, Molly Katz, David en Lynette Rosser, en Matthew en Margaret Rosser.

En ten slotte, zoals altijd, heel veel liefde en dankbaarheid aan Evan, Henry en Ellie, mijn drie zonnetjes.